TADWLAD

ISBN 978-1-913996-79-6
©Ioan Kidd, 2024
©Gwasg y Bwthyn, 2024
Mae Ioan Kidd wedi datgan ei hawl dan
Ddeddf Hawlfreintiau, Dyluniadau a
Phatentau 1988 i gael ei gydnabod fel awdur y llyfr hwn.

Cedwir pob hawl.

Ni chaniateir atgynhyrchu unrhyw ran o'r cyhoeddiad
hwn na'i gadw mewn system adferadwy, na'i drosglwyddo
mewn unrhyw ddull, na thrwy unrhyw gyfrwng, electronig,
electrostatig, tâp magnetig, mecanyddol, ffotogopïo, recordio,
nac fel arall, heb ganiatâd ymlaen llaw gan y cyhoeddwyr.

Cyhoeddwyd gyda chymorth ariannol Cyngor Llyfrau Cymru.

Cyhoeddwyd gan:
Gwasg y Bwthyn, 36 Y Maes, Caernarfon,
Gwynedd LL55 2NN
post@gwasgybwthyn.cymru
www.gwasgybwthyn.cymru
01558 821275

TADWLAD
IOAN KIDD

Diolch i Carol, Dafydd a Lowri am eu cyngor a'u cefnogaeth ddiysgog. Diolch i Rhian am ei sylwadau calonogol ar ôl darllen drafft cynnar o'r nofel ac i Aled, Steve, Anne a Richard am ddangos diddordeb cyson yn ei hynt. Hoffwn ddiolch hefyd i Alison Paxford am fy rhoi ar ben y ffordd parthed rheolau mabwysiadu ac am ateb fy ymholiadau dyrys. Mawr yw fy niolch i Marred a Gwasg y Bwthyn am y cyfle, i Siôn Ilar am lunio'r clawr ac i Huw Meirion Edwards, Cyngor Llyfrau Cymru. Yn olaf, diolch o galon i Meinir, fy ngolygydd craff, am ei brwdfrydedd a'i chreadigrwydd ac am sicrhau bod y nofel yn cyrraedd pen ei thaith.

    Hoffwn gydnabod cymorth ariannol Cyngor Llyfrau Cymru a'm galluogodd i dreulio cyfnod amhrisiadwy yn canolbwyntio ar ysgrifennu'r nofel hon.

Does neb yn rhoi eu plant mewn bad oni bai bod y dŵr yn fwy diogel na'r tir.
Warsan Shire

I
Lowri
a
Dafydd
a
Danielle

DYLAN

'Oeddet ti'n gwbod bod Dad wedi ca'l ei fabwysiadu?'
Rhythodd Dylan Rhys ar gefn sedd flaen y car angladdol wrth i hwnnw droi oddi ar y briffordd a dilyn yr hers trwy glwydi'r amlosgfa. Yn sydyn, clywodd guriad ei galon yn cyflymu, sŵn y morthwylio yn ymchwyddo yn ei glustiau. Tynnodd yn reddfol yn y gwregys diogelwch ar draws ei frest er mwyn llacio'i afael fymryn, gan wneud ei orau i beidio â gadael i'w fab, a eisteddai wrth ei ochr yn y sedd gefn, weld yr argyfwng a rwygai trwy ei gorff. Hon oedd yr eiliad y bu'n arswydo rhagddi drwy'r bore: yr ymlwybro araf, di-droi'n-ôl ar hyd y ffordd unionsyth tuag at yr adeilad ofnadwy a'r ffarwél. Edrychodd yn ddi-weld trwy'r bwlch rhwng ysgwydd ei frawd a'r gyrrwr. Roedd rhywbeth yn ei rwystro rhag prosesu'r olygfa er ei waethaf, rhywbeth a ddywedodd ei frawd hanner munud ynghynt. Ceisiodd afael yn y geiriau hynny o'r newydd a'u

tynnu'n ôl o berfeddion ei gof am ei fod yn synhwyro bod Gethin yn disgwyl ymateb ganddo. Eto, ni allai yn ei fyw eu rhoi ynghyd gan taw hanner gwrando roedd e ar y pryd. Gwyddai, er hynny, eu bod wedi cymhlethu ei feddwl.

'Wel, oeddet ti?' gofynnodd Gethin Rhys eilwaith.

'Gad hi nawr, Geth,' meddai Sioned, ei wraig, pan welodd nad oedd ateb am ddod gan ei brawd yng nghyfraith.

Ni fu fawr o Gymraeg erioed rhwng Sioned ac yntau am fod eu golwg ar y byd mor sylfaenol wahanol i'w gilydd, ond yr eiliad honno roedd Dylan yn falch o ymyrraeth y fenyw hon a eisteddai yr ochr arall i'w fab. Mynnu ateb a wnaeth ei frawd serch hynny, fel y mynnodd eistedd yn y sedd flaen ar y ffordd i ffarwelio â'u tad. Gethin oedd y cyntaf-anedig ac roedd statws a safle wastad wedi bod yn bwysig iddo.

'Gofyn wnes i a o't ti'n gwbod bod Dad wedi ca'l ei fabwysiadu,' meddai heb ffrwyno'i ddiffyg amynedd.

'Am beth wyt ti'n sôn?' Gwyrodd Dylan yn ei flaen yn y sedd mewn ymgais i annog ei frawd i droi a'i wynebu ond dal i edrych yn syth o'i flaen wnâi hwnnw.

'O't ti ddim yn gwbod, felly?'

'Beth yw'r bolycs hyn? Wyt ti'n sylweddoli ble y'n ni ... a pam y'n ni 'di dod 'ma? A dyma ti'n malu cachu am –'

'Mae'n wir.'

'Pam wyt ti'n gweud hyn wrtha i nawr? A shwt wyt ti'n gwbod ta beth?'

'Anwen wedodd wrtha i.'

'Anwen?'

'Ie, Anwen, dy gyfnither, merch Anti Lyd.'

'Wy'n gwbod pwy yw blydi Anwen! Ond –'

'Hisht, chi'ch dou. Ni 'ma.'

Gwibiodd llygaid Dylan rhwng ei fab a'i chwaer yng

nghyfraith. Roedd e'n suddo ond doedd ganddo ddim amser i gyrraedd y gwaelod. Nid yma oedd y fan na'r lle ar gyfer hunanfaldod o'r fath. Gorfododd ei hun i wenu ar Guto a rhoddodd ei law i orffwys ar ysgwydd y bachgen un ar bymtheg oed cyn ei dynnu tuag ato.

'Ti'n iawn?' gofynnodd.

Nodiodd Guto ei gadarnhad a chamodd y ddau o'r car a mynd i sefyll gyda'i gilydd ar y tarmac craciog wrth ochr yr hers.

Edrychodd Dylan drwy wydr y cerbyd a chraffu ar yr arch o bren masarn ac arni dorch syml o rosynnau a lilis gwyn. Dilynodd ei lygaid y graen o'r naill ben i'r llall a rhyfeddu at y ceinder naturiol: ceinder a oedd hefyd yn ddirodres rywsut. Roedd e'n falch nawr iddo ddal ei dir a dadlau o blaid symlrwydd. O leiaf cawsai un fuddugoliaeth, ond dim ond un. Gethin a Sioned drefnodd bopeth arall heb drafod fawr ddim ag e, ond os oedd bai ar rywun am hynny doedd dim angen chwilio ymhellach na fe ei hun. Roedd cadw'r ddysgl yn wastad, hyd yn oed pan oedd y ddysgl wedi torri, wastad wedi dod yn ail natur i'r ail frawd, ond gwyddai hefyd taw gwedd arall ar wneud dim oedd hynny. Syllodd o'r newydd ar y pren golau gan edmygu'r naturioldeb, ond yr eiliad nesaf tynnodd ei anadl mewn syndod wrth iddo sylweddoli nad oedd dim byd naturiol o gwbl yn ei gylch. Pren o ansawdd gwael oedd hwn ac arno wyneb ffug a luniwyd mewn ffatri i ymdebygu i bren go iawn. Fel colur yn celu'r gwir. Onid dyna a gytunwyd gyda'i dad? Dim sbloet. Dim gwastraff am fod y cyfan yn mynd i'r tân. Un dirodres fu ei dad erioed, ond roedd Dylan yn dechrau amau bellach fod rheswm dros hynny.

Crwydrodd ei lygaid draw tuag at glwstwr o alarwyr a

safai mewn hanner cylch wrth fynedfa'r adeilad ofnadwy. Cymdogion a pherthnasau oedd y rhan fwyaf ohonyn nhw, ond doedd ganddo ddim syniad pwy oedd y lleill. Gwyliodd ei frawd yn ysgwyd llaw â hwn a'r llall ac yn nodio ei ben yn syber fel arwydd o ddiolch am ryw air o gydymdeimlad ar ei ddiwrnod mawr. Ochneidiodd Dylan a sylweddolodd, yno ar y tarmac craciog, na allai faddau iddo tra byddai. Doedd dim esgus am yr hyn a oedd newydd ddigwydd yn y car. Heddiw o bob diwrnod. Dim ond coc oen neu rywun yn dioddef yn ddrwg o gymhleth y taeog fyddai'n creu'r cymhlethdod diangen hwn a dwyn oddi arno ei hawl i alaru'n iawn. A faint o wirionedd a berthynai i'r hyn a ddywedodd e ta beth? Fe'i dihunwyd o'i flinder pan welodd ddau swyddog yn eu lifrai du, anghynnil o rwysgfawr yn dodi'r arch ar droli ac yn cau cefn yr hers. Roedd y foment fawr ar gyrraedd. Trwy gil ei lygad, gwelodd y galarwyr olaf yn diflannu trwy'r drysau llydan a throdd i wynebu Guto a safai o hyd wrth ei ochr, gan syllu tua'r llawr.

'Awn ni mewn, was?'

Cododd Guto ei aeliau er mwyn ildio i'r anorfod a mynd gyda'i dad i sefyll y tu ôl i'w ewythr a'i fodryb a hwythau eisoes wedi cymryd eu lle yn union y tu ôl i'r arch. Yn sydyn, teimlodd Dylan ryw awydd anghyffredin o gryf i roi ei fraich am ysgwyddau ei fab, er ei fwyn ei hun yn gymaint â dim, ond fe'i tynnodd yn ei hôl cyn cyflawni'r weithred, gan dybio na châi'r fath arwydd o emosiwn cyhoeddus lawer o groeso gan lanc un ar bymtheg oed. Yn lle hynny, cerddodd y ddau i lawr y canol, heibio i'r dillad du, nes cyrraedd y seddau a gadwyd i'r teulu yn y rhes flaen.

'Diolch i ti am ddod heddi, Liz,' meddai Dylan a phlannu

cusan ysgafn ar foch ei gyn-wraig. Safai'r ddau wrth y bar tawel mewn man ar wahân i weddill y criw a dderbyniodd y gwahoddiad i fynd yn ôl i'r gwesty gwledig ar ôl gadael yr amlosgfa.

'Allwn i ddim peidio. O'n i'n meddwl y byd o Gerallt.'

'Ac o'dd e'n dwlu arnat tithe. Bydde fe wastad yn holi amdanat ti – bob tro yn ddi-ffael – shwt o'dd Liz, o'dd hi'n dal i fwynhau ei swydd, pryd o'dd e'n debygol o weld ti 'to. O'dd e fel 'se fe'n anghofio bod ni ddim – '

'Neu'n gwrthod ei dderbyn. Galwes i weld e, ti'n gwbod.'

'Do, wedodd e.'

'Mis dwetha. Es i draw i'r hosbis ym Mhenarth yn unswydd i weld e. I ymddiheuro.'

'Ymddiheuro?'

'Ond ffiles i yn y diwedd, o'n i'n ormod o gachgi. Bues i'n tin-droi ar bwys y drws am eitha sbel cyn mentro mewn i'w stafell, a dyna lle o'dd e'n eistedd yn y ffenest fawr yn edrych mas dros y môr yn ei fyd bach ei hun. Bydde chwalu ei lonyddwch wedi bod yn rhy greulon. Atgyfodi pethe ac ynte'n ... ti'n gwbod. Wel dyna'n esgus i ta beth. Pan glywodd 'yn llais i dyma'i wyneb yn llenwi â'r wên unigryw honno o'dd gyda fe, a ffiles i weud dim byd mwy na'r ystrydebe arferol yn y diwedd. Ffiles i, Dylan. O'n i wedi torri ei galon unwaith yn barod.'

'Dere nawr, paid â bod mor hunanol. Smo ti'n ca'l cadw'r holl euogrwydd 'na i ti dy hun. Fi biau ei hanner e.'

Gwenodd y ddau yn wan a chymerodd Liz lymaid o'i gwin gwyn. Gadawodd i'w llygaid grwydro draw at y galarwyr eraill oedd yn sefyllian yn eu grwpiau bychain neu'n eistedd wrth y byrddau bach crwn yn yfed te ac yn stwffio brechdanau i'w cegau.

'Whare teg, ma criw bach go lew wedi dod,' meddai hi mewn ymgais i oresgyn y lletchwithdod a oedd wedi disgyn rhyngddyn nhw eu dau.

'Ti'n prysur droi'n frenhines yr ystrydebe,' heriodd Dylan a chamu oddi wrthi er mwyn osgoi effaith lawn ei bys a oedd yn anelu am ei asennau. 'Hei, ma hwnna'n brifo!'

'Ti'n ei haeddu, y jiawl.'

Edrychodd e ym myw ei llygaid a chwerthin. Doedd tair blynedd o fod ar wahân wedi gwneud dim i leddfu'r meddyliau na llwyr fynd i'r afael â'r petai a'r petasai.

'Gwranda, bydd raid i fi fynd i siarad ag ambell un yn y funud neu bydd marc du arall wrth 'yn enw yn llyfr y bechgyn drwg. Wy wedi teimlo'u llid yn barod.'

'Llid? Am bwy ti'n sôn?'

'Pwy ti'n feddwl? Gethin a honna. Dechreuodd hi newid e y diwrnod rhoiodd e fodrwy ar ei bys ac erbyn hyn ma'r trawsnewidiad yn llwyr. Ti'n gweld, dyna lle aethon ni'n dou'n rong. Wnes i ddim gadel i ti fy nhraflyncu fel ma honna wedi neud.'

'Neu fel arall, Mr Rhys bach! Wnes i ddim gadel i ti fy llyncu inne chwaith.'

Gwenodd y ddau o'r newydd wrth fwynhau eu pryfocio diogel.

'Cofia, mae'n eu siwto nhw hefyd mod i'n cadw ar y cyrion. Eu siew nhw yw hyn. Dyw marn i ddim yn cyfri.'

'Wel bai pwy yw hynny? Ti'n rhy blydi llipa. Gwranda, mae'n bryd i ti roi'r gore i'r hunandosturi 'ma. Gwna rwbeth yn lle conan.'

'Plis, ddim heddi. Wy wedi'i cha'l hi lan i fan hyn yn barod,' meddai Dylan a chodi ei law at ei wddwg gan ysgwyd ei ben.

'Mae'n flin 'da fi.'

'Mae'n iawn.'

'Ond wy'n gweud y gwir, Dyl.'

'Wy'n gwbod.'

'O'dd y gwasanaeth yn hyfryd.'

'Ti'n meddwl?'

'Ydw. Pam 'te ... dwyt ti ddim yn cytuno?'

'Wel, o'dd Dad ddim fawr am y capel, yn enwedig ar ôl colli Mam mor ifanc. Paid â camddeall, o'dd y gweinidog 'na'n garedig ofnadw, a bydde'r hen Gerallt wedi bod wrth ei fodd â'r holl bethe neis gas eu gweud amdano ond ... heb y stwff arall 'na. Sa i'n credu fod e'n wahanol i'r rhan fwya o bobol yn hynny o beth, ond bod pawb yn y pen draw yn ildio i gonfensiwn a'r patryme oesol. Mae'n haws mynd am y cyfarwydd pan ma pawb dan deimlad. Mae fel polisi yswiriant, jest rhag ofan. Ond mae'n ddiog. Dyneiddiwr o'dd Dad, dyn da.'

'O'dd e'n ddyn doeth. Weda i 'na amdano fe.'

'Dyna *un* gair i ddisgrifio fe.'

'Pam 'te, ti'n moyn i fi gynnig rhagor?' Craffodd Liz ar ei wyneb a'i herio i beidio â gostwng ei drem. Adwaenai'r dyn hwn yn rhy dda. Roedd Dylan Rhys yn gamster ar led-awgrymu, ond gwyddai mai ofer fyddai iddi gloddio'n ddyfnach. Byddai unrhyw ddinoethi emosiynol gwerth ei gael yn gorfod bod ar ei delerau ei hun. 'Dyma un arall i ti: tangnefeddwr.'

'Yffach, beth sy yn y gwin 'na?' meddai ac amneidio â'i ben ar y gwydryn yn ei llaw. 'Wnest ti lyncu geiriadur cyn dod mas?'

'Beth sy'n bod, Dylan?' gofynnodd hi, gan ochrgamu ei ysgafnder cyfleus. 'Wy'n gwbod bod heddi'n ddiwrnod anferth i ti, ond ma 'na rwbeth ti ddim yn ei weud wrtha i.'

'O, sa i'n gwbod. Rhwbeth wedodd Gethin yn y car gynne,' meddai ac edrych heibio iddi.

'Dere mla'n, beth wedodd e?'

'Wir i ti, sôn am amseru anffodus. Newydd droi oddi ar yr hewl fawr oedden ni ... hynny yw, o'n ni'n gyrru trwy glwydi'r amlosgfa, dyna pa mor agos o'n ni ... a ti'n gwbod beth wedodd y bastad gwirion? Gofynnodd e a o'n i'n gwbod bod Dad wedi ca'l ei fabwysiadu. Elli di gredu shwt beth? Jest fel 'na. Hyd yn oed os yw e'n wir, nage dyna'r amser i –'

'Beth? Wedodd e 'na, bod Gerallt wedi –?'

'Yn gwmws. Meddyla shwt o'n i'n teimlo. Dychmyga beth o'dd yn mynd trwy mhen amser o'dd y gweinidog 'na'n mynd mla'n a mla'n amdano fe, a finne newydd glywed y daranfollt 'na. Wy'n gweu'tho ti, Liz, o'dd e fel 'sen i wedi glanio ar ddamwain yn yr angladd rong. O'n i'n moyn gweiddi dros y lle: "Pwy yw'r boi 'ma? Nag oes 'na rwbeth go bwysig chi'n ei ddala'n ôl?" Wy'n teimlo bo' fi wedi bod yn byw rhyw gelwydd enfawr ar hyd 'yn oes. Sa i'n gwbod pwy ydw i.'

'Paid â mynd dros ben llestri nawr. Rwyt ti'n gwbod yn nêt pwy wyt ti. Mae hyn yn gyffrous, mae'n neud cymwynas â ti. Mae'n neud ti'n llai anniddorol yn un peth!'

Ar hynny, cydiodd hi yn ei law a'i gwasgu, ond ni sylwodd Dylan ar yr arwydd bach hwn o garedigrwydd gan ei gynwraig ac ni chroesodd ei feddwl nad oedd hi o reidrwydd yn credu ei geiriau ei hun.

'Guto! Ble ti 'di bod, cariad?' gofynnodd Liz pan ddaeth eu mab i sefyll yn eu hymyl a'i ffôn yn ei law.

'Es i mas i'r maes parcio i ga'l signal.'

'Pwy yw hi 'te?' gofynnodd ei dad a'i benelino'n ysgafn

yn ei fraich.

'Ha-blydi-ha.'

'Pwy bynnag yw hi, mae wedi rhwydo pysgodyn blasus. Drycha arno fe, Dylan, galleni fyta fe.'

'Mam! Wy ti'n sylweddoli pa mor ych a fi ma hwnna'n swno?'

'Ond mae'n wir, wy yng nghwmni dau hync fan hyn. 'Co'r ddau ohonoch chi yn eich siwtie. Sneb arall yn yr un cae â chi.'

'*Crème de la crem*, ife?' meddai Dylan a thynnu gwep.

'Dyna o'dd rhan o'r apêl erioed,' meddai Liz yn ffug-awgrymog. 'Hiwmor tywyll.'

'A siwt dda.'

'Wy'n mynd,' meddai Guto a dechrau symud oddi wrthyn nhw, gan siglo'i ben yn gartwnaidd.

'Wow, wow! Ti'n dod draw i'r fflat nos Wener fel arfer? Gallen ni ga'l tecawê os ti'n moyn ac fe wna i herio ti i gêm arall o FIFA.'

'Nid FIFA yw hi bellach. Maen nhw 'di newid yr enw.'

'Wel, beth bynnag yw hi erbyn hyn. Beth amdani? Wy'n teimlo'n hyderus,' meddai Dylan a rhwto ei ddwylo yn ei gilydd.

Nodio ei gadarnhad wnaeth Guto heb godi ei ben i ymateb i berfformiad ei dad. Gwibiodd llygaid Dylan i gyfeiriad ei gyn-wraig ond roedd hithau, fel ei mab, yn syllu tua'r llawr wrth i realiti bywyd bob dydd ddisodli'r ysgafnder cynt. Ymwelydd prin fu ysgafnder drwy gydol y blynyddoedd olaf cyn y gwahanu, fe gofiodd. A oedd eu trefniant newydd yn well? Doedd e ddim yn siŵr.

'Sdim eisie i chi aros fan hyn fwy na sy raid, cofiwch,' parhaodd Dylan mewn ymgais i lenwi'r mudandod. 'Wy mor ddiolchgar i chi am ddod.'

'Ti'n siŵr byddi di'n iawn?'

'Perffaith siŵr.'

'Wel, ma gyda fi adroddiad i orffen cyn diwedd y dydd.'

'O ddifri, cerwch chi. Well i finne fynd i "gylchynu" ys gwedan nhw, ac wy'n awyddus iawn i ga'l gair gydag Anwen cyn iddi ddiflannu.'

* * *

Gwyliodd Dylan y dyn ifanc trwy gil ei lygad wrth geisio bwrw ymlaen â'r mynydd o waith papur ar ei ddesg ar yr un pryd. Ni allai gofio ei enw gan mai un o'r newydd-ddyfodiaid diweddaraf oedd e, ond roedd e'n grac ag e ei hun, er hynny. Fel arfer, ymfalchïai yn ei allu i gofio enwau pawb a ddeuai i'r ganolfan ond, am ryw reswm, doedd enw hwn ddim wedi gafael. Rhoddodd y bai yn syth ar ei absenoldeb o'r gwaith dros y dyddiau diwethaf er iddo ddychwelyd ynghynt nag oedd rhaid. Cawsai ganiatâd yr ymddiriedolwyr i gymryd 'cymaint o amser ag sydd ei angen' er mwyn trefnu'r angladd a mynd i'r afael â'r holl ofynion arferol a ddeuai yn sgil profedigaeth, fel talu bil yr ymgymerwyr, trafod yn dragywydd â'r cyfreithwyr a chanslo pensiwn ei dad a'i daliadau i'r cyngor, i enwi ond rhai. Yn y diwedd, ei frawd wnaeth y rhan fwyaf o'r tasgau hynny, gan adael iddo yntau ymgolli yn ei feddyliau ei hun. Ni wyddai Dylan a ddylai fod wedi ystyried cynnwys olrhain ei achau neu ddad-wneud celwyddau yn y tasgau hynny os gwir a ddywedodd ei frawd am y busnes mabwysiadu. Ond ar ôl cyfnod o bwyso a mesur yr ergyd anferthol o golli ei dad a'r sylweddoliad ei fod e ychydig yn fwy unig yn y byd bellach, penderfynodd mai callach fyddai iddo ailafael yn ei waith. Hyn a hyn o alaru oedd yn llesol, yn enwedig i rywun oedd yn byw ar ei ben ei hun. Roedd angen dogn o normalrwydd arno ac roedd angen y cwmni arno. Wedi'r cyfan, doedd y pentwr o bapurach o'i flaen, heb sôn am yr ugeiniau o e-byst, ddim yn mynd i symud o'u rhan eu hunain.

Pwysodd yn ôl yn ei gadair gefnuchel ac edrych trwy ddrws agored ei swyddfa heb guddio ei chwilfrydedd bellach. Eisteddai'r dyn ifanc ar ei ben ei hun yn y rhes o gadeiriau plastig, oren a lynai wrth y parwydydd o gwmpas y neuadd. Craffodd Dylan ar y cysgodion dan ei lygaid ac ar y blewiach du, trwchus ar ei fochau nad oedd ymhell o fod yn farf lawn. Barnodd ei fod e tua deg ar hugain oed yn ôl ei olwg ond gallai fod yn iau. Roedd bywyd wedi gadael ei ôl ar bob un o'r bobl a ddeuai i'r ganolfan. Roedd gan bob un ei stori ei hun. Trodd Dylan ei ben ryw fymryn mewn ymateb i'r chwa o chwerthin a ddeuai o gyfeiriad y bwrdd snwcer ar ganol llawr y neuadd lle roedd pump neu chwech o'r lleill yn tynnu ar ei gilydd yn ôl yr arfer, ond dal i syllu i ryw ofod anweledig o'i flaen a wnâi hwn. Ni allai benderfynu ai tristwch ynteu trahauster oedd i gyfrif am ei ddiffyg diddordeb. Beth yn y byd oedd ei enw? Bu bron iddo godi a mynd draw i ofyn yn dawel bach i Hadi ond yna fe'i cofiodd yn sydyn: Nabil. Ei enw oedd Nabil ac roedd yn frodor o Aleppo. O leiaf dyna ddywedodd e. Daeth i'r ganolfan am y tro cyntaf yr un diwrnod ag y cafodd Dylan wŷs i ruthro draw i'r hosbis am fod ei dad wedi cael pwl annisgwyl o gas. Pedair wythnos lawn fu ers hynny, os nad mwy: digon i newid byd. Pa orffennol oedd mor ddrwg fel na allai'r Syriad hwn ildio i hynawsedd Hadi a'r lleill?

Edrychodd o'r newydd ar sgrin ei gyfrifiadur ac ar y ffurflenni a eisteddai blith draphlith ar ei ddesg a'r rheiny byth wedi eu llenwi. Roedd 'na werth awr dda o waith o hyd cyn y gallai gyfiawnhau cloi'r ganolfan am y dydd a mynd adref. Yn ystod ei absenoldeb roedd Sheila, ei wirfoddolwraig ffyddlon, wedi gwneud ei gorau i deneuo'r gwaith gweinyddol, ond ffoniodd hi am naw o'r gloch ar ei ben y bore hwnnw i ymddiheuro na allai ddod i mewn fel arfer. Roedd ei hwyres bum mlwydd oed yn sâl, meddai, a hi oedd yr unig un oedd ar gael i ofalu amdani. Gwenodd Dylan nawr wrth gofio pa mor falch oedd hi pan soniodd hi wrtho yn ei hacen Caerdydd dew, ryw flwyddyn yn ôl, fod yr un fach ar fin dechrau yn yr ysgol Gymraeg. Roedd ei merch a'i phartner, meddai, yn benderfynol o roi iddi'r cyfle na chawson nhw eu dau. Sheila annwyl. Byddai'r ganolfan yn mynd â'i phen iddi heb rai fel Sheila ac Abdi a Mrs Campbell-Jones, meddyliodd. Roedd e ac Erica, ei gyd-weithwraig ran-amser, yn gwbl ddibynnol arnyn nhw a doedd hynny ddim yn deg. Cawsai addewid o arian ers tro er mwyn cyflogi rhywun arall ac ysgafnhau'r baich, ond dal i aros roedd e. Roedd rhywun yn rhywle'n cymryd y pis.

Fe'i siglwyd o'i synfyfyrio pan hyrddiodd Abdi trwy'r drws a phlannu ei ben ôl ar yr unig gadair arall oedd yn ei swyddfa.

'Dyna ni am heddi 'te, bòs. Ma'r gegin fel pìn mewn papur, yn barod am gyflafan arall fory.'

'Ti'n werth y byd, Abs.'

'Ma Costco newydd ffono i weud bod nhw'n ffilu delifro tan un ar ddeg bore fory oherwydd bod y banc bwyd wedi gofyn iddyn nhw alw'n fan 'na'n gynta, ond ma hynny'n iawn achos ma rhywfaint o lysie dros ben gyda fi o heddi a ma digon o reis 'ma. Paid becso, wnawn ni ddim starfo. Meddyla i am rwbeth i ginio.'

Gwenodd Dylan a phwyso ymlaen yn ei gadair ei hun. Abdi oedd yr un cyntaf i'w groesawu i'w swydd newydd dair blynedd yn ôl a'r un oedd wedi gofalu amdano byth ers hynny, gan ddefnyddio ei sgiliau bywyd digymar a'i haelioni di-ben-draw i lywio'r rheolwr dibrofiad trwy bob drycin. Roedden nhw tua'r un oedran ond doedd Abdi ddim yn gwbl siŵr pryd y'i ganed, felly dewisodd y dyddiad y cafodd aros yn swyddogol yn ei gartref newydd fel diwrnod ei ben-blwydd. Byddai wastad yn dweud taw dyna oedd diwrnod ei aileni. Ac o'r diwrnod hwnnw roedd y ffoadur o Somalia wedi ymrwymo i helpu'r ffoaduriaid a ddaethai ar ei ôl.

'Clyw, galla i sbario hanner awr arall os oes rhwbeth ma angen ei neud prynhawn 'ma.'

'Na, cer di adre. Ti 'di neud digon yn barod.'

'Dere, sdim hast arna i. Be ti'n moyn i fi neud?' mynnodd Abdi wrth synhwyro'r diffyg argyhoeddiad yn anogaeth Dylan.

'Wel, os ti'n hollol siŵr, fydde ots gyda ti sorto trwy'r bagie dillad gyrhaeddodd gynne? Daeth llwyth mewn heddi a sa i'n moyn i Hadi weld nhw a bachu'r goreuon cyn i neb arall ga'l cyfle. A bydd lle y diawl 'ma os daw Mrs Campbell-Jones fory a gweld yr holl annibendod yn ei theyrnas. Ti'n gwbod pa mor diriogaethol yw hi!'

Cododd Abdi ei aeliau a chodi ar ei draed.

'Gad e 'da fi ... wela i di fory.' Eiliad arall ac roedd e wedi mynd.

Ar y dechrau, arferai Dylan wingo mewn embaras wrth weld rhai o'r pethau roedd pobl yn eu rhoi yn y bagiau du:

esgidiau yn dal yn eu bocsys, siwmperi a sgertiau a wyntai fel petaen nhw newydd ddod o'r siop a dillad plant nad oedden nhw erioed wedi bod yn agos at ddwylo brwnt wrth eu golwg. Rhoddion i leddfu cydwybod ... neu i wneud lle am fwy o wario ar hap. Dair blynedd yn ddiweddarach ac roedd e'n ddiolchgar am bob dim bellach, waeth beth oedd eu tarddiad a'u cyflwr, am nad oedd gan y rhai oedd mor barod i'w derbyn ddim oll. Cyn iddo gychwyn yn y ganolfan, prin ei fod e wedi torri gair ag unrhyw ffoaduriaid erioed heb sôn am geisio deall eu cyfyngder. Ac yntau'n wynebu ei gyfyngder personol ei hun ar y pryd, llwyddodd rhywsut i daflu digon o lwch i lygaid y panel cyfweld fel eu bod nhw wedi cynnig y swydd iddo yn y fan a'r lle. Ond buan y sylweddolodd nad oedd fawr o gystadleuaeth mewn gwirionedd am job a ddibynnai gymaint ar lafur cariad a rhoddion ail-law. Rhaid bod y panel wedi dirnad rhyw anobaith yn ei lygaid ac awydd i ddechrau o'r dechrau, gan farnu bod hynny'n ddigon o gymhwyster i ddelio â thrueiniaid go iawn. Lledwenodd Dylan a chwythu'r fath hunanfychanu ffug o'i ben. Un ai hynny neu eu bod wedi methu credu eu lwc bod cyn-athro yn ei bedwardegau mor eiddgar i ymuno â'r tîm am gyflog prentis. Ei dad oedd yr unig un i beidio â'i feirniadu ar ôl iddo roi'r gorau i ddysgu ond, erbyn meddwl, ni allai gofio ei dad yn ei feirniadu erioed, ddim yn agored beth bynnag, er iddo gael digon o gyfle ganddo i'w wneud. Beth bynnag oedd ei farn am yr ysgariad fe'i cadwodd iddo fe ei hun. Un fel 'na oedd e. Roedd Liz yn iawn – tangnefeddwr oedd Gerallt Rees. Ond gwyddai bellach nad dyna'r unig air i'w ddiffinio. Roedd gan ei dad glamp o gyfrinach y dewisodd beidio â'i rhannu â neb.

Taflodd gip o'r newydd i gyfeiriad y man lle bu Nabil yn eistedd ond roedd hwnnw wedi mynd. Yna trodd yn ôl at y ffurflenni ar ei ddesg, yn benderfynol o glatsio arni am awr arall er mwyn gwneud bywyd yn haws iddo'i hun bore fory.

Diffoddodd Dylan ei gyfrifiadur, cydiodd yn ei siaced ddu fu'n hongian ar gefn ei gadair drwy'r dydd ac aeth am y drws. Teimlodd yn ei bocedi i wneud yn siŵr nad oedd e wedi anghofio ei ffôn a phlygodd i godi ei fag oddi ar y llawr. Gwthiodd ei freichiau trwy'r strapiau a siglo ei ysgwyddau lan a lawr mewn defod gomig nes bod y bag yn eistedd yn gyfforddus ar ei gefn a chamodd allan i'r neuadd. Roedd Hadi a dau neu dri o'r criw arferol yn dal i eistedd mewn cylch ym mhen draw'r neuadd yn ymyl y bordydd bach a bentyrrwyd ar ben ei gilydd ar ddiwedd cinio canol dydd. Pan welson nhw Dylan yn cloi ei swyddfa ac yn paratoi i fynd dyma nhw'n codi ar eu traed yn anfoddog a mynd drwodd i'r gegin fach er mwyn golchi eu cwpanau gwag yn y sinc.

'Bydde'ch mamau chi'n browd iawn ohonoch chi, fechgyn,' galwodd Dylan ar eu hôl.

'Bydden,' atebodd Hadi gan anwybyddu'r coegni bwriadol.

Roedd Dylan yn amau a oedd rhai fel Hadi erioed wedi golchi cwpan yn eu byw cyn dod i Gymru; gwaith i ferched oedd hynny yn eu rhan nhw o'r byd. Ond gwyddai hefyd fod pob un o'r dynion hyn wedi ymgodymu â gwaeth o lawer na rhywbeth mor dila â golchi llestri.

'Beth yw'ch cynllunie chi heno 'te?' gofynnodd a difaru'n syth ei fod e wedi gofyn y fath gwestiwn.

'O dere weld nawr, o'n ni 'di meddwl mynd am bryd o fwyd chwe chwrs draw yn Mezza Luna a mla'n wedyn i weld ffilm yn Cineworld. Mae croeso i ti ddod gyda ni ... os ti'n cynnig talu,' atebodd Hadi ac edrych ar y lleill er mwyn rhannu ei ysgafnder.

'Paid â gadel i fi eich cadw chi felly,' atebodd Dylan. 'Gewch chi weud wrtha i fory shwt aeth hi.'

Daliodd e ddrws y neuadd ar agor iddyn nhw basio trwyddo fesul un, diffoddodd y goleuadau ac aeth drwodd i wneud yr un peth yn y stafell nesaf lle byddai'r menywod a'r plant yn tueddu i gyfarfod. Plygodd i roi ambell degan strae yn ôl yn y gorlan chwarae, tsiecodd y ffenestri i wneud yn siŵr eu bod ynghau ac aeth am ddrws y ffrynt, gan ddiffodd y goleuadau eraill ar ei ffordd.

Pan gamodd e ar y fflags toredig o flaen yr adeilad di-nod edrychodd yn syn ar y rhesi diddiwedd o draffig oedd yn chwydu allan o ganol y ddinas wrth i filoedd o weithwyr a siopwyr droi am adref. Gwenodd wrth wylio Hadi a'r lleill yn ochrgamu'r ceir araf, gan achosi i ambell yrrwr weiddi rheg arnyn nhw neu ganu corn yn ddiamynedd; wedi'r cyfan, roedd croesfan bwrpasol ryw ddeg metr i ffwrdd. Ond ni allai weld bai arnyn nhw, meddyliodd. Onid oedd y system wedi sugno bron pob her arall o'r dynion hyn a'u gadael i chwarae triciau adolesent cyn eu rhoi yn ôl ar awyren a'u hanfon adref i drio eto? Roedd croesi ffordd brysur yng Nghaerdydd megis dim o'i gymharu â phrofiadau'r rhain. Roedd e ar fin troi i wynebu'r ffordd arall ac anelu am yr orsaf drenau pan laniodd ei lygaid ar Nabil yn eistedd ar wal isel o flaen un o'r tai cerrig mawr a nodweddai'r stryd. Roedd y tŷ, fel cynifer o'r lleill yn y rhes, wedi hen golli ei grandrwydd a'r capteiniaid llongau a'u teuluoedd wedi ildio eu lle ers tro byd i rai fel Nabil cyn i rywun arall ddod a chymryd ei le yntau. Ffoaduriaid a mamau sengl ofnus oedd deiliaid y stryd bellach.

Dechreuodd gerdded tuag at orsaf Heol y Frenhines a'i feddwl yn troi, ond yr holl ffordd yno ni allai ddileu'r llun o Nabil yn eistedd ar ei ben ei hun o flaen ei gartref dros dro.

Roedd y platfform yn ferw o deithwyr, fel y byddai bob amser yr adeg honno o'r dydd, ac roedd Dylan yn falch. Pobl y Cymoedd oedden nhw'n bennaf a'u hacenion yn ei gwneud hi'n anodd iddo benderfynu weithiau ai Cymraeg ynteu Saesneg a siaradai ambell un. Yn y funud byddai'n gadael i'r acenion hynny fynd eu ffordd eu hunain wrth iddo yntau gael ei gludo ar hyd cledrau eraill i un o faestrefi'r ddinas. A byddai'r naws a'r acenion yn gwbl wahanol. Un o'r Cymoedd oedd ei dad, cymoedd y gorllewin. Pan siaradai hwnnw Saesneg swniai'n debycach i'r bobl hyn ar y platfform yr eiliad honno nag i'w feibion ei hun er bod Gethin ac yntau wedi eu geni a'u magu yng Nghaerdydd ar aelwyd Gymraeg. Yn sydyn, crydiodd wrth gofio na fyddai'n clywed llais ei dad byth eto. A golygai hynny yn ei dro na châi atebion ganddo i'r cannoedd o gwestiynau roedd e ar dân eisiau eu gofyn. Faint a wyddai Gerallt Rees am ei orffennol ei hun a pham na soniodd yr un gair wrth ei ddau fab? A fyddai ganddo'r un acen petai ei fywyd wedi dilyn llwybr gwahanol? A fyddai wedi siarad Cymraeg? Hap a damwain oedd y cyfan.

Yn sydyn, fe'i dihunwyd o'i fyfyrio pan ganodd ei ffôn ac yntau wrthi'n gwthio'i ffordd trwy ddrysau'r trên a oedd eisoes dan ei sang. Llwyddodd i roi ei law yn ei boced a llonnodd trwyddo pan welodd taw Beca oedd yno.

'Haia, ble wyt ti?' gofynnodd hi.

'Ar 'yn ffordd adre. Newydd adel y gwaith ydw i.'

'Ti'n ffansïo galw'n nes mla'n? Gallen ni fynd mas i ga'l cyrri a dod nôl fan hyn wedyn.'

'Am bwdin, ife? Shwt alla i wrthod gwahoddiad fel 'na?'

'Ti ddim gwahanol i unrhyw ddyn arall, mae'n amlwg. O'n i'n meddwl fod ti'n fwy gwreiddiol na 'na. Pwy soniodd am bwdin ta beth?'

'Ti.'

'Naddo.'

'Do fe wnest ti, ond fod ti heb ddefnyddio'r union air. Ti'n gwbod yn gwmws beth ti'n moyn. Ti ddim gwahanol i unrhyw fenyw arall, mae'n amlwg.'

Gwenodd Dylan wrth ddychmygu ei gwên hithau. Roedd e'n gweld ei heisiau. Roedd angen dogn o ddigrifwch arno wedi dwyster y dyddiau diwethaf ac roedd arno angen ei chwmni anghymhleth. Ond nid dyna'r unig beth roedd arno ei angen heno. Wedi'r cyfan, onid dyna oedd sail eu trefniant arbennig?

'Rho awr i fi. Wy eisie ca'l cawod sydyn a newid o nillad gwaith.'

'Iawn ond paid â bod yn hir.'

Diffoddodd e'r alwad a stwffiodd y ffôn yn ôl i'w boced, ei ddychymyg eisoes yn rhemp. Cyfarfu ei lygaid â llygaid y dieithryn barfog a safai yn ei ymyl yn y goetsh orlawn ac edrychodd i ffwrdd yn frysiog wrth ddirnad yr awgrym lleiaf o gilwen ar wyneb hwnnw. Bu'n gwrando'n astud ... ac yn deall pob gair. Diawliodd ei hun am fod mor barod i ddiystyru ei gyd-deithwyr; roedd siaradwyr Cymraeg ym mhob blydi cornel o'r brifddinas bellach! Wrthi'n ymgodymu â'i letchwithdod dros dro roedd e pan glywodd ei ffôn yn canu eto. Roedd e'n hanner disgwyl rhyw neges fachog gan Beca a hithau'n methu rhoi'r gorau i'w chellwair funudau ynghynt, ond pan welodd enw Anwen yn y sgrin fach sobrodd ar unwaith. Tapiodd e'r sgrin i agor neges ei gyfnither: *Wyt ti ar gael i ddod i siarad â Mam rywbryd wythnos nesa? X*

NABIL

Gorweddai Nabil ar wastad ei gefn ar y gwely cul, gan wylio'r gleren yn croesi'r nenfwd melynaidd. Bob hyn a hyn, byddai hi'n stopio'n stond ar ganol ei siwrnai i unman a byddai Nabil yn curo'i ddwylo'n sydyn er mwyn peri iddi hedfan bant. Yna byddai hi'n cychwyn ar gylchdaith wallgof o gwmpas y stafell cyn glanio yn rhywle arall, yn orchfygedig am y tro. Ac yn y tawelwch dilynol byddai ei sylw yn symud at sŵn y traffig a lifai'n barhaus ar hyd y ffordd lydan led pafin i ffwrdd. Ond ymlaen yr âi'r gêm ac ymhen ychydig byddai'r suo'n dechrau eto a'r gleren yn ei herio trwy ddod yn beryglus o agos i'w ben cyn ffoi o drwch blewyn a bwrw yn erbyn y ffenest frwnt mewn hediad camicasi. Yr un fu'r drefn ers chwarter awr a mwy: stopio ac ailgychwyn, stopio ac ailgychwyn. Roedd e wedi ystyried codi fwy nag unwaith ac agor y drws er mwyn rhyddhau ei garcharor ond gwyddai o brofiad nad oedd hynny'n sicr o lwyddo. Roedd gan y gleren ei meddwl ei hun. Un ai hynny neu roedd hi'n anghyfrifol o dwp.

Caeodd ei lygaid. Ceisiodd ganolbwyntio ar y synau annelwig a glywai trwy'r parwydydd neu uwch ei ben ac anghofio'r gleren wirion. Doedd yr adeilad byth yn gwbl dawel waeth pa adeg o'r dydd na'r nos oedd hi. Byddai rhywun wastad ar ei draed neu'n torri ei galon wrth orwedd ar wastad ei gefn, ar ei ben ei hun ac o olwg pawb. Dychmygai Nabil mai fel hyn y byddai synau carchar. Synau galar am fywyd a fu.

Ond roedd y cartref hwn fel paradwys o'i gymharu â'r lle arall. Yma o leiaf roedd ganddo ei stafell ei hun a doedd dim rhaid iddo roi ei alar ar stop. Yn y lle arall doedd dim digon o le i rywbeth mor breifat mewn stafell chwyslyd a oedd prin yn ddigon mawr i'r chwe dieithryn a'i rhannai. Am bedwar mis, pump efallai, cadwodd e at y cyrion a chadwodd ei geg ar gau. Roedd e'n rhydd i fynd a dod fel y mynnai – dyna a ddywedwyd wrtho – ar yr amod ei fod yn dychwelyd bob nos, ond ni adawodd safle'r gwersyll unwaith yn ystod yr amser hwnnw. Bodlonodd yn hytrach ar wylio'r byd trwy sgwariau'r ffens uchel a wahanai rai fel fe rhag rhai fel nhw. Bob dydd bydden nhw'n dod i weiddi ar ei gilydd wrth fynedfa'r gwersyll a chwifio eu placardiau nes i'r glaw neu ddifaterwch neu'r ddau eu gwasgaru. Ond yn y bore bydden nhw'n ôl wrth y gatiau yn cystadlu â'r gwylanod am sylw am eu bod yn rhydd i wneud hynny. Cyn iddo adael Aleppo doedd Nabil erioed wedi clywed gwylan.

Amal benderfynodd yn y diwedd. Hi benderfynodd ei bod hi'n bryd iddyn nhw fynd o'r ddinas lle cyfarfu'r ddau ac ailgydio yn eu gobeithion mewn gwlad lle na fyddai bomiau'n disgyn ar eu pennau bob awr o bob dydd.

Hi o bawb, y ferch a'i gwreiddiau'n ddwfn yn llwch y strydoedd cefn. Amal oedd yr un fyddai bob amser mor barod i ganu clodydd ei dinas hyfryd wrth unrhyw dwrist a chanddo glust i wrando. Ei hapêl o'r dechrau'n deg oedd ei brwdfrydedd diniwed a ymylai ar fod yn ddiofal. Yn wahanol iddo fe, hi oedd y cyntaf yn ei theulu i fynd i'r brifysgol a doedd ganddi mo'r un cyfyngiadau a oedd mor amlwg yn ei natur yntau, mab y meddyg. Gwenodd wrth gofio'r tro cyntaf iddi ddod i gwrdd â'i rieni yn eu fflat moethus yn al-Sha'ar yn nwyrain y ddinas. Am ddyddiau cyn y diwrnod mawr, bu Nabil wrthi'n ddiwyd yn osgoi cwestiynau taer ei fam, gan gynnig tameidiau dethol yn unig iddi am y 'ferch o ochr draw'r afon', digon i gau ei phen. Gwyddai nad oedd angen unrhyw gyflwyniad ar ferch fel Amal; gallai siarad drosti ei hun a thros hanner Aleppo o ran hynny! Erbyn diwedd y pryd bwyd, roedd hi wedi swyno ei dad yn llwyr a llwyddo i ddarbwyllo ei fam nad oedd ei rôl deuluol dan unrhyw fygythiad o'i herwydd hi; roedd y cwlwm cyfrin rhwng mam a mab yn ddiogel. Ac yn sgil y goncwest honno cafodd y pâr ifanc rwydd hynt i wneud fel y mynnen nhw yn yr Aleppo ryngwladol, agored cyn i drais a dogma newid popeth.

    Ieithoedd tramor oedd ei diléit. Beth arall a weddai i bersonoliaeth mor afieithus? Cofiodd Nabil fel y byddai pob ymweliad â'r Parc Cyhoeddus ysblennydd i weld y cerfluniau neu'r ffynhonnau dawnsiol yn troi'n gyfle iddi ymarfer ei Saesneg â rhyw ymwelydd neu'i gilydd o Ewrop. Roedd ganddi ddawn anghyffredin i ddod i'r adwy os oedd, yn ei barn hi, angen help ar deulu o dramor i brynu hufen iâ neu ddiod gan un o'r gwerthwyr diamynedd neu os oedd rhyw deithwraig ifanc yn edrych ar goll yng nghanol plygiadau ei map ar ochr stryd yn yr Hen Ddinas. A byddai'r sgwrs ddilynol yn para munudau lawer a hithau'n holi perfedd pawb tra ei fod yntau'n gwingo ar y cyrion. Ond hi oedd yn iawn; gwell hynny na gwneud dim.

Hi oedd yn iawn pan awgrymodd hi y dylen nhw briodi mewn seremoni syml a di-lol wrth iddi ddod yn fwyfwy amlwg bod y rhyfel yn dwysáu. Er gwaethaf amheuon ei fam, a oedd wastad wedi rhag-weld dathliad mawr gyda ffws a ffwdan mwy teilwng i'w hunig fab, priodi wnaethon nhw. Ond fe oedd yr un ddaeth o hyd i'w fflat dwy stafell yn ymyl cartref ei rieni a thafliad bom llaw o'r ysbyty lle roedd e'n hyfforddi i fod yn feddyg, gan ddilyn yn ôl troed ei dad a'i ewythr a'i dad-cu cyn hynny.

Yn sydyn, fflachiodd llun o'r rwbel ar draws ei feddwl ac agorodd ei lygaid yn syth cyn i'r hunllef gyfarwydd gael gafael ynddo.

Cododd ar ei eistedd ac estyn am ei esgidiau. Roedd yn bryd iddo fynd allan a thorri'r gadwyn: crwydro'r strydoedd anhysbys ac ymhyfrydu ym mhurdeb eu dieithrwch. Gwisgodd ei siaced ddu a chwiliodd yn ei bocedi am ei allwedd cyn camu tuag at y drws, ond yn lle mynd trwyddo trodd yn ei ôl gyda'r bwriad o chwilio am y gleren a'i hannog i ddianc gyda fe. Curodd ei ddwylo yn y gobaith o'i haflonyddu ond doedd dim smic gan ei blagiwr cynt. Gwibiodd ei lygaid ar draws y parwydydd ac aeth draw at y silff ffenest a siglo'r llenni tenau. Yna fe'i gwelodd yng nghornel y silff. Fe'i prociodd yn ysgafn â blaen ei fys cyn ei sgubo'n ofalus i'w law. Syllodd ar y creadur diymadferth am eiliadau hirion cyn plygu i'w roi gyda'r papurach a'r cartonau bwyd yn y bin sbwriel bach. Croesodd e'r llawr digarped, agorodd e'r drws a'i gloi ar ei ôl. Rhedodd i lawr y grisiau a'i fryd ar grwydro Caerdydd.

Erbyn iddo eu gweld, roedd yn rhy hwyr i droi'n ôl. Eisteddai rhyw dri neu bedwar ohonyn nhw gyda'i gilydd ar y wal isel o flaen yr adeilad, gan wrando ar yr Iraciad yn mynd trwy ei bethau. Safai hwnnw ar y pafin a'i gefn at y traffig, ond pan welodd e Nabil yn dod trwy'r drws gwydrog rhoddodd y gorau i'w berorasiwn yn sydyn a'i gyfarch yn ei acen ryfedd. Trodd pob un o'r lleill eu pennau gan orfodi Nabil i'w cydnabod â gwên o fath, ond roedd e'n gyndyn o ildio mwy na hynny. Yn yr hanner eiliad nesaf, llwyddodd i fygu'r euogrwydd oedd yn bygwth ei fradychu a bwriodd yn ei flaen heibio i Hadi a'i gynulleidfa barod.

'Beth yw'r hast, frawd?' galwodd hwnnw ar ei ôl. 'Dyw hi ddim yn debygol o gau'r drws yn dy wyneb achos fod ti bum munud yn hwyr.'

Arafodd Nabil ei gamau a throi i wynebu'r criw bach. Cilwenai pob un yn awgrymog, gan fwynhau hiwmor anghynnil eu harweinydd hunanbenodedig. Gwenodd Nabil er ei waethaf, gan farnu mai dyna a ddisgwylid ganddo. Pa ddiben gwneud fel arall a bwydo'u rhagfarn fachgennaidd? Roedd e'n ddigon call i dderbyn na allai gystadlu â hwn. Roedd gan arweinwyr carismataidd ledled y byd ddawn heb ei thebyg i daflu llwch i lygaid y sawl yr oedd eu bywydau mor enbyd fel na allen nhw fforddio gwrthsefyll eu perswâd. Roedd ganddyn nhw hefyd y gallu i greu anhrefn cyn eu cwymp anorfod yn y pen draw.

'Dw i eisie picio i ganol y ddinas,' meddai a nodio'i ben i gadarnhau ei fwriad.

'I wario dy ffortiwn, ife? Hei, down ni gyda ti. Dewch mla'n, bois.'

Ar hynny, rhoddodd Hadi ei fraich am ysgwydd Nabil ac

amneidio ar ei addolwyr ffyddlon i'w dilyn.

'Ym mha ran o Aleppo o't ti'n arfer byw 'te?'

Teimlodd Nabil ei war yn tynhau a bu bron iddo dorri'n rhydd rhag gafael y dyn arall, ond gorfododd ei hun i gadw ei ben a gwrthod yr abwyd.

'Y rhan lle glaniodd y bomie.'

'Glaniodd bomie ym mhob ffycin rhan.'

'Wy'n siŵr y bydde trigolion dwyrain y ddinas yn falch o glywed hynny yn lle bod nhw'n poeni taw nhw oedd yr unig rai i ga'l y fraint o fwynhau'r sioeau tân gwyllt beunyddiol,' meddai Nabil gan edrych yn syth o'i flaen.

Taflodd Hadi gip ar y lleill a gerddai y tu ôl iddo, ond cadwodd ei fraich am ysgwydd Nabil a'i gollwng bob hyn a hyn dim ond i adael lle i ambell gerddwr eu pasio ar y pafin prysur. Curai calon Nabil fel gordd y tu mewn iddo a cheisiodd arafu ei anadlu ac yntau'n grediniol bod yr Iraciad wrth ei ochr yn gallu clywed sŵn y morthwylio yn erbyn ei frest. Roedd e am ffoi. Roedd e am redeg o grafangau'r dyn hwn a'i gŵn bach. Ychydig iawn oedd yn gyffredin rhyngddyn nhw heblaw eu bod, bob un, ar eu tinau ac yn ceisio lloches yn y wlad hon. Doedd siarad yr un iaith, neu ryw wedd arni, ddim yn troi pawb yr un fath. Ni wyddai'r rhain ddim oll amdano na beth a'i gyrrodd i geisio cyfle arall ar strydoedd glawog y ddinas hon.

'Doctor wyt ti, felly?' meddai Hadi fel petai e wedi clywed meddyliau ei garcharor dros dro.

'Shwt wyt ti'n gwbod 'ny?' gofynnodd Nabil heb drafferthu dweud wrtho nad oedd hynny'n gwbl gywir. Gallai ddirnad yr arlliw lleiaf o wên yn llygaid y llall, digon i'w argyhoeddi bod yr Iraciad yn mwynhau gadael iddo wybod y bu'n destun trafod ryw adeg.

'Dylan wedodd.'

Crychodd Nabil ei dalcen a gwibiodd ei lygaid at y lleill gan wahodd esboniad, ond ni ddaeth dim. Perfformiad eu meistr oedd hwn.

'Dylan o'r ganolfan. Ti'n gwbod ... y bòs.'

'Beth arall wedodd e?'

'Dim byd, ond croeso i ti ein goleuo ni. Ti ymhlith ffrindie ... hynny yw, oni bai bod gyda ti rwbeth i gwato. Wedi'r cwbl, ma gyda bob un ohonon ni ein cyfrinache.'

Meddyliodd Nabil fod ganddo lond gwlad o gyfrinachau a'i fod e wedi gweld pethau na ddylen nhw fod yn rhan o brofiad neb. Eto i gyd, doedd e ddim yn mynd i ddatgelu hynny wrth y dyn hwn ar ochr stryd i'w ddiddanu am bum munud dim ond iddo droi ei sylw at glecs rhywun arall cyn hawsed â diffodd ffilm gachu ar YouTube wedi iddo gael ei wala.

'Does dim byd mawr gwerth sôn amdano,' meddai ac edrych ym myw llygaid Hadi. 'Ma be-ti'n-galw-fe ... Dylan ... wedi gweud y cwbl.'

'Dere frawd, ti'n llawer rhy wylaidd.'

Yn sydyn, gwelodd Nabil y ganolfan yr ochr arall i'r ffordd brysur a gwnaeth ei benderfyniad yn y fan a'r lle.

'Ti'n gwbod beth, galla i fynd i ganol y ddinas rywbryd eto,' meddai ac arafu ei gamau. 'Beth am alw heibio'r ganolfan? Dyw eu coffi ddim yn wych ond mae am ddim, a gewch chi ddysgu i fi shwt i whare'r gêm 'na, yr un chi wastad yn ei whare ar y bwrdd mawr.'

Ar hynny, safodd Nabil ar ymyl y pafin a disgwyl am fwlch yn y traffig di-dor er mwyn croesi i'r ochr arall. Gallai synhwyro bod ei gyhoeddiad annisgwyl wedi cymhlethu'r Iraciad a bwydodd hynny ei hyder newydd. Er mai delio â chyrff toredig oedd ei briod faes, roedd y misoedd diwethaf wedi dysgu digon iddo sut i ddelio â rhai fel hwn. Roedd 'na Hadi ym mhob cymuned ym mhob rhan o'r byd. Ei ffugio hi fyddai orau a goddef ei ormes am ychydig eto. Gwaedu'r mochyn bob yn dipyn. Tynnu'r gwynt o'i hwyliau. Gwenodd wrtho'i hun o ystyried bod cynifer o ffyrdd o ddifa bwli. Roedd e'n ffyddiog y byddai ei blagiwr yn blino'n gyflym ac yn troi ei olygon at rywun arall cyn pen fawr o dro.

Eisteddai Nabil ar y gadair blastig, oren, gan esgus gwylio'r lleill trwy anwedd y coffi a godai o'r cwpan yn ei law. Ar ôl cyrraedd y ganolfan, aeth Hadi a'i ddilynwyr yn syth at y bwrdd snwcer a'i annog i ymuno â nhw, ond llwyddodd e i ddarbwyllo'r Iraciad mai trwy wylio o bell y byddai'n dysgu orau. Y syndod mwyaf oedd bod hwnnw wedi cydsynio heb unrhyw wrthwynebiad; roedd e wedi colli diddordeb am y tro yn y meddyg o Aleppo. Ni allai Nabil wadu nad oedd e'n falch. Y gwir amdani oedd nad oedd ganddo'r un gronyn o ddiddordeb yn eu gêm. Bodlonodd yn hytrach ar nodi'r mynd a dod parhaus: menywod lluddedig a'u plant oedden nhw'n bennaf, rhai o'r plant yn fach iawn, ac ambell un o oed ysgol ond bod biwrocratiaeth yn eu hatal rhag parhau â'u haddysg nes bod y ffurflenni cywir wedi eu llenwi. Pobl o'i ran yntau o'r byd oedd llawer a hynny am fod hunanddinistr neu hunan-les a phob hunan arall wedi eu gyrru o'u gwledydd eu hunain. Ochneidiodd Nabil a siglo ei ben yn ddiamynedd. Gwyddai ei bod hi'n fwy cymhleth na hynny ond gwyddai hefyd fod peth gwirionedd yn ei asesiad syml.

Crwydrodd ei lygaid yn ôl i gyfeiriad y bwrdd snwcer.

Roedd Hadi wedi adennill peth o'i asbri cynt ac roedd Nabil yn falch ar un olwg. Barnodd e fod rheidrwydd y dyn hwn i berfformio o flaen ei edmygwyr ac yfed eu gwerthfawrogiad yn ei wneud yn llai peryglus rywsut. Yr eiliad honno, roedd e'n ddiolchgar i'r edmygwyr, os mai dyna oedden nhw, am ddenu sylw'r Iraciad atyn nhw eu hunain ac oddi wrtho yntau; roedd gobaith felly y câi lonydd ganddo. Yn sydyn, sgubodd ton o gywilydd drosto am fod mor barod i ystyried y fath beth cachgïaidd. Roedd e'n well na hynny. Teimlodd y gwaed yn codi yn ei wyneb a chofiodd sut y byddai Amal yn tynnu arno ac yn ei gyhuddo o fod yn ddiserch ac yn gaeth i'w fagwraeth ddosbarth canol. Er taw herian roedd hi, byddai ei geiriau'n ei rwygo ar y pryd, ac am ddyddiau wedyn bydden nhw'n mynd rownd yn ei ben, gan gnoi ei hunanhyder. Perthynai ei chymhennu i adeg bell yn ôl pan oedd bywyd yn ddigon gwaraidd i ganiatáu'r fath gerydd. Ond pan ddechreuodd y distryw doedd gan Amal nac yntau ddim amser i ildio i hunanfaldod.

Fe'i dihunwyd o'i feddyliau pan welodd trwy gil ei lygad fod Dylan wedi ymddangos wrth ddrws ei swyddfa, ei ysgwydd yn pwyso yn erbyn y ffrâm a llewys ei grys siec llwyd a melyn wedi'u rholio'n ôl at ei benelinau. Draw wrth y bwrdd snwcer daeth saib yn y chwarae wrth i Hadi roi ei giw i orffwys ar draws cornel y bwrdd a chroesi'r neuadd tuag ato.

'Wyt ti'n barod am her, bòs?' gofynnodd hwnnw ac amneidio â'i ben i gyfeiriad y criw y tu ôl iddo.

'Ma dod man hyn bob dydd i ddelio 'da chi yn ddigon o her, Hadi. Sa i'n credu bod lle yno' i am her arall,' atebodd Dylan a'i lygaid yn pefrio.

'Dere mla'n, wna i ddysgu i ti shwt i whare. Wy'n athro

da, on'd ydw i, Nabil? Gwed wrtho fe pa mor dda ydw i.'

Nodiodd Nabil a gwenu er ei waethaf. Er na allai gymryd ato, ni allai lai nag edmygu ei sgiliau wrth ymdrin â'i gyd-ddyn. Deuai hwn trwy unrhyw anhawster waeth beth a daflwyd ato. Fel 'na roedd rhai pobl.

'Sdim angen gwersi snwcer arna i, diolch. I ti ga'l gwbod, fydde dim gobaith 'da ti 'sen i'n derbyn dy her, ond sa i eisie codi embaras arnat ti o fla'n dy gronis. Os wyt ti'n ffansïo gornest fwy cyfartal galla i ofyn i Mrs Campbell-Jones a oes chwarter awr gyda hi i sbario. Cofia, wnaiff hi ddim cymryd llawer mwy na hynny i dy lorio di.'

Chwarddodd Hadi'n uchel a throi i wynebu ei ffyddloniaid.

'Glywsoch chi 'na? Glywsoch chi shwt gachu erioed? Ma'r bachan 'ma'n siarad trwy dwll ei din!'

'Ydy hynny'n golygu ei fod e'n derbyn yr her?' gofynnodd Dylan a chyfeirio ei gwestiwn at Nabil. 'Os felly, af i draw i roi gwbod i Mrs Campbell-Jones nawr. Bydd hi wrth ei bodd.'

'Dealles i bron cyn lleied â ti. Mae Arabeg Irac yn eitha gwahanol i'r ffordd dw i'n siarad.'

'Ateb diplomyddol, Nabil. Fe ei di'n bell.'

Ar hynny, trodd Dylan a mynd yn ôl i mewn i'w swyddfa, gan adael Nabil i bendroni dros ddigwyddiadau'r munudau diwethaf a'i rôl yntau yn yr ysgafnder anghynnil. Roedd e wedi chwerthin am y tro cyntaf ers amser maith iawn ac er mai digon amaturaidd oedd y sioe fyrfyfyr y bu'n rhan ohoni, roedd e'n ddiolchgar amdani. Nawr, fodd bynnag, roedd e'n amau ei dilysrwydd. Nid rhywbeth hap a damwain mohono o gwbl, sylweddolodd, ond perfformiad wedi ei saernïo'n ofalus er ei fwyn e. Nid Hadi oedd yr unig un a ddeallai ei gyd-ddyn.

Denwyd ei sylw yn ôl at y criw wrth y bwrdd snwcer pan

lenwyd y neuadd â ffrwydrad o chwerthin. Gwyliodd e'r gwthio a'r pryfocio chwareus wrth i un o'r edmygwyr godi oddi ar y llawr a mynd ati i dalu'r pwyth yn ôl i'w ymosodwr. Cenfigennai wrth eu rhwyddineb llencynnaidd. Hyd nes iddo gwrdd ag Amal a thystio i'w dirmyg cynhenid tuag at wedduster di-sail, ychydig iawn o gyfle a gawsai i fod yn hollol ddilyffethair. Roedd magwraeth y ferch o ochr draw'r afon yn wahanol iawn i blentyndod a gyflyrwyd gan genedlaethau o feddygon a'u pwyslais ar ddysg ac ar wneud y peth iawn. Ond gwyddai Nabil ers tro fod mwy nag un ffordd o wneud y peth iawn.

'Nabil, oes munud 'da ti?'

Trodd Nabil ei ben i gyfeiriad y llais cyfarwydd a chododd yn fecanyddol o'i gadair, gan ildio i anogaeth Dylan iddo ymuno ag e yn ei swyddfa. Wrth iddo groesi'r ychydig fetrau rhwng y man lle bu'n eistedd a drws y swyddfa gallai deimlo pob pâr o lygaid yn y neuadd yn serio ei gefn.

'Ma'r meddyg mewn trwbwl!' galwodd Hadi wrth i Nabil gamu i mewn i'r stafell fach anniben a chau'r drws o'i ôl.

'Paid â chymryd dim sylw o hwnna,' meddai Dylan a rholio ei lygaid. 'Mae e'n mynd i golli'i drwyn ryw ddiwrnod, os nad ei ben cyfan. Dere i ishta.'

Ar hynny, trodd Dylan yn ei gadair a diffodd sgrin y cyfrifiadur ar ei ddesg. Yna gwthiodd y bysellfwrdd oddi wrtho a stwffiodd amlen drwchus i mewn i un o'r dreirau. Gwyliodd Nabil ei symudiadau pwyllog. Ceisiodd ddyfalu ei oedran ond roedd yn anodd dweud i sicrwydd. Gwisgai ddillad dyn ifanc ac awgrymai ei wallt golau, tonnog y gallai fod yn ddeugain oed neu'n iau, ond roedd y mân rychau ar ei dalcen ac o gwmpas ei lygaid yn bygwth ei fradychu; roedd e'n hŷn o bosib. Yna sylwodd ar y llun ar y ddesg ac ar wyneb ifanc y bachgen a lenwai'r fframin, a newidiodd ei feddwl yn ôl i'w asesiad gwreiddiol. Yn sydyn, trodd Dylan i'w wynebu a gostyngodd Nabil ei drem fel petai e wedi cael ei ddala'n tarfu ar breifatrwydd rhywun arall.

'Fy mab,' meddai Dylan. 'Guto.'

'Guto?'

'Ie, enw Cymraeg.'

'Mae'n enw neis.' Ni allai Nabil farnu a oedd e'n neis ai peidio ond roedd yn help i leddfu ei chwithdod.

'Cofia, dyw e'n ddim byd tebyg bellach. Mae e'n un ar bymtheg nawr ac wedi dechrau siafo!' Gwenodd Dylan a gwenodd Nabil yntau er na ddeallodd bob gair a ddywedodd y dyn o'i flaen. 'Bydd raid i fi ofyn i'w fam am lun mwy diweddar.'

Deallodd ddigon, er hynny, i nodi ei eiriau diwethaf. Roedd e eisiau gwybod mwy ond roedd e wedi dysgu peidio â holi. Roedd gan bawb ei stori ei hun.

'Shwt ma'r llety?' gofynnodd Dylan.

'Iawn. Mae'n well o lawer na'r lle arall ... lle bues i cyn dod i Gaerdydd.'

'Gwersyll Penalun o'dd hwnnw, ife?'

'Sa i'n gwbod. O'dd e ar lan y môr.'

'Dyle'r lle 'na fod wedi ca'l ei ddymchwel flynydde maith yn ôl. Mae e wedi hen chwythu ei blwc. Sa i'n deall pam ddiawl cafodd ei godi yno yn y lle cynta.'

Nodiodd Nabil ei ben ond, unwaith yn rhagor, ni ddeallodd bopeth. Byddai Amal wedi deall pob gair, meddyliodd, a byddai wedi teimlo'n gwbl rydd i'w holi'n dwll.

'Ta beth, dyma'r rheswm o'n i wedi gofyn i ti ddod mewn

... ma 'da fi rwbeth dw i eisie ei drafod gyda ti.'

Roedd Nabil yn hollol gyfarwydd â gwynto trwbl ond roedd popeth ynghylch osgo'r dyn o'i flaen yn awgrymu nad dyna pam roedd e wedi ei alw i'w swyddfa. Eto i gyd, roedd e'r un mor gyfarwydd â siom – ton ar ôl ton o siom – felly dechreuodd baratoi ei hun i ymarfer ei amddiffyniad yn ei Saesneg llaprog hyd yn oed cyn iddo glywed yr hyn oedd gan y llall i'w ddweud.

'Wy'n whilo am rywun i fy helpu,' meddai Dylan a phwyso ymlaen yn ei gadair er mwyn gorffwys ei ddyrnau ar ei benliniau.

Rhythodd Nabil arno gan geisio prosesu arwyddocâd ei osodiad syml. Roedd yn foment fawr. Ac eithrio Amal, doedd neb wedi gofyn iddo am help ers iddo adael Aleppo. Roedd e wedi dod i dderbyn ers tro nad oedd y gallu i helpu ymhlith y cymwysterau a briodolid i ffoadur yng ngolwg pobl nad oedden nhw eto wedi colli popeth. Ceisiodd ddarllen wyneb y Cymro cyn ateb rhag ofn bod twyll yn ei eiriau, ond llais Dylan a glywyd drachefn.

'Wy'n whilo am rywun i helpu i ddifyrru'r plant hŷn sy'n dod i'r ganolfan tra bod nhw'n disgwyl am le yn un o'r ysgolion lleol. Wy'n ffilu meddwl am neb gwell na ti. Beth amdani?'

'Fi? Pam fi?'

Roedd e'n difaru yngan y geiriau yr eiliad y gadawson nhw ei geg. Roedd e am eu tynnu'n ôl ar unwaith ond ni wyddai sut. Yr unig ddewis a oedd ganddo felly oedd eu gadael i hongian rhyngddo a'r dieithryn hwn oedd wedi gweld digon ynddo i gynnig achubiaeth o fath. Ceisiodd chwilio ei wyneb yn frysiog am arwydd o rwystredigaeth ac yntau'n grediniol ei fod e wedi ei ddigio.

'Achos fod ti'n wahanol,' meddai Dylan. 'Ma gweld ynot ti.'

Doedd Nabil ddim yn siŵr a oedd hynny ynddo'i hun yn ddigon o sail i'w ddyrchafu i gyfrifoldeb o'r fath ond sylweddolodd y dylai ymddangos yn frwd, er ei fwyn ei hun yn gymaint â'r dyn o'i flaen. Cawsai ail gyfle a gwyddai na haeddai un arall eto fyth, ond gwyddai hefyd fod y dyn hwn yn haeddu gonestrwydd.

'Diolch am fod â chymaint o ffydd yno' i, ond dylwn i rybuddio ti mod i heb ddysgu'r un plentyn yn fy myw ... erioed ... na'u difyrru o ran hynny. Wy ddim yn siŵr pa mor addas fydden i.'

'Addas iawn weden i. Yn un peth, ma digon o ben ar dy sgwydde ac, yn ail, rwyt ti'n deall pobol.'

'Beth sy'n hala ti i weud 'na?'

'Sdim byd yn mynd heibio'r llygaid 'ma, wy'n sylwi ar bopeth,' meddai Dylan a gwenu.

Gwenodd Nabil hefyd.

'Felly beth amdani? Wyt ti'n barod i roi cynnig arni?'

'Os wyt ti'n barod i dynnu'r cyfle'n ôl os aiff hi'n dra'd moch arna i.'

'Paid â becso, bydda i'n siŵr o weud wrthot ti, ond sa i'n credu y daw e i hynny.'

'Pryd ti'n moyn i fi ddechrau?'

'Bydd raid i fi ga'l gair 'da Erica'n gynta. Hi sy'n cydlynu'r gwirfoddolwyr ac yn neud yr holl drefniade a'r gwaith papur. Ac wy'n moyn siarad â Rhiannon hefyd, o ran cwrteisi, ond bydd hi wrth ei bodd. Gyda llaw, cyn i ti godi dy obeithion, does dim tâl ma arna i ofan. Dw i ddim yn ca'l rhoi dime i ti.'

Teimlodd Nabil ei war yn tynhau. Roedd yr holl enwau'n

mynd yn gymysg yn ei ben a doedd e ddim yn adnabod yr un.

'Pwy yw Rhia...?'

'Rhiannon? O, hi yw'r athrawes. Gyda hi byddi di'n gweithio. Mae hi'n dod mewn ddwywaith yr wythnos i helpu'r plant.'

Nodiodd Nabil. Synhwyrodd ei hyder yn llifo o'i gorff wrth i'r swyddogol a'r ffurfiol gystadlu am le yn ei ben. Roedd pethau'n symud yn gyflym.

'Fe wnaiff Rhiannon ofalu amdanat ti a dy roi di ar ben ffordd, a fyddi di byth ar dy ben dy hun os taw dyna sy'n dy boeni di. Nid fel 'na mae'n gweithio,' meddai Dylan. 'Gwranda, sdim rhaid i ti roi ateb i fi heddi os wyt ti angen mwy o amser i ystyried, ond wy'n credu mod i'n gwbod beth yw e'n barod.'

'Wy'n moyn neud e.'

'Croeso i'r tîm, felly.'

DYLAN

Lled-orweddai Dylan yng nghlydwch y gadair esmwyth, gan orffwys ei draed ar y bwrdd coffi isel o'i flaen. Bu'n wythnos fawr ac roedd e wedi blino. Petai e ar ei ben ei hun byddai wedi hen ildio i grafangau'r cwsg fu'n bygwth ei lyncu ers diwedd swper, ond gwyddai nad oedd hynny'n bosib. Fel pob nos Wener arall, roedd disgwyl iddo gyflawni ei ddyletswyddau tadol. Edrychodd ar ei fab a hwnnw'n gorwedd ar ei fola ar y soffa gyferbyn, ei lygaid wedi eu hoelio ar y sgrin deledu wrth i'r rwtsh diweddaraf wneud ei orau i uno'r deyrnas trwy berswâd cyfrwys adloniant. Chwarae rôl roedd Guto yntau. Roedd gan y naill a'r llall bethau gwell i'w gwneud mewn gwirionedd ond bod defod neu gytundeb amharod wedi eu gyrru i ble roedden nhw nawr. Roedd e'n caru ei fab yn fwy na'r un enaid byw ond doedd e ddim yn dwp. Roedden nhw eu dau wedi hen droi'n garcharorion i'w patrwm wythnosol gan mai dyna'r dewis hawsaf dan yr amgylchiadau, ac nid oedd yr un ohonyn nhw'n ddigon dewr na digon creulon i dorri calon y llall.

Yn sydyn, daeth yn ymwybodol o ddefnydd ei grys yn glynu'n dynn wrth ei fola a chododd ar ei eistedd er mwyn dileu'r ymyrraeth annifyr. Brysiodd i'w atgoffa ei hun nad oedd dim byd yn anorfod ond nad oedd achos iddo boeni eto chwaith; doedd e ddim wedi dechrau magu bloneg go iawn ac roedd ganddo sbel i fynd cyn gorfod wynebu'r argyfwng hwnnw. Eto i gyd, gormod o ddim ... Edrychodd ar weddillion y pitsa anferth yn dal yn ei focs ar y bwrdd coffi ac ar y bocs gwag fu'n llawn sglodion pan ganodd y llanc y gloch gynnau a rhoi'r pecyn cynnes iddo ar stepen y drws fel petai'n ei wobrwyo am gyflawni rhyw gamp. Doedd pitsa llipa fawr o wobr am y siom gynyddol a deimlai wrth i bob nos Wener droi'n fore Sadwrn a'r ddau ohonyn nhw'n falch eu bod wedi dod trwyddi'n gymharol ddianaf. Roedden nhw'n haeddu gwell.

'Ti'n moyn hwn?' gofynnodd Dylan a phwyntio at y darn olaf o bitsa'n eistedd yn y cardfwrdd seimllyd.

'Nagw, byt di fe.'

'Na, wy'n llawn.'

'Walle ga i fe wedyn 'te.'

Ar hynny, trodd Guto ei lygaid yn ôl at y sgrin deledu a suddodd Dylan yn ddyfnach i'w gadair. Ni allai gofio nosweithiau tebyg gyda'i dad ei hun, meddyliodd. Byddai fe un ai wedi dianc i breifatrwydd ei stafell wely er mwyn osgoi'r lletchwithdod neu byddai mas yn yfed seidr tsiêp gyda'i ffrindiau ym Mharc Caedelyn am mai dyna a ddisgwylid ganddo. A byddai ei dad ar gael bob noson o'r wythnos i weiddi nos da trwy ddrws caeedig ei stafell ar ei ffordd i'r gwely neu i gloi drws y ffrynt ar ei ôl ac edrych yn hen ffasiwn arno wrth i wynt y seidr ar ei anadl hofran yn y cyntedd. Ond fan hyn, roedd gofyn i'r ddau ohonyn nhw gladdu unrhyw ddyheadau personol neu eu parcio dros dro er mwyn gwireddu eu trefniant arbennig. Roedd e'n siŵr na wyddai Guto ddim oll am ei drefniant arbennig arall.

Gadawodd i'w lygaid grwydro draw tuag at ei fab unwaith eto a synnu at ei faint; llenwai'r soffa hir. Roedd e'n prysur droi'n ddyn ifanc. Deuai trwy'r blynyddoedd anodd cyn bo hir a byddai'n rhydd i wneud ei benderfyniadau heb orfod rhoi gormod o ystyriaeth i'w rieni. Byddai'n rhydd i berchnogi ei gamgymeriadau. Gobeithiai Dylan yn ei galon na châi gymaint o reswm ag a gafodd yntau i berchnogi camgymeriadau.

Yn sydyn, rholiodd Guto ar ei gefn ar y soffa wrth i'r rhaglen ddod i ben ac wrth i'r rhestr gydnabyddiaethau rolio ar hyd y sgrin deledu. Yna gafaelodd yn y teclyn yn ei ymyl a diffodd y sain.

'Rhaglen dda?' gofynnodd Dylan.

'Go lew ... rwtsh da.'

'Pam wyt ti'n ei wylio fe 'te?'

'Mae gwylio rwtsh yn iawn ambell waith. Sdim rhaid i bopeth fod yn berffaith drwy'r amser. Dyw e ddim hyd yn oed yn bosib hyd y gwela i.'

Nodiodd Dylan ei ben i gydnabod ei ddoethineb syml. Roedd e wedi dechrau, meddyliodd: yr ymryson geiriol rhwng tad a mab. Cyn pen fawr o dro, byddai'n troi'n ddadlau ffyrnig am wleidyddiaeth neu am ddyfodol y blaned, a byddai'n gorfod dysgu sut i frathu ei dafod neu dderbyn bod gallu ei fab i ddadlau cyn gryfed â'i allu ei hun bob tamaid. Roedd e'n mynd i golli weithiau fel roedd e eisoes wedi dechrau colli eu brwydrau ar y cwrt tenis.

'Fory ti'n mynd i weld Anti Lyd, ife?'
'Ie, wy wedi addo bod 'na erbyn amser cino.'
'Shwt wyt ti'n mynd?'
'Wy 'di llogi car am y dydd.'
'Pa fath?'
'Dim ond Volkswagen Polo bach.'
'Dad achan, smo hwnna'n mynd i neud dim i wella dy ddelwedd di.'
'Pa ddelwedd fydde hynny, fy mab? Mynd i weld Anti Lyd ydw i, Guto, nage bachu rhyw–'
'Digon!'
'Pam 'te, ti'n meddwl mod i'n rhy hen?'
'Digon! Wy ddim moyn meddwl amdano fe. Ydy Wncwl Geth yn mynd gyda ti?'
'Sa i'n credu. Wy wedi sôn wrtho fe mod i'n mynd ond dyw e ddim eisie gwbod. Sdim diddordeb 'da fe.'
'Pam?'
'Ti'n gwbod shwt un yw Geth.'
'Ydw. Coc oen yw e.'
Ni allai Dylan lai na chytuno â'i fab yr eiliad honno ond llwyddodd, er hynny, i dynnu gwep o fath.
'Be ti'n meddwl wediff Anti Lyd?' gofynnodd Guto ac anwybyddu ffug gerydd ei dad.
'Am Gethin?'
'Pam ddiawl bydde hi'n sôn am Gethin? Iesu, ti'n gallu bod yn uffernol o dwp weithie. Beth mae'n debygol o weud am Ta'-cu? Ti'n whilo am atebion. Dyna pam ti'n mynd 'na, nagife?'
'Sa i'n siŵr bellach pam wy'n mynd 'na. Walle fod Gethin yn iawn a dylen i adel llonydd i bethe.'
'Wel be ti'n *moyn* iddi weud wrthot ti?'

'Wy'n moyn clywed faint yn gwmws mae hi'n wbod am y busnes mabwysiadu 'ma – os yw e'n wir yn un peth – ac os yw e, pam ei fod e'n gymaint o ddirgelwch. Wy'n moyn trio deall pam bod dy dad-cu wedi dewis cadw'r cyfan yn gyfrinach ar hyd ei oes. Beth o'dd mor fawr fel nag o'dd e'n gallu sôn wrth ei ddou fab? Beth halodd hen fenyw fel Anti Lyd i agor ei cheg pan o'dd hi'n rhy hwyr i neb holi'r prif gymeriad ei hun?'

Ar hynny, cododd Dylan ar ei draed a mynd i sefyll o flaen y ffenest lydan, gan droi ei gefn at ei fab a llwyfan ei ddrama bersonol. Gwelodd ddyn canol oed yn mynd â'i gi am dro a gwelodd gar yn dod i stop o flaen y bloc o fflatiau gyferbyn. Roedd hi fel unrhyw nos Wener arall yn y stryd ddi-nod. Roedd golau ymlaen yn y rhan fwyaf o'r fflatiau dros y ffordd ond bod y llenni wedi eu tynnu rhag i lygaid busneslyd weld yr hyn a ddigwyddai y tu ôl i ddrysau a ffenestri caeedig. Roedd Dylan yn siŵr, er hynny, nad oedd gan yr un o'i gymdogion gyfrinach oedd mor fawr â'r un o eiddo ei dad.

'Walle taw ti sy wedi'i droi e i fod yn fwy na beth yw e mewn gwirionedd. Mae 'di tyfu'n ddirgelwch yn dy ben,' cynigiodd Guto.

'Sa i'n gweud llai, ond nage bob dydd ma dyn yn clywed rhwbeth fel hyn ... a pham cadw'r cyfan yn gyfrinach? Dyna sy'n ei droi e'n ddirgelwch ... y cwato.'

'Mae'n bosib nag o'dd Ta'-cu ei hunan yn gwbod.'

'Shwt ma Anti Lyd yn gwbod 'te? Mae'n amlwg taw Myn-gu wedodd wrth ei chwaer ar ôl i Ta'-cu weud wrth ei wraig. Ond does neb wedi ffycin sôn wrtha i na Geth!'

Cyn gynted ag y gadawodd y geiriau ei geg, roedd Dylan yn edifar. Teimlodd y gwaed yn codi yn ei wyneb a diflannodd i'r gegin i osgoi llygaid ei fab a'r condemniad roedd e'n sicr ei fod yn ei ddilyn. Agorodd ddrws yr oergell a chydio mewn potel o Estrella. Yfodd ddracht hir o'r cwrw, gan groesawu ei briodoleddau glanhaol yn ei lwnc. Teimlodd y tyndra yn ei war yn llacio ei afael. Cydiodd mewn potel arall o Estrella ac aeth e'n ôl i mewn i'r lolfa a sefyll wrth y drws.

'Wyt ti'n moyn un o'r rhain?' gofynnodd i Guto a dala'r botel o'i flaen.

'Wy'n iawn, diolch,' atebodd hwnnw, gan nodi'r cynnig annisgwyl.

'Mae'n flin 'da fi am 'ny,' meddai Dylan a mynd i eistedd yn ôl yn ei gadair.

'Am beth?'

'Am regi fel 'na.'

'Dad, wy'n clywed gwa'th o lawer bob dydd yn yr ysgol.'

'Ie, ond ddim gan dy dad.'

Siglodd Guto ei ben a thynnu gwep ddibrisiol. Suddodd Dylan i feddalwch ei gadair, yn falch bod cam arall yn y berthynas â'i fab wedi ei gyflawni.

'Pwy o'dd yr hyna – Anti Lyd neu Myn-gu?' gofynnodd Guto ymhen ychydig.

'Anti Lyd o'dd yr hyna ... o ryw bedair neu bum mlynedd, os cofia i'n iawn.'

'Wy wastad wedi teimlo'n agos at Anti Lyd am ryw reswm. Mae fel rhyw fath o ddolen mewn cadwyn, mae'n debyg achos wnes i erio'd nabod Myn-gu.'

'Roedd Myn-gu'n fenyw hyfryd. Byddet ti wedi dwlu arni a bydde hithe wedi dwlu arnat *ti*. Buodd hi farw'n rhy ifanc o lawer.'

'Beth o'dd ei 'oedran?'

'Pum deg naw. Pum deg blydi naw. O'dd hi fel sgerbwd erbyn y diwedd. O leia fe gas hi fyw i glywed y cyhoeddiad dy fod ti ar y ffordd.'

Roedd Dylan heb feddwl am y cyhoeddiad hwnnw ers amser maith iawn am ei fod yn rhy boenus, yn rhy surfelys. Gostyngodd ei lygaid ac edrych ar ddarn bach o winwnsyn a oedd wedi llithro oddi ar y pitsa a glanio ar y llawr rhyngddo fe a Guto. Rhythodd ar y cylch bach piws am eiliadau hirion ac, o dipyn i beth, gadawodd i wyneb ei fam lenwi ei gof. Y cyhoeddiad oedd y ddolen yn y gadwyn, meddyliodd. Dyna oedd y parhad.

'Oes gyda ti lun ohoni?' gofynnodd Guto a'i ddeffro o'i fyfyrio.

'Nag oes, mae 'da fi gywilydd gweud. Ta'-cu o'dd ceidwad yr hen lunie i gyd. Ma cannoedd ar gannoedd ohonyn nhw mewn cwpwrdd yn ei stydi fach.'

'Y cwpwrdd isel, hir grafes i gyda'r car rasio coch 'na brynodd e i fi pan o'n i'n bump?'

'Ie, dyna'r un. Mae'n llawn llunie o'r teulu yn mynd nôl flynydde: dy lunie ysgol di, fe a ni ar wylie yn y babell ... ti'n cofio, pan dda'th e gyda ti a fi a dy fam i Lydaw. Ma llwyth o lunie o Geth a fi a Myn-gu a fe drwy'r degawde ... a'u rhieni nhw hef–'

Yn sydyn, stopiodd Dylan ar ganol ei frawddeg ac edrych heibio i'w fab.

'Beth? Be sy'n bod?'

'Wy newydd feddwl am rwbeth. Os oedd Ta'-cu wedi ca'l ei fabwysiadu, ma gyda fi a Geth fam-gu a tad-cu arall yn rhwle, hynny yw, y rhai go iawn.'

'Be ti'n feddwl "y rhai go iawn"? Ma hwnna'n beth ofnadw i weud. Be-ti'n-galw-nhw ... Elwyn a Megan ... nhw fagodd e a nhw roiodd bopeth iddo fe, felly nhw o'dd ei rieni go iawn a nhw sy wedi dy siapo di hefyd.'

'Ti'n gwbod beth wy'n feddwl ... jest ffordd o siarad o'dd hynna. Ma hyn i gyd yn newydd i fi, Guto. Sa i'n gallu meddwl am ffordd arall i ddisgrifio fe.'

'Tria "trwy waed".'

Ar hynny, cododd Guto ar ei eistedd, yn barod i godi ar ei draed. Gwelodd Dylan y dirmyg ar ei wyneb a chroesodd y llawr i blygu o'i flaen. Cymerodd ei law yn ei law yntau a'i gwasgu.

'Paid â bod yn ddiamynedd gyda fi, Guto, mae'n feddwl i ar chwâl. Sa i'n gwbod beth sy'n digwydd i fi.'

'Dyw gwaed ddim mor bwysig â hynny, Dad. Y rhai sy wedi rhoi popeth i ti sy'n bwysig. Walle fod Wncwl Geth yn iawn wedi'r cyfan a dylet ti adel llonydd i bethe.'

'Ond mae'n rhaid i fi wbod. Mae'n rhaid i fi ga'l gafael ar y stori gyfan nawr mod i'n gwbod bod 'na fersiwn arall yn rhwle. Hynny yw, os yw Anti Lyd yn gweud y gwir. Fel arall, bydda i'n tybio ac yn dychmygu am byth bythoedd.'

'Wel cer i' gweld hi fory 'te a bydd yn barod am beth bynnag wediff hi.'

'Dere gyda fi.'

'Na, ti sy angen neud hyn.'

***

Trodd Dylan drwyn y car llog i mewn trwy glwydi allanol y cartref henoed a gyrru'n araf ar hyd y lôn gul tuag at yr adeilad modern, anhynod. Llenwyd ei glustiau â sŵn y graean yn crensian dan yr olwynion a theimlai'r cerbyd yn drwm wrth i'r teiars gael eu sugno i'r cerrig mân.

Roedd e wedi dychmygu hen blasty crand gydag eiddew yn tyfu uwch y ffenestri bae, ond ymdebygai'r horwth brics coch o'i flaen i swyddfeydd cyffredin mewn stad ddiwydiannol. Crychodd ei dalcen yn ddiamynedd pan welodd e'r arwydd uniaith Saesneg yn dynodi'r maes parcio ar gyfer ymwelwyr. Pa gachwr benderfynodd bod hynny'n dderbyniol y dyddiau hyn? Roedd e'n hollol siŵr y byddai ei fodryb yn cytuno â'i brotest dawel; ei harian hi a rhai tebyg iddi dalodd amdano. Ymlaen yr aeth, heibio'r perthi prifet unffurf ac ambell glwt o liw mewn potiau yma a thraw, nes dod o hyd i le parcio ym mhen draw'r llain denau o dir wrth dalcen y prif adeilad. Diffoddodd e'r injan, tynnodd yn y brêc llaw a chaeodd ei lygaid, gan adael i'w ben orffwys yn erbyn cefn y sedd. Roedd e wedi cyrraedd a nawr doedd dim ffordd yn ôl am fod 'na hen fenyw yn ei ddisgwyl ar ei gais yntau. Drwy gydol y siwrnai o Gaerdydd, bu ei feddwl yn glir a gwyddai ym mha drefn y gofynnai ei gwestiynau, ond bellach roedd ei ben fel ponjyn. Gadawodd e'r fflat a geiriau anogol Guto, yn benderfynol o ddarganfod mwy am ei dad a thrwy hynny amdano fe ei hun. Roedd e'n barod i ailysgrifennu ei stori. Yn sydyn, roedd e'n difaru â'i holl enaid iddo ddechrau codi'r clawr. Agorodd ei lygaid, camodd ar y graean a gwasgodd y botwm yn ei law er mwyn cloi'r car. Cerddodd heibio'r arwydd Saesneg ac aeth i mewn trwy ddrysau gwydr Min-y-Nant Residential Home.

Y peth cyntaf a'i trawodd oedd gwynt bwyd wedi ei goginio, fel bwyd ysgol ers llawer dydd, a hwnnw'n llenwi'r cyntedd. Ystyriodd droi ar ei sawdl a mynd i aros yn y car tan ar ôl amser cinio neu hyd yn oed ddychwelyd i Gaerdydd a gollwng ei fenter wallgof tra bod cyfle. Ond ni chafodd wneud y naill na'r llall wrth i'w gyfnither hwylio tuag ato a'i breichiau ar led.

'Anwen.'

'Weles i ti'n paso'r ffenest,' meddai a lapio'i breichiau amdano cyn plannu cusan ysgafn ar ei foch. 'Ffindest ti'r lle'n iawn 'te?'

'Do, do. Ac o'dd dim angen Sat Nav arna i chwaith!'

'Dere, mae'n dy ddishgwl di.'

'Ddylen ni aros tan ar ôl cino?'

'Ma cino drosodd.'

'Ond ...'

'Mae wastad fel hyn. Sdim unman i'r gwynt fynd achos dy'n nhw byth yn agor ffenest 'ma!'

Gwenodd Dylan a dilyn ei gyfnither trwy ddrysau dwbl pren golau ac i mewn i goridor carpedog hir lle roedd y gwynt bwyd hyd yn oed yn fwy llethol.

'Shwt *ma* dy fam?'

'Mae'n iawn. Sdim dal o ddydd i ddydd ond mae'n weddol fach heddi. Mae'n dishgwl mla'n i dy weld ti.'

'Anwen,' meddai Dylan gan roi ei law ar fraich ei gyfnither a throi i'w hwynebu, 'ers faint wyt ti'n gwbod am y busnes 'ma gyda nhad?'

'Ers yn ddiweddar iawn. O'n i'n ishta gyda hi yn ei stafell ryw fis yn ôl yn gwylio *Prynhawn Da* ar y teledu. O'n i'n meddwl bod hi'n pendwmpian achos bod ei llygaid ynghau, ond yn sydyn reit dyma hi'n ei gyhoeddi fe, jest fel 'na. Wir i ti, o'n i mor syfrdan â tithe.'

'Wyt ti'n meddwl ei fod e'n wir 'te?'

'Wel, o'dd hi'n benderfynol bod hi'n gweud y gwir, ac mae'n dal i fod.'

'Beth arall wedodd hi?'

'Dim, dyna'r cwbl. Ti'n gwbod cymaint â fi. Pan alwodd

Gethin a Sioned i' gweld hi ryw dridie'n ddiweddarach o'n i bownd o sôn wrthyn nhw ond, erbyn meddwl, falle dylen i fod wedi gadel hynny i Mam.'

Cyn i Dylan deimlo rhagor o gywilydd bod ei frawd yn dod i weld eu modryb ar ei ran, agorodd y drysau dwbl ymhen arall y coridor a nesaodd dyn ifanc Sbaenaidd yr olwg tuag atyn nhw, gan wthio troli yn llawn llestri brwnt. Safodd Dylan ac Anwen a'u cefnau yn erbyn y pared er mwyn gwneud lle iddo basio a nodiodd y llanc ei werthfawrogiad.

'Diolch yn fawr,' meddai a gwenu.

'Mateo bach, byddi di'n siarad Cymraeg cystal â fi cyn bo hir,' meddai Anwen, ond cerdded yn ei flaen wnaeth Mateo gan adael i glindarddach y llestri ei achub rhag gorfod dweud rhagor yn iaith ei wlad fabwysiedig.

'Dyma ni. Ti'n barod?' gofynnodd Anwen a dod i stop o flaen y drws olaf cyn y drysau dwbl.

'Nagw, ond awn ni mewn, ife?' atebodd e, gan grychu ei dalcen ac anadlu'n ddwfn.

Eisteddai ei fodryb ar gadair esmwyth gefnuchel yng nghornel y stafell rhwng ei gwely a'r ffenest. Gwisgai gostiwm las golau ac ar y llawr wrth ochr ei chadair roedd bag llaw. Oni bai iddo wybod yn wahanol, byddai wedi tyngu ei bod hi'n aros iddo fynd â hi am dro yn y car. Pan welodd hi ei nai bywiogodd ei hwyneb a gwenodd o glust i glust.

'Fe ddest ti.'

'Do, fe ddes i, Anti Lyd.'

'Dere 'ma, 'y machgan i.' Daliodd ei breichiau ar led yn union fel y gwnaethai ei merch funudau ynghynt a chamodd Dylan tuag ati a phlygu yn ei flaen er mwyn ei chofleidio'n gynnes. 'Anwen, cer drws nesa i'r lle byta i ôl catar arall.'

'Iawn, madam,' meddai honno ac edrych yn hen ffasiwn ar ei mam cyn ildio i'w gorchymyn.

'O Dylan, wy mor flin bo' fi 'di colli angladd Gerallt, ond ffilas i ddod achos yr hen goesa 'ma.'

'Ni'n deall yn iawn ... ac fe dda'th Anwen, on'd do fe?'

'Do ond ...' Ar hynny, gadawodd i'w llygaid archwilio ei wyneb fel petai hi'n craffu ar ddarlun mewn oriel. 'Ti mor depyg iddo fe, ti'n gwpod. Ti'r un sbit â dy dad.'

Agorodd y drws drachefn a daeth Anwen yn ôl i'r stafell, gan ddodi'r gadair fenthyg yn ymyl un ei chefnder. Gwenodd Dylan pan ddaeth hi i eistedd wrth ei ochr a gwibiodd ei feddwl yn ôl i'w blentyndod pan arferai'r ddau ohonyn nhw chwarae ysgol am oriau, gyda'i fam neu Anti Lyd yn esgus bod yn athrawes arnyn nhw. Er bod Anwen yn nes at oedran Gethin, gyda fe Dylan y byddai hi'n dewis chwarae bob tro. Efallai mai arwydd cynnar oedd hwnnw o oerni ei frawd, meddyliodd.

'Nawr o'n i'n gweu'tho fe mor depyg yw e i Gerallt ... dy dad wyt ti bob blewyn,' meddai gan droi ei geiriau'n ôl at Dylan. 'Wy'n cofio'r tro cynta gwrddon ni. O'dd e fel dishgwl ar actor mewn ffilm ... o'dd ei wyneb e mor lân a'r trwch o wallt gola o'dd gyta fe, yn gwmws fel dy wallt di nawr. A ma Guto'n tynnu ar ei ôl e hefyd, yr un peth â ti. Shwt ma Guto, gwed?'

'Fel y boi. Mae e'n cofio atoch chi'n fawr.'

'A gwed wrtho fe bo' finna'n hala llond gwlad o gwtshys nôl ato fe.'

'Wy'n siŵr bydd e wrth ei fodd i glywed 'na, Mam. Mae e'n un ar bymtheg oed!' meddai Anwen a chodi ei haeliau.

Chwarddodd pawb ar ben yr hiwmor saff a rhoddodd Dylan rwydd hynt iddo lapio amdano fel blanced gyfarwydd, braf.

'Ond nace dod i glywad hen fenyw'n lapan fel hyn wyt ti, Dylan bach. Wy'n gwpod 'na.'

Gwenodd e'n ansicr er mwyn cydnabod y newid cywair sydyn gan ei fodryb, ac fe'i trawodd am y tro cyntaf y gallai hi fod yr un mor nerfus ag yntau. Tan nawr, bu'n ei baratoi ac yn ei pharatoi ei hunan ar yr un pryd, ond roedd hi ar fin gollwng ei baich fel meddyg yn trosglwyddo'r cyfrifoldeb am ganlyniad prawf gwaed drwg i glaf. Gwyddai ers dyddiau lawer y gallai fynd y naill ffordd neu'r llall. Yr eiliad honno, doedd e ddim yn siŵr pa ganlyniad roedd e eisiau ei glywed mwyach. Ac a oedd ots? Yn wahanol i feddyg, doedd beth bynnag a ddywedai ei fodryb ddim yn mynd i fod yn fater o fyw neu farw, ond gwyddai hefyd y gallai ei newid a bod 'na bosibilrwydd y byddai'n rhaid iddo fyw gyda'r canlyniad hwnnw am weddill ei oes.

'Ody e'n wir 'te?' gofynnodd e wrth dalu ei holl sylw i'w fodryb.

'Oty, mae'n wir ... bob gair.'

Nodiodd Dylan ei ben. Ar un olwg, bu'n haws nag roedd e wedi ei ddisgwyl; wnaeth ei fyd ddim ffrwydro, wnaeth yr awyr ddim cwympo ar ei ben. Eto i gyd, ni allai wadu nad oedd yr hyn roedd e newydd ei glywed yn fawr. Roedd e'n fwy na mawr: roedd e'n anferth. Ac roedd e'n dwyllodrus. Bu ei fodryb yn rhan o gynllwyn diangen gyda'i fam a'i dad ar hyd y blynyddoedd i gelu rhywbeth a oedd mor sylfaenol ganolog i'w fod.

'Shwt o'ch chi'n gwbod 'te, Anti Lyd, a finne ddim?' gofynnodd e a difaru ei dôn swta yn syth. Teimlodd law ei chyfnither yn gwasgu ei fraich yn dyner. 'Mae'n flin 'da fi, da'th hwnna mas yn rong,' meddai. 'Chi'n gweld, wy wedi bod dros y sgwrs 'ma yn 'y mhen ers dyddie ac o'n i ddim wir yn dishgwl i chi roi ateb gwahanol i fi. Pam fyddech chi? Ond ma clywed y cadarnhad fel 'na wedi rhoi yffach o siglad i fi. Wy'n teimlo ... sa i'n gwbod ... wy'n teimlo fel 'sen i wedi bod yn rhan o ryw gelwydd mawr ar hyd 'yn oes a dim ond nawr wy'n clywed amdano fe.'

Gwenodd ei fodryb yn famol cyn gostwng ei llygaid. Ai ei thro hithau oedd hi i ddifaru bellach? Rhy hwyr, meddyliodd Dylan, roedd y cyfan yn rhy hwyr.

'Llond dwrn o'dd yn gwpod, Dylan bach. O'n inna ddim i fod i wpod. O'dd colled ar dy dad pan ffindws e mas bod dy fam wedi sôn wrtha i. O'n i'n ffilu deall pam ei fod e mor grac am y peth achos dyn tawel, annw'l o'dd Gerallt. O'dd rhaid i fi addo na wnelen i sôn gair wrth neb ... a netho i ddim chwaith.'

'Ond pam? Ma miloedd o bobol wedi ca'l eu mabwysiadu. Dyw e ddim yn beth mawr.'

'O'dd gyta fe ei resyma ac wy'n parchu hynny.'

Doedd hi ddim yn amlwg ond teimlodd Dylan ei hergyd, er hynny. Un dawel, annwyl oedd ei fodryb hefyd – fel ei dad – ond yr eiliad honno sylweddolodd fod hyd yn oed rai felly yn medru dal eu tir.

'Mae fel 'sech chi'n awgrymu bod rhwbeth arall i weud?' mentrodd e.

'Ychydig iawn gas ei weud wrtha i. Sa i'n siŵr faint o'i hanes e o'dd yn wybyddus i Gerallt ynta a bod yn onest, ond ma fe wedi mynd ag unrhyw gyfrinacha gyta fe bellach.'

'Ond pam cadw'r cyfan yn gyfrinach? Dyna beth wy'n ffilu deall. O'dd cywilydd arno fe, chi'n meddwl? Ife dyna beth o'dd e?'

'Sa i'n cretu taw c'wilydd o'dd e. Cofia, o'dd y byd yn wahanol brytynny, ond fydden i ddim yn meddwl taw c'wilydd o'dd e. Ddim moyn corddi o'dd e. O'dd well 'da fe dynnu llinell a bwrw mla'n.'

'Corddi? Wel, wna'th e jobyn da o hynny!'

'Na, fi sy wedi corddi pethach, nace Gerallt. Ti'n gweld, netho i addewid i rywun arall hefyd.'

Crychodd Dylan ei dalcen a phwyso'n ôl yn y gadair. Un broffesiynol oedd hon, meddyliodd. Beth bynnag roedd ei fodryb ar fin ei gyhoeddi, cawsai oes gyfan i ymarfer ei pherfformiad.

'I bwy, felly?'

'Dy fam. O'dd hi'n daer. O'dd hi'n awyddus i fi sôn wrthot ti a Gethin ryw ddiwrnod ond ddim tra bod dy dad yn fyw. Ac wy wedi ca'l neud hynny.'

Nodiodd Dylan ei ben. Roedd e am fynd yn ôl i'r car a gyrru ymhell o'r stafell hon a'i hanner straeon. Achos dyna oedden nhw: tameidiau, atebion anghyflawn a oedd wedi codi mwy o gwestiynau yn hytrach na chau pen unrhyw fwdwl. Oedd e o ddifri wedi disgwyl mwy? Roedd ei fodryb wedi cadw ei haddewid a doedd dim byd arall i'w ddweud. Diwedd y daith.

'Gerallt Rees a'i fywyd dwbwl. Wel, yr hen ddiawl,' meddai Dylan a gwenu. 'Ac i feddwl bod golwg mor ddiniwed arno fe!'

'Y rhai tawel yw'r mwya diddorol,' meddai Anwen a phlethu ei braich am ei fraich yntau.

'Dyna un gair i ddisgrifio fe, sbo.' Ar hynny, rhwbiodd ei wyneb yn galed â'i ddwylo a chwythodd ei wynt trwy ei geg. 'Pwy wedodd fod bywyd go iawn yn fwy rhyfedd na ffuglen?'

'Wyt ti'n mynd i fod yn iawn nawr i yrru'n ôl i Gaerdydd?' gofynnodd hi. 'Nage bob dydd ma dyn yn clywed bod gyda fe orffennol cudd!'

'Fe o'dd â'r gorffennol cudd, nage fi.'

'Walle wnaiff hyn helpu i ddatrys peth o'r dirgelwch.'

Trodd Dylan i wynebu ei fodryb. Roedd hi'n pwyso yn ei blaen bellach ac yn estyn rhywbeth iddo. Yn ei llaw roedd darn o bapur. Un bach. Gwibiodd ei lygaid rhwng llygaid yr hen fenyw a'r papur yn ei llaw. Ceisiodd lusgo ei geiriau diwethaf yn ôl o'r gofod rhyngddyn nhw eu dau a'u cysylltu â'r darn o bapur am ei fod e'n siŵr bod 'na gysylltiad. Ond diflannu wnaeth y geiriau er ei waethaf a nawr roedd e'n llai siŵr. Cymerodd y papur oddi wrthi a syllu ar y llawysgrifen gain. Darllenodd y ddau air, yn grediniol eu bod o bwys, ond roedd ei gyneddfau, a oedd fel arfer mor graff, yn ei fethu.

'Dy fam o'dd yn moyn i ti ga'l e.'

'Ond beth yw e?'

'Enw iawn dy dad. Nace Gerallt o'dd e pan dda'th i fyw at dy fam-gu a dy dad-cu.'

Edrychodd Dylan o'r newydd ar y darn o bapur yn ei law ond roedd yr ysgrifen wedi troi'n bŵl. Cododd ei law at ei lygaid yn frysiog er mwyn sychu'r lleithder cyn ceisio eto, ac yna roedd y ddau air yn berffaith glir: *Gerhard Neudeck*.

GUTO

Yr hyn a'i brifodd fwyaf oedd ei hanner ymateb hi. Byddai dweud dim oll wedi bod yn fwy gonest, ond gwnaethai hi ddigon fel na allai ei chyhuddo o ddifrif o fod wedi ochrgamu ei dyletswydd famol. Byddai cyhuddiad o'r fath yn rhy niwlog, yn rhy ddiafael i argyhoeddi rheithgor, ac yn llys barn y teulu byddai hyd yn oed ei dad-cu wedi ei alw'n 'hen fapa lop' a'i gymell i glatsio arni ... i fod yn ddyn. Eto i gyd, ochrgamu oedd hi, dyna'n gwmws roedd hi wedi'i wneud, ac roedd hi'n euog o fod wedi'i siomi i'r byw.

Pan ffoniodd ei dad o faes parcio'r cartref henoed a gollwng y daranfollt ddiweddaraf, fe'i llenwyd â'r cyffro mwyaf dwys. Roedd yn drydanol, ond gallai glywed yn ei lais fod ei dad mewn sioc ac arno angen siarad. Ar ôl parablu'n ddi-baid a'i holi'n dwll mewn sgwrs a barodd yn hirach o lawer na'u pytiau unsill arferol ar y ffôn, fe redodd ar ei union i rannu'r newyddion â'i fam. Hyrddiodd trwy ddrws ei stydi a chwydu'r hyn roedd e newydd ei glywed, ac yntau'n sicr y byddai ei statws newydd fel mab i fab yr unig aelod ecsotig o'r teulu yn tanio'r un lefel o gynnwrf ynddi hithau. Cofiodd sut yr edrychodd hi arno dros ymyl ei gliniadur heb glicio yng nghornel y sgrin i gadw ei gwaith a dod â'r sesiwn i ben na chodi o'i chadair i'w gofleidio na rhannu ei gyffro. Yn lle hynny, mwmiodd ychydig eiriau o syndod a gwenodd yr un wên ag a welsai droeon, digon i gyfleu diddordeb o fath ond rhybudd hefyd y byddai'n rhaid iddo ddisgwyl ei dro i gael ei sylw'n llawn. Dyna pryd y trodd e a diflannu i'w stafell ei hun, a throdd ei fam yn ôl at ei gwaith.

Ni allai gofio pryd yn union y dechreuodd e sylwi. Y pellter achlysurol, ond amlach erbyn hyn. A oedd e yno drwy gydol ei blentyndod ond ei fod e'n rhy fach i'w weld? Yr angen i reoli ac i wneud pethau ar ei thelerau ei hun ... os mai dyna oedd e. Ai dyna yrrodd ei dad oddi wrthi yn y diwedd, a thrwy hynny, oddi wrtho fe hefyd? Os felly, hi ddylai fod wedi mynd, nid fe, er mwyn cael y rhyddid roedd hi'n ei ddeisyf i ganolbwyntio ar ei gyrfa. Ond gan mai aros wnaeth hi roedd 'na gyfrifoldebau arni. Roedd cyfrifoldebau ar y ddau. Nhw oedd yr oedolion. Fe oedd eu mab, cynnyrch eu cyfathrach, a doedd dim osgoi hynny. Byddai'n gofyn iddo'i hun yn aml a fydden nhw wedi aros gyda'i gilydd cyhyd pe na bai e wedi cael ei eni, pe na bai eu noson o nwyd heb ddigwydd. Roedd yn ffyddiog ei fod yn gwybod yr ateb.

Yn sydyn, teimlodd e'r trên yn griddfan wrth ddechrau arafu ac edrychodd trwy'r ffenest lawog ar gefnau'r tai maestrefol â'u gerddi unffurf a lynai wrth ochr y rheilffordd yn y rhan hon o'r ddinas. Gwyddai yn union ble roedd e heb orfod darllen enw'r orsaf ar y platfform. Onid oedd e wedi teithio'r ffordd hon ddegau ar ddegau o weithiau yn ystod y tair blynedd ddiwethaf i dreulio pob nos Wener yng nghwmni ei dad yn ei fflat brics coch? Ar un olwg, roedd hwnnw mor euog â hithau. Os mai hi a'i gyrrodd i ffwrdd, dylai fe fod wedi gwneud mwy i atal hynny yn y lle cyntaf. Onid gwedd arall ar fod yn neis oedd bod yn llipa? A gwedd arall ar fod yn llipa oedd ochrgamu. Ochneidiodd Guto wrth ystyried ei resymeg. Roedd e wedi dod mewn cylch.

Gwichiodd y trên i stop; roedd e bron yno. Fel arfer, dyma ddiwedd ei daith ond nid heddiw. Gwyliodd y llond dwrn o deithwyr dydd Sul yn camu ar y platfform tawel cyn gwasgaru a diflannu o'r golwg. Caeodd y drysau drachefn a chwiliodd ym mhocedi ei siaced am ei glustffonau a'u cysylltu â'i ffôn. Yna caeodd e'r sip ar ei siaced, yn barod i ymuno â'r glaw mân. Suddodd yn ôl i'w feddyliau cynt yn anfwriadol. Na, nid llipa fyddai'r gair gorau i ddisgrifio ei fam. Ei dad o bosib, ond nid hi. Efallai mai cofleidio ei chyfle roedd hi, ailddiffinio ei rôl, chwalu cyfyngiadau'r gorffennol, a bod ei dad, fel miloedd o ddynion eraill, yn sownd o hyd yn y gorffennol hwnnw ac yn cael gwaith dod i delerau â'r realiti newydd fod y byd yn newid. Os felly, roedd eisiau rhoi bom dan ei din. Neu efallai fod y cyfan yn rhan o ryw gynllun mawr ganddo i dorri'n rhydd a'i fod yn gwybod yn nêt beth roedd e'n ei wneud drwy'r amser: tocio ei gyfrifoldebau o fwriad a bodloni ar fod yn dad undydd, gan sicrhau digon o amser i sielffo'r fenyw oedd ganddo yn ôl ei fympwy. Roedd e'n gwybod bod menyw ganddo er bod ei dad yn meddwl bod ei gyfrinach yn saff. Ei fusnes e oedd hynny. Roedd gan bawb hawl i'w cyfrinachau. Ond roedd ganddo yntau hawl hefyd i ddisgwyl gwell.

Cododd ar ei draed a cherdded at y drysau ymhen draw'r goetsh. Stwffiodd y clustffonau i mewn i'w glustiau ac aros i'r trên ddod i stop. Gwasgodd y botwm i agor y drysau a chamodd ar y platfform gwlyb. Teimlodd y glaw mân yn chwyrlïo yn erbyn ei groen, felly cododd gwfl ei siaced dros ei ben er mwyn gwarchod ei wallt ac atal y cwyr rhag llifo i lawr ei wyneb a'i war. Yna dilynodd ei gyd-deithwyr ar hyd y platfform ac i ganol strydoedd deiliog Rhiwbeina. Trodd i'r chwith wrth y llyfrgell ac yna i'r dde a cherdded heibio'r tai gwyn plaen ac eto cain, a'r rheiny'n ei atgoffa o'r tai Lego yr arferai eu hadeiladu pan oedd yn blentyn, nes cyrraedd tŷ ei dad-cu.

Trwy gil ei lygad gallai weld Mrs Woodward-drws-nesaf yn eistedd yn ei ffenest flaen a brwydrodd yn erbyn y demtasiwn i'w chydnabod. Gwyddai y câi ei ddala'n siarad y tu allan yn y glaw am chwarter awr a mwy pe bai'n codi ei law arni. Cododd y glicied ar y gât fach bren ac anelu ar hyd y llwybr ar draws yr ardd, gan hoelio ei olygon ar y drws gwyrdd tywyll yn y pen draw. Ond cyn iddo gael cyfle i ganu'r gloch gwelodd siâp aneglur pen ei dad yn llenwi'r sgwaryn o ffenest o wydr barugog. Yr eiliad nesaf, agorodd y drws a safai hwnnw o'i flaen, y wên ar ei wyneb yn awgrymu bod unrhyw ofid fu'n ei lethu ddoe eisoes wedi dechrau cilio.

'Diolch i ti am ddod.'

'Wy'n flin bo' fi bach yn hwyr,' meddai Guto a gwthio heibio iddo.

'Fi ddyle ymddiheuro i ti, ond o'dd rhaid i fi fynd â'r car nôl neithiwr. Dim ond am bedair awr ar hugen o'dd e gyda fi neu, fel arall, bydden i wedi dod i ôl ti.'

'Dim probs, dyw e ddim fel 'sen i'n byw ar y lleuad. Gallen

i fod wedi seiclo ond dechreuodd hi fwrw.'

'Te? Coffi? Wy wedi dod â llaeth gyda fi, galwes i yn y Co-op ar y ffordd draw. Neu rwbeth oer?'

Roedd e wedi mynd i drafferth i'w blesio, meddyliodd Guto, i ddiolch iddo am ei gefnogaeth ddoe, a gwenodd yn fwriadol mewn ymdrech i guddio'r cywilydd yr oedd e'n siŵr ei fod i'w weld ar ei wyneb yn sgil ei feddyliau cynt.

'Wy jest â marw ca'l dishglad o de.'

'Cer i ishta lawr 'te a tyn dy got, ti'n wlyb. Bydda i nôl mewn munud.'

Ar hynny, diflannodd Dylan ar hyd y cyntedd a thrwy ddrws y gegin gefn ac aeth Guto drwodd i'r lolfa, yn barod i gyfrinachau ei dad-cu lapio amdano. Doedd fawr ddim wedi newid ers y tro diwethaf iddo fod yn y stafell hon prin ddeufis ynghynt ond bod ambell fwlch yma ac acw. Fel arall, yr un darluniau a hongiai ar y parwydydd a'r un trugareddau seramig a lenwai'r silff ben tân a'r rhan fwyaf heb ildio eu lle ers dyddiau ei fam-gu, fe dybiodd. Y gwahanol luniau ohono fe yn ei wisg ysgol mewn fframiau arian ar y silff lyfrau oedd yr unig ddyfodiaid diweddar hyd y gwelai, ac roedd rhai o'r rheiny dros bum mlwydd oed. Crwydrodd ei lygaid dros y cyfan er ei waethaf, ond doedd dim byd yn anghyffredin.

'Wy'n gwbod, ffiles i ffindo dim byd chwaith.'

Trodd Guto i wynebu ei dad a chrychu ei dalcen.

'Be ti'n feddwl?'

'Dyna'r peth cynta wnes i ar ôl cyrraedd ... whilo am gliwie rhag ofan bo' fi wedi bod yn syllu'n ddall ar rwbeth amlwg ar hyd y blynydde, ond y peth agosa i'r Almaen weli di yw'r llun 'na o Lyn Garda ac yn yr Eidal ma hwnnw!'

Gwenodd Dylan ac estyn mŵg streipiog melyn a gwyn

iddo cyn mynd i eistedd ar y soffa liw hufen o flaen y ffenest.

'Beth o'dd yn arfer bod draw fan 'na?' gofynnodd Guto a phwyntio i gyfeiriad y bwlch amlwg wrth ochr hoff gadair ei dad-cu.

'Y ford fach dywyll, ti'n cofio? Yr un o'dd yn dala'r lamp. O'dd hi siŵr o fod dros gan mlwydd oed.'

'*Antique* felly.'

'Ie, ti'n iawn, sbo. Cofia, wna'th hi erio'd ishta'n gyfforddus yn y stafell hon – o'dd hi'n rhy dywyll. '

"Co Mr Dylunydd yn siarad. Bydd gyda ti raglen ar S4C cyn bo hir! Ble mae nawr 'te?'

'Ble ti'n meddwl? Ma Geth a honna 'di dechrau cliro'n barod ... mater o amser o'dd hi. Ma dy ewyrth wedi bod yn torri'i fol eisie ca'l gwared ar bethe ers diwrnod yr angladd. Mae ei hast e mor blydi ddi-chwaeth. Daeth Mrs Woodward rownd gynne i weud bod nhw wedi bod 'ma drwy'r dydd ddoe, mae'n debyg, yn cario pethe nôl a mla'n i'r car. Smo hi'n colli dim.'

'Do, weles i hi'n ishta yn y ffenest pan gyrhaeddes i. Beth od bod hi heb alw'r heddlu eto i weud bod lladron 'ma.'

'Pam fydde hi'n neud hynny? Mae'n gwbod bo' fi 'ma.'

'Jôc.'

'Wel, *ma* golwg ddigon amheus arnat ti, erbyn meddwl. Whare teg i Mrs Woodward!'

'Wyt ti wedi gweld dy *hunan*?' Ar hynny, cododd Guto a mynd draw at y lluniau ysgol ar y silff lyfrau. 'Trueni bod nhw heb fynd â'r rhain gyda nhw hefyd. Wy'n edrych fel dic yn hwn,' meddai a chydio yn un o'r rhai cynharaf.

'Gewn nhw gadw eu dwylo bant o'r rheina. Ni bia'r llunie hyn,' meddai Dylan a chroesi'r carped glas golau er mwyn ymuno â'i fab. Safodd y ddau wrth ochr ei gilydd am eiliadau hirion heb ddweud dim, gan adael i'r mudandod siarad drostyn nhw a llenwi'r bylchau. 'Ma siŵr o fod miloedd o lunie eraill gyda fe yn y gist 'na yn ei stydi,' meddai Dylan maes o law. 'Dyna'n rhannol pam o'n i'n moyn i ti ddod draw 'ma heddi i helpu fi fynd trwy rai o'i bethe fe, ei bethe personol ... pethe o'dd yn bwysig iddo fel dogfenne ac yn y bla'n, cyn i'r ddou 'na ga'l gafael arnyn nhw. Ers mynd i weld Anti Lyd ddoe, ma mynd trwy ei bethe wedi troi'n dipyn o ras.' Trodd Dylan i wynebu ei fab ac edrych ym myw ei lygaid. 'Ac o'n i'n moyn bod gyda ti heddi. O'n i angen dy gwmni.'

Ystyriodd Guto ei eiriau a phenderfynu eu gwthio o'r neilltu am y tro. Câi gyfle rywbryd eto i bwyso a mesur eu harwyddocâd.

'Well i ni ddechrau arni 'te ... deuparth gwaith,' meddai ac arwain ei dad allan o'r lolfa ac i mewn i'r stafell fach hirsgwar lle arferai ei dad-cu dreulio oriau o bob dydd yn syrffio'r we neu'n ymgolli yn ei fyd bach ei hun. 'Drycha, dyma'r marc lle crafes i'r pren gyda'r car rasio coch.' Penliniodd Guto o flaen y gist hir a rhedeg ei fys ar hyd y graith dywyll. 'Wedodd e ddim byd. Ges i ddim stŵr 'da fe.'

'Ti'n synnu? Gwranda, o'dd yr hen Gerallt yn meddwl bod yr haul yn shino trwy dwll dy din di. O't ti'n ffilu neud dim byd o'i le. Os cofia i'n iawn, fi gas y bai am adel i ti fod mewn 'ma ar dy ben dy hun yn y lle cynta.'

Gwenodd Guto a gostwng ei drem.

'Wy'n gweld ei eisie fe'n barod, ti'n gwbod,' meddai.

'Gallen i ei ladd e ... hynny yw, tase fe ddim wedi'n gadel ni'n barod!' Edrychodd Dylan ar y gadair dro ddu o flaen desg ei dad a'i thynnu tuag ato cyn eistedd arni a phlannu ei draed ar y llawr yn drwm er mwyn ei siglo'n ôl ac ymlaen.

'Ma gyda fi gymaint wy'n moyn gofyn iddo. Faint o'dd e'n ei wbod, ti'n meddwl? Ac o ble ma'r blydi *Gerhard Neudeck* 'ma'n dod? Sa i'n siŵr bo' fi hyd yn oed yn gwbod shwt i ynganu fe. Enw fy nhad a sa i'n gwbod shwt i weud e'n iawn. Pam 'se fe wedi siarad â ni yn lle cadw popeth iddo'i hun?'

'O'dd siŵr o fod gyda fe ei resyme.'

'Dyna wedodd Anti Lyd, ond ti'n ffilu creu anhrefn fel hyn a jest mynd a gadel i bobol eraill gliro'r stecs ar dy ôl di.'

'Ond tase fe wedi ca'l ei ffordd fydde neb yn gwbod byth. O'dd e ddim am i ni wbod. Ti'n ffilu beio Ta'-cu.'

'Sa i'n beio neb fel y cyfryw, ond dyw e ddim wedi neud bywyd yn hawdd i ni.'

'O beth wedest ti ddoe, Myn-gu o'dd yn moyn i ti wbod.'

'Ie, achos fod ei gŵr mor blydi stwbwrn. O'dd dy fam-gu'n iawn i neud beth wna'th hi. Ma hawl 'da fi wbod, a Geth ... a ti hefyd o ran hynny. Mae ei orffennol e'n rhan ohonon ni'n tri. Ond pam fod e mor gyndyn? Dyna licsen i wbod. Beth bynnag ddigwyddodd, alle fe ddim bod mor ofnadwy â hynny. Ma miloedd yn ca'l eu mabwysiadu, a ta beth, o'dd e'n ffilu neud dim byd amdano. Plentyn o'dd e.'

Pwysodd Dylan yn ôl yn y gadair ac ochneidio. Rhedodd ei dafod dros ei ddannedd a syllu'n syth o'i flaen. O'i safle'n penlinio ar y llawr, gadawodd Guto i'w gorff suddo nes bod ei ben-ôl yn cyffwrdd â'i sodlau. Ni ddywedodd y naill na'r llall yr un gair am beth amser.

'Wyt ti'n meddwl bod Anti Lyd yn cadw rhwbeth nôl o hyd?' gofynnodd Guto pan aeth y distawrwydd yn drech nag e. 'Rhaid bod hi'n gwbod mwy. Ma bownd o fod syniad gyda hi ynglŷn â ble yn yr Almaen gas e ei eni.'

'Mae hi'n gwbod cyn lleied â ni, Guto. Dyna sy mor rhwystredig. Y peth yw, sdim dal taw un o'r Almaen o'dd e hyd yn oed. Mae'n ddigon posib fod ei rieni wedi dod 'ma fel ffoaduriaid adeg y rhyfel a'i fod e wedi ca'l ei eni yma yng Nghymru.'

'Fel Iddewon ti'n meddwl?'

'Pwy a ŵyr? Iddewon, Awstriaid, Almaenwyr … o'dd annibendod llwyr ar draws y Cyfandir yr adeg hynny.'

'Walle taw sbiwyr o'n nhw.'

'Da iawn, fy mab, ond ma dy ddychymyg yn dechrau mynd yn rhemp nawr!' Tynnodd Dylan wep watwarus a chodi ei aeliau.

'Ond ti'n gorfod cyfadde bod yr holl beth yn gyffrous, Dad.'

'Cyffrous wedest ti?'

'Mae'n wir! Cyn i ni glywed am hyn i gyd y peth mwya i ddigwydd i'r teulu 'ma o'dd pan gafodd Mam a ti ysg–'

Yn sydyn, gostyngodd Guto ei olygon a syllu tua'r llawr. Roedd e wedi croesi ffin. Ymhen blynyddoedd i ddod, byddai'n gwingo wrth gofio ei eiriau, geiriau byrbwyll arddegyn, a arllwyswyd yno ar ganol llawr stydi ei dad-cu ryw brynhawn Sul glawog ac yntau wedi dod i helpu. Cododd ar ei draed a'i fryd ar ddianc.

'Wow! Ble ti'n mynd?'

Stopiodd Guto yn ei unfan ond ni throdd yn ôl i gydnabod y braw yn llais ei dad. Roedd yn eiliad fawr a gwyddai y gallai ei gam nesaf ddiffinio eu perthynas am gryn amser os nad am byth; ei lliwio o leiaf, ei chnoi. Byddai yno, rhyngddyn nhw, fel dolur yn crynhoi ar fys.

'Mae'n flin 'da fi,' meddai.

'Sdim eisie i ti fod. Cwpla beth o't ti'n mynd i weud.'

'Wy wedi gweud gormod yn barod.'

'Ma gofyn i ti weud e, Guto … er mwyn bwrw dy fol. Mae'n

hen bryd i ni fod yn agored yn y teulu 'ma. 'Co beth sy'n digwydd fel arall.'

'Ond nid 'yn lle i yw e i weud.'

'Ie, dy le di yw e. Ma mwy o hawl gyda ti na neb. A nawr rwyt ti wedi neud ... er na wnest ti gwpla'r frawddeg. Mae e mas a dyw'r byd ddim wedi dod i stop. Fi a dy fam ddyle ymddiheuro, nid ti.'

Trodd Guto yn araf a gweld bod Dylan yntau wedi codi ar ei draed. Gadawodd iddo ddod tuag ato a'i wasgu'n erbyn ei gorff. Teimlodd ei anadlu patrymog, dwfn trwy ei afael dynn.

'Wyt ti'n mynd i drio ffindo mwy mas am Ta'-cu?' gofynnodd Guto ymhen hir a hwyr ar ôl i'r argyfwng ostegu. Safai'r ddau o hyd ar ganol y stafell fach a breichiau ei dad amdano, ond nawr gollyngodd hwnnw ei afael ac aeth yn ôl i eistedd ar y gadair ddu fel cynt.

'Sa i'n siŵr. Walle ffinda i rwbeth fydda i ddim moyn ei ffindo, a difaru.'

Lledwenodd Dylan wrth ystyried ei eiriau. Edrychodd Guto heibio'r wên gan wybod y byddai ei dad yn difaru peidio â gwneud dim. Eto i gyd, roedd gwneud dim wedi dod yn ail natur iddo yn y gorffennol. Onid ochrgamu fyddai hynny eto?

'Wy'n meddwl dylet ti. Mae'n amlwg fod ti'n moyn gwbod mwy a ti newydd weud bod angen i ni fod yn agored.'

'Sa i'n gwbod ble ma dechrau.'

'Paid â malu cachu, Dad. Os nag wyt *ti'n* gwbod ... rwyt ti mewn man delfrydol i neud e trwy dy waith. Elli di ddim gofyn i'r cyngor 'na am help ... be ti'n galw nhw ... Cyngor Ffoaduriaid Cymru?'

'Guto bach, ni'n sôn am rwbeth ddigwyddodd dri

chwarter canrif yn ôl. Delio gyda phrobleme heddi ma'r cyngor. Bydd yn realistig.'

'Ond ma'r egwyddor yr un peth. Ma bownd o fod cysylltiade gyda nhw alle roi ti ar ben ffordd. Gwranda, rwyt ti'n gwbod yn iawn beth i neud.'

Pwysodd Dylan ymlaen yn y gadair a chodi clawr y gist bren, isel yn ei ymyl.

'Walle gawn ni ambell gliw wrth fynd trwy'r rhain, ond sdim lot o ffydd 'da fi. Drycha faint o lunie sy 'ma, a'r holl sleidie. Bydde'r Llyfrgell Genedlaethol wrth eu bodd gyda'r trysor 'ma!'

'Beth sy yn y bocs glas man 'na?' gofynnodd Guto a mynd i benlinio wrth y gist fel cynt.

'Yn hwn o'dd e'n cadw ei ddogfenne pwysig fel tystysgrife a'i ewyllys a rhyw bethe fel 'na. Cer di drwy'r llunie a dechreua i ar y bocs. Tria eu rhoi nhw gyda'i gilydd yn ôl eu cyfnod fel cam cynta, a paid â bod ofan twlu unrhyw rai o ansawdd gwael neu os oes lot o'r un fath. Rho nhw mewn pentwr ar wahân a gaiff Geth fynd trwyddyn nhw os yw e eisie.'

'Dad, sa i'n nabod tri chwarter y bobol hyn. Bydde fe'n well taset *ti'n* mynd trwy'r llunie a finne trwy'r bocs glas neu byddwn ni 'ma drwy'r dydd,' awgrymodd Guto ond roedd Dylan eisoes wedi dechrau pori trwy'r dogfennau.

'Wyt ti wedi sôn wrth Wncwl Geth eto am Gerhard Neudeck?' gofynnodd Guto ymhen ychydig.

'Ddim eto, sa i 'di ca'l cyfle. Wna i ffono fe fory.'

'Mae e'n mynd i ga'l sioc. Ti'n gwbod, Dad, mae hyn yn wironeddol gyffrous, nag wyt ti'n meddwl? Dere mla'n, ti'n gorfod cyfadde. Mae'n wallgo.'

Gwenodd Dylan a nodio ei ben yn araf.

'Beth o'dd ymateb dy fam pan wedest ti wrthi?'

Cydiodd Guto mewn hen amlen Kodak felynaidd yr olwg a dechrau tynnu'r swp bach o luniau ohoni heb godi ei lygaid oddi ar ei dasg. Bu'n disgwyl y cwestiwn byth ers iddo gyrraedd, ond llwyddodd i'w wthio i gefn ei feddwl. Roedd ochrgamu'n nodwedd deuluol, meddyliodd.

'O'dd hi'n gyffro i gyd.'

Twriodd Guto'n fecanyddol trwy'r ffotograffau sgleiniog yn ei law heb nodi'r un ddelwedd. Ni welodd ddim byd yn ddigon clir i ddod i benderfyniad yn ei gylch a phennu ei ffawd, ond daliodd ati am fod hynny'n well na gorfod edrych ar ei dad. Roedd yn wir ei bod hi wedi dangos cyffro anghyffredin yn y diwedd, pan ddaeth hi ato yn ei stafell ymhen hir a hwyr, ond roedd hynny'n rhy hwyr; roedd yr eiliad fawr wedi mynd ynghyd â'i barodrwydd yntau i ffugio. Roedd hi eisoes wedi lladd ei frwdfrydedd a dibrisio rhan ohono. Ond hi oedd ei fam a'r dyn yn ei ymyl oedd ei dad. Pa ddiben ei bradychu hithau a, thrwy hynny, frifo hwn?

'O'n i'n meddwl y bydde hi. O'dd hi a Ta'-cu yn ffrindie penna.'

Cadw ei ben i lawr wnaeth Guto a chlatsio ymlaen â'i orchwyl ond doedd ei galon ddim ynddi. Rhai du a gwyn oedd llawer iawn o'r lluniau ac er y gallai ddyfalu pwy oedd pwy mewn ambell un, roedd y rhelyw'n rhy hen a rhy bŵl i fod o unrhyw ddiddordeb iddo. Agorodd amlen Kodak arall a thynnu sypyn o luniau lliw mwy diweddar ohoni. Gwenodd wrth weld ei hunan yn ei drôns nofio deinosor a sbectol haul Hollywood-aidd a honno'n llawer rhy fawr i'w wyneb pum mlwydd oed. Yn ei law roedd loli iâ oren a choch a'r sudd wedi toddi ar hyd ei law a glanio mewn smotiau ar ei fola noeth. Ac roedd e'n wên o glust i glust. Trodd at y llun nesaf ac yn hwnnw roedd ei fam a'i dad, hwythau hefyd yn eu dillad nofio, yn gorwedd yn ôl ar eu penelinau ar y tywod gyda'r môr yn y cefndir yn bygwth llifo drostyn nhw unrhyw eiliad. Roedd fframio'r llun yn gam iawn ac roedd pen ei dad bron â diflannu o'r golwg. Yna cofiodd fod ei dad-cu gyda nhw hefyd, er nad oedd e yn y llun, a bod hwnnw wedi rhoi ei gamera iddo er gwaethaf rhybuddion ei rieni nad oedd yn syniad da gadael i blentyn pum mlwydd oed drafod camera drud. Ond eu hanwybyddu wnaeth ei dad-cu a diystyru eu pryderon. A chafwyd llun cam i'r dyfodol, i gofio'r dyddiau da.

Yn sydyn, stwffiodd Guto'r lluniau yn ôl i'r amlen a chodi ar ei draed, gan ymestyn ei freichiau a'i gefn.

'Wedi ca'l digon yn barod?' gofynnodd Dylan.

'Y peth yw, sa i'n nabod hanner y bobol, a bron neb o gwbl yn y llunie du a gwyn. Shwt wyt ti'n dod mla'n?'

'Go lew, pethe banc a pholisïe yswiriant ydyn nhw'n benna ... y ffwrn a'r peiriant golchi. Maen nhw'n mynd nôl flynydde. Wy'n siŵr ei fod e wedi talu am bob un ddwywaith drosodd o leia. Ond, fy mab, des i o hyd hefyd i rwbeth fydd o ddiddordeb mawr i *ti*.'

Ar hynny, tynnodd Dylan ddarn o bapur A4 o'r ffeil a'i estyn iddo.

'Beth yw e?'

'Darllen e.'

Gafaelodd Guto yn y papur a rhedeg ei lygaid yn frysiog dros y print mân a lenwai'r dudalen.

'Sa i'n deall. Pam fod 'yn enw i arno fe?'

'Rwyt ti, fy mab, yn mynd i ga'l swm bach nêt o arian cyn bo hir, diolch i'r hen Gerallt. O'n i'n gwbod dim byd amdano tan ddwy funud yn ôl ... fel cymaint o bethe eraill! Ond yn ôl hwn, agorodd e gyfri yn dy enw di ar ôl i ti ga'l dy eni a buodd e'n talu mewn bob mis reit tan y diwedd.' Crychodd Guto ei drwyn ac edrych yn holgar ar ei dad. 'Ond paid â hala bob ceiniog ar geme fideo a rhyw bethe fel 'na. Cer i weld y byd. Beth bynnag wnei di ag e, yn anffodus i ti, mae'n rhaid aros nes dy ben-blwydd yn ddeunaw oed cyn ca'l dy ddwylo arno fe, felly ma gyda ti ddigon o amser i feddwl.'

Pwysodd Dylan yn ôl yn y gadair a gwenu wrth weld y syndod ar wyneb ei fab. Safai Guto o'i flaen, gan ysgwyd ei ben mewn anghrediniaeth.

'Faint o swm yw e 'te?' gofynnodd yn y man, ar ôl barnu ei bod yn briodol gofyn.

'Dyw e ddim yn gweud yn y llythyr o'r banc ond ti'n mynd i ga'l cwpwl o filoedd weden i.'

'*Beth*?!'

'Wy'n gwbod, sdim diwedd ar allu'r hen Gerallt i synnu ei deulu, nag oes e? Trueni fod e ddim 'ma i ateb ein cwestiyne. Ti angen hoe fach i ddod dros y sioc?'

'Cwpwl o filoedd.' Siglodd Guto ei ben a dihuno o'i ddelwi. 'Nagw, ond sdim lot o bwynt i fi edrych trwy'r llunie a bod yn onest. Well i ti neu Geth neud hynny. Faint o waith sy ar ôl yn y bocs glas? Ti'n moyn rhannu hwnna?'

'Ocê, cer di trwyddyn nhw o'r cefen 'te. Wy wedi neud y polisïe yswiriant a'r stwff o'r banc. Beth yw'r rheina yn y cefen ... pethe teithio, ife?'

'Ie, wy'n credu. Ti heb ffindo dim byd o bwys eto 'te ... hynny yw, ar wahân i'r miloedd sy'n hedfan i nghyfeiriad i?'

'Iesu, alla i weld fod ti ddim yn mynd i gysgu heno, Guto Rhys! Wel, ma eu tystysgrif priodas fan hyn, ond yr eliffant yn y bocs ... neu'r diffyg eliffant yn y bocs yw ei dystysgrif geni. Pam bo' fi ddim yn synnu, gwed? Wpti-blydi-dŵ!'

'Beth o'dd enw Myn-gu cyn priodi?'

'Wilson ... Eileen Wilson yn troi'n Eileen Rees. Mr a Mrs Gerallt Rees. Mae'n swno'n well na Mr a Mrs Gerhard Neudeck, sbo. Dyw Eileen Neudeck ddim yn taro'n iawn.'

Tra oedd ei dad yn siarad, roedd Guto wedi dod o hyd i amlen fach wen yn gorwedd ar ei phen ei hun ar waelod y bocs glas o dan y ffeiliau cardfwrdd a hongiai yn eu trefn. Bu bron iddo ei diystyru ond fe'i denwyd tuag ati oherwydd y llawysgrifen ddiarth ar y blaen. Roedd hi'n amlwg ei bod yn hen am fod yr ysgrifen wedi ffado gydag amser ac roedd ambell smotyn o lwydi yn britho'r corneli. Agorodd e'r amlen yn araf, gan ofalu peidio â rhwygo'r papur brau. Gwthiodd flaenau ei fysedd i mewn a thynnodd lun bach du a gwyn allan. Syllodd ar y ddau wyneb yn edrych yn ôl arno. Menyw ifanc oedd un a'i gwallt golau'n hongian mewn pleth hir o flaen un o'i hysgwyddau. Gwisgai flows wen â blodau bach wedi'u brodio am ymylon ei choler ac ar hyd ymylon y llewys byr. Babi oedd y llall, bachgen wrth ei olwg, ond roedd ganddo lond pen o wallt golau er na allai fod lawer yn hŷn na rhyw ddeunaw mis oed. Eisteddai ar arffed y fenyw a gwenai'r ddau yn hael. Gwyddai Guto ar unwaith a theimlodd ei galon yn pwnio yn ei glustiau ac yn erbyn ei frest. Trodd e'r llun drosodd a chraffu ar yr ysgrifen bŵl, yr un ysgrifen ag oedd ar yr amlen. Darllenodd y geiriau: *Inge und Gerhard, Juni 1947*.

'Dad,' meddai, 'ma eisie i ti weld hwn.'

NABIL

Pan gychwynnodd y sïon gwrthododd eu hystyried heb sôn am eu credu. Doedd ganddo ddim amser i wrando ar wagsiarad gan rai oedd yn fwy na pharod i ledaenu arswyd er mwyn hyrwyddo'u hachos. Felly dewisodd eu hanwybyddu a chadw ei ben i lawr. Ys dywedai ei dad, roedd ganddyn nhw ddigon ar eu plât wrth ddelio â'r gwirioneddau o gig a gwaed a lifai trwy ddrysau drylliedig yr ysbyty bob dydd. Eu rôl nhw, meddai, oedd dal eu tir a chanolbwyntio ar eu gwaith er mwyn rhoi triniaeth i bawb yn ddiwahân. Gwneud eu dyletswydd. Cadw eu gair. Wrth i'r dyddiau droi'n wythnosau a'r wythnosau dyfu'n fisoedd collodd gyfrif o sawl wyneb dagreuol fu'n ymbil arno i wneud ei orau i achub plentyn, gŵr, gwraig, hyd yn oed pan oedd hi'n amlwg mai'r hyn oedd ei angen oedd gwyrth yn hytrach na chymorth cyw meddyg fel fe. Ar y dechrau, roedd gobaith er gwaethaf yr heriau cynyddol, am fod cyflenwadau meddygol yn dal i'w cyrraedd ac am fod presenoldeb gwirfoddolwyr o dramor yn ddigon i'w hatgoffa bod bywyd gwâr wrth law. Dod drwyddi oedd yn bwysig ac yna deuai eto haul ar fryn. Ond roedd e, Nabil, wedi dringo pob bryn heb weld hyd yn oed y pelydryn gwannaf. Roedd pob dydd fel dringo i ben mynydd mawr, ac wedi cannoedd ar gannoedd o ddyddiau tebyg roedd e wedi ymlâdd. Roedd pawb wedi ymlâdd.

    Cofiodd sut yr âi adref at Amal trwy'r rwbel a'r adfeilion ar ddiwedd pob shifft, ei gorff yn sgrechain gan flinder. Ac yno yn eu fflat dwy stafell, eu cartref priodasol cyntaf, byddai hi'n disgwyl amdano a hithau wedi bod wrthi'n herio'r amhosib drwy'r dydd trwy geisio dysgu dosbarthiadau o blant lleol a ffugio normalrwydd. Ond byddai'r cylchoedd tywyll dan ei llygaid yn bradychu ei sirioldeb arwynebol. Fel yntau, roedd hi ar dorri. Weithiau byddai shifft yn yr ysbyty'n para deuddydd di-dor a'r cyfan y gallai ei wneud ar ôl cyrraedd adref fyddai syrthio ar eu gwely a chofleidio cwsg. Ond ymhen dwyawr neu dair byddai'r sïon y llwyddodd i'w gwthio naill ochr yn meddiannu ei freuddwydion yn ddi-ffael a byddai wynebau cam y bechgyn a'r dynion ifanc yn rhythu arno wrth gael eu cario gan lif yr afon. Degau ar ddegau o gyrff ifanc, eu dwylo wedi eu clymu a'u llygaid marw'n syllu'n gyhuddol, ac afon Quweiq yn eu puro'n lân fel arwydd o faddeuant, er mai eu hunig drosedd oedd bod yn y man anghywir ar yr adeg anghywir. Ac o fewn eiliad wedi iddo gael ei ysgwyd ar ddihun, ei gorff yn crynu a'r gwely'n wlyb gan chwys, byddai braich ei wraig yn cau amdano a'i llaw yn cusanu ei dalcen nes iddo ymollwng i gwsg iachaol drachefn.

    Agorodd Nabil ei lygaid ac ochneidio cyn codi ar ei draed. Yr hunllefau. Roedd ei ben yn llawn hunllefau. Camodd oddi wrth y fainc lle bu'n eistedd a phwysodd ei freichiau ar falwstrâd yr oriel a redai o gwmpas y gofod mawr oddi tano. Edrychodd i lawr ar y cyntedd ysblennydd, ar y pileri marmor ac ar y grisiau gosgeiddig yn ymestyn o'r prysurdeb isod at y llawr lle safai, a gwridodd. Gwridodd dros y dynion ifanc hynny ac am iddo fod mor barod i wadu'r sïon.

Roedd cyntedd yr amgueddfa'n brysurach nag arfer heddiw, fe sylwodd. Safai grwpiau o bobl ifanc yma a thraw, gan chwerthin a siarad ar draws ei gilydd yn llawn bywyd heb weld yr edrychiadau sarrug a ddeuai o gyfeiriad y pensiynwyr oedd yn sipian eu te yn y caffi gerllaw. Edrychai un neu ddau o'r arddegwyr mewn edmygedd ar yr harddwch pensaernïol o'u cwmpas ond, i'r rhan fwyaf, digon oedd bod yno gyda'i gilydd a mwynhau'r eiliad. Gallai Nabil glywed ambell floedd mewn iaith ddieithr yn codi oddi wrthyn nhw a cheisiodd ddyfalu o ble roedden nhw wedi dod. Ar ddiwedd eu gwyliau, bydden nhw'n dychwelyd adref at eu rhieni a'u haddysg, yn barod i gynllunio eu hantur fawr nesaf am eu bod nhw'n cael. Dilynodd ei lygaid deulu ifanc a oedd newydd gerdded trwy'r drysau mawr a gwenodd wrth edmygu ymdrechion deheuig y fam a'r tad i dywys eu plant ar draws y cyntedd ac i ffwrdd o'r siop a'i themtasiynau. Yn y funud byddai'r plant wedi hen anghofio am y siop wrth ymgolli yn rhyfeddodau'r deinosoriaid a byd natur, meddyliodd. Pan ofynnodd Rhiannon iddo am awgrymiadau ynglŷn â ble i fynd â phlant y ganolfan gwyddai heb unrhyw amheuaeth am yr union fan. Roedd e newydd fod yno yn gwneud nodiadau, yn paratoi. Byddai Amal yn falch ohono.

Yn sydyn, ymsythodd a cherddodd tuag at y grisiau. Pan gyrhaeddodd y gwaelod aeth yn ei flaen heibio'r clystyrau o bobl ifanc ac allan trwy'r drysau tal. Safodd ar ben y grisiau gwyn allanol ac edrych draw dros y pwt o barc i gyfeiriad y castell a siopau canol y ddinas. Roedd hi wedi dechrau bwrw eto: glaw mân yn ysgeintio'r olygfa wrth iddo ddisgyn o'r awyr lwyd, fel mewn darlun argraffiadol. Cododd goler ei siaced a chamodd i ganol y gwlybaniaeth cyn taflu cipolwg dros ei ysgwydd ar yr amgueddfa a oedd wedi tyfu'n noddfa iddo.

Roedd e wedi pasio'r adeilad hardd sawl tro cyn magu'r hyder i fentro trwy ei ddrysau. Ni wyddai i ddechrau beth oedd ei bwrpas. Cofiai sefyll ar y pafin a rhythu ar y llythrennau mawr a naddwyd ar draws y garreg wen rhwng y to cromennog a'r colofnau clasurol heb ddeall eu hystyr, ond câi ei ddenu'n ôl dro ar ôl tro i ddarllen y tri gair. Gwyddai'n reddfol ei fod yn adeilad o bwys. Ond dim ond pan ddilynodd e griw o blant ysgol i fyny'r grisiau ar ryw ddiwrnod glawog arall, tebyg i heddiw, yr aeth trwy ei ddrysau am y tro cyntaf. Byth ers hynny, roedd y lle wedi dod yn rhan o'i batrwm wythnosol. Ni allai ddychmygu pobl y wlad hon yn esgeuluso'u gorffennol a'u casgliadau hanesyddol. Pan ddywedodd hynny wrth Rhiannon cilwenu wnaeth honno a chodi ei haeliau. Ni ddeallai Nabil ei hymateb ar y pryd a doedd e ddim yn siŵr a ddeallai byth.

Hyd yn oed os oedd ots gan bobl ei wlad ei hun am drysorau Syria, meddyliodd, doedd ganddyn nhw fawr o lais yn eu ffawd. Doedd gan fomiau ddim parch at neb na dim. Pan oedd chwalfa ym mhob man a thomenni o rwbel yn llenwi pob stryd, tynnu trwyddi oedd bwysicaf a byw tan yfory. Ond ni olygai hynny nad oedd ganddyn nhw ots. Cofiodd ei anghrediniaeth pan soniodd Amal wrtho am y difrod direswm i'r Mosg Mawr. Newydd gyrraedd adref roedd e ar ddiwedd diwrnod arbennig o drwm. Eisteddai'r ddau gyferbyn â'i gilydd wrth y bwrdd bach sgwâr yn eu lolfa-cegin. Cofiodd sut y crwydrodd ei llaw ar draws y bwrdd nes cyrraedd ei law yntau, ac ymhlyg yn yr arwydd bach hwnnw o empathi roedd rhybudd. Crydiodd nawr wrth ail-fyw'r olygfa honno: tynerwch ei wraig wrth dorri'r newyddion a thrais realiti ei geiriau yn ei drywanu fel petai hi'n ei hysbysu am farwolaeth ei fam neu ei dad. Cofiodd iddo adael i'r seiniau ymdreiddio i'w gorff a thrwy hynny alltudio holl erchyllterau eraill y dydd. Roedd y meirw a'r clwyfedig wedi dod yn rhan o'i fywyd beunyddiol ers tro ond y Mosg Mawr oedd curiad calon ei ddinas; bu'n croesawu addolwyr trwy ei ddrysau ers canrifoedd. Pan dawodd Amal gwasgodd hi ei law a chwpanodd yntau ei law arall am ei llaw hithau, gan adael i'r dagrau araf lifo ar hyd ei wyneb. Llefodd o flaen ei wraig. Llefodd dros y meirw a'r clwyfedig a thros y dynion ifanc y gwthiwyd eu cyrff i afon Quweiq. Llefodd dros ei wlad a throstyn nhw eu dau. A phan ballodd ei ddagrau aeth i orwedd ar eu gwely a'i wraig wrth ei ochr, ac yno y buon nhw tan y bore, hyd nes ei bod yn bryd iddo fynd yn ôl i'w waith. Yn sydyn, cofiodd Nabil taw'r unig dro arall iddo lefain ers dechrau'r rhyfel oedd pan welodd e ei dad yn ei got wen yn eistedd ar domen o rwbel a'i ddwylo'n magu ei wyneb. Y tu ôl iddo, roedd yr ysbyty lle bu'n tendio cleifion ar hyd ei oes wedi'i chwalu'n racs.

 Arafodd ei gamau a mynd i sefyll gyda dau neu dri o bobl eraill yng ngheg y twnnel er mwyn cysgodi rhag y glaw. Roedd e wedi cyrraedd heb yn wybod iddo. Gwgodd yn ddiamynedd wrth sylweddoli iddo gerdded heibio'r adeiladau godidog eraill yn yr un rhes â'r amgueddfa heb drafferthu codi ei ben i yfed eu hysblander. Fel arfer, roedd hynny'n rhan o'i ddefod wrth grwydro'r parthau hyn. Rhedodd ei law trwy ei wallt gwlyb ac ysgwyd y diferion fel y byddai ci'n ei wneud. Pasiodd trwy'r ffordd danddaearol nes cyrraedd y geg arall yn y pen draw ac arhosodd yno gan wylio'r glaw mân yn chwyrlïo yn yr awel. Pan gyrhaeddodd y ddinas hon gyntaf roedd cerdded yn y glaw yn rhan o'i hapêl a byddai'n picio allan o'i stafell ar yr esgus lleiaf er mwyn gadael i lwch y blynyddoedd gael ei olchi oddi ar ei groen. Erbyn hyn, roedd y glaw wedi colli ei swyn fel pob gormodedd arall.

Dechreuodd gynllunio ei lwybr yn ôl i'w stafell o'r man lle safai, nid bod rhyw awydd mawr mynd yn ôl arno. Trwy gadw i gerdded yng nghwmni dieithriaid roedd digon i fynd â'i sylw a diffodd yr hunllefau cyn iddyn nhw fwrw gwreiddiau a thagu ei feddyliau fel chwyn digroeso. Âi yn ôl trwy'r arcêds a'r ganolfan siopa dan do fel y gallai osgoi gwlychu'n waeth. Wrthi'n perffeithio manylion ei siwrnai roedd e pan ddechreuodd ei gyd-gysgodwyr adael y twnnel a mynd ar eu hynt. Edrychodd e lan ar yr awyr lwyd a gweld ei bod hi'n goleuo; roedd y glaw wedi peidio am y tro. Camodd allan o'r twnnel a dilyn y lleill ar hyd y fflags gwlyb. Pan gyrhaeddodd e'r ffordd o flaen y gwesty mawr gwyn edrychodd i'r chwith ac i'r dde er mwyn chwilio am fwlch yn y traffig a chroesi i'r ochr arall, a dyna pryd y gwelodd nhw. Cerddai'r pump yn dalog ar hyd y pafin wrth dalcen y castell a Hadi yn eu canol, ei freichiau'n chwifio'n fywiog fel arweinydd côr. Gwenodd Nabil er ei waethaf. Gwelsai grwpiau tebyg yn crwydro strydoedd dwyrain Aleppo bob dydd am bedair blynedd gron; dynion ifanc yn ei llancio hi gyda'r sicrwydd nad oedd neb call yn mynd i'w cwestiynu waeth pa mor wyllt eu hymddygiad. Doedd dim angen iddyn nhw boeni am wedduster pan fo drylliau'n hongian o'u hysgwyddau a bandanas am eu gwallt. Fe wyliodd y pump yn ymbellhau ar hyd y pafin a diflannu o'r golwg fel gwehilion rhyw fyddin orchfygedig yn chwilio am achos newydd.

Trodd Nabil i mewn i'r stryd fach siang-di-fang oedd wedi dod yn gyfarwydd bellach ers iddo ddechrau dod i'r ganolfan bron bob dydd. Ond ac yntau ar ganol croesi'r ffordd er mwyn cyrraedd yr adeilad hwnnw, stopiodd yn stond pan welodd e Dylan o flaen y drysau dwbl. Safai'r Cymro a'i gefn tuag ato, gan blygu fymryn yn ei flaen wrth straffaglu â'r allwedd yn y clo. Ni wyddai Nabil beth i'w wneud a bu bron iddo droi ar ei sawdl a sleifio'n ôl i gyfeiriad y ffordd fawr cyn i'r dyn arall ei weld. Roedd yn amlwg bod hwnnw'n mynd adref am y dydd a doedd e ddim am achosi trafferth iddo a rhoi pwysau arno i ailagor y drysau er mwyn gwireddu rhyw fympwy digon simsan gan rywun fel fe. Wedi'r cyfan, penderfyniad munud olaf oedd galw heibio'r ganolfan ar hap; gwyddai na fyddai Rhiannon yno i drafod unrhyw drefniadau at yfory. Yr eiliad honno, dechreuodd gwestiynu pam ei fod wedi meddwl y byddai picio i mewn fel hyn ar y ffordd yn ôl i'w stafell yn syniad da. Llwyddodd i ennill y frwydr yn ei ben, a daeth i'r casgliad brysiog mai gwell fyddai ffoi. Roedd e ar fin rhoi ei benderfyniad ar waith pan glywodd lais Dylan yn ei gyfarch. Cododd ei olygon a gorfodi ei hunan i wenu.

'Nabil! Oeddet ti eisie rhwbeth? Oeddet ti eisie mynd mewn?'

'Na, na, mae'n iawn.'

'O ddifri, os wyt ti eisie mynd mewn a gadel rhwbeth yn dy gwpwrdd galla i ailagor y dryse. Wnaiff e ddim cymryd eiliad. Penderfynes i ddianc yn gynnar heddi gan ei bod hi mor dawel. O'dd hi fel y bedd ar ôl i ni gliro'r pethe cinio. Mae fel 'se pawb wedi diflannu prynhawn 'ma am ryw reswm. Felly dyma fi'n gofyn i'n hunan: "Dylan, beth ddiawl ti'n neud fan hyn ar dy ben dy hun? Cer adre." Ond os wyt ti'n moyn – '

'Na, paid â gadel i fi dy gadw di. Wir nawr.'

''Na fe 'te, os ti'n berffeth siŵr. Wela i di fory.'

Ar hynny, cododd Dylan ei law a dechrau cerdded oddi wrtho er mwyn ymuno â'r ffordd lydan, swnllyd. Nodiodd Nabil ei ben a throi i'r cyfeiriad arall. Roedd e heb fynd mwy na deg metr pan glywodd e Dylan yn galw ei enw ar ei ôl. Trodd i gyfeiriad y llais a gweld bod y Cymro'n dod tuag ato ar hyd y pafin. Dechreuodd ei baratoi ei hunan, fel roedd e wedi dod yn gyfarwydd â gwneud, ond roedd y dyn arall yn gwenu ac yn amneidio arno wrth gau'r bwlch rhyngddyn nhw eu dau.

'Wyt ti'n ffansïo dod am goffi?'

Edrychodd Nabil arno heb lwyddo i ddod o hyd i'r geiriau priodol er mwyn ffurfio ei wrthodiad. Doedd e ddim am ei ddigio. Eto i gyd, doedd ganddo mo'r modd. Cyn iddo gynnig ei esgusodion a bwrw yn ei flaen yn ôl i'w stafell i wynebu oriau mawr ar ei ben ei hun, fel pob diwrnod arall, teimlodd law Dylan yn ei dapio ar ei fraich.

'Dere. Fi sy'n talu.'

Dewisodd Nabil ford wrth y ffenest ac eisteddodd a'i gefn yn erbyn y wal, gan wylio'r prysurdeb diwedd prynhawn yn mynd heibio ar y pafin y tu allan. Wrth eu golwg, gweithwyr swyddfa a myfyrwyr oedden nhw'n bennaf, unigolion ar eu ffonau yn rhuthro adref. Dros y ffordd safai dyn a menyw oedrannus o flaen ffenest siop gelfi, gan bwyntio at yr hyn oedd ar werth a siglo eu pennau. Cerddodd dwy fenyw ganol oed i mewn i'r ffrâm a thin-droi wrth ffenest yn llawn saris lliwgar yn y siop ddillad y drws nesaf. Doedd e erioed wedi bod yn siopwr mawr ond, yn sydyn, teimlodd ryw awydd anorchfygol i ymuno â'u rhengoedd, i syllu ar y celfi anghyffyrddadwy trwy'r gwydr, i brynu rhywbeth. Trwy gil ei lygad gwelodd Dylan yn sgwrsio â'r dyn ifanc tatŵog y tu ôl i'r cownter wrth i hwnnw baratoi eu coffi. Chwarddai'r ddau yn rhwydd. Dyna oedd yn braf am y dyn hwn, meddyliodd: ei rwyddineb. Roedd e'n garedig ac roedd ots ganddo. Eto, roedd 'na rywbeth yn ei gylch a awgrymai rywbeth arall, ni wyddai beth, rhywbeth anghyflawn fel petai bywyd wedi'i siomi rywle ar hyd y daith. Fel y celfi dros y ffordd, roedd rhywbeth anghyffyrddadwy amdano. Ar hynny, trodd Dylan a cherdded yn araf rhwng y byrddau tuag ato, ei holl sylw wedi'i hoelio ar y ddau gwpan coffi a gariai yn ei ddwy law. Pan gyrhaeddodd y ford wrth y ffenest gosododd y cwpanau ar y lliain plastig, blodeuog, gan ofalu peidio â gollwng dim o'r coffi. Gwenodd Nabil wrth weld y rhyddhad ar ei wyneb. Ni allai ddeall pam roedd pobl y wlad hon mor barod i giwio mewn caffi er mwyn archebu a thalu ymlaen llaw. Fyddai hynny byth yn digwydd yn Aleppo. Yn sydyn, chwythodd y fath syniad ffuantus o'i feddwl; roedd hanner caffis Aleppo yn adfeilion.

'*Bravo*,' meddai Nabil a churo ei ddwylo'n chwareus. Edrychodd Dylan arno'n holgar. 'Wnest ti ddim gollwng yr un diferyn,' ychwanegodd.

'O, dw i'n deall ... naddo,' meddai Dylan a gwenu.

Cododd Nabil y cwpan at ei wefusau a sipian ei ddiod boeth.

'Coffi da. Diolch i ti.'

'Croeso. Diolch i tithe am bopeth rwyt ti'n neud gyda'r plant. Mae'n amlwg dy fod ti'n ca'l eitha hwyl arni.'

'Wy i ddim yn siŵr am hynny. Mae'n 'y nghadw i'n brysur ac ma hynny'n beth da. Wnele fy ngwraig well job o lawer.'

Roedd Dylan ar ganol yfed llymaid o'i goffi ei hun ond wrth glywed geiriau diwethaf Nabil dododd ei gwpan yn ôl ar y soser ac, am yr eildro o fewn llai na munud, edrychodd yn ymholgar ar y dyn gyferbyn ag e. Roedd hwnnw, fodd bynnag, wedi troi ei olygon i gyfeiriad y ffenest ac ni welodd yr arwydd bach hwnnw o chwilfrydedd ar wyneb y Cymro. Dyma'r tro cyntaf i Dylan glywed unrhyw sôn am wraig ac roedd e eisiau pwyso arno i wybod mwy, ond gwyddai ar yr un pryd nad ei le fe oedd gwneud hynny, yma yn y caffi hwn ar ddiwedd prynhawn glawog. Roedd gan bawb ei stori ei hun.

'Wedodd Rhiannon bo chi'n meddwl mynd â'r plant i'r Amgueddfa Genedlaethol fory,' meddai mewn ymgais i lywio'r pwnc ar hyd trywydd mwy diniwed.

'Ie, dyna'r bwriad. Dyna lle bues i gynne yn neud nodiade ac yn paratoi. Byddan nhw wrth eu bodde.'

'Un brwd wyt ti.'

'Wy'n mwynhau. Bydda i'n mynd i'r amgueddfa o leia unwaith bob wthnos i grwydro'r oriele ac i atgoffa fy hun bod bywyd yn ... wel, ti'n gwbod. Ma'r darlunie a'r gwaith celf ymhlith y gore yn y byd.'

'Rwyt ti'n codi c'wilydd arna i. Sa i 'di bod yno ers

blynydde.'

'Mae'n haws i rywun fel fi, ond pan ma rhwbeth dan dy drwyn di ...'

'Be ti'n weud ... bod angen i fi fod yn dwrist fel ti i werthfawrogi fy ngwlad fy hun?'

'Neu'n ffoadur.'

Lledwenodd Nabil cyn mynd ati i ychwanegu llwyaid o siwgr at yr hylif brown tywyll yn ei gwpan a'i godi at ei geg o'r newydd. Eisteddodd y ddau yn ddistaw am funudau lawer, y naill a'r llall yn ystyried arwyddocâd y gair unigol hwnnw.

Dylan oedd y cyntaf i dorri ar y mudandod, ei gyhoeddiad yn debycach i gyfaddefiad. Ond ni chododd ar ei draed a chyflwyno'i hun gerbron cylch o gyd-drueiniaid er mwyn taflu ei faich a rhannu ei wendid. I raglenni teledu a ffuglen y perthynai'r fath ystrydeb. Eto i gyd, cyfaddefiad o fath oedd e, ymgais i ddangos empathi efallai. Ni wyddai. Ynteu ai dyma gam cyntaf ei daith i wneud sens o abswrdiaeth y misoedd diwethaf?

'Ffoadur o'dd 'y nhad,' meddai, gan edrych ym myw llygaid Nabil. 'O leia dw i'n credu taw ffoadur o'dd e.'

Roedd wyneb Nabil yn ddifynegiant ond roedd ei feddwl ar garlam. Doedd cyhoeddiad y Cymro ddim yn tycio. Dechreuodd gwestiynu ei allu i ddilyn yr hyn a ddywedwyd rhag ofn iddo golli gair allweddol, ond chwythodd ei amheuon naill ochr yn syth; roedd e wedi deall pob gair. Ond nawr roedd ganddo amheuon eraill, mwy tywyll. Beth oedd y dyn am y bwrdd ag e'n ei awgrymu? Oedd e'n ei roi ar brawf, yn cwestiynu ei statws fel ceisiwr lloches? Ai dyna'r pris i'w dalu am wahoddiad i fynd am goffi?

'Pam "credu"? Ma pob ffoadur dw i'n ei nabod yn

hollol sicr taw dyna beth yw e er gwaetha ymdrechion yr awdurdode i brofi fel arall.'

Pwysodd yn ôl yn ei gadair gan adael i gefn ei ben gyffwrdd â'r wal. Hongiai ei eiriau rhyngddyn nhw eu dau fel diasbedain bwledi mewn stryd gefn. Roedden nhw wedi dod o rywle'n ddwfn y tu mewn iddo gyda'r bwriad o ladd unrhyw gyhuddiad cyn iddo gael cyfle i gydio a gwneud ei ddifrod. Roedd yn eiliad fawr a gobeithiai Nabil yn ei galon nad oedd y coffi ar fin troi'n chwerw.

'Achos newydd ddarganfod ydw i fod gan 'y nhad orffennol arall a llwyddodd i fynd â'i gyfrinach gyda fe i'r bedd. O'dd gyda fe enw gwahanol ar un adeg a rhieni gwahanol i'r ddau dw i wastad wedi'u nabod fel Myn-gu a Ta'-cu. Mae'n fwy na thebyg nad Cymro o'dd e a'i fod wedi dod yma o wlad arall. Fel ti. Ond dw i ddim yn siŵr eto a dyna pam wy'n gweud "credu". Does dim rheswm arall.'

Gostyngodd Nabil ei lygaid. Roedd arno gywilydd. Gorfododd ei hun i gladdu ei amheuon yn llwch adfeilion ei ddinas enedigol. Roedd yn bryd iddo ymddiried eto. Pan gododd ei olygon drachefn roedd Dylan yn edrych trwy'r ffenest ar y mynd a dod parhaus.

'Ers faint wyt ti'n gwbod, felly?' gofynnodd pan aeth y mudandod yn drech nag e.

'Ers yn ddiweddar iawn. Ti yw'r cynta i wbod ... hynny yw, y tu fas i'r teulu.'

'Mae'n ddrwg 'da fi am ymateb fel wnes i funud yn ôl,' meddai Nabil.

Cododd Dylan ei aeliau fel petai'n annog y dyn gyferbyn ag e i ddweud mwy.

'Wel, o'n i braidd yn siarp pan ddefnyddiest ti'r gair "credu".'

'Paid â mynd i golli cwsg drosto fe.'

Gwenodd y ddau.

'Un o ble o'dd dy dad, ti'n meddwl?'

'Mae'n anodd gwbod. Dyna wy'n mynd i ffindo mas, ond enw Almaeneg o'dd arno fe'n wreiddiol.'

'Beth wedodd dy fab pan glywodd e ... Guto ife?'

'Ie, dyna ti ... Guto. Mae e'n meddwl bod y cyfan yn gyffrous iawn.'

'A dy wraig?'

'Fy *nghyn*-wraig.'

Gostwng ei ben wnaeth Nabil unwaith eto a rhythu ar y lliain blodeuog. Crwydrodd ei law draw at y cwpan coffi cyn ei godi at ei wefusau er mwyn cael rhywbeth i'w wneud.

'Sdim eisie i ti deimlo'n lletchwith,' meddai Dylan a rhoi ei benelinau i orffwys ar y ford. 'Fe ddigwyddodd dros dair blynedd yn ôl ond o'dd e wedi bod yn mudlosgi ers sbel cyn hynny. O'dd e'n well i bawb yn y pen draw. Ma bywyd wedi symud yn ei fla'n.' Yfodd weddill ei goffi ar ei ben a dodi'r cwpan yn ôl ar y soser fel petai'n atalnodi cyfnod yn ei fywyd, er ei fwyn ei hun yn gymaint â'r dieithryn gyferbyn ag e. Achos dyna oedd e: dieithryn. Prin ei fod yn ei adnabod, ond roedd e wedi rhannu peth o'i hanes ag e, rhan go bwysig, ac o ganlyniad, roedden nhw wedi dod yn nes. 'A beth am dy wraig *di*? Fe soniest ti amdani gynne. Ble ma hi nawr?'

Gwenodd Nabil yn wan ac edrych yn ddi-weld ar y dyn o'i flaen.

'Fe geson ni ein gwahanu yn yr anhrefn,' meddai.

DYLAN

Caeodd Dylan glawr ei liniadur yn glep a phwyso'n ôl yn ei gadair. Roedd ei ben ar hollti a'i amynedd ar chwâl. Plethodd ei fysedd tu ôl i'w war i geisio ystwytho'i ysgwyddau. Wedi dyddiau maith o chwilio, heb fawr o lwyddiant, cawsai lond bola. Beth ddaeth dros ei ben i gychwyn ar y fath siwrnai i unman? Ni fu erioed yn un o'r bobl hynny oedd yn byw a bod ar y we ac roedd e'n barod i gydnabod nad oedd e gyda'r gorau am lywio'i ffordd trwy ddrysfa'r rhyngrwyd, ond roedd 'na sens a rheswm i bopeth. O dipyn i beth dros y dyddiau diwethaf, daethai i sylweddoli bod y dasg o'i flaen yn un amhosib wrth i graig anferth newydd rwystro'i lwybr gyda phob troad. Ceisiodd ymresymu ag e ei hun a gwneud penderfyniad: un ai rhoi'r gorau i'w gonan ac ymrwymo i ragor o artaith neu ollwng y cyfan a bwrw ymlaen â'i fywyd fel cynt cyn bod sôn am fabwysiadu a Gerhard Neudeck. Trodd i wynebu Beca a orweddai ar y soffa, ei llygaid yn pefrio a'i holl sylw wedi'i hoelio ar sgrin fach y ffôn yn ei llaw.

'Be ti'n neud?' gofynnodd e.

'Dim byd o bwys ... jest sgrolio.'

'Mae'n braf ar rai.'

'Beth yw'r gwahaniaeth rhwng beth dw i'n ei neud a beth rwyt ti'n ei neud 'te? Ti ddim wedi codi dy lygaid oddi ar y sgrin 'na ers orie,' meddai ac amneidio â'i phen i gyfeiriad y cyfrifiadur llonydd.

'Y gwahaniaeth, i ti ga'l gwbod, yw bo' fi 'di bod yn whilo am wybodaeth am 'y nhad enigmataidd tra dy fod ti wedi bod yn gwastraffu dy amser yn sgrolio. "Bratu amser", dyna fydde cyhuddiad yr hen Ger. Wy'n credu wna i ddechrau ei alw fe'n Ger o hyn mla'n; mae'n cadw'r opsiyne ar agor. Be ti'n feddwl?'

Gwenodd Beca a rhoi ei ffôn ar y llawr yn ymyl y soffa. Pwysodd Dylan ymlaen yn ei gadair heb dynnu ei lygaid oddi arni.

'Paid syllu arna i fel 'na! Ti fel pyrf,' meddai a phlethu ei breichiau ar draws ei chrys-T piws.

'Eiliad yn ôl o't ti'n conan bo' fi ddim wedi edrych arnat ti ers orie a nawr ti'n – '

'A nawr ti'n pyrfo!' Ar hynny, cwympodd Dylan ar ei benliniau a dechrau cropian tuag ati, ei lygaid yn newynog a'r wên ar ei wyneb yn tyfu gyda phob cam. 'Cer odd 'ma. Ti fel hen gi a sa i'n lico cŵn.'

'O't ti'n lico'r ci yma neithiwr.'

'Neithiwr o'dd hynny.'

Cododd Beca ar ei heistedd a gwthio'i ben oddi wrthi mewn protest ond gwyddai Dylan mai ffug oedd ei phrotest. Cododd yntau oddi ar ei bedwar a mynd i eistedd wrth ei hochr ar y soffa, gan roi ei fraich amdani.

'Beth am fynd i rywle mwy cyfforddus?'

'Ar dy feic, mêt. Ti ddim yn ca'l fy anwybyddu drwy'r bore a dechrau sniffan man hyn pan mae'n siwto ti.'

'Ti'n ca'l sylw 'da fi nawr.'

'Rhy hwyr.'

'Dere mla'n.'

'Rhy hwyr,' meddai ac ymryddhau o'i afael.

'Ma Beca fach yn pwdu.'

'Nag yw, dyw Beca ddim yn un i bwdu a ti'n gwbod hynny'n iawn.'

'Beth yw hyn 'te?'

'Gwed wrtha i, shwt wyt ti'n dod mla'n?' gofynnodd hi a thaflu cip draw i gyfeiriad y gliniadur ar y bwrdd. 'Wy'n cymryd bod pethe ddim yn mynd yn dda?'

'Wy jest â chyrraedd pen 'y nhennyn. Wy ddim tamed yn nes nawr nag o'n i wthnos yn ôl. Walle taw rhoi'r gore iddi yw'r peth calla, mae'n rhy gymhleth. Os o'dd yr hen Ger am i ni wbod bydde fe wedi sôn wrthon ni. Mae'n rhaid i fi weud, wy'n teimlo bach yn euog weithie yn busnesa yn ei orffennol fel gwylan yn pigo trwy weddillion ar domen sbwriel. Walle bo' fi ddim i fod i wbod.'

'Ma 'na elfen o wirionedd yn hynny, wrth gwrs bod 'na, ond ar y llaw arall fydde neb yn gwarafun i ti'r hawl i wbod mwy am dy wreiddie.'

'Ond sa i'n cyrraedd unman, Becs. Sa i 'di dysgu dim byd pellach am y diawl. Blydi Gerallt, Gerhard, Ger, beth bynnag yw ei enw.'

'Wel, ti'n gwbod cymaint â hynny a ti'n gwbod hefyd taw Inge o'dd ei fam.'

'Nagw, wy ddim yn gwbod hynny i sicrwydd. Ma popeth yn awgrymu taw dyna enw ei fam naturiol ond sa i 'di ffindo dim byd i brofi hynny.'

'Ie, ond ma'r pethe hyn yn cymryd lot o amser a lot o ymdrech, Dyl. Ti'n mynd i ga'l dy siomi, wrth gwrs dy fod ti, ond gall un darn bach o jig-so droi'r cyfan ar ei ben. Paid â rhoi'r gore iddi nawr, achan.'

'Ond ble ma'r blydi darn hud hwnnw, gwed?'

Trodd Beca ei chorff tuag ato a rhoi ei choesau i orwedd ar draws ei arffed.

'Reit, beth sy gyda ti'n barod? Rwyt ti'n gwbod ei fod e wedi ca'l ei fabwysiadu ...'

'Sdim prawf pendant o hynny hyd yn oed, dim ond gair Anti Lyd.'

'Wel dyw dy Anti Lyd ddim yn debygol o raffu llond pen o gelwydde, nag yw hi? Ma enw Gerhard Neudeck gyda ti a fydde hi ddim wedi neud hynny lan, a llun o fachgen bach pen golau a menyw wallt golau, sy'n awgrymu taw hi yw ei fam ... ac ma'r dyddiad yn ffito.'

'A dim byd arall.'

'Ble ti 'di bod ar y we?'

'Ti'n gwbod ... safleoedd fel Ancestry a llefydd fel 'na, ond heb dystysgrif geni dy'n nhw ddim yn gallu dod o hyd i ryw lawer. Ma 'na gyfeiriad moel ato fe yn 1951 a'i enw bryd hynny o'dd Gerallt Rees, sy fwy neu lai'n cadarnhau ei fod e'n byw gyda'n fam-gu a nhad-cu erbyn hynny. Bydde fe tua'r pump oed, chwech falle yn 1951, os yw'r babi yn y llun yn ddwyflwydd oed, ond sdim gair am y busnes mabwysiadu.'

'Sa i'n credu bod safleoedd hanes teuluol yn cario gwybodaeth am fabwysiadu, ti'n gwbod, os dw i wedi deall yn iawn.'

'Dyna wedodd y fenyw bues i'n siarad â hi ar y ffôn yn y swyddfa gofrestru hefyd.'

'Felly, ti wedi siarad â'r swyddfa gofrestru?'

'Odw, ffones i'r un ar gyfer yr ardal lle cas 'y nhad ei fagu ond sdim byd gyda nhw. Dim tystysgrif geni, dim byd. Wel, dyw hynny ddim yn hollol wir. O'dd cofnod o briodas Mam a Dad gyda nhw ond o'n i eisoes wedi ffindo'u tystysgrif priodas mewn bocs yn y tŷ a dyw hynny ddim yn helpu dim. Pan holes i wedyn am gofnodion mabwysiadu wedodd hi taw dim ond y person gas ei fabwysiadu sy â mynediad i wybodaeth o'r fath. Mae'n debyg bod nhw'n nodi ar y dystysgrif geni fod mabwysiadu wedi digwydd ond dyna'r cwbl. Does dim gwybodaeth i gysylltu'r plentyn â'i deulu newydd. Ac yn achos Ger sdim blydi tystysgrif geni ta beth!'

'Walle fod e heb ga'l ei fabwysiadu'n swyddogol. O'dd lot o bethe fel 'na'n mynd mla'n mewn teuluoedd.'

'Fe wnes i awgrymu hynny iddi, ond wedodd hi bod hi'n annhebygol iawn achos newidiodd y gyfraith yn 1926 o'dd yn golygu bod rhaid cadw cofnodion ffurfiol o bob plentyn gas ei fabwysiadu. Bydde fe wedi bod yn amhosib i rywun "answyddogol" ga'l lle mewn ysgol neu ar restr doctor. Whare teg, o'dd hi'n fenyw hyfryd ac fe driodd ei gore.'

'Dyw e ddim wedi neud bywyd yn hawdd i ti, nag yw e?'

Ar hynny, estynnodd Beca ei braich gan redeg ei bysedd trwy ei wallt a'i annog i orffwys ei ben ar ei hysgwydd. Eisteddodd y ddau felly am funudau lawer wrth i adlais eu geiriau droi'n sibrydion trwy'r lolfa dawel cyn ymdoddi i'r parwydydd ac ymuno â rhengoedd pob sgwrs prynhawn Sul arall. Ond nid oedd hon fel unrhyw sgwrs arall, sylweddolodd Dylan. Doedd e ddim wedi trafod ei fwriad i fynd ar drywydd dirgelion ei dad â neb arall ac eithrio Guto – ddim yn fanwl ta beth – am iddo dybio na fyddai gan neb arall ddiddordeb. Wedi'r cyfan, llugoer ar y gorau fu ymateb ei frawd i'r holl fusnes ac roedd e'n siŵr bod ei fodryb wedi hen setlo'n ôl i'w phatrwm arferol wedi iddi ddadlwytho'r addewid a wnaethai i'w fam. Dros y blynyddoedd, roedd e wedi dysgu sut i gadw pethau iddo fe'i hun rhag iddo gael ei siomi. Nawr roedd Beca'n gwybod, yr unig un y tu allan i'r teulu ac eithrio Nabil.

Ychydig a wyddai am ei theulu hithau heblaw bod ganddi frawd, Morgan, oedd wedi codi ei bac a mynd i ddysgu Saesneg mewn ysgol iaith ym Madrid, gan godi dau fys ar Brexit. Ac wedi iddo fynd, dyma'r chwaer o ochrau Caerfyrddin yn codi ei phac ei hun a throi at brifddinas arall am nad oedd digon o gyfle na digon o gyffro i'w chadw yng nghefn gwlad lle roedd ei theulu wedi byw yn fodlon eu byd ers cenedlaethau. Ac yn dri deg wyth mlwydd oed ffeiriodd hi'r diffyg parch yr arferai ei oddef fel athrawes uwchradd am ddiffyg parch at gyw ymchwilydd mewn cwmni teledu yn y ddinas fawr. Doedd hi erioed wedi holi'i berfedd am ei deulu yntau chwaith ac roedd hynny'n eu siwtio ill dau. Roedd yn rhan o'r wefr: rhyw rheolaidd, anghymhleth heb y baich o fynd yn rhy ddibynnol ar ei gilydd. Roedd y cytundeb hwnnw wedi gweithio'n dda ers blwyddyn a mwy. A oedd heddiw'n golygu bod pennod newydd ar gychwyn? Go brin. Doedd e ddim yn barod am fwy eto. Nawr bod pethau'n gwella rhyngddo fe a Guto, doedd e ddim am beryglu'r cydbwysedd brau. Ar ôl yr ysgariad, doedd ganddo ddim dewis ond ymbellhau a derbyn ei ran er nad oedd mwy o fai arno yntau nag ar Liz, ac am fisoedd lawer, yn lle cofleidio'i fab bodlonodd ar gofleidio'i yrfa. Pa blydi yrfa? Cilwenodd wrth ystyried y fath syniad. Swydd oedd hi, digon i lenwi'r gwacter a digon i gadw to uwch ei ben.

'Pam ti'n gwenu?' gofynnodd Beca.

'O, sa i'n gwbod, dim byd o bwys. Fi o'dd yn meddwl, 'na i gyd: Gerhard Neudeck. O le ffwc ma hwnna 'di dod?'

'Wel, ffinda mas. Sa i'n gweud 'to.'

Ochneidiodd Dylan a chwilio am ei llaw. Roedd hi'n gwneud i'r cyfan swnio mor syml a doedd hi ddim. Os mai fe oedd etifedd y cyfrifoldeb, un cyndyn oedd e. Cyndyn o blymio i mewn i ddim byd dros ei ben. Ai'r un cyndynrwydd oedd wrth wraidd ei holl fethiannau ers ei fod yn blentyn bach? Efallai ei fod yn ei enynnau, rhywbeth a etifeddodd trwy waed gan fam-gu neu dad-cu anhysbys.

'I beth?'

'Be ti'n feddwl: "i beth?" I ti ... a dy fab.'

'O, sa i'n gwbod ... mae'n gymhleth, mae fel drysfa. Mae'n ddigon i ddanto'r mwya brwd.'

'Ddyle fe ddim bod yn gymhleth i rywun fel ti, er mwyn dyn. Ti'n gweithio yn y maes bob dydd, achan.'

Yn sydyn, cofiodd e'r un ddadl gan Guto yn stydi ei dad pan oedd y ddau yn mynd trwy ei bethau union bythefnos ynghynt. Roedd ei wrthddadleuon yn dechrau swnio'n dila er y gwyddai nad oedden nhw'n ddi-sail.

'Gawn weld,' meddai yn y man.

'Gwranda, paid â meddwl bo' fi'n hwpo mhig i mewn, iawn? Dy benderfyniad di yw e, ond wna i helpu ti ... os ti'n fodlon.'

Cododd Dylan ei ben oddi ar ei hysgwydd a nodiodd ei ganiatâd. Trodd ei gorff tuag ati a'i chusanu'n ddwfn. Teimlodd ei breichiau'n ei dynnu'n nes ac ildiodd i'w hanogaeth. Ni chlywodd e'r allwedd yn troi yn y clo na'r drws yn agor. Dim ond pan glywodd lais ei fab o'r cyntedd yn cyhoeddi ei ddyfodiad cwbl annisgwyl y gwthiodd ei hun oddi arni, a'r eiliad nesaf safai Guto wrth y drws i'r lolfa, ei syndod yn llenwi'r bwlch.

Rhythodd Dylan arno a gorfodi ei hun i wenu, ond gwên annidwyll oedd hi, yn drwsgl ac yn llawn braw. Oni bai iddo gyhoeddi ei fod wedi cyrraedd, byddai Guto wedi eu dal. Fflachiodd golygfa arall drwy ei feddwl o adeg ymhell bell i ffwrdd ac yntau yn y gwely yn noeth o'i ganol i lawr dan y cynfasau cynnes. Yn sydyn, hyrddiodd ei dad trwy ddrws ei stafell wely yn gyffro i gyd a mynnu ei fod yn codi o'i wely ac edrych trwy'r ffenest i weld y trwch o eira oedd wedi syrthio dros nos. Ond ni allai gan y byddai ei dad wedi gweld pam a byddai hynny wedi difetha popeth am byth. Cofiodd esgus bod yn rhy flinedig, ond roedd ei dad yn daer ac mewn hwyliau da a bu bron iddo ildio i'w berswâd. Ond yn y nano-eiliad cyn ildio trodd ei dad a gadael ei stafell gan fynd â'r argyfwng gyda fe, ac fe'i rhwygwyd gan gywilydd am iddo'i siomi a lladd ei frwdfrydedd plentynnaidd. Ond gwell hynny na chael ei ddal. Edrychodd ar wyneb adolesent ei fab yn gymysgedd o ddryswch a siom, a diolchodd unwaith eto am nano-eiliadau.

'Jiawl, dwywaith o fewn dou ddiwrnod! O'n i ddim yn dishgwl dy weld ti heddi,' meddai a difaru ei ysgafnder amaturaidd yn syth. 'Guto, dyma Beca.'

'Haia Guto,' meddai honno'n siriol. Roedd hi wedi symud i flaen ei sedd ond, fel arall, ni ddangosai unrhyw arwydd o letchwithdod.

'Dylwn i fod wedi ffono i weud bo' fi'n dod,' meddai Guto heb adael i'w lygaid grwydro oddi ar ei dad, a thrwy hynny osgoi cydnabod y fenyw wrth ei ochr.

'O'dd dim eisie i ti, ti'n gwbod 'ny. Wel dere mewn a tyn dy got.' Cododd Dylan ar ei draed, yn ymwybodol bod ei lais yn rhy uchel, yn rhy frwd.

'Sa i'n aros.'

'Wrth gwrs fod ti'n aros. Newydd gyrraedd wyt ti.'

'Ddylwn i ddim bod wedi dod.'

'Dyma dy gartre, Guto. Mae ar ga'l i ti pryd bynnag ti angen dod 'ma.' Camodd Dylan tuag ato a phlannu ei ddwylo ar ei ysgwyddau. Cydiodd yn y bag a hongiai ar un ysgwydd a'i ddodi ar y ford yn ymyl y gliniadur. 'Be ti'n moyn i yfed?' Gwibiodd ei lygaid rhwng ei fab a'i gariad achlysurol. Am beth yn union y chwiliai, ni wyddai, ond yno ar lawr ei lolfa ar brynhawn Sul digon anhynod tan ryw funud yn ôl daeth yn fwy ymwybodol nag erioed bod ei ddau fyd wedi cwrdd.

'Mae'n bryd i fi fynd,' meddai Beca'n sydyn. 'Wy'n siŵr bod gyda chi'ch dou lot i drafod.'

Cododd Beca ac aeth drwodd i'r stafell wely. Roedd Dylan eisiau ei dilyn ond ni allai symud o'r fan. Roedd e eisiau egluro iddi a'i sicrhau nad fel hyn roedd e wedi rhag-weld ei gyfarfod cyntaf â'i fab. Roedd e angen gwybod nad oedd e wedi'i brifo gyda'i eiriau bwriadol i Guto eiliadau ynghynt. Roedd e angen ei darbwyllo bod lle yn rhywle i'r ddau yn ei fyd. Doedd codi calon y naill ddim yn golygu eithrio'r llall, ond hi a fe oedd yr oedolion yn y senario hwn a Guto oedd y llanc. Fe'i gorfodwyd i'w adael unwaith ac ni allai ganiatáu i hynny ddigwydd eto.

Pan ddaeth Beca yn ôl i'r lolfa o'r diwedd sganiodd Dylan ei hwyneb am arwydd, am unrhyw beth a awgrymai ei bod hi'n gweld chwith. Doedd dim byd. Cerddodd hi heibio iddo a sefyll o flaen Guto. Cododd hwnnw ei lygaid ac edrych arni am y tro cyntaf ers iddo gyrraedd am nad oedd dewis ganddo.

'O'n i ar fin mynd adre ta beth, wir i ti, ond wy'n gobeithio cwrddwn ni eto cyn bo hir,' meddai a rhoi ei llaw ar ei fraich.

'Wna i ffono ti yn yr wthnos, Dyl. Ma 'da fi gwpwl o syniade ble alla i fynd i holi er mwyn ca'l mwy o wybodaeth am dy dad. Sdim dal, ond gad e 'da fi.' Yna gwenodd a chododd ei llaw cyn mynd am y drws a'u gadael i ddelio â'r realiti newydd.

* * *

Ac eithrio un neges fer ganddi ymhell ar ôl iddi gyrraedd adref ddydd Sul, roedd e heb glywed gan Beca ers dau ddiwrnod cyfan. A hyd yn oed pan ddarllenodd yr hanner dwsin o eiriau ar sgrin fach ei ffôn roedd e'n ymwybodol taw ymateb i neges hyd yn oed yn fyrrach ganddo yntau roedd hi. Ar y pryd, doedd ganddo ddim amser i ystyried arwyddocâd hynny ac fe wthiodd ei amheuon i gefn ei feddwl a'u parcio yno am fod pobman arall yn ei ben yn llawn. Cofiodd ddianc yn ddrylliedig i'r gegin yn union wedi iddi fynd a threulio llawer gormod o amser yno yn ercyd diod i'w fab, gan roi rhwydd hynt i'r frwydr rhwng euogrwydd ac adrenalin gyrraedd ei phenllanw. Yn y diwedd, yr adrenalin a orfu a dychwelodd i'r lolfa, yn barod i ddechrau rhoi'r darnau yn ôl yn eu lle wedi'r gwrthdrawiad nad oedd neb wedi'i weld yn dod. Aeth ati i ymddiheuro am y modd y digwyddodd, ond torrodd Guto ar ei draws yn syth a'i siarsio i roi'r gorau iddi. Tybiodd Dylan mai ffieidd-dra oedd wedi gyrru ei orchymyn, lletchwithdod llencyndod, ond pan ddaeth ei fab ato a phenlinio o'i flaen gwyddai ei fod yn cynnig ei faddeuant. Gwyddai ei fod yn dweud wrtho fod popeth yn iawn. Llithrodd oddi ar ei sedd ac ymuno â Guto ar y llawr. Eisteddodd y ddau wrth ochr ei gilydd am amser maith, eu cefnau yn erbyn y soffa, eu hysgwyddau'n cyffwrdd. Beth bynnag oedd yn mynd trwy feddwl ei fab, ni ddatgelodd ddim byd, ond teimlodd Dylan gymhlethdod y tair blynedd ddiwethaf yn diflannu trwy niwl ei lygaid, yno ar y carped neilon tsiêp yn ei fflat brics coch.

Pan gododd ar ei draed eto ymhen hir a hwyr roedd hi wedi dechrau nosi a'r cysgodion o'r stryd yn bwrw eu siapiau rhyfedd ar draws parwydydd y stafell. Aeth drwodd i'r gegin i baratoi'r saws ar gyfer *spaghetti bolognese* ac aeth Guto ar ei ôl i'w helpu i dorri'r llysiau. Wedi swper, ffoniodd e Liz, y tro cyntaf iddyn nhw siarad â'i gilydd ers pythefnos a mwy. Dywedodd wrthi yn y ffordd fwyaf diduedd a digynnwrf fod eu mab wedi galw ar hap a'i fod yn saff, ond ei fod e wedi penderfynu cysgu'r nos acw yn ei fflat y noson honno. Pan glywodd y loes yn ei llais roedd e'n benderfynol o beidio â thyrchu ymhellach a thrwy hynny ei brifo'n fwy, ond roedd e'r un mor benderfynol o beidio â bradychu ei fab. Beth bynnag oedd wedi digwydd rhyngddyn nhw eu dau y bore hwnnw, roedd gan Guto ei resymau dros ddod i aros gyda fe. Doedd e ddim am rwto'i thrwyn yn y baw; wedi'r cyfan, onid oedd e wedi troedio'r ffordd honno ei hun? Gwyddai sut sawr oedd ar faw.

Ar ôl siarad â Liz, aeth e'n ôl i'r lolfa lle roedd Guto'n gorwedd ar ei hyd yn gwylio'r teledu. Gwenodd wrtho'i hun; roedd ei fab yn prysur hawlio'i le ar y soffa ac eisoes yn rheoli'r sianeli. Pan aeth hwnnw i'r gwely yn y diwedd arhosodd Dylan lle roedd e, gan geisio rhoi trefn ar holl droeon ei ddiwrnod od. Ers marw ei dad, roedd ei fyd wedi'i droi ar ei ben ond roedd y datblygiadau newydd hyn mor fawr â'r datguddiadau eraill bob tamaid. Roedden nhw'n fwy, os rhywbeth, am fod y prif gymeriadau'n dal yn fyw ac roedd ganddo fe, Dylan Rhys, ran ganolog yn y ddrama. Roedd e heb weld yr un yn dod, ond bellach pendiliai ei hwyliau rhwng hyder ac anobaith. Doedd e ddim i fod fel hyn.

Pan aeth i'w wely ei hun, awr yn ddiweddarach, ni allai gysgu wrth i'w ofnau am Beca fynnu mynd rownd yn ei ben fel cleren yn gwrthod dihangfa. Do, fe sylwodd e. Fe welodd ei llaw yn cyffwrdd â braich ei fab wrth iddi baratoi i fynd am y drws ac fe'i llenwyd â diolch iddi. Ni wyddai hynny cyn dydd Sul ond doedd e ddim am ei cholli. Tan ddydd Sul, cytundeb annelwig fu ganddyn nhw: cyfleustra anifeilaidd. Onid oedd y noson cynt yn brawf o hynny, yno yn y gwely, arena eu caru? A chyn iddi fynd roedd hi wedi gwenu. Roedd e'n siŵr iddi wenu cyn mynd am y drws. Roedd hi'n tynnu at hanner nos pan halodd e'r neges ati: 'Ti'n iawn?' Ac o fewn munud, daeth ei hateb yn ôl yn dweud ei bod hi. A thrwy'r dydd yn y gwaith ddoe, ni allai ganolbwyntio ar ddim byd ac ni allai ei ffonio rhag ofn ei fod wedi camgymryd yr arwyddion.

Yna, awr yn ôl, daeth neges arall oddi wrthi yn gofyn iddo ei ffonio pan gâi gyfle. Roedd ganddi newyddion iddo. A thrwy gydol yr awr honno bu'n rhaid iddo fynd trwy'r mosiwns wrth wrando ar bryderon y dyn hoyw o Nigeria a'r fam ifanc oedd wedi dianc gyda'i phlant rhag trais y gangiau cyffuriau yn El Salvador ac a fu'n aros am fisoedd yng Nghaerdydd i glywed a fydden nhw'n cael aros yno. Ond roedd y fam newydd adael ei swyddfa ac roedd e ar fin siarad â'i gariad achlysurol am y tro cyntaf ers deuddydd. Cerddodd draw at y drws a'i gau ac aeth yn ôl i eistedd wrth ei ddesg, gan droi ei gefn ar y mynd a dod parhaus yn y neuadd yr ochr arall i'r ffenest. Tapiodd ar ei henw ar sgrin fach ei ffôn a disgwyl.

'Haia, ble wyt ti?' gofynnodd e wrth glywed y

gerddoriaeth rap yn byddaru yn y cefndir.

'Beth?'

'Ble – wyt – ti?'

'Gad i fi fynd mas i'r coridor, wy'n ffilu clywed ti … Bydda i nôl mewn munud, Nia, wy'n gorfod ateb hwn … esgusoda fi, ga i wasgu heibio ti?' Gwenodd Dylan wrth ei dychmygu'n achosi anhrefn wrth frwydro i gyrraedd y coridor. 'Dyna welliant. Beth wedest ti gynne?'

'Gofyn o'n i ble wyt ti?'

'O … mewn canolfan gymunedol yn y Rhondda. Ni'n ffilmo ar gyfer sioe dalent newydd.'

'Reit. Ti'n iawn?'

'Odw, a ti?'

'Odw. Mae'n flin 'da fi am ddydd Sul.'

'Dylan, anghofia fe.'

'Ond nage fel 'na o'n i wedi –'

'Dylan, mae'n iawn, ocê.'

'Diolch am fod mor neis i Guto.'

'Wnes i ddim byd.'

'Do, fe wnest ti.'

'Wy'n gobitho na fydd ein cyfarfod cynta'n gadel ei ôl arno am weddill ei oes.'

'Sa i'n credu bod achos i ni boeni am hynny. Mae e'n fachgen mawr. Ry'n ni wedi dod yn fwy agos nag erio'd yn ddiweddar. A ta beth, wy'n credu bod pethe trymach yn pwyso ar ei feddwl y dyddie 'ma.'

'Be ti'n feddwl?'

'O, sa i'n gwbod ond mae'n amlwg bod rhwbeth yn mynd mla'n rhynto fe a'i fam.'

Nododd e'r distawrwydd a ddilynodd ei eiriau diwethaf. Prin ei fod wedi yngan gair am ei gyn-wraig drwy gydol yr holl amser y bu e a Beca'n gweld ei gilydd, ac roedd e newydd ddatgelu mwy na gair. Roedd e wedi agor cil y drws ar ei fyd arall. Roedd yn anorfod ar un olwg, meddyliodd. Ar ôl dydd Sul, roedd Beca eisoes wedi cael cip y tu hwnt i'r drws hwnnw.

'Hei, ma 'da fi newyddion i ti,' meddai honno, ei llais yn bradychu ei hawydd i symud y sgwrs yn ei blaen.

'Dere mla'n, wy'n glustie i gyd.'

'Wel, wnes i ffono cwpwl o lefydd ddoe ynghylch busnes dy dad ac mae'n bosib ... dim ond posib, cofia ... mod i wedi bwrw'r jacpot.'

Clywodd Dylan ei galon yn pwnio yn ei ben. Doedd e ddim yn barod am jacpot wedi troeon y ddeuddydd diwethaf. Y mwyaf a ddisgwyliai gan Beca oedd awgrym ynglŷn ag enw rhyw elusen neu gorff swyddogol i droi ato am gymorth, ond roedd hi newydd sôn am jacpot. Roedd yn air od ac yn ei atgoffa o rywbeth arall ond ni allai ei ddwyn i gof am fod cyffro jacpot yn ei ddenu i gyfeiriad arall.

'Be ti'n trio'i weud wrtha i?'

'Wel, ar ôl tipyn o ffono rownd heb gyrraedd unman, dyma fi'n cysylltu â'r National Archives yn Kew yn Llunden. Ble arall ma rhywun yn mynd i ffindo mas am Gymru ... sori, am England-and-Wales? Ta beth, siarades i â rhyw fenyw hyfryd yn fan 'na a ffonodd hi fi nôl i gadarnhau bod gyda nhw gofnod o Inge a Gerhard Neudeck.'

'Ti ddim o ddifri?'

'Odw, wir i ti.'

Cododd ar ei draed yn reddfol a dechrau camu'n ôl ac ymlaen o flaen ei ddesg. Gorfododd ei hun i anadlu'n ddwfn mewn ymgais i beidio â cholli gafael mewn golygfa lle roedd popeth yn symud yn rhy gyflym. Roedd popeth yn troi'n anghysurus o fyw a'r lliwiau'n llachar ac yn bygwth ei ddallu. Unwaith eto, roedd ei feddwl ar chwâl, ond yn effro hefyd. Roedd e eisiau clywed ond doedd e ddim eisiau clywed achos byddai clywed yn golygu na châi droi'n ôl. Byddai'r tybio a'r dyfalu'n peidio a byddai'n gorfod derbyn a byw gyda'r wybodaeth newydd, waeth beth a ddywedai.

'Dylan?'

'Ie?'

'Ti'n iawn?'

'Odw. Wy'n becso tamed bach, 'na i gyd.'

'O'n i'n meddwl fod ti 'di mynd.'

'Na, wy dal 'ma ... bant â ti 'te ... beth arall wedodd hi?'

'Wel, o'dd hi'n pallu gweud lot achos, yn un peth, wy ddim yn un o'r teulu ac, yn ail, ma gofyn fod ti'n neud dy ymchwil dy hun. Hynny yw, ma croeso i ti fynd lan 'na i bori trwy unrhyw ddogfenne neu ma modd penodi ymchwilydd annibynnol i neud y gwaith drosot ti. Ond wedodd hi un peth arall.'

'Beth?'

'Bod Inge a Gerhard Neudeck yn ffoaduriaid rhyfel. Y gair ddefnyddiodd hi oedd "dadleoli" ... hynny yw, o'n nhw, fel miliyne o bobol eraill, wedi ffoi o'u cartre ac yn byw mewn gwersyll yng ngogledd yr Almaen ar ôl i'r rhyfel ddod i ben.'

'Gwersyll? Ma hyn yn anghredadwy. Wedodd hi ble o'dd y gwersyll?'

'Do, yn rhywle o'r enw Lübeck.'

'Wy 'di bod i Lübeck. Aethon ni yno ar wylie un flwyddyn, fi a mrawd a'n rhieni, pan o'dd pobol eraill yn mynd i Butlins Pwllheli neu Benidorm. Ond aethon ni i Lübeck.'

NABIL

Gwelodd Nabil nhw ymhell cyn i'r bws ddechrau arafu. Safai rhyw bump neu chwech mewn hanner cylch ar draws y ffordd lychlyd, eu drylliau'n hongian ar eu hysgwyddau. Roedden nhw'n chwerthin ac yn tynnu ar ei gilydd â hyder dynion a wyddai eu bod ar ochr fuddugol hanes. Drwy gydol y siwrnai hir o Aleppo bu'n hepian cysgu, weithiau'n gadael i'w ben orwedd ar ysgwydd Amal wrth ei ochr, ond nawr roedd ei lygaid ar agor led y pen am ei fod yn adnabod y dynion hyn a safai bellach mewn cylch perffaith ar ganol y ffordd. Yn sydyn, gwasgodd ei dalcen yn erbyn gwydr y ffenest i drio gweld yn well pan sylweddolodd fod ei dad yn un ohonyn nhw. Roedd e yno'n chwerthin gyda'r lleill ac roedd Hadi yno hefyd. Ac roedden nhw'n ei llancio hi ac yn gwneud sbort am ben rhywbeth, ond ni allai weld beth. Ac wrth i'r bws symud yn nes, gwelodd fod ei fam wedi ymuno â nhw a'i bod hi, fel y lleill, yn tynnu'r fenyw a safai yng nghanol y cylch yn ôl ac ymlaen i bob cyfeiriad gerfydd ei breichiau tra bod ei dad yn gwasgu ei phen i lawr trwy'r ddaear. Cododd e ar ei draed yn llawn panig a phenliniodd ar y sedd wrth weld wyneb Amal, a hithau'n gweiddi ac yn ceisio torri'n rhydd, ond ymlaen yr aeth y bws heibio i'r criw. Curodd yn galed ar y ffenest a galwodd ei henw ond ni chlywodd hi. Gwibiodd ei lygaid at y teithiwr a eisteddai yn ei ymyl, yn grediniol y byddai'n ei helpu i stopio'r bws, ond y cyfan a wnâi hwnnw oedd gwenu. Edrychodd tuag at yn ôl a dechreuodd lefain wrth i'r pellter rhyngddo ac Amal dyfu'n fwy. Rhedodd i flaen y bws a llwyddo i berswadio'r gyrrwr i droi'r cerbyd a mynd yn ôl ond, a hwythau prin bum metr i ffwrdd, newidiodd wyneb y ffordd fu gynt yn llychlyd a throdd yn llen o wydr, a gwrthododd y gyrrwr fentro drosti. Rhedodd Nabil yn ôl i'w sedd ond bellach eisteddai Dylan ynddi a chlustffonau am ei ben. Ymbiliodd arno i'w helpu ond gwrthod ei ble wnaeth hwnnw, gan ddal ati i wrando ar y gerddoriaeth yn ei glustiau. Tynnodd yn ei lawes ac erfyn am help o'r newydd cyn gadael i'w gorff gwympo'n orchfygedig i'r sedd yn ei ymyl wrth iddo sylweddoli ei fod ar ei ben ei hun. Roedd e'n gyfan gwbl ar ei ben ei hun.

Dihunodd Nabil a rhythu mewn dychryn ar y nenfwd uwch ei ben, ei gorff yn chwys drabŵd. Curai ei galon yn wyllt. Gwthiodd ei hun ar ei eisteddar yn y gwely cul a gwibiodd ei lygaid o gwmpas y stafell foel a oedd yn dywyll o hyd am nad oedd y wawr wedi llwyr dorri trwy'r llenni tenau eto. Y tu allan ar y ffordd, roedd y traffig eisoes wedi dechrau ei ddwndwr beunyddiol a diolchodd am y sŵn cyfarwydd. Gadawodd i'w ben suddo'n ôl i feddalwch y glustog a thynnodd y dwfe dros ei wyneb, yn hanner balch taw hunllef oedd wedi achosi ei artaith ddiweddaraf a bod modd ymsiglo o'i gafael. Roedd hi drosodd am y tro. Ond cyn gynted ag y treuliodd y rhyddhad hwnnw fe'i sgubwyd ymaith a daeth euogrwydd i gymryd ei le wrth iddo gofio nad oedd Amal wrth ei ochr; roedd e wedi gadael iddi fynd.

Roedd yr arswyd heb golli dim o'i nerth wedi misoedd lawer o hunllefau. Amrywiad ar yr un thema fyddai eu cynnwys bob tro er bod llai ohonyn nhw erbyn hyn. Ond ni wnâi'r ffaith bod llai ohonyn nhw ddim oll i leihau'r golled. Ac eiliadau ar ôl iddo ddeffro, byddai'r un gwaddod mwdlyd yn ystwyrian yng ngwaelod ei fol wrth iddo gychwyn pob dydd hebddi, gan aros yno fel carreg hyd nes iddo fynd i gysgu eto. Roedd Nabil wedi hen ddod i dderbyn taw dyma fyddai ei benyd tra byddai. Torrwyd ar ei feddyliau gan sgrechiadau haid o wylanod trwy'r ffenest: arwydd bod tywydd mawr ar ei ffordd. Gwthiodd y dwfe'n ôl oddi amdano a chododd ar ei draed. Camodd ar draws y llawr digarped tuag at y sinc yng nghornel y stafell ac agorodd y tap. Taflodd lond dwrn o ddŵr oer dros ei wyneb a'i frest a chroesawu'r gwlybaniaeth adfywiol ar ei groen. Âi i lawr i'r gegin i wneud brecwast ymhen ychydig, ond ddim eto. Cododd grys-T o ganol y dillad a orweddai'n bentwr blêr ar yr unig gadair yn y stafell a'i dynnu dros ei ben. Yna chwiliodd am drôns glân a'i wisgo cyn mynd i eistedd ar y gwely a'i gefn yn erbyn y wal a'i benliniau wedi'u tynnu at ei frest.

Penderfyniad Amal oedd e yn y diwedd. Sawl gwaith roedd e wedi atgoffa ei hun o hynny pan oedd e ar suddo? Ond i ba dda ailadrodd y fath gyhuddiad? Ai er ei fwyn ei hun, er mwyn lleddfu ei gydwybod pan nad oedd dim byd arall ar ôl ganddo i'w gynnal? Ond geiriau cachgi oedden nhw. Roedden nhw'n rhy gyfleus. Hi benderfynodd ei bod yn bryd iddyn nhw fynd am na allai yntau wynebu'r fath benderfyniad. Y gair a ddewisodd ar y pryd oedd 'ymfudo' ond gwyddai taw'r hyn roedd hi eisiau ei ddweud mewn gwirionedd oedd 'ffoi'. Un diwrnod, ar ôl rhyw dair neu bedair blynedd – ni allai gofio faint yn union – tawodd y bomiau. Mentrodd y ddau ohonyn nhw allan i'r stryd fel petaen nhw'n asesu'r difrod i ffenest neu ffens ar ôl storm arbennig o ffyrnig. Ac er eu bod wedi pasio'r adfeilion a'r rwbel gannoedd o weithiau ers dechrau'r rhyfel, edrychodd y ddau o'r newydd ar y tomenni o gerrig, ar y slabiau o goncrid, ar y trawstiau metel maluriedig yn hwpo trwy ochrau cartrefi eu cymdogion, ar y ceblau trydan rhydd, ar y gwydr a'r cerbydau drylliedig yn magu rhwd yn yr hyn a oedd yn weddill o'r stryd, ac roedd hi fel petaen nhw'n gweld yr olygfa am y tro cyntaf. Cofiodd sefyll yno am gryn amser, ac Amal wrth ei ochr, yn gwylio'r dinistr llwyr. Yn sydyn, trodd hi tuag ato a'i gofleidio a dywedodd heb ostwng ei llygaid taw dyna'r adeg fwyaf peryglus: cyn dyfodiad y fyddin a gangiau'r llywodraeth i ddileu'r olaf o'r gwrthryfelwyr. Roedd hi'n amser dianc.

Drannoeth, cododd e gyda'r wawr ac aeth drwodd i'r lolfa-cegin i baratoi brecwast iddo fe ac Amal. Yna, aeth yn ôl i'r stafell wely, cysegrfa eu caru, a'i chusanu ar ei thalcen. Cofiodd sut yr agorodd hithau ei llygaid a gwenu arno cyn iddi ei dynnu tuag ati a'i ddala'n dynn yn ei herbyn. Ac yn y munudau hynny trodd anferthedd eu penderfyniad enbyd yn realiti. Roedd eu bagiau'n barod, roedden nhw eisoes wedi dweud eu ffarwél a chael sêl bendith rhieni, er yn gyndyn, ers y diwrnod cynt. Ar ôl bwyta eu pryd olaf yn eu cartref priodasol cyntaf, aethon nhw ar y bws i Idlib ar hyd un o'r ychydig lwybrau oedd yn dal i fod ar agor. Roedd y difrod oedd ym mhobman y tu hwnt i'w dirnadaeth, ond ymlaen yr aeth y bws heibio'r creithiau enfawr a rwygwyd gan y bomiau ar draws y tir a heibio'r gangiau o filisia arfog a hwythau'n chwilio am unrhyw esgus i'w saethu, nes cyrraedd Idlib. Buon nhw yn y ddinas honno am bron i ddeufis cyn i ddogma gwahanol ynghyd â diflastod llethol y gwersyll eu gyrru am y ffin â Thwrci a dechrau eu bywyd newydd fel ffoaduriaid.

Agorodd Nabil ei lygaid a gorfodi ei hun i ollwng ei afael ar ei feddyliau blinderus. Roedd y stafell yn oleuach erbyn hyn ac yn llai o gyrchfan felly i gysgodion o'r fath. Aeth draw at y ffenest a thynnu'r llenni'n ôl fymryn. Roedd y gwylanod yn dal i berfformio'u dawns gyntefig. Dilynodd ei lygaid un ohonyn nhw wrth iddi blymio i'r ddaear a llwyddo i godi darn o sbwriel neithiwr yn ei phig cyn codi i'r awyr eto i gyfeiliant cymeradwyaeth ei chynulleidfa sgrechlyd. Roedd y tywydd mawr heb gyrraedd eto ond mater o amser fyddai; gwyddai hynny o brofiad. Roedd tywydd yn y wlad hon mor anwadal â bywyd bob dydd yn ei wlad ei hun. Ffawd oedd y cyfan: hap a damwain. Blwyddyn arall a thro rhywun arall fyddai i golli popeth. Bu ffoaduriaid yn rhan o hanes erioed; doedd dim byd yn aros yn llonydd.

Gadawodd i'r llenni syrthio ynghau drachefn a chroesodd y gofod bach at y pentwr o ddillad ar y gadair. Tynnodd ei jîns amdano a gwisgodd yr un sanau â ddoe cyn estyn am ei esgidiau. Camodd at y drws a'i ddatgloi. Cerddodd ar hyd y coridor cul trwy'r aroglau trymaidd, caeedig ac i lawr y grisiau nes cyrraedd y gegin ar y llawr gwaelod, yn falch nad oedd neb arall wedi codi eto. Yr eiliad yr agorodd e'r drws i'r gegin fe'i trawyd gan ddrewdod hen fwyd wedi'i goginio. Aeth i mewn trwy'r drws a gweld tri o blatiau brwnt a adawyd ar y ford hirsgwar ers y noson cynt, gweddillion y reis yn frown ac yn sych a'r saws melynaidd wedi ceulo. Aeth at y sinc er mwyn llenwi'r tegell a'i roi i ferwi. Yna datglodd ei gwpwrdd bach personol a thynnu gweddill y *baguette* allan a'i rhoi gyda'r jam mafon a'r caws meddal ar ben arall y ford yn ddigon pell o'r platiau brwnt. Torrodd y bara yn ei hanner a'i agor cyn taenu'r caws ar hyd-ddo ac yna'r jam. Arllwysodd y dŵr berwedig ar ben y bag te yn ei gwpan ac eisteddodd ar ei ben ei hun i fwyta'i frecwast, gan orfodi ei hun i anwybyddu'r drycsawr.

Wrthi'n cnoi darn olaf ei fara roedd e pan agorodd y drws a cherddodd dau ddyn ifanc i mewn a'i gyfarch yn siriol. Roedd Nabil yn gyfarwydd ag un o'r dynion er nad oedden nhw erioed wedi dweud mwy nag ambell 'bore da' wrth ei gilydd. Ni wyddai ei enw ond clywsai yn y ganolfan ei fod yn hanu o Nigeria. Doedd ganddo ddim syniad pwy oedd y llall. Doedd Nabil ddim yn siŵr ai newydd godi roedden nhw ynteu newydd ddychwelyd ar ôl bod mas drwy'r nos, ond prysurodd i lyncu gweddill ei de a golchi ei gwpan er mwyn mynd yn ôl i'w stafell a gadael y ddau i fwynhau eu brecwast heb orfod ffugio yng nghwmni dieithryn. Doedd e'n ddim o'i fusnes.

Pan gyrhaeddodd ddrws ei stafell gallai glywed ei ffôn yn canu lle roedd e wedi'i adael wrth ochr ei wely, ond erbyn iddo ruthro i mewn i'w ateb roedd e wedi peidio. Gwelodd taw ei dad oedd wedi ffonio a suddodd ei galon. Yr eiliad nesaf, fe'i llenwyd ag euogrwydd. Oedd, roedd e eisiau siarad ag e. Prin ei fod wedi yngan gair â neb ers diwrnod cyfan, ond gwyddai ar yr un pryd mai'r un fyddai ei gân, fel pob tro arall. Tapiodd neges frysiog ato i'w hysbysu ei fod yno a munud yn ddiweddarach canodd y ffôn drachefn.

'Bore da, Baba!' meddai yn ei lais mwyaf llon.

'Nabil, ble o't ti? Ma'r bore bron â bod ar ben. Gobitho fod ti ddim dal yn dy wely. Ma pobol yn marw yn eu gwelye.'

'O'n i'n byta mrecwast i ti ga'l gwbod. Ti'n anghofio bod hi'n gynnar o hyd draw fan hyn.'

'Wyt ti'n ca'l digon i fyta?'

'Ydw.'

'Ti'n siŵr?'

'Baba, be ti'n moyn? Ydy popeth yn iawn? Sdim byd yn bod, oes e?'

'Ma popeth yn iawn ... na ... sdim byd yn iawn, ti'n gwbod hynny. Ma'r wlad 'di mynd rhwng y cŵn a'r brain. Pryd ti'n dod adre?'

'Ti'n moyn i fi ddod adre a ti newydd weud bod y wlad ar ei thin.'

'Ma dy fam yn gweld dy eisie di, Nabil, a dw inne'n gweld dy eisie. Ry'n ni'n poeni amdanat ti. Fan hyn ma dy le di.'

Eisteddodd Nabil ar erchwyn y gwely ac ochneidio. Sawl gwaith roedd e wedi clywed yr un diwn gron a sawl gwaith roedd e wedi gorfod ei chladdu? Fel pob tro arall, anghynnil oedd perfformiad ei dad ond, fel pob tro arall, byddai'n ei adael yn hesb ac yn ddihyder a byddai ei eiriau'n mynd rownd yn ei ben am oriau wedi iddo ddiffodd y ffôn. Doedd dim angen rhywun fel ei dad i'w atgoffa ei fod yn gaeth, yn gaeth rhwng dwy wlad, rhwng dau fyd ac yntau ddim yn perthyn yn unman bellach.

'Alla i ddim dod nôl achos dyw hi ddim yn saff. Baba, paid â gofyn i fi wneud rhwbeth sy ddim yn saff.' Gallai glywed anadlu blinedig ei dad ben arall y ffôn a gallai glywed ei siom. Gallai ddychmygu sgyrsiau ei rieni bob dydd a'r pwysau o du ei fam nes i'w dad ildio a ffonio er na fyddai hithau byth yn gwneud. Roedden nhw'n dechrau mynd yn hen a doedd e ddim yno i weld hynny'n digwydd. Ond ni allai fynd yn ôl. Ddim eto. Efallai byth. 'Ma dynion ifanc yn dal i ddiflannu.'

'Dyw doctoriaid fel ti ddim yn diflannu.'

'Rwyt ti'n gwbod cystal â fi fod hynny ddim yn wir. Y doctoriaid a'r athrawon yw'r cynta i fynd mewn unrhyw ryfel cartre: tewi'r lleisiau dosbarth canol, difa'r gwrthwynebwyr, yn enwedig yr ifanc, rhag iddyn nhw greu trafferth. Mae'n haws taflu llwch i lygaid y lleill.'

'Ma dy angen arnon ni yn yr ysbyty, Nabil.'

'Pa ysbyty? Ma'r ysbyty'n adfail.'

Crychodd ei dalcen a theimlodd y gwaed yn codi yn ei fochau. Yr ysbyty fu wrth wraidd popeth a wnaethai ei dad ar hyd y degawdau ac roedd e newydd hwpo'r gyllell i mewn a'i throi.

'Dere nôl i gwpla dy hyfforddiant.'

'Be chi'n neud heddi, y ddou ohonoch chi?' gofynnodd mewn ymgais i lywio'r sgwrs ar hyd trywydd mwy cyfleus. Dwrdiodd ei hun yn syth am ofyn y fath gwestiwn; sylweddolodd fod ei berfformiad yr un mor anghynnil â'r un o eiddo ei dad.

'Yr un peth â phob diwrnod arall. Fe ddown ni drwyddi eto, fel ddoe.'

'Dw i'n mynd i gêm bêl-droed yn nes mla'n i weld Caerdydd yn chwarae.'

Yn y mudandod dilynol, gwingodd wrth deimlo dirmyg tawel ei dad yn clatsio'i wyneb. Ni fu erioed le i ddifyrrwch o'r fath ym mywyd y meddyg gydol oes ac felly ni fu lle yn eu perthynas ar gyfer fawr ddim y tu hwnt i ddysg a dyletswydd. Pan arferai bechgyn eraill gicio pêl-droed drwy lwch y strydoedd lleol a dysgu sut i regi dysgodd Nabil sut i roi heibio bethau bachgennaidd a'u ffeirio am yrfa a gwasanaeth. Dim rhyfedd bod mab y meddyg yn cael ei ystyried yn rhy ddifrifol i hawlio lle canolog yng nghwmni llanciau'r fro. Yna daeth Amal i'w fywyd a'i normaleiddio. Beth ddiawl welodd hi ynddo?

'Mae'n braf ar rai.'

'Baba, paid â bod fel 'na. O'n i'n meddwl byddet ti'n falch.'

'Balch, Nabil? Bydden i'n falchach taset ti'n dod adre i orffen dy hyfforddiant. Gyda pwy felly ti'n mynd i'r ... i'r pêl-droed?'

'Llongyfarchiade ... fe wedest ti'r gair ... da iawn ti. A chest ti mo dy daro gan fellten, naddo? Mae'n rhwbeth mae pobol yn ei wneud, ti'n gwbod, hyd yn oed bobol Syria. Mae'n help i anghofio.'

'Mynd ar dy ben dy hun wyt ti?'

'Nage, gyda'r dyn sy'n rhedeg y ganolfan lle bydda i'n mynd i wirfoddoli. Ei enw yw Dylan ac mae e'n garedig tu hwnt. Wy'n cwrdd â fe a'i fab yng nghanol y ddinas yn nes mla'n a byddwn ni'n mynd gyda'n gilydd draw i'r gêm.'

'Well i fi beidio â dy gadw di'n siarad 'te rhag ofn y byddi di'n hwyr ar gyfer dy ffrindie newydd.'

Caeodd Nabil ei lygaid ac ysgwyd ei ben yn araf.

'Ma digon o amser i siarad, Baba, sdim hast. Nawr gwed wrtha i, ydych chi'ch dou'n dod i ben yn iawn? Ydych chi'n saff?'

Ond roedd y llais ar ben arall y ffôn eisoes wedi mynd.

*　*　*

'Sdim dou amdani, Dad ... cerdyn coch o'dd hwnna.'

'Wrth gwrs taw cerdyn coch o'dd e.'

'Welest ti fe'n hwpo'i law mas? O'dd y bêl ar ei ffordd i

gefn y rhwyd.'

'O'dd y blydi dyfarnwr yn sefyll reit ar ei bwys e!'

'Absoliwt cachwr.'

'Wy'n gweu'tho ti, dyna'r dyfarnu gwaetha i fi weld ers tro.'

'Ma eisie cwyno'n swyddogol ... mae 'di costi triphwynt i ni.'

'Walle costiff hi fwy na triphwynt erbyn diwedd y tymor, Guto.'

'Be *ti'n* feddwl, Nabil? Gwed yn onest. Cerdyn coch?'

Nodiodd Nabil ei gytundeb am iddo farnu mai dyna a ddisgwylid ganddo. Y gwir amdani oedd nad oedd e wedi llwyddo i ddilyn hanner yr hyn a ddywedodd y ddau Gymro ers iddyn nhw adael y stadiwm, a hwythau'n crwydro yn eu cyffro rhwng y Saesneg a'r Gymraeg am yn ail. Cerddodd y tri yn eu blaenau yng nghanol y môr o gefnogwyr eraill a lifai'n don ddistaw ar hyd y pafin, eu siom yn amlwg. Yr eiliad honno, roedd Nabil yn falch o fod yn un ohonyn nhw, yn dyst i'w rhwystredigaeth ddibwys. Roedd poeni am y pethau mawr yn barhaus yn ormod o faich i neb. Roedd e o bawb yn gwybod hynny. Teimlai'n ysgafn am y tro cyntaf ers tro byd wrth iddo gydgerdded â'r tad a'r mab gan adael iddo'i hun genfigennu wrth eu rhwyddineb. Arafodd ei gamau ryw ychydig er mwyn medru eu gwylio'n well. Roedd parch yn eu pryfocio diniwed fel petaen nhw'n perfformio rhyw ddefod oesol, lwythol nad oedd ar gael i neb ond dynion. Er na wyddai fawr ddim am y ddau yn ei ymyl, roedd yn grediniol na allai eu perthynas fod wedi bod mor gecrus â'r gwgu cyson rhwng ei dad ac yntau gydol ei arddegau. A brofodd un o'r rhain yr un pwysau i wneud y peth iawn?

'Byrgyr?' awgrymodd Dylan ac arafu ei gamau er mwyn ymuno â'r gwt hir a safai o flaen fan agored wrth ochr y

pafin. 'Beth amdanat ti, Nabil, wyt ti'n byta byrgyrs?'
'Wy'n dwlu arnyn nhw.'
'Dad achan, byddwn ni 'ma drwy'r dydd. Dewch, wy'n gwbod am le da ar Cowbridge Road. Os awn ni'n glou gallwn ni gyrraedd cyn i'r miloedd ddod.'
Ar hynny, dechreuodd Guto gerdded yn dalog yn ei flaen, gan amneidio ar y ddau arall i'w ddilyn. Edrychodd Nabil ar Dylan am gadarnhad cyn i'r ddau redeg ar ei ôl ar hyd ymyl y ffordd ac o dan bont reilffordd nes dod i stryd o dai teras, gan drwco sawr y fan fyrgyrs am nwyon y traffig disymud.

Roedd Nabil heb weld gair o Arabeg ers iddo gyrraedd Cymru, ond nawr safai o flaen y bar byrgyrs, gan ddarllen yr enw a'r wybodaeth ddwyieithog ar draws y ffenest lydan. Syllodd ar yr orgraff gyfarwydd a darllen yr ysgrifen drosodd a throsodd. Teimlodd don o falchder yn ymchwyddo ynddo. Clywodd seiniau'r iaith yn ei ben wrth iddo eu darllen eto ac eto. Efallai fod ei dad yn iawn, meddyliodd, a'i bod yn bryd iddo fynd adref.
'Ti'n moyn winwns ar dy fyrgyr?' galwodd Guto o'r tu mewn i'r siop.
Siglwyd Nabil o'i feddyliau, gan ddod â'i funud o hiraethu preifat i ben. Aeth i mewn trwy'r drws a chamu'n syth at y cownter lle gweithiai dau ddyn yn eu tridegau hwyr.
'Fe gymra i winwns, frawd, ond paid â rhoi gormod,' meddai gan anelu ei eiriau at yr un oedd yn paratoi'r archeb.
Cododd hwnnw ei ben moel a gwenu mewn syndod.
'Bydden i'n nabod yr acen 'na 'sen i'n sefyll ar y lleuad,' meddai hwnnw. 'Felly be sy'n dod â ti o Aleppo i Gaerdydd 'te?'

'Yr un peth â sy wedi dod â ti o Ddamascus weden i,' meddai Nabil a chraffu ar wyneb y Syriad arall. 'Ers faint y'ch chi yng Nghymru?'

'Daethon ni draw ddwy flynedd yn ôl – fi a nghefnder – ac agoron ni'r lle 'ma ddechrau eleni.' Ar hynny, cododd ei gefnder ei law i'w gyfarch cyn diflannu i gefn y siop. 'Beth amdanat ti?'

'Wy ddim hanner mor gartrefol â chi'ch dou... dim ond ers cwpwl o fisoedd dw i yma. Wy 'di neud cais am loches ond aros i glywed ydw i o hyd.'

'Wel ti'n ddigon cartrefol i fod wedi neud ffrindie newydd, mae'n amlwg,' atebodd y pen moel, gan fwrw unrhyw ergyd yn ôl i gyfeiriad Nabil.

Yn sydyn, gwibiodd adlais o'r sgwrs ffôn gyda'i dad trwy ei glustiau a phrysurodd Nabil i'w fygu cyn iddo gael cyfle i fwrw gwreiddiau a thagu ei hyder.

'Pobol dda yw'r ddou hyn,' atebodd e. 'Oni bai am y dyn yma bydden i wedi suddo ers tro.'

Trodd y pen moel ei olygon tuag at y ddau Gymro fu'n gwrando'n llawn edmygedd ar huodledd annisgwyl Nabil ond heb ddeall yr un gair.

'Falch i gwrdd â chi,' meddai a chynnig ei law dros y cownter i Dylan a Guto. 'Mae e'n gweud bo chi'n edrych ar ei ôl e.'

'Sa i'n gwbod am hynny,' atebodd Dylan heb dynnu ei lygaid oddi ar Nabil. 'Mae e'n ddigon atebol i edrych ar ôl ei hunan ond bod eisie iddo fe ddechrau credu hynny.'

Ar hynny, pasiodd y pen moel y byrgyrs dros y cownter i'w dri chwsmer.

'Diolch yn fawr a galwch eto,' meddai yn Gymraeg.

'Diolch i ti,' atebodd Dylan a dilyn y ddau arall trwy'r drws.

'Syriaid o'n nhw fel fi,' meddai Nabil wrth iddyn nhw ddechrau cerdded ar hyd y pafin prysur.

'O Aleppo?'

'Nage, o'r brifddinas. Daethon nhw draw ddwy flynedd yn ôl.'

'A nawr ma siop gyda nhw. Whare teg, ma tipyn mwy o fynd ynddyn nhw na ni'r Cymry,' meddai Dylan cyn cymryd hansh o'i fyrgyr.

Cerddodd y tri mewn tawelwch i gyfeiriad canol y ddinas, gan ganolbwyntio ar eu bwyd a mwmian eu gwerthfawrogiad bob hyn a hyn trwy lond ceg o gig a winwns. Ymhen ychydig, dechreuodd hi fwrw glaw: glaw mân yn cael ei gario ar yr awel ysgafn. Gwenodd Nabil. Bu'n ei ddisgwyl drwy'r dydd byth ers iddo weld y gwylanod yn ymgasglu y tu allan i'w ffenest y bore hwnnw. Cododd ei wyneb tua'r awyr a chroesawu'r gwlybaniaeth ar ei groen. Yr eiliad honno, roedd e'n wirioneddol hapus. Caeodd ei lygaid a gadael i'r dafnau bach chwythu'n erbyn ei dalcen a'i fochau. Pan agorodd nhw eto gwelodd fod bwlch o ychydig fetrau wedi tyfu rhyngddo a'r ddau arall. Prysurodd ei gamau er mwyn cau'r bwlch, ac wrth iddo wneud, sylwodd drwy gil ei lygad fod Hadi'n sefyll ar y pafin arall yr ochr draw i'r ffordd. Roedd e ar ei ben ei hun heb ei gronis arferol, ac roedd e'n syllu arno.

DYLAN

'Gwranda, Hadi, ma eisie amynedd. Wy'n gwbod fod ti wedi danto ond ma rhwbeth fel hyn yn bownd o gymryd amser. Ma'r broses yn gallu bod yn boenus o araf.'

'Ond wy 'di bod yn aros un mis ar ddeg i glywed. Bron i flwyddyn! Beth arall maen nhw eisie gyda fi? Wy wedi gweud popeth wrthyn nhw'n barod.'

Ochneidiodd Dylan er ei fod yn llawn cydymdeimlad, ond Hadi oedd y trydydd i ddod ato â'r un gŵyn y bore hwnnw. Doedd e ddim mor naïf â meddwl am eiliad y byddai'r Iraciad a eisteddai yr ochr arall i'w ddesg wedi dweud popeth wrth ei weithiwr cymdeithasol, er gwaethaf ei honiadau fel arall. Eto i gyd, doedd ganddo ddim lle i amau bod ei fersiwn yntau o'r hyn a'i gyrrodd i chwilio am loches mewn gwlad filoedd o gilometrau i ffwrdd yn rhy bell o'r gwirionedd. Nid trip ysgol Sul mo'r daith ar draws y Dwyrain Canol ac yna Ewrop i gyrraedd lle roedd e nawr. Roedd 'na Hadi ym mhob cymuned ym mhob rhan o'r byd ac er eu bod yn perthyn i ddau fyd cwbl wahanol, roedd Dylan yn barotach nag erioed bellach i gwestiynu a fyddai ei ymddygiad ei hun mor wahanol i un y dyn hwn. Dod trwyddi oedd bwysicaf, ni waeth sut, a bwrw ymlaen â byw. Ceisio hunanbarhad trwy geisio lloches. Dyna fyrdwn ffoaduriaid ers cyn cof.

'Ma'r broses fewnfudo yn ddiarhebol am lusgo'i thraed. Da ti, was, bydd yn amyneddgar.'

'Amyneddgar wedest ti? Amyneddgar? Pam bod eraill yn clywed ar ôl cwpwl o fisoedd 'te tra bo rhai fel fi'n aros bron i flwyddyn?'

'Shwt wyt ti'n gwbod ers faint maen nhw wedi bod yn aros?'

'Achos pum munud ar ôl cyrraedd maen nhw'n twrio trwy'r cesys a'r dillad a'r sgidie yn stafell Mrs Campbell-Jones, yn bachu'r pethe gore cyn diflannu gyda'u blydi plant sgrechlyd a ti ddim yn gweld lliw eu tine byth wedyn.'

'Dwyt ti ddim yn gwbod i ble maen nhw'n mynd, Hadi.'

'Mae'n amlwg i ble maen nhw'n mynd. Maen nhw wedi ca'l eu derbyn. Maen nhw'n ca'l aros.'

'Ma hyn i gyd yn dy feddwl. Sa i'n gwbod ble maen nhw'n mynd na'u rheswm dros fynd, a dwyt tithe ddim chwaith. Ond bydd yn ddiolchgar taw ar dy ben dy hun wyt ti. Dychmyga gymaint yn wa'th fydde fe taset ti'n gorfod tynnu dou neu dri o blant gyda ti hefyd.'

'Blydi Syriaid! Os ti'n dod o Syria ma Allah yn gwenu arnat ti.'

'Sa i'n credu y bydde llawer o'r Syriaid dw i'n eu nabod yn cytuno â hynny. Callia, ddyn, wyt ti wedi clywed dy hunan?'

'Ond mae'n wir, dyw dynion sengl o Mosul ddim yn uchel iawn ar restr flaenoriaethe dy lywodraeth di.'

'Does gan lywodraeth Cymru ddim llais yn y mater; nid nhw sy'n penderfynu pwy sy'n ca'l lloches yma.'

'Pa fath o lywodraeth yw honna 'te? Pa fath o wlad yw Cymru os nad hi sy'n ca'l penderfynu? Hanner gwlad yw honna. Dy'ch chi ddim gwahanol i'r Cwrdiaid.'

Gostyngodd Dylan ei lygaid a syllu ar ei ddesg, ar y cylch golau, hyll a adawyd yn y pren wrth i fygaid o de rhy boeth gael ei roi yno rywdro a'i farcio. Prin ddau fetr i ffwrdd gallai glywed anadlu'r Iraciad yn araf ostegu. Doedd ganddo ddim ateb i'w gyhuddiad. Yn y diwedd, bodlonodd ar:

'Ma Cymru'n neud ei siâr, coela di fi.'

'O'n i ddim wedi meddwl gweud hanner y pethe 'na. Mae'n ddrwg 'da fi.'

'Wir i ti, Hadi, dw i'n deall shwt rwyt ti'n teimlo. Dyw hi ddim bob amser yn hawdd dod o hyd i'r amynedd sydd ei angen wrth aros i newid ddod.'

Rhyw hanner pwffian chwerthin wnaeth Hadi a nodio'i ben yn flinedig. Gadawodd i'w lygaid grwydro at boster ar y wal y tu ôl i Dylan. Ynddo roedd dau grwt yn eistedd wrth ochr ei gilydd ar y llawr tywodlyd o flaen rhes o bebyll gwyn, eu coesau wedi'u croesi a gwên lydan yn goleuo wyneb y naill a'r llall fel petaen nhw newydd gyflawni rhyw ddrygioni bachgennaidd. Barnodd eu bod tua saith neu wyth mlwydd oed a bywyd heb lwyddo eto i ddiffodd eu direidi.

'Dyw barbwr bach o Mosul byth yn mynd i ga'l yr un sylw â meddyg o Aleppo,' meddai heb dynnu ei lygaid oddi ar y ddau fachgen.

Pwysodd Dylan yn ôl yn erbyn cefn ei gadair ac ystyried geiriau'r Iraciad: geiriau syml ond bwriadus, geiriau oedd yn ymbil ac yn rhybuddio yr un pryd. Ar un olwg, roedd e'n falch; roedd yn rhyddhad gwybod yr hyn oedd wrth wraidd ei ffrwydrad cynharach ac a fu'n mudlosgi y tu mewn iddo. Ond cyn i'r teimlad hwnnw gael cyfle i fwrw ei wreiddiau fe'i gwthiwyd naill ochr a sylweddolodd fod ganddo broblem fwy cymhleth, problem a ymylai ar fod yn fygythiol.

'Be ti'n feddwl? Beth wyt ti'n awgrymu?' meddai, gan orfodi Hadi i edrych arno er ei waethaf.

'Dim.'

'Dere, mas ag e.'

'Mas â beth?'

'O dere, achan, gwed be sy ar dy feddwl. Ti ddim yn ca'l gweud rhwbeth fel 'na a disgwyl i fi beidio â mynnu esboniad.'

Sylwodd Dylan fod talcen y dyn arall yn crychu a'r cyhyrau bach o gwmpas ei lygaid yn plycio. Roedd yn eiliad fawr yn eu perthynas, perthynas a oedd tan hynny wedi pendilio rhwng pryfocio diniwed a brafado brawdol. Nawr, fodd bynnag, sylweddolodd pa mor ddiog oedd hynny. Roedd llawer mwy yn perthyn i'r dyn hwn.

'Ma rhai pobol yn gamsters ar ddod mla'n yn y byd er bod ni ddim yn gwbod rhyw lawer amdanyn nhw. 'Co fe'r meddyg. Mae'n debyg ei fod e'n briod ond ble ma ei wraig? Dyw e byth yn sôn amdani.'

Ar hynny, tynnwyd llygaid Dylan at y drws y tu draw i Hadi. Gwelodd trwy'r panel gwydr fod Abdi'n sefyll yr ochr arall iddo a bod golwg ddyrys ar ei wyneb. Bu bron iddo ei ddiystyru neu amneidio arno i ddod yn ei ôl yn nes ymlaen, ond gwyddai na fyddai Abdi byth yn ei boeni oni bai bod rhaid, ac felly cododd ei law arno a'i annog i ddod i mewn. Trodd Hadi ei ben cyn codi ar ei draed a gwthio heibio i'r newydd-ddyfodiad. Camodd at y drws ond, ar ôl mynd trwyddo, edrychodd dros ei ysgwydd a chyfarfu ei lygaid â llygaid Dylan. Eiliad arall ac roedd e wedi mynd.

'Beth yffarn sy'n corddi hwnna?'

'Gwed di, ma'r diawl ei hun ar ei gefen heddi. Mae 'di bod yn aros misoedd i ga'l ateb gan y Swyddfa Gartre ynglŷn â'i gais am loches a dyw e ddim yn ddyn hapus. Wy'n cytuno ag e, dyw hi ddim yn ddigon da.'

'Hmmm,' oedd unig sylw Abdi.

'Ta beth, shwt alla i dy helpu?'

'Ma un arall o'r cylchoedd nwy ar y stof wedi torri. Dyna'r ail un i fynd nawr. Bydd raid i ni ga'l rhywun i'w thrwsio cyn iddi fynd yn rhy hwyr neu'n rhy beryglus. Mae'n iawn am heddi ond byddwn ni'n ffycd os aiff un arall, Dyl.'

'Gad e gyda fi. Wy wedi sôn wrth yr ymddiriedolwyr ers tro ond dal i aros am ateb ydw i. Af i ar eu hôl nhw eto. Ma angen stof newydd arnon ni.'

'Mae'n mynd yn batrwm, mae'n amlwg: ti, fi, Hadi ... ma pawb yn aros.'

Gwenodd Dylan. Trodd Abdi a dechrau mynd am y drws.

'Abs, gwed wrtha i, be ti'n feddwl o Nabil?'

'Y meddyg o Aleppo?'

'Ie.'

'Sa i'n gwbod lot amdano fe. Mae i weld yn fachan ffein. Ma Mrs Campbell-Jones yn dwlu arno a Rhiannon yn meddwl y byd ohono fe yn ôl beth wela i.'

'A'r lleill?'

'Y lleill?'

Gostyngodd Abdi ei drem.

'Ti'n gwbod ... y gang.'

'Pam ti'n gofyn?'

'Sa i'n gwbod ... rhwbeth wedodd Hadi.'

'Dere mla'n, Dyl, ti ddim o ddifri'n gadel i rwbeth wedodd blydi Hadi dy boeni di, does bosib?'

Tro Dylan oedd hi bellach i ostwng ei drem. Er eu bod ill dau tua'r un oedran, roedd gan Abdi y gallu i wneud iddo deimlo fel llanc weithiau. Abdi â'i galon fawr a'i brofiadau na allai yntau ond eu dychmygu. Roedd ei fys ar byls y ganolfan.

'Ti'n iawn, sbo. Ti wastad yn iawn, Abs. Wnelet ti seicolegydd penigamp.'

'Ti'n meddwl?'

'Dw i'n gwbod.'

'Gofia i hynny'r tro nesa bydda i'n whilo am eirda. Felly beth yn gwmws wedodd e wrthot ti?'

'Gwed di gynta. 'Se'n well 'da fi glywed beth ma'r lleill yn ei feddwl ... o Nabil, hynny yw.'

'Wel, mae'n debyg bod rhai'n ei weld e braidd yn oeraidd ... nage oeraidd yw'r gair, falle, ond ... dirgel. Mae e'n lico'i gwmni ei hun ... ti'n gwbod. Ond sdim byd yn bod ar hynny. Fel 'na ma rhai pobol.'

'Cau'r drws am eiliad a dere i ishta.'

Tynnodd Abdi yr unig gadair arall yn ôl a'i throi fel bod y cefn yn wynebu Dylan – fel tarian rhyngddyn nhw eu dau. Yna eisteddodd arni a'i goesau o boptu'r sedd a'i benelinau'n pwyso ar ymyl y cefn. Craffodd ar wyneb y Cymro cyn bwrw yn ei flaen.

'Ti'n gwbod cystal â fi shwt le yw rhwle fel y ganolfan: mae'n feithrinfa ar gyfer pob math o glecs. Dyna sy'n digwydd pan ma llwyth o bobol segur yn dod ynghyd. Does gyda nhw ddim byd gwell i neud.'

'Wy'n gwbod 'ny, ond pa fath o glecs?'

'Clecs. Sibrydion. A fe Hadi, siŵr o fod, sy y tu ôl iddyn nhw, elli di fentro.'

'Abs, fydden i ddim yn pwyso oni bai bod rhaid. Aiff e ddim pellach. Addo.'

Edrychodd Dylan yn ymbilgar ar wyneb ei gyfaill ond roedd llygaid hwnnw wedi'u hoelio ar fan arall. Dilynodd gyfeiriad y llygaid a gweld eu bod yn rhythu ar yr un cylch hyll oedd wedi marcio'r pren ar ei ddesg. Eisteddai'r ddau mewn tawelwch, y naill mor awyddus â'r llall i beidio â chymell rhagor, i beidio â sarnu perthynas oedd wedi'i seilio ar barch a chyd-ddibyniaeth. Abdi oedd y cyntaf i dorri ar y mudandod am iddo benderfynu yn y diwedd fod cyfeillgarwch y dyn o'i flaen yn uwch ar ei restr o flaenoriaethau nag unrhyw deyrngarwch i ddieithryn.

'Ma rhai yn dechrau gofyn cwestiyne am ei wraig e. Maen nhw eisie gwbod ble ma hi.'

'Wyt ti wedi meddwl yr un peth?'

'Nagw.' Siglodd Abdi ei ben i gadarnhau ei ateb moel cyn meinhau ei lygaid. 'Achos taw sibrydion ydyn nhw, gwag-siarad ... cenfigen pobol segur, ond dyna i ti'r natur ddynol. Ma Nabil yn wahanol iddyn nhw ac maen nhw'n ei weld e'n dod yn ei fla'n. Ydy, mae e'n wahanol ond dim ond ar un olwg. Maen nhw'n anghofio bod ei sefyllfa yntau mor fregus â'u sefyllfa nhw. Paid â gadel i Hadi whare gyda dy feddwl, Dyl.' Cododd ar ei draed a throi'r gadair i wynebu'r ffordd iawn drachefn. 'Ond am nawr, ma sefyllfa'r stof jest mor fregus, bòs.'

Gwenodd a gwenodd Dylan yntau.

'Fe wna i sorto fe – addo.'

* * *

Pan gaeodd Dylan ddrws y ganolfan a'i gloi cofiodd feddwl ei fod yn cau'r drws ar ddiwrnod anodd. Pan dynnodd yr allwedd o'r clo a'i roi yn ddwfn ym mhoced ei siaced nododd y weithred symbolaidd â rhyddhad; roedd e'n benderfynol o gladdu'r ansicrwydd fu'n ei blagio drwy'r dydd a'i adael yr ochr draw, yn ei briod le. Fe oedd biau'r oriau nesaf, fe a Beca, a doedd dim yn mynd i amharu ar hynny. Hanner rhedodd ar draws y ffordd anniben o flaen y ganolfan a gwthio heibio'r rhesaid o geir a barciwyd blith draphlith ar hyd y pafin, ond prin ei fod wedi cerdded hanner can metr cyn i'r amheuon ddychwelyd. Trwy gydol y siwrnai i ganol y ddinas llenwyd ei ben â geiriau Hadi a'r rheiny'n gymysgedd o rybudd proffwydol a deisyfiad unigolyn am sylw. Proffwyd ynteu dihiryn? Doedd e ddim yn siŵr a thrwy'r prynhawn ni allai ddileu'r olwg ar wyneb yr Iraciad pan adawodd hwnnw ei swyddfa. Hyd yn oed os oedd ei ben yn chwarae gemau ag e, gwyddai yn ei galon fod asesiad Abdi yn iawn. Roedd Abdi wastad yn iawn. Fe ei hun oedd ar fai. Roedd e wedi torri'r rheol aur a gadael iddo'i hun glosio at y cleientiaid. Crychodd ei drwyn yn ddiamynedd. Roedd e'n casáu'r gair hwnnw.

Wrth groesi'r bont dros afon Taf taflodd gipolwg i'r dde i gyfeiriad y parc godidog, a safodd yn stond i edmygu'r olygfa. Roedd pelydrau olaf yr haul yn perfformio un *encore* arall ym mlaenau'r coed toreithiog cyn dod â'u sioe i ben am y dydd a gadael i las trydanol yr awyr droi'n inc. Yn sydyn, fe'i llenwyd â balchder. Hon oedd ei ddinas a doedd e ddim eisiau byw yn unman arall. Cerddodd yn ei flaen nes cyrraedd y groesffordd a'r goleuadau traffig a gwgodd, fel y byddai bob amser yn ei wneud, pan welodd yr horwth o adeilad concrid ar y gornel o'i flaen. Pwy ddiawl roddodd ganiatâd i godi'r fath amarch pensaernïol mewn ardal fel hon? Trodd i'r dde a bwrw yn ei flaen ar hyd Ffordd y Gadeirlan, gan adael i'r bwystfil concrid ar y gornel fynd yn angof. Os oedd 'na un stryd yn y wlad gyfan oedd yn haeddu bod yn y brifddinas, hon oedd hi. Roedd e'n agos nawr, felly cyflymodd ei gamau ar hyd y pafin comig o anwastad, gan hanner rhedeg ar hyd-ddo fel llanc deunaw oed. Yna fe'i gwelodd ac roedd yn wefreiddiol. Eisteddai ar y wal isel o flaen y tafarn-bwyty, gan blygu ei phen yn ei flaen wrth iddi deipio neges ar ei ffôn. Stopiodd e yn ei unfan a'i gwylio. Gwenodd wrth ddilyn ei cheg yn symud gyda phob gair unigol, bron fel petai hi'n llefaru'r neges. Roedd hi'n canolbwyntio, gan hoelio'i holl sylw ar ei thasg. Yr eiliad nesaf, cododd ei phen yn ddirybudd ac edrych i'w gyfeiriad fel petai hi wedi cael ei llusgo o ganol breuddwyd.

'Ers faint wyt ti 'di bod yn pyrfo arna i?' gofynnodd hi.

'Pyrfo? Ti'n hoff o'r gair hwnnw, on'd wyt ti? Mae'n dangos dy ansicrwydd ... neu dy feddwl drwg.'

'Wy newydd hala neges atat ti.'

Cyn iddi orffen ei brawddeg, clywodd e'r neges yn cyrraedd ei ffôn ac estynnodd i'w boced, ond fe'i gadawodd lle roedd e.

'Wel gei di weud wrtha i nawr beth o'dd mor bwysig fel bod angen hala neges.'

'Dy rybuddio o'n i y byddet ti'n byta ar dy ben dy hun taset ti ddim yn cyrraedd o fewn y pum munud nesa.'

'Jobyn da bo' fi wedi cadw bwrdd i ddau 'te achos wy 'ma nawr.'

Ar hynny, cododd hi ar ei thraed a cherdded tuag ato cyn plannu cusan ar ei geg.

'Ti'n dishgwl yn feri Chwyldro Paris '68 heno,' meddai Dylan.

'Beth?'

'Wyt ... jîns tyn, top streipiog a chardigan am dy sgwydde ... feri Françoise Hardy.'

'Pwy ddiawl yw Françoi-beth-bynnag-wedest-ti? Wyt ti 'di bod yn yfed?'

'Smo'r pethach ifanc heddi'n gwbod dim am eicone'r gorffennol. Cantores o Ffrainc o'dd Françoise Hardy ... hi o'dd eilun 'y nhad i ti ga'l gwbod.'

'Felly o't ti *yn* pyrfo ... fel hen ddyn.'

'Paid twyllo dy hunan, cariad. Dw i ddim gymaint â hynny'n henach na ti, cofia.'

'Ond yn ddigon hen i fynd ar ôl ffantasïe amheus.'

'Awn ni mewn?'

Llithrodd Beca ei braich am ei fraich yntau a nododd Dylan arwyddocâd y weithred syml: hwn oedd y tro cyntaf iddyn nhw berfformio sioe mor gyhoeddus. Hanner gwenodd wrth i'r ddau gydgerdded trwy ddrws llydan yr adeilad hardd ac allan i'r patio yn y cefn.

'Shwt ddiwrnod ti wedi'i ga'l?' gofynnodd Beca ar ôl i'r gweinydd gymryd eu harcheb a diflannu dan do i'w phrosesu.

'Paid, ti ddim eisie gwbod a dw i ddim eisie ei drafod. Bydde'n well 'da fi glywed am dy ddiwrnod *di*.'

'Wel, dw inne wedi ca'l diwrnod bach difyr iawn,' meddai Beca a phwyso ei phenelinau ar y ford fach sgwâr.

'Dere mla'n, wy'n glustie i gyd,' meddai Dylan, gan efelychu ei hosgo ffug-ddirgelaidd.

'Ti'n gwbod bod ni wedi bod yn ffilmo rownd y wlad ar gyfer y sioe dalent? Wel heddi, ces i ngwahodd i ishte mewn ar y golygu. Maen nhw'n sôn am hala fi ar gwrs. Cyffrous neu beth?'

'Da iawn ti ... llongyfarchiade,' meddai Dylan ac estyn dros y bwrdd am ei llaw. Roedd e'n falch drosti er bod peth ohono'n amau mai arbed arian yn y pen draw oedd gwir gymhelliad y cwmni yn hytrach nag awydd diffuant i weld aelod o'i staff yn dod yn ei blaen, ond doedd e ddim am ddweud hynny wrthi. Oedd, roedd e'n wironeddol falch. 'Ai ffor 'na ti eisie mynd, hynny yw, gwaith tu ôl i'r camera yn hytrach na chyflwyno?'

'Sa i eisie cyflwyno. Iesu, dim diolch! Licsen ni ga'l mwy o gyfle i gynhyrchu, ond os daw'r cynnig 'ma i fynd ar y cwrs fe gymera i hynny. Wy'n credu'n gryf mewn ffawd.'

'Mewn geirie eraill, does dim cynllun gyda ti. Ti'n gadel y cyfan i hap a damwain, doed a ddelo.'

'Nagw, ma cynllun gyda fi ... o fath ... wrth gwrs bod 'na, ond wy'n ddigon siocôs i beidio â cholli gormod o gwsg os na fydd rhwbeth yn gweithio mas.'

Gwenodd Dylan a gwasgu ei llaw.

'Beth? Pam ti'n gwenu fel 'na?'

'Dim rheswm yn arbennig.'

'Mae'n rhaid bod rheswm gyda ti.'

'Nag oes. Ti sy'n neud i fi wherthin trwy gadw dy opsiyne ar agor.'

'Cyn i ti ddechrau meddwl mod i'n siocôs gyda phopeth, ma rhai pethe'n bwysig iawn i fi.'

'*Pethe*, wedest ti?'

'Samwn?'

Siglwyd y ddau o'u gornest lafar gan lais y gweinydd. Safai hwnnw wrth ochr y ford fach a dau blât yn ei ddwylo.

'Ie, i fi plis,' meddai Dylan a gollwng llaw Beca.

'A'r cyw iâr i chi. Joiwch eich bwyd.'

'O, fe ordron ni botel o Sauvignon Blanc hefyd,' meddai Beca.

'Mae'n ddrwg 'da fi ... wrth gwrs. Wna i ddod â hi ar unwaith.'

'Ma hwn yn edrych yn ffein. 'Co'r saws 'ma. Ti eisie peth?' meddai Beca cyn trywanu darn o'i chyw iâr â'i fforc a'i gynnig dros y bwrdd i Dylan.

Pwysodd hwnnw yn ei flaen a'i geg ar agor.

'Mmmm. Bydde Guto wrth ei fodd â hwn.'

'Shwt ma Guto? Ydy e wedi dod dros y sioc o gwrdd â fi eto?'

'Sdim eisie i ti boeni am Guto. Fel wedes i wrthot ti o'r bla'n, wy'n credu bod pethe eraill yn pwyso ar ei feddwl y dyddie 'ma.'

'Gyda fe a'i fam?'

'Ie.'

'Ffindest ti mas byth beth sy'n mynd mla'n rhyntyn nhw?'

Edrychodd Dylan ar ei blât a chododd fforcaid o'i fwyd at ei geg, yna un arall.

'Mae'n flin 'da fi, o'n i ddim wedi meddwl busnesa.'

'Mae'n iawn,' meddai Dylan. 'Dwyt ti ddim, ond hei, gad i ni sôn am rwbeth arall, ife? Sdim digon o le i nghyn-wraig hefyd wrth fwrdd i ddau.'

'A dyma chi'r gwin ... Sauvignon Blanc wetsoch chi, ondife? Flin 'da fi am hynny,' meddai'r gweinydd hynaws a chymryd cam yn ôl oddi wrth y ford.

'Dim problem,' meddai Beca.

'Pwy sy am drio fe?'

'O, mae'n iawn, ry'n ni'n trwsto chi,' meddai Dylan a gwenu'n anogol.

''Na fe 'te, mwynhewch.'

Cydiodd Dylan yn y botel a hanner llenwi eu gwydrau. Bu saib yn eu sgwrs am ychydig wrth i'r ddau ganolbwyntio ar eu bwyd. Beca dorrodd y distawrwydd cyn cymryd llymaid hael o'i gwin.

'Ffonest ti'r fenyw 'na byth?'

'Pa fenyw?'

'Yr Eloise 'na, yr ymchwilydd annibynnol. Wedest ti fod ti'n mynd i ffono hi i ofyn shwt mae'n dod mla'n gyda busnes Inge a Gerhard.'

'Wy'n bwriadu neud e fory. Ches i ddim amser heddi.'

'Dylan, achan! Wy'n llwyddo i gysylltu â'r fenyw gynta 'na yn Kew, wedyn wy'n ffindo ymchwilydd i ti ac yn rhoi hynny o wybodaeth ag sy gyda fi iddi. Beth arall ti'n moyn i fi neud? Dy dro di yw e nawr.'

'Bydda i'n ffono fory, addo, ond o'dd heddi jest ddim yn gyfleus. Wy angen meddwl clir cyn trafod helyntion 'y nheulu ecsotig gyda menyw ddiarth a heddi o'dd 'y meddwl dros y lle i gyd.'

Rhoddodd Beca ei chyllell a fforc i orffwys ar ei phlât a phwyso'n ôl yn erbyn cefn ei chadair, gan rythu ar ei wyneb. Bwrw yn ei flaen i fwyta wnaeth Dylan, gan gadw ei ben i lawr, ond gwyddai fod ei llygaid wedi'u serio arno.

'Wyt ti'n mynd i weud wrtha i beth ddigwyddodd heddi neu beth?'

'Ddigwyddodd dim byd, Becs, anghofia fe. Fi sy'n gadel i bethe whare whic a whiw yn 'y mhen.'

'Mae'n amlwg bod *rhwbeth* wedi digwydd.'

'Ti'n eitha taer, on'd wyt ti?' meddai Dylan a gwenu.

'Odw,' meddai hi ond doedd dim gwên ar ei hwyneb hithau.

'Reit, y fersiwn cryno 'te, ond wedyn wy'n moyn siarad am rwbeth arall.'

Nodiodd Beca ei phen a chymryd llymaid arall o'i gwin.

'Ti wedi nghlywed i'n sôn am Nabil ...'

'Y bachan o Aleppo a'th gyda ti i'r pêl-droed?'

'Dyna'r un. Wel, da'th boi arall i ngweld i bore 'ma ... un o Irac. Mae e'n dipyn o hen geg, sa i'n gweud llai, ond mae e'n fachan iawn yn y bôn. Ta beth, rhwbeth wedodd e am Nabil sy wedi nghorddi braidd. Mae e wedi plannu amheuaeth yn 'y meddwl a, gwa'th na hynny, mae e'n plannu'r un amheuaeth drwy'r ganolfan. Ma pobol yn siarad.'

'Mae e'n swno fel cachwr bach.'

'Wel dyna'r peth: dyw e ddim. Dyw e ddim heb ei brobleme ond bydden i'n synnu tase fe'n creu rhwbeth o ddim byd. Sa i'n credu fod e'n faleisus. Wy'n trio gofyn i'n hunan ife cri am help yw hyn ac, os felly, rwtsh yw'r busnes 'ma am Nabil. Clecs plentynnaidd er mwyn ca'l sylw.'

'Beth ma fe wedi bod yn ei weud 'te?'

'Ocê, ma Nabil yn briod, iawn? Ond does byth sôn am ei wraig. Hynny yw, dyw hi ddim gyda fe yma yng Nghaerdydd a ma'r boi arall 'ma yn dechrau lledaenu sïon, jest digon i neud i bobol amau bod rhwbeth o'i le.'

'Paid gweud rhagor! Mae e wedi'i ladd hi, fi'n gweu'tho ti!'

'Dyw hynny ddim yn ddoniol.'

'Ymlacia, er mwyn dyn. Dy fai di yw e fod ti wedi gadel i dy hunan fynd yn rhy agos at y Nabil 'na. Dylet ti fod yn fwy carcus achos dim ond pobol arbennig ddyle ga'l bod yn agos. Smo ti na neb arall yn gwbod beth sy'n mynd mla'n yn ei ben e achos dim ond gweld ein gilydd ydyn ni.'

'Ti'n ddoeth iawn heno,' meddai Dylan a rhoi ei gyllell a fforc gyda'i gilydd ar ei blât gwag. Cydiodd yn ei wydryn a'i siglo'n ysgafn gerfydd y goes fregus, gan wylio'r gwin yn chwyrlïo ar hyd yr ochrau cyn glanio'n llyn bach yn y gwaelod.

'Wy'n gallu bod ambell waith, ti'n gwbod.'

'Hmmm,' oedd ei unig sylw wrth edrych arni'n hen ffasiwn.

'Wyt ti dy hun wedi siarad ag e am ei wraig?'

'Ddim go iawn. Aethon ni am goffi unwaith ... ar ôl gwaith ... a holes i, ond o'dd e'n gyndyn o siarad amdani, felly wnes i ddim pwyso.'

'Rhwbeth yn debyg i ti felly,' meddai Beca a gwenu. 'Ma dynion priod i gyd yr un peth.'

'Ti'n anghofio, cariad, mod inne ddim yn briod. Cyndyn o siarad am 'y *nghyn*-wraig ydw i, ond os wyt ti'n moyn iddi ddifetha ein noson, clatsia bant!'

'*Touch*é.'

'*Touch*é yn wir, Ms Davies. Nawr be ti'n moyn i bwdin?'

'Sa i'n moyn dim byd, dim ond ishte fan hyn gyda dyn arbennig a sipian Sauvignon Blanc nes bod nhw'n twlu ni mas.'

'Ar yr amod ein bod ni'n siarad am rwbeth arall, iawn?'

'Iawn.'

* * *

'Mae'n hollbwysig fod ti ddim yn celu dim byd,' meddai Dylan.

Pwysodd yn ôl yn ei gadair a chraffu ar wyneb Nabil a eisteddai yr ochr draw i'r ddesg anhrefnus yn ei swyddfa. Am beth yn union y chwiliai, ni wyddai. Dirmyg? Siom? A oedd y dyn hwn yn gweld trwyddo, yn gweld ei dwyll a hwnnw wedi'i lapio mewn ffug gonsárn wrth iddo esgus ei baratoi ar gyfer ei gyfweliad mawr? Doedd e ddim yn dwp.

Doedd yntau ddim yn dwp chwaith ond yr eiliad honno teimlai'n ffôl, yn ffôl am fynnu gadael i eiriau siawns gan ddieithryn am ddieithryn arall gael rhwydd hynt i fwrw gwreiddiau mor ddinistriol yn ei ben. Ond fe'u plannwyd yno a dyna'r peth. Gorfododd ei hun i beidio â gostwng ei drem er gwaethaf ei awydd llethol i wneud hynny.

Byth ers siarad â Beca amdano neithiwr, bu'n chwilio am esgus i'w wynebu er mwyn cau pen y mwdwl ac, yn y pen draw, ddifa'r sïon: lladd yr amheuon ac adfer gwedd ar gyfeillgarwch os taw cyfeillgarwch oedd e. A'r bore 'ma, wrth gerdded i'r gwaith o fflat Beca yng Nglan-yr-Afon, trawodd ar y cyfle y bu'n ei ddeisyf. Am funudau lawer wedi iddo gael hyd i'w ysbrydoliaeth, gallai dyngu ei fod yn cerdded yn ysgafnach, yn fwy sionc, ond wrth iddo droi i mewn i'r stryd fach anniben a gweld y ganolfan o'i flaen a'r criw o ddynion ifanc yn aros iddo agor y drws, diflannodd ei hyder fel mwg eu sigaréts yn diflannu i'r awyr. Trwy'r bore bu'n difaru ei enaid iddo ofyn i Nabil ddod i'w weld ar ddiwedd y sesiwn gyda'r plant hŷn. Nawr, fodd bynnag, roedd e yno am y ddesg ag e a doedd dim troi'n ôl.

'Achos gall hynny fynd yn dy erbyn. Mae'n wirioneddol bwysig dy fod ti'n gyson. Beth bynnag rwyt ti wedi'i weud wrth dy weithwraig gymdeithasol hyd yma, mae'n rhaid cadw at dy stori erbyn i ti ga'l dy gyfweliad ffurfiol.'

Yn ystod pregeth y Cymro bu Nabil yn gwrando'n astud, gan bwyso a mesur pob gair. Bu'n ystyried y cynildebau, gan chwilio am reswm dros ei eiriau, ond bellach roedd e wedi troi ei wyneb oddi wrtho. Nododd Dylan ei dawedogrwydd a'i osgo, a oedd yn ymylu ar fod yn haerllug, a gwridodd. Beth arall oedd e wedi'i ddisgwyl, y bastad gwirion? Roedd e wedi gwneud cawlach o bopeth. Dylai fod wedi holi

Rhiannon yn gyntaf yn lle clatsio ymlaen â'i gynllwyn hanner-pan. Wedi'r cyfan, gyda hi roedd e'n gweithio agosaf. Edrychodd ar y cysgodion dan ei lygaid tywyll ac ar ei farf dridiau fel petai'n gweld ei wyneb am y tro cyntaf. Ond yna gwibiodd ei feddwl yn ôl i'r diwrnod y dychwelodd i'w waith ar ôl angladd ei dad a sylwi arno'n eistedd ar un o'r cadeiriau oren yn y neuadd, ar ei ben ei hun ac wedi'i ynysu rhag y lleill. Dyna oedd y tro cyntaf iddo sylwi arno go iawn, nid nawr. A'r pryd hynny, yn union fel nawr, bu'n ceisio penderfynu ai tristwch ynteu trahauster oedd wrth wraidd ei arwahanrwydd.

'Cofia, bydd rhaid i ti fod yn barod am bob math o gwestiyne. Er enghraifft, bydd rhaid i ti sôn wrthi am dy wraig ... a gweud ble ma hi nawr.'

Daliodd Dylan i edrych arno, gan wrthod gostwng ei lygaid, ond parhau i droi ei ben oddi wrtho wnaeth y Syriad. Yn y distawrwydd dilynol, teimlodd Dylan ei hyder yn dychwelyd. Roedd ei angen i roi pwysau arno'n drech nag unrhyw awydd i gilio.

'Nabil, ble'n union ma dy wraig? Pam nag yw hi gyda ti?'

Cododd Nabil ar ei draed a throdd ei ben i gyfeiriad y Cymro am y tro cyntaf ers munudau lawer. Yna aeth am y drws heb ddweud dim. Safodd Dylan yntau ar ei draed ond cyn iddo fedru agor ei geg o'r newydd canodd ei ffôn. Adnabu'r rhif yn y sgrin fach am iddo ei ffonio'n gynharach y bore hwnnw a gadael neges. Nawr roedd y fenyw'n ei ffonio'n ôl ac ni allai ei hanwybyddu. Daliodd y ffôn yn erbyn ei glust wrth wylio Nabil yn diflannu o'r golwg.

'Ga i siarad â Dylan Rhys os gwelwch yn dda?'
'Yn siarad.'
'O helô, Eloise Barker o'r gwasanaeth ymchwilio sydd

yma. Fe adawoch chi neges gynne.'

'Do, diolch yn fawr i chi am ffonio'n ôl.'

'Dw i'n deall eich bod chi'n awyddus i drafod Inge a Gerhard Neudeck.'

'Dyna chi. Tybed a gawsoch chi unrhyw lwc wrth fynd ar eu trywydd? Bydden i'n ddiolchgar am unrhyw wybodaeth ychwanegol sy gyda chi.'

'Fel y gwyddoch chi, bues i'n siarad â'ch partner yn ddiweddar.'

'Do, wedodd Beca,' meddai Dylan, gan nodi â chryn ddiddordeb ei defnydd o'r gair hwnnw i ddisgrifio eu perthynas. 'Dyna pam ffones i chi, i holi shwt y'ch chi'n dod mla'n.'

'Wel, dw i wedi bod yn twrio ymhellach a dw i wedi dod o hyd i ambell beth arall ond, da chi, peidiwch â disgwyl gormod.'

'Bydde unrhyw beth newydd o help mawr, wir i chi. Tan ychydig yn ôl, wyddwn i ddim oll am fodolaeth Inge a Gerhard Neudeck er eu bod nhw'n fam-gu ac yn dad i fi.'

'Do, fe eglurodd Beca. Mae'n dipyn o stori, on'd yw hi?'

'A gweud y lleia,' meddai Dylan, gan hanner chwerthin.

'Ac rydych chi'n berffaith siŵr eu bod nhw'n perthyn i chi?'

'Dw i ddim gant y cant yn siŵr, nac ydw, achos does gyda fi ddim byd ar bapur i brofi hynny, dim byd swyddogol ... dim cofnod. Dw i yn y niwl braidd, ond yn ôl beth wy wedi'i ddysgu gan berthynas agos a dibynadwy – '

'Eich modryb, ife? Dyna awgrymodd Beca.'

'Ie, dyna chi. Wel yn ôl fy modryb, dyna pwy ydyn nhw, reit i wala. Ac ma gyda fi lun hefyd sy'n ategu – neu o leia'n awgrymu'n gryf – taw dyna pwy ydyn nhw. Mae'n debyg bod 'y nhad wedi cael ei fabwysiadu'n ifanc iawn a newidiwyd ei enw pan dda'th e i fyw gyda'i rieni newydd. Ond does gyda fi ddim clem shwt y da'th e i Gymru yn y lle cynta. Does neb erio'd wedi sôn am y peth. Mae'n ddirgelwch sy wedi troi'n dipyn o ben tost.'

'Wel, dw i'n credu y galla i helpu i godi peth o'r niwl.'

Trwy gydol eu sgwrs bu Dylan yn cerdded yn ôl ac ymlaen yn y gofod bach rhwng drws ei swyddfa a'i ddesg, ond wrth glywed geiriau diwethaf Eloise Barker, trodd un o'r ddwy gadair yn y stafell i'w wynebu ac eisteddodd arni a'i gefn at y drws.

'Mr Rhys?'

'Ie?'

'Roeddwn i'n meddwl am eiliad mod i wedi'ch colli chi.'

'Na, na, dw i yma o hyd ond wy'n nerfus braidd. Wy'n ffilu dychmygu beth chi'n mynd i weud wrtha i.'

'Wel, ar ôl i Beca fy rhoi ar ben ffordd gyda busnes y gwersyll yn Lübeck – a gwna'th hynny arbed llawer o amser, gyda llaw – wel ar ôl hynny, dyma fi'n e-bostio ambell gyswllt, gan gynnwys un yn yr Almaen, ac yn mynd ati i wneud rhagor o ymchwil ar-lein, ac mae gen i ddyddiadau i chi. Yn ôl y cofnodion, fe gyrhaeddodd Inge Neudeck y gwersyll yn Lübeck ar y pedwerydd o Fehefin, 1945. Roedd y rhyfel newydd ddod i ben ac roedd anhrefn gwirioneddol ar draws Ewrop, fel y gallwch chi ddychmygu. Roedd miliyne ar filiyne o bobol yn igam-ogamu eu ffordd ar draws y cyfandir. Roedd hi'n adeg chwerw iawn a llawer yn ffoi rhag trais newydd ac eraill yn dychwelyd adre. Ry'n ni'n sôn am bobol oedd wedi colli popeth.'

'A Gerhard? Oes 'na sôn amdano fe?'

'Oes, ond ddim eto. Fe gyrhaeddodd Inge'r gwersyll ar ei phen ei hun.'

'O'dd e heb ga'l ei eni, felly?'

'Dy'n ni ddim yn gwbod hynny i sicrwydd. Fel dw i newydd ddweud, roedd anhrefn ar raddfa heb ei thebyg yn y misoedd ar ôl y rhyfel. Dychmygwch drio cadw cyfri o bawb pan oedd y system o'u cwmpas wedi chwalu'n racs. Doedd dim llywodraeth. Roedd rhaid derbyn pobol ar eu gair i raddau helaeth. Eu bwydo a'u cadw nhw'n fyw oedd y flaenoriaeth. Ond na, mae'n edrych yn debyg nad oedd Gerhard wedi ca'l ei eni eto.'

'Ydych chi'n gwbod o ble da'th Inge a sut cyrhaeddodd hi Lübeck?'

'Dw i ddim yn gwbod sut yn union cyrhaeddodd hi, nac ydw, a dw i ddim yn gwbod pam yr aeth hi i'r gwersyll hwnnw yn y rhan honno o'r Almaen am fod rhai eraill yn nes.'

'Nes at ble?'

'Nes at ei chartref. Un o Danzig oedd hi.'

'Danzig?'

'Dyna sydd wrth ochr ei henw o mlaen i fan hyn.'

'Ond ma Danzig yng Ngwlad Pwyl.'

'Erbyn hyn ... ydy. Mae'n fwy cyfarwydd i ni bellach fel Gdańsk.'

'Man geni Solidarność.'

'Solidarność?'

'Anna Walentynowicz, Lech Wałęsa a'r undeb llafur enwog.'

'Well i fi gau mhen ... chi'n gwbod mwy na fi.'

'Sa i'n siŵr am hynny, ond fe wnes i astudio Gwleidyddiaeth Ryngwladol am flwyddyn pan o'n i yn y brifysgol.'

'Felly, chi'n gwbod am Danzig?'

'Wy'n gwbod fod ei statws wedi newid yn fawr ar hyd y

canrifoedd. Mae 'di ca'l ei llyncu fwy nag unwaith gan y bois mawr o'i chwmpas.'

'Ac yn ystod y rhyfel roedd hi'n rhan o'r Almaen Natsïaidd.'

'A chi'n siŵr bod Inge yn hanu o fan 'na?'

'Dyna sy o mlaen i, Mr Rhys, ond efallai ei bod hi wedi penderfynu bod dweud hynny'n fwy derbyniol na dweud taw Almaenes oedd hi. Wn i ddim. Mae pobol yn barod i wneud a dweud unrhyw beth er mwyn dod trwy argyfwng.'

Wrth glywed geiriau diwethaf Eloise Barker, gwibiodd meddwl Dylan yn ôl i'r cyfarfod â Hadi. Cododd ar ei draed a mynd i eistedd ar gornel ei ddesg, gan edrych ar y mynd a dod yn y neuadd yr ochr arall i'r drws.

'Fe ddefnyddioch chi'r gair "eto" funud neu ddwy yn ôl wrth siarad am Gerhard. Ydy hi'n deg casglu felly ei fod e wedi ca'l ei eni yn y gwersyll?'

'Ydy. Does gen i ddim cofnod o'i enedigaeth, felly does gen i ddim dyddiad geni ar ei gyfer, ond mae 'na gyfeirio ato fe ac Inge yn Ebrill 1947.'

'Ym mha gyswllt?'

'Reit, gadewch i fi sgrolio i lawr. Mae yma'n rhywle achos fe ddarllenes i fe gynnau. Rhowch eiliad i fi... 'co ni. Mae'n dweud fan hyn fod Inge wedi cael ei derbyn ar gynllun o'r enw Westward Ho!. Ydych chi wedi clywed am hwnnw, tybed?'

'Westward Ho! wedoch chi? Nagw. Hynny yw, wy'n gwbod fod 'na le yng ngorllewin Lloegr o'r un enw.'

'Reit... wel ar ôl y rhyfel roedd 'na brinder dybryd o ran gweithwyr i lenwi rhai mathau o swyddi yma yn Lloegr ... ymddiheuriadau, ym Mhrydain dylwn i ddweud. Felly, dechreuodd y llywodraeth recriwtio pobol addas o'r gwersylloedd yn yr Almaen fel rhan o raglen Gweithwyr Gwirfoddol Ewropeaidd. Roedd mwy nag un cynllun ond dw i'n credu taw Westward Ho! oedd y mwya. Beth bynnag, yn Ebrill 1947 cafodd hi a dibynydd – ac mae enw Gerhard Neudeck mewn cromfachau – cafodd hi ei derbyn ar y cynllun.'

Pan ddaeth llais Eloise Barker i ben ni sylwodd Dylan ar y tawelwch rhyngddyn nhw eu dau. Ni sylweddolodd nad oedd e wedi ymateb i'w geiriau syfrdanol a hynny am eu bod yn rhy syfrdanol. Ceisiodd brosesu'r wybodaeth a gwneud synnwyr o stori a oedd tan y funud honno wedi'i chladdu mewn rhyw archifdy llychlyd gyda miliynau o straeon eraill. Nawr, fodd bynnag, ei stori yntau oedd hi. Chwaraeodd e'r wybodaeth yn ei ben, gan geisio rhoi'r ffeithiau yn eu trefn a'u perchnogi, ond mynnai rhywbeth arall ymwthio trwy'r geiriau a'i atal rhag cyflawni'r dasg. Caeodd ei lygaid a'r unig beth a ddaeth yn glir oedd y llun bach du a gwyn ym mocs glas ei dad o'r fenyw ifanc a'r bachgen bach â thrwch o wallt golau yn eistedd ar ei harffed, a'r ddau yn gwenu'n hael. Nawr roedd y llun a'r stori'n un drachefn.

'Mr Rhys, ydych chi'n iawn?'

'Ydw.' Rhedodd Dylan ei fysedd trwy ei drwch o wallt golau a chwythu llond ysgyfaint o aer trwy ei geg. 'Fel wetsoch chi, mae'n dipyn o stori, on'd yw hi? Y trueni mwya yw nad o'dd 'y nhad yn gallu ei rhannu â'i deulu pan o'dd e'n fyw achos ein stori ni yw hi hefyd ac mae'n rhy hwyr nawr. Ma gyda fi gymaint dw i eisie ei ofyn iddo.'

'Roedd siŵr o fod ganddo ei resymau.'

'Siŵr o fod. Dyna wedodd 'y modryb, ond mae'n drueni 'run fath. Nawr allwn ni ddim ond tybio a thrio'n gore i lenwi'r bylche.'

'Onid dyna mae'r rhan fwya ohonon ni'n ei wneud beth bynnag ... tybio? Does gennyn ni fawr o syniad ... ddim go iawn ... beth sy'n digwydd y tu ôl i lygaid ein gilydd.'

'Walle bo' chi'n iawn, ond ma hynny braidd yn sinigaidd, smo chi'n meddwl?'

'Digon posib, ond ry'n ni'n gwneud penderfyniadau bob dydd ar sail ein rhagdybiaethau.'

Lledwenodd Dylan wrtho'i hun a pharatôdd i ddod â'r sgwrs i ben; clywsai ddigon i gnoi cil arno am fisoedd, os nad blynyddoedd.

'Dw i mor ddiolchgar i chi am y sgwrs 'ma. Chi wedi llenwi bylche nad o'n i'n gwbod eu bod nhw'n bodoli ... ond chi wedi agor rhai newydd hefyd!'

'Croeso mawr, dyna ngwaith i. Ond mae 'na un bwlch dw i heb lwyddo i'w gau ac mae 'di bod yng nghefn 'y meddwl drwy gydol y bore.'

'Chi'n hala ofan arna i nawr,' meddai Dylan a hanner ffugio ysgafnder.

'Mi fuon nhw'n lwcus iawn, chi'n gwbod.'

'Ym mha ffordd?'

'Wel fel arfer, pobol ddibriod a di-blant gâi eu derbyn ar y cynlluniau gwaith 'ma ac os oedd ganddyn nhw blant roedd gofyn iddyn nhw eu gadael ar ôl yn yr Almaen ac ailymuno â nhw wedyn. Dyna, dw i'n siŵr, oedd y sefyllfa pan gafodd Inge ei derbyn er bod peth llacio yn ddiweddarach. Mae'n swnio i fi fel petai rhywun yn rhywle'n gofalu amdani ac wedi mynd allan o'i ffordd i'w helpu.'

'Os o'dd y rheole bryd hynny mor llym â rhai heddi ...'

'Yn hollol. Cofiwch, mae'n bosib mod i'n chwilio am anawsterau sy ddim yn bodoli. Mae ngŵr i wastad yn dweud mod i'n rhy barod i godi sgwarnogod. Ond *mae'n* anghyffredin, mae'n rhaid dweud.'

'O'dd hi'n bosib noddi pobol?'

'Noddi? Fyddwn i ddim yn meddwl.'

'Hynny yw, os o'dd rhywun draw yng Nghymru neu ble bynnag yn ei disgwyl hi. Jest meddwl ydw i ... syniad.'

'Go brin. Dw i wedi darllen trwy bob dogfen sy'n ymwneud ag Inge a Gerhard Neudeck a does dim byd fel 'na. Mae'r un sy'n cyfeirio ati'n cael ei derbyn ar gynllun Westward Ho! ar y sgrin o mlaen i nawr a'r unig enwau sy arni yw ei henw hi ac un Gerhard a llofnod y swyddog o'r Weinyddiaeth Lafur roiodd sêl bendith ar y cyfan. Mae llofnod swyddog o'r fyddin dan hwnnw ... rhyw Edward ... na, nid Edward yw e. Mae'n anodd darllen yr enw cynta achos bod y gwreiddiol mor aneglur. Mae'n edrych fel Elwar ... Elwyn efalle ... Elwyn T. Rees.'

'Elwyn T. Rees wetsoch chi?'

'Dw i'n credu mai dyna yw e.'

Tynnodd Dylan anadl ddofn.

'Elwyn T. Rees o'dd enw fy nhad-cu.'

NABIL

Honno, fe gofiodd, oedd eu ffrae fawr gyntaf, eu hunig un mewn gwirionedd, er bod y mân figitan yn gydymaith mwy cyson po bellaf y mentron nhw. Doedd dim syndod a hwythau wedi bod yn crwydro Ewrop ers naw mis a mwy, fel arfer ar droed ond weithiau ar fysiau ac unwaith ar drên ar ôl talu crocbris am docyn i fynd â nhw ymhellach i'r gogledd. Wrth edrych yn ôl nawr, roedd yn haws pan oedden nhw yn Nhwrci. Yno o leiaf roedd modd ymdoddi i'r boblogaeth leol ac roedd hi'n bosib mynd adref o hyd, ond bwrw yn eu blaenau wnaethon nhw a thalu i gael eu smyglo ar droed dros y ffin i Wlad Groeg yn lle dibynnu ar drugaredd y môr. Cofiodd eu gorfoledd naïf pan gyrhaeddon nhw'r ochr draw. Roedd hyd yn oed y pridd yn gwynto'n wahanol. Roedden nhw ar eu ffordd! Ond buan y ciliodd eu penysgafnder wrth i'r dyddiau droi'n wythnosau ac yna'n fisoedd a'u pabell fach yn anaddas ac yn annigonol i'w cadw rhag cwyno. Roedd miloedd o rai tebyg yn symud i'r un cyfeiriad a phawb â'u bryd ar fywyd gwell. Ac wrth i'r torfeydd dyfu, tyfodd y peryglon. Fe, yn ddi-ffael, fyddai'r un i amau eu doethineb ond byddai hithau'n llwyddo i'w ddarbwyllo eu bod yn gwneud y peth iawn, a byddai fe'n ildio heb fawr o brotest gan mai un felly oedd e. Ac am ddyddiau byddai'n teimlo'n grac ag e ei hun am fod mor barod i blygu, ond byddai un wên ganddi neu un noson o garu yn ddigon i ddiddymu'r enbydrwydd.

Agorodd Nabil ei lygaid a defnyddiodd ei ddyrnau i'w godi ei hun ar ei eistedd ar y gwely cul. Roedd y lluniau a lenwai ei ben mor fyw ag erioed.

Roedden nhw wedi clywed y rhybuddion ymhell cyn cyrraedd y ffin, a'u diystyru. Onid oedden nhw wedi goresgyn ffiniau o'r blaen? Ond roedd hon yn wahanol. Cofiodd sut y cododd ei law at ei lygaid a sbecian trwy ei fysedd fel plentyn rhag i adlewyrchiad yr haul ar y metel sgleiniog ei ddallu. Cofiodd droi ei ben yn araf ar hyd y ffens, gan synnu at ei hyd a'i huchder. Rhythodd ar y rholiau o wifren rasel yn ymestyn am gilometrau fel pelenni chwyn a oedd wedi torri'n rhydd o ffilm gowboi a chael eu chwythu ar draws y paith nes cyrraedd pen eu taith ar ben y rhwystr anferth hwn a ddyfeisiwyd yn unswydd i gadw pobl mas. Roedd dwy res fetel a rhyngddyn nhw mewn un man roedd cannoedd o bobl yn aros fel defaid wedi'u corlannu, yn methu mynd ymlaen ac yn methu mynd yn ôl, ac roedd eu dwndwr yn fyddarol. Cydiodd ym mraich Amal a'i hannog i droi ei chefn a cherdded gydag e yn ôl i'r pentref â'r toeau o deils coch, ond siglodd hi ei braich yn rhydd rhag ei afael heb dynnu ei llygaid oddi ar yr olygfa. Ceisiodd ddal pen rheswm â hi trwy egluro y gallen nhw fod yn gaeth rhwng dwy wlad am fisoedd petaen nhw'n mentro i mewn i'r tir neb o'u blaenau, ond roedd hi'n daer. Cofiodd weld pennau'r bobl eraill yn troi wrth iddi godi ei llais a dyna pryd y gadawodd e hi ar y darn o dir diffaith agored rhwng y pentref a'r ffin gyda Hwngari yn y cefndir. Cerddodd am awr, os nad mwy, ei ben yn morio a'i natur yn bygwth gorlifo, a phan aeth yn ôl i'r man lle roedd e wedi'i gadael roedd hi'n eistedd dan goeden a'i breuddwyd yn deilchion. Ond fe oedd yn iawn. Aeth yn ei gwrcwd ac estyn am ei llaw, ac yn yr eiliad honno gwyddai y byddai'n rhaid iddo wneud rhywbeth i'w helpu neu byddai ei wraig yn edliw iddo weddill ei dyddiau.

Beth amser wedyn, a hwythau wedi symud i gysgod y goedwig gerllaw er mwyn codi eu pabell am y noson, aeth e am dro drachefn. Aeth ar ei union yn ôl i'r caffi prysur lle buon nhw yn gynharach y diwrnod hwnnw a llwyddo i ddenu sylw'r gweinydd a ddaethai â choffi at eu bwrdd pan oedd gobaith yn dal i lifo trwy eu gwythiennau. Roedd hwnnw wedi adnabod eu hacen a chyflwyno ei hun iddyn nhw fel brodor o Homs o bobman. Ar y pryd, ni wnaeth Amal nac yntau gwestiynu pam y byddai dyn canol oed o orllewin Syria yn gweithio fel gweinydd mewn caffi ar y ffin rhwng Serbia a Hwngari, ond bellach gwyddai Nabil yn union pam a gwyddai nad gweini bwyd yn unig a wnâi. Kalid oedd ei enw, meddai fe, ond wedi misoedd ar y ffordd roedd Nabil yn ddigon bydol i wybod bod angen yn medru tanio'r dychymyg yn y bobl fwyaf di-ddim. Goroesi oedd wrth wraidd popeth, dim ots sut. Byw o ddydd i ddydd. Ennill bywoliaeth. Cydiodd Kalid yn ei fraich a'i arwain at ddarn o dir llwm y tu ôl i'r caffi, ac yno ar bwys y cratiau o boteli gweigion a'r cynwysyddion nwy hylif a'r cachu cŵn y rhoddodd ei gyngor parod. Doedd dim gobaith, meddai, iddyn nhw groesi'r ffin heb help. Bydden nhw'n siŵr o gael eu dala a'u curo'n ddulas. Y peth gorau fyddai dychwelyd i Felgrâd a chynllunio eu siwrnai trwy'r rhwydwaith o smyglwyr. Byddai'n costi ond byddai'n gynt ac yn rhatach yn y pen draw. Ar hynny, gwasgodd ddarn o bapur yn llaw Nabil cyn troi a mynd yn ôl i glirio'r byrddau yn y caffi prysur.

Fyth ers iddo ddweud wrthi am ei sgwrs â Kalid, gan rannu ei gynllun gyda hi i ddychwelyd i Felgrâd, bu Amal mewn hwyliau da a thrwy gydol y siwrnai hir ar y bws annioddefol o boeth siaradodd hi'n ddi-baid. Llenwyd Nabil â balchder wrth weld ei wraig mor siriol eto, gan wybod taw fe oedd ffynhonnell ei hapusrwydd. Nawr, fodd bynnag, roedd hi'n ddistaw drachefn wrth iddyn nhw gerdded trwy'r orsaf fysiau swnllyd a'i nwyon drycsawrus ac allan i'r brifddinas danbaid. Teimlodd Nabil ei chorff yn glynu wrth ei gorff yntau wrth iddyn nhw gerdded fraich ym mraich ar hyd y palmant, gan anwybyddu edrychiadau du y sawl oedd wastad yn chwilio am rywun i'w feio ynghyd â difaterwch llethol pawb arall. Crwydrodd ei law at ei frest a thrwy ddefnydd ei siaced teimlodd y ddau fag a ddaliai eu harian. Yr eiliad honno roedd e'n hollol effro a'i holl gyneddfau ar waith. Heibio'r gwerthwyr stryd a'r cardotwyr a'r grwpiau o ffoaduriaid, tebyg iddyn nhw, yn gorwedd ble bynnag roedd lle, rhai yn cysgu ac eraill yn syllu'n ddi-weld ar y mynd a dod parhaus: teuluoedd cyfain wedi'u dofi gan drallod. Ac yna fe'i gwelodd, yn union fel roedd Kalid wedi'i ddisgrifio. Gwasgodd e fraich Amal i arwyddo iddi eu bod nhw wedi cyrraedd.

Yr unig awgrym y gallai'r caffi hwn fod yn wahanol i'r

rhai eraill ar yr un stryd oedd y clystyrau bach o bobl yn sefyllian y tu allan i'w ddrws llydan. Wrth eu golwg, pobl o'u rhan hwythau o'r byd oedden nhw'n bennaf a hijabs y menywod yn amlygu'r blinder ar eu hwynebau wrth iddyn nhw geisio cadw eu plant rhag crwydro'n rhy bell. Gollyngodd Nabil ei afael ym mraich Amal wrth iddyn nhw nesáu at y fynedfa, yn ymwybodol bod llygaid y dynion barfog wedi'u serio arnyn nhw. Gallai deimlo ei galon yn curo'n uchel yn ei ben. A oedd e ar fin cyflawni gweithred fwyaf ffôl ei fywyd neu a oedd gwaredigaeth yn eu disgwyl yr ochr draw? Doedd e ddim yn gwybod ond doedd ganddo fawr o ddewis. Roedd pob greddf yn ei gorff yn ei rybuddio i droi'n ôl ond gwnaethai addewid i'w wraig yn y goedwig ar y ffin. Tynnodd y drws ar agor a sefyll naill ochr er mwyn i Amal fynd trwyddo.

O fewn eiliadau wedi i'r drws gau o'u hôl fe'u hebryngwyd at fwrdd bach i ddau o flaen drych rhodresgar a berthynai i ryw oes aur fwy gwâr, a llai na munud wedi hynny safai gweinydd trwsiadus yn eu hymyl yn barod i gymryd eu harcheb. O edrych yn ôl dros hynny nawr, roedd hi'n amlwg i Nabil nad awydd i efelychu rhwysg a chlemau *grands cafés* Ewrop oedd wrth wraidd eu gwasanaeth prydlon ond, yn hytrach, angen i reoli. Peiriant prosesu oedd prif fusnes y caffi hwn. Ar ôl archebu coffi yr un, arhosodd y gweinydd fymryn yn hirach nag arfer rhag ofn bod rhywbeth arall, a dyna pryd y gwasgodd Nabil ddarn o bapur yn ei law yn unol â chyfarwyddyd Kalid. Gwenodd y gweinydd yn gwrtais a nodio ei gydnabyddiaeth, a munud yn ddiweddarach fe'u tywyswyd at stafell arall i gwblhau eu perwyl.

Draw yng nghornel bellaf y stafell gefn eisteddai menyw

yn ei phumdegau wrth fwrdd bach crwn tebyg i'r byrddau yn y caffi ei hun. Gwenodd yn groesawgar pan welodd hi Nabil ac Amal yn dod i mewn, ei gwefusau rhy goch yn amlygu'r wên a'r rhes dywyll yn ei gwallt rhy olau'n bradychu ei liw gwreiddiol. Amneidiodd hi ar ei darpar gleientiaid i eistedd gyferbyn â hi, a chyn i'r un ohonyn nhw yngan gair cyrhaeddodd y coffi a archebwyd yn gynharach ynghyd â phlataid o deisennod nas archebwyd. Ar ôl eu holi'n frysiog am eu cefndir a sut y daethon nhw i gysylltiad â'r caffi, fe'u sicrhaodd fod eu buddsoddiad yn eu dyfodol yn saff gyda hi. Aeth yn ei blaen i esbonio'r drefn a'r ffi am ei gwasanaeth a gofynnodd a oedden nhw'n deall ac yn derbyn y telerau. Pan nodion nhw eu cadarnhad gwenodd hi ei gwên lydan unwaith eto cyn codi ar ei thraed a diflannu trwy ddrws arall. Erbyn iddi ddod yn ei hôl, roedd Nabil wedi rhyddhau un o'r bagiau arian o'i le diogel dan ei siaced ond fe'i cadwodd o'r golwg ar ei arffed dan y ford. Yna, agorodd y flonden lyfr ac ysgrifennu eu henwau wrth ochr rhif chwe digid ac enw rhywun arall mewn colofn ar y dde. Dywedodd mai dyna oedd eu cod a'i fod yn unigryw iddyn nhw a phwysleisiodd unwaith eto fod eu harian yn saff. Yr enw arall oedd enw'r dyn fyddai'n eu rhoi ar ben ffordd cyn i rywun gwahanol gymryd yr awenau a'u smyglo dros y ffin. Byddai'r dyn cyntaf yn dod i'w casglu o'r tu allan i'r caffi yfory, am saith o'r gloch y bore ar ei ben, er mwyn eu cludo i dref y tu allan i'r brifddinas. Yno bydden nhw'n cael eu tocynnau i deithio ar fws i dref ger y ffin yng ngogledd y wlad lle bydden nhw'n aros mewn gwesty hyd nes bod yr ail ddyn yn penderfynu bod yr amser yn iawn i groesi. Roedd y cyfan, meddai, yn rhan o'r gwasanaeth ac roedd hwnnw yn ei dro yn cael ei ariannu trwy'r ffi. Gwenodd hi eto fyth a phwyso'n ôl yn ei chadair.

Drwy gydol araith y flonden gwnaethai Nabil ei orau i ddilyn ei chyfarwyddiadau cymhleth ond gwyddai fod Saesneg Amal yn well, felly trodd at ei wraig er mwyn gwirio ambell beth yn ei iaith ei hun. Pan drodd yn ôl at y flonden gwelodd fod ei gwên wedi diflannu a bod y mymryn lleiaf o anniddigrwydd wedi cymylu ei hwyneb. Roedd ei chroeso yn ogystal â'i hamynedd yn prysur ddod i derfyn er bod llond plât o deisennod yn dal heb eu cyffwrdd. Yna pwysodd yn ei blaen a gofynnodd a oedden nhw'n barod i dalu yn y fan a'r lle. Nodiodd Nabil a dododd y bag bach a ddaliai eu harian ar y ford, gan gadw ei law arno. Ymlaciodd wyneb y flonden drachefn: roedd hi ar fin cwblhau'r ddêl. Cadarnhaodd taw pum mil ewro yr un oedd y pris ac na fyddai dim o'r arian yn cael ei ryddhau i neb hyd nes iddyn nhw gyrraedd yr ochr draw yn ddiogel a'u ffonio o'r fan honno, gan adrodd y cod. Felly hefyd y smyglwr. Byddai'n rhaid i hwnnw gysylltu â'r caffi a defnyddio'r un cod cyn derbyn ei dâl. Roedd eu harian yn saff gyda hi. Yna arhosodd i Nabil agor y bag bach a thynnu sypyn o bapurau pum can ewro ohono. Fe'i gwyliodd yn cyfrif yr arian o'i blaen a phan oedd e wedi gorffen fe wnaeth hithau'r un fath. Rhythodd Nabil ar ei bysedd chwim a'i hewinedd coch yn cyflawni'r weithred, mor ddeheuig â'r masnachwyr yn *souqs* yr Hen Ddinas a arferai ei ddifyrru pan oedd yn blentyn, ac ni allai benderfynu a ddylai deimlo rhyddhad ynteu gofid. Yna cododd y flonden ar ei thraed a dymuno pob lwc iddyn nhw eu dau cyn troi a diflannu trwy'r un drws ag o'r blaen. Hanner munud yn ddiweddarach, ymddangosodd y gweinydd trwsiadus. Cydiodd hwnnw yn y plât a'u hannog i'w ddilyn yn ôl i ran flaen y caffi lle roedd croeso iddyn nhw orffen eu diodydd. Roedd eu hamser ar ben. Roedd angen y prop ar gyfer y cleientiaid nesaf, sylweddolodd Nabil.

O'r tu allan, edrychai'r gwesty fel unrhyw westy gwledig arall yn y rhan honno o'r byd gyda'i furiau gwyn a'i do teils coch a blychau'n llawn blodau yn y ffenestri. Drwy gydol y siwrnai hir o Felgrâd bu Nabil yn dyheu am gael gorwedd wrth ochr ei wraig ar wely glân ac ildio i gwsg lliniarol, dwfn. Prin eu bod wedi cysgu dim ers y profiad rhyfedd yn y caffi y diwrnod cynt, yn rhannol oherwydd pryder eu bod wedi talu arian mawr i fusnes amheus a dim ond gair rhyw wraig ddiarth i ddweud ei fod yn ddiogel, ac yn rhannol am nad oedden nhw am golli'r *rendezvous* â'r dyn cyntaf a, thrwy hynny, roi esgus i'r flonden honni eu bod wedi torri amodau'r cytundeb. Ond aeth popeth fel watsh ac roedden nhw wrth y ffin drachefn. Nawr, fodd bynnag, roedden nhw am gael cawod a chysgu a breuddwydio.

Roedd cyntedd y gwesty'n hollol wag a doedd neb wrth y ddesg, felly canodd Amal y gloch ac aros. Yna fe'i canodd unwaith eto. Edrychodd Nabil arni a gwyddai ei bod hi'n rhannu ei bryder, ond cyn i hynny gydio ymddangosodd dyn penfoel â mwstásh trwchus o rywle yn y cefn a hercian yr ychydig fetrau draw at y ddesg, ei fest felynaidd yn glynu wrth ei fola sylweddol. Fe'u cyfarchodd â nòd swta ond, fel arall, ni ddywedodd yr un gair. Eglurodd Amal eu bod nhw wedi dod o'r brifddinas trwy drefniant â'r caffi a rhoddodd eu henwau iddo. Gwiriodd hwnnw'r enwau ar sgrin ei gyfrifiadur crand, yr unig arwydd bod yr unfed ganrif ar hugain wedi cyrraedd y lle, ac ysgrifennodd rif eu stafell ar ddarn bach o bapur a'i wthio ar draws y ddesg i'w cyfeiriad.

Pan ofynnodd Amal am allwedd pwyntiodd y dyn at y grisiau heb ddweud dim. Yna trodd a hercian yn ôl trwy'r un drws ag o'r blaen, ei gyfraniad i letygarwch rhyngwladol drosodd.

Ar ôl cyrraedd pen y grisiau, gallen nhw glywed lleisiau'n dod o ambell stafell ar hyd y coridor digarped. Cerddon nhw heibio'r drysau agored heb edrych i'r naill ochr na'r llall, gan geisio adnabod y gwahanol ieithoedd: mathau o Arabeg yn bennaf, ond Saesneg hefyd, a Ffrangeg acennog a Ffarsi. Yn sydyn, stopiodd Amal yn ei hunfan a chydio ym mraich ei gŵr pan ddaeth bloedd trwy un o'r drysau a rhes o fygythiadau fel bwledi'n diasbedain oddi ar y parwydydd. Roedden nhw wedi clywed digon yn barod a phopeth yn dweud wrthyn nhw y dylen nhw ffoi o'r lle hwn, ond cerddon nhw yn eu blaenau nes cyrraedd y rhif a sgriblwyd ar y darn o bapur. Gallen nhw wynto'r lleithder cyn mentro trwy'r drws a hynny'n gymysg â sawr chwys. Tynnodd Nabil ei fraich yn rhydd a chymryd cam tuag at y stafell. Y peth cyntaf a'i trawodd oedd y matresi ar hyd y llawr yn llenwi'r gofod rhwng dau wely. Ar un o'r matresi gorweddai dau ddyn ifanc, eu cefnau wedi'u troi at y drws, ond yn sydyn trodd un o'r cyrff fel petai e wedi synhwyro eu presenoldeb. Nodiodd ar Nabil a gwnaeth yntau'r un fath yn ôl. Yna tapiodd ysgwydd y dyn wrth ei ochr er mwyn ei ddeffro a chododd y ddau ar eu heistedd heb gynnig esboniad pam eu bod yno. Cymerodd Nabil gam arall tuag atyn nhw a dilynodd Amal, ei llygaid yn gwibio i bob twll a chornel. Hi oedd y cyntaf i fentro gair; eglurodd yn Saesneg taw eu stafell nhw oedd hon ac atebodd y dyn cyntaf mewn Arabeg ei bod hi wedi cael ei chlustnodi iddyn nhwythau hefyd a'u bod nhw wedi bod yno ers dros fis. Amneidiodd arni i roi ei phethau ar un o'r gwelyau fel petai'n cynnig gwobr gysur iddi; fel arall, gallen nhw gysgu ar un o'r matresi ar y llawr. Ildiodd Amal i'w gynnig ond arhosodd Nabil lle roedd e yn ymyl y drws agored. Roedd e'n grac ac roedd arno gywilydd. Fflachiodd wyneb y flonden yn y caffi drwy ei feddwl. Roedd e eisiau poeri arni.

Dros y tridiau nesaf, dysgon nhw sut i ymdopi â'u hamgylchiadau newydd a dysgon nhw fwy am y ddau ddyn ifanc a rannai eu hofel. Efeilliaid oedden nhw: Cwrdiaid ar ffo rhag yr un gelyn a oedd wedi'u gyrru hwythau ill dau o adfeilion dwyrain Aleppo. Cawson nhw eu dal yn y man anghywir ar yr adeg anghywir pan nesaodd y milwyr tua diwedd yr ymladd a lladd eu tad a'u brawd hŷn. Ni allai eu mam ddioddef rhagor o golledion, felly gwerthodd ei modrwyon ac anfon ei dau fab ar eu ffordd gyda'i bendith. Doedd gan Nabil ddim lle i amau eu stori, ond pan holodd am y graith ddofn ar hyd stumog yr un tawelaf ni chynigiwyd unrhyw eglurhad a wnaeth e ddim holi ymhellach. Wnaeth e ddim holi chwaith i ble yr aen nhw am oriau bob nos cyn dychwelyd i'r hofel cyn iddi wawrio a chysgu tan wedi canol dydd ar y matresi brwnt. Doedd e'n ddim o'i fusnes.

Yna ar y pedwerydd diwrnod cawson nhw neges i ddweud bod yr amser i groesi i Hwngari wedi dod. Byddai'r un dyn a aethai â nhw i'r gwesty ar ôl eu siwrnai ar y bws o Felgrâd yn cwrdd â nhw wrth y gatiau o flaen y gwesty am naw o'r gloch y noson honno ac yn eu cludo mewn cerbyd 4x4 du at y twnnel o dan y ffin. Ar ôl cyrraedd yr ochr draw, bydden nhw ar eu pennau eu hunain. Drwy'r oriau dilynol, pendiliai eu hwyliau rhwng gorfoledd a rhyddhad cyn troi'n bryder agored wrth iddyn nhw ddisgwyl y dyn wrth y gatiau. Ond fe ddaeth, yn union fel roedd y dyn cyntaf wedi dod pan fuon nhw'n aros y tu allan i'r caffi ym Melgrâd. Am yr awr nesaf, daliai Nabil law ei wraig yng nghefn y cerbyd 4x4 wrth i hwnnw wibio ar hyd cefnffordd droellog cyn troi oddi arni ymhen hir a hwyr ac i mewn i lôn gul, anwastad. Diffoddodd y gyrrwr y goleuadau o'r funud y cyrhaeddon nhw'r rhan honno o'r daith ac am y chwarter awr nesaf fe'u siglwyd o ochr i ochr dros y tyllau a'r twmpau cyn i'r cerbyd ddod i stop yn ymyl un tebyg a barciwyd ar draws y lôn. Trodd y gyrrwr yn ei sedd a gorchymyn iddyn nhw gasglu eu pethau a mynd i sefyll ar y tir diffaith gerllaw. Yna, agorodd ei ddrws a mynd draw i siarad â dyn mewn lifrai a safai'n smygu wrth ochr y cerbyd arall, y mwg o'i sigarét yn codi'n gwmwl llwyd uwch ei ben yn erbyn y tywyllwch.

Ychydig yn ddiweddarach, daeth dyn arall allan o'r cysgodion, gan orffen cau ei gopish, ac ymuno â nhw. Gwasgodd Nabil law ei wraig gan graffu ar y grŵp bychan wrth iddyn nhw ymgomio'n ddihitiaeth. Bob hyn a hyn, chwarddai un ohonyn nhw'n uchel cyn taro un o'r lleill ar ei ysgwydd yn chwareus, gan beri i hwnnw ei daro'n ôl, ac wrth iddo wneud byddai amlinelliad gwyn, sgleiniog y bathodynnau ar eu gwisg swyddogol yn fflachio'n erbyn y düwch o'u cwmpas. Ni allai Nabil benderfynu p'un ai milwyr ynteu plismyn oedd y ddau o'r cerbyd arall nac i ba ochr i'r ffin y perthynen nhw, ond ni chafodd gyfle i hofran uwch y cwestiwn a gymylai ei ben achos, yn ddirybudd, chwalodd y grŵp a cherddodd eu gyrrwr yn ôl tuag atyn nhw. Eglurodd hwnnw y bydden nhw o hyn ymlaen yng ngofal y ddau arall ac, ar hynny, dringodd i mewn i'w gerbyd a gyrru bant.

Yr eiliad nesaf, dechreuodd un o'r dynion gerdded dros

ddarn o dir twmpathog lle roedd y lôn wedi dod i ben ac amneidiodd y llall arnyn nhw i'w dilyn. Ufuddhaodd Nabil ac Amal am nad oedd ganddyn nhw ddewis. Ar ôl cerdded am ryw bum munud arall, daeth y ffens fetel i'r golwg, yr un roedden nhw wedi mentro cymaint i'w chroesi. Safai'n uwch na'r tro cyntaf iddyn nhw ei gweld am fod y tir o'u blaenau wedi dechrau codi. Taflodd Nabil gip ar y rholiau o wifren rasel yn ymestyn ar ei hyd ac yn ymdoddi i'r tywyllwch. Hyd yn oed yn y fan honno, yng nghanol unman, roedd modd gweld eu dannedd a'r rheiny'n barod i rwygo gobeithion y mwyaf dewr a'r mwyaf ffôl. Yn sydyn, stopiodd un o'r dynion yn stond a gwnaeth e ac Amal yr un fath. Camodd yr arweinydd yn ei flaen a dechrau clirio ambell gangen a mangoed eraill nes dadorchuddio hollt denau yn y tir islaw'r ffens. Teimlodd Nabil y dychryn yn ymchwyddo ynddo o rywle'n ddwfn yn ei fol ond gorfododd ei hun i gamu yn ei flaen ar anogaeth y ddau ddyn. Onid oedd e wedi addo i Amal? Plygodd yr arweinydd ei ben ac aeth i mewn i'r twnnel cul. Goleuodd ei dortsh a'r eiliad nesaf sgrialodd llygoden fawr o grombil y graith a rhedeg dros droed Amal. Rhoddodd hi floedd a chladdodd ei phen yn erbyn ysgwydd ei gŵr ond arwyddodd y dyn y tu ôl iddyn nhw y dylen nhw frysio a bwrw yn eu blaenau. Gollyngodd Nabil ei afael yn ei llaw a dechreuon nhw gerdded fesul un drwy'r twnnel i Hwngari.

Gollyngodd Nabil ei goesau dros erchwyn y gwely ac eistedd felly ar ymyl y matres gyda'i draed noeth ar y llawr am rai munudau, gan fagu ei wyneb yn ei ddwylo. Ar un olwg, teimlai'r cyfan mor bell yn ôl fel petai'n perthyn i fyd arall, i rywun arall. Ond roedd yr atgofion mor fyw ac yn gwrthod gadael llonydd iddo. Cododd ar ei draed a chroesi'r gofod bach rhwng y gwely a'r sinc yng nghornel ei stafell. Agorodd y tap a hwpo'i ben o dan y llif, gan groesawu'r oerni yn erbyn ei wyneb a'i war. Cydiodd mewn tywel a rhwto'i wallt yn sych a thynnodd grys-T dros ei ben. Roedd e heb adael y stafell honno ers dyddiau. Ni allai gofio ers faint yn union. Yr ensyniadau fu waethaf. Yr awgrymiadau bach dan din. Roedd e wedi disgwyl gwell gan y Cymro. Onid oedd e wedi dod i'w ystyried yn ffrind a chanu ei glodydd? Gallai weld bellach fod y cyfan yn rhan o ryw gynllun ... cynllwyn hyd yn oed. Roedd e ar ei ben ei hun, yn gyfan gwbl ar ei ben ei hun.

Aeth draw at y ffenest a thynnu'r llenni tenau ar agor. Gwyliodd y siopwyr a'r myfyrwyr yn prysuro ar hyd y pafin a theimlodd ei hun yn dyheu am fod yn rhan o'u normalrwydd. Hanner chwarddodd wrtho'i hun wrth ystyried y fath hunan-dwyll. Hyd yn oed pe gallai gofio beth oedd normalrwydd doedd ganddo ddim gobaith ei wireddu. Roedd e a miloedd o rai tebyg iddo yn esgymun mewn cymdeithas fel hon. Syllodd yn ddi-weld ar yr olygfa trwy'r gwydr. Efallai fod ei dad yn iawn a'i bod yn bryd iddo fynd adref. Arhosodd yno o flaen y ffenest am beth amser, ar goll yn ei feddyliau.

Roedd e heb sylwi arnyn nhw ynghynt am eu bod yn gymaint rhan o'r darlun beunyddiol ers iddo gyrraedd Caerdydd, eu campau acrobataidd yn gysur ac yn fygythiad ar yr un pryd. Ond yn sydyn, sylweddolodd fod eu perfformiad yn wahanol i'r arfer. Roedd rhywbeth yn bod. Roedd mwy ohonyn nhw ac roedd rhywbeth mileinig, greddfol yn eu cylch wrth iddyn nhw blymio i'r ddaear cyn esgyn bron yn syth i'r awyr lwyd. Ac wrth wneud, roedd eu sgrechain yn troi'n fwyfwy enbyd, gan foddi sŵn y traffig di-baid. Plymio ac esgyn, ton ar ôl ton, un ar ôl y llall a'u gwawchio'n awgrymu bod rhywbeth mawr o'i le, ond o'r man lle safai ni allai weld beth oedd achos yr holl gythrwfl. Rhuthrodd i ôl yr unig gadair yn y stafell a mynd â hi draw at y ffenest. Dringodd ar ei phen ac estyn ei wddwg i geisio gweld mwy ond roedd y traffig yn ei rwystro. Neidiodd i lawr oddi ar y gadair a thynnodd ei esgidiau am ei draed. Cydiodd yn ei allwedd a rhedodd ar hyd y coridor, i lawr y grisiau ac allan i'r stryd. Rhuthrodd ar hyd y pafin, gan ochrgamu'r llif cyson o bobl yn dod tuag ato a hwythau'n fyddar i dwrw amlwg y gwylanod. Prysurodd yn ei flaen nes cyrraedd y man oedd yn ganolbwynt i'w hargyfwng, ac yna fe'i gwelodd. Gorweddai ei chorff drylliedig ar ganol y ffordd, y gwaed coch yn staenio gwynder ei phlu. Yr eiliad nesaf, diflannodd o'r golwg wrth i gar fynd drosti ac yna un arall. Gostyngodd Nabil ei lygaid a throdd i gerdded yn araf yn ôl i'w stafell a galar y gwylanod yn llenwi ei glustiau.

DYLAN

Gadawodd Dylan i'w lygaid grwydro'n reddfol oddi wrth sgrin ei gyfrifiadur tuag at y ffenest a wahanai ei swyddfa rhag y mynd a dod cyson yn y neuadd yr ochr draw. Ochneidiodd yn ddiamynedd; roedd e'n mynd ar ei nerfau ei hun. Onid oedd e wedi gwneud yr un peth gannoedd o weithiau'n barod y bore hwnnw, bob tro yr âi rhywun heibio? A phob tro bu'n rhaid iddo gladdu ei siom. Gorfododd ei hun i lywio'i sylw yn ôl at yr adroddiad o'i flaen ond doedd ei galon ddim ynddo. Dechreuodd ddarllen dros y paragraff diwethaf unwaith eto ond dawnsiai'r geiriau ar draws y sgrin. Yn sydyn, caeodd glawr y cyfrifiadur a gwthio'i gadair yn ôl oddi wrth ei ddesg cyn rhedeg ei fysedd trwy ei wallt. Dydd Gwener oedd hi ac ni fu golwg ohono fe drwy'r wythnos. Roedd e heb weld lliw ei din. Dim smic. Ar y dechrau, bu'n rhy falch i holi un o'r lleill yn ei gylch, neu'n rhy ystyfnig, ac wedyn bu'n rhy brysur yn delio ag argyfyngau pawb arall. Nawr, fodd bynnag, yr eiliad honno, roedd e'n grac, yn rhwystredig o grac, ond sylweddolodd ei fod yn grac ag e ei hun yn gymaint â'r Syriad. Pan ddaeth Rhiannon ato i fynegi ei phryder nad oedd hi wedi clywed gair gan Nabil ers tridiau ceisiodd ymddangos yn ddidaro, gan ddweud wrthi y byddai fe'n siŵr o ddod i'r fei. Ond wrth i'r geiriau adael ei geg gallai weld na chawsai ei hargyhoeddi ddim mwy nag yntau.

Byseddodd trwy'r llwyth o bapurach a eisteddai'n bentwr anniben wrth ochr y cyfrifiadur cyn gadael llonydd iddyn nhw a'u gwthio ymhellach oddi wrtho. Agorodd y drâr top yn ei ddesg a chwilio am naddwr. Cydiodd mewn pensil ac aeth ati i roi min arno er nad oedd angen gwneud: pur anaml y byddai'n defnyddio pensil bellach. Pwysodd yn ôl yn erbyn cefn y gadair ac ystyried ei gam nesaf ond, ac yntau ar ganol ei feddyliau, crynodd ei ffôn i ddynodi bod ganddo neges newydd. Gafaelodd yn y ffôn a chroesawu'r ymyrraeth amserol. Tapiodd ar y sgrin i'w hagor a lledwenodd pan ddarllenodd y geiriau moel. Cododd ar ei draed a mynd am y drws. Aeth yn syth i rannu'r newyddion da ag Abdi.

Pan gamodd trwy ddrws y gegin gallai weld bod Abdi yn ei chanol hi'n troi rhyw gynhwysion mewn sosban ddiwydiannol o fawr cyn codi'r llwy anferth at ei geg er mwyn blasu'r greadigaeth a phenderfynu bod angen rhagor o bupur a halen arni. Wrth ei ochr o flaen y stof safai un o'r gwirfoddolwyr eraill, ei hwyneb yn loyw oherwydd y cwmwl o stêm a godai o'r holl ffrwtian. Nid edrychodd y naill na'r llall arno.

'Mae'n gwynto'n ffein. Beth yw e?' gofynnodd Dylan heb fentro ymhellach i ganol y prysurdeb.

'Cawl,' oedd ateb cryno ei gyfaill, 'ond bydd hi'n wyrth os

bydd e'n barod mewn pryd. Wy'n trio cyflymu'r broses ond sa i'n gwbod shwt siâp fydd arno. Wir i ti, Dyl, ni'n ffilu cario mla'n fel hyn a dim ond dou gylch –'

'Stop! Ma 'da fi newyddion da o lawenydd mawr yn syth o lygad y ffynnon. Wy newydd ga'l neges i weud bydd y stof newydd yn cyrraedd ddydd Mercher nesa.'

'Go iawn?' meddai Abdi ac edrych arno am y tro cyntaf ers iddo gyrraedd y gegin.

Nodiodd Dylan ei ben a gwenu fel gât.

'Hen bryd hefyd,' meddai Abdi cyn troi'n ôl at ei dasg. 'Damo, shgwl be ti 'di hala fi i neud!' Yn ei awydd i gydnabod cyhoeddiad Dylan roedd Abdi wedi troi ei gorff tuag ato, gan adael i'r llwy anferth bwyso'n erbyn ochr fewnol y sosban, ond yn yr hanner eiliad y bu'r ddau'n siarad â'i gilydd llithrodd y llwy i lawr i ganol y cawl. 'Mas! Nawr!' gorchmynnodd e a mynd ati i'w physgota o'r hylif berwedig â chymorth lletwad yr un mor fawr.

'Cofia gadw peth o hwnna i fi,' galwodd Dylan a diflannu i ddiogelwch y coridor.

Crwydrodd wrth ei bwysau draw i stafell y plant yn y gobaith o gael esgus dros dynnu sgwrs â Rhiannon nawr bod ei neges fawr wedi'i throsglwyddo i Abdi, ond pan gyrhaeddodd doedd neb yno ac eithrio un o'r mamau a dau blentyn bach. Eisteddai'r tri ar soffa borffor yn y gornel bellaf a phennau'r ddau fach yn gorwedd ar ei harffed. Pendwmpiai'r fam hithau ond, yn sydyn, agorodd ei llygaid ac edrych yn amddiffynnol i gyfeiriad Dylan fel petai hi wedi synhwyro ei bresenoldeb. Cododd ei law arni a'i hannog i barhau fel roedd hi cyn iddo ddod a tharfu arni. Yna trodd ar ei sawdl a gwenodd wrth gofio un o ymadroddion ei dad-cu am gysgu ci bwtsiwr; roedd gan

Elwyn Rees stôr ddiddiwedd o ddywediadau bach rhyfedd i'w ddiddanu e a'i frawd pan oedden nhw'n fach. Hyd nes i'r ymchwilydd grybwyll ei enw yn ddiweddar, a thrwy hynny ennyn ei chwilfrydedd, prin fod ei dad-cu wedi bod yn destun unrhyw ystyriaeth o bwys ganddo ers peth amser. Ond ar ôl siarad â'r ymchwilydd ar y ffôn prin fod diwrnod nad oedd yr hen foi wedi cymylu ei drefn. Roedd Elwyn Rees yn ymwthio fwyfwy i'w ben erbyn hyn.

Cerddodd yn ei flaen trwy'r labrinth o goridorau ond, yn lle mynd yn ôl i'w swyddfa, trodd i'r chwith ac allan i'r stryd. Yno ar y wal gerrig isel o flaen y ganolfan eisteddai rhes o ddynion ifanc, eu sylw wedi'i hoelio ar Hadi wrth i hwnnw ddifyrru ei gynulleidfa yn ei ffordd ddihafal ei hun.

'Bòs, dere i weud wrth y lloi fan hyn achos maen nhw'n pallu credu fi,' meddai Hadi a chamu'n dalog tuag at Dylan.

'Gweud beth, Hadi?'

'Taw'r Rhufeiniaid o'dd yn gyfrifol am godi Castell Caerdydd.'

'Wel, sa i'n arbenigwr ond dw i wedi ca'l ar ddeall erio'd taw'r Normaniaid gododd e.'

Cyn i Hadi gael cyfle i herio ymateb Dylan daeth bloedd o chwerthin o gyfeiriad y rhes o ddynion ar y wal. Cwympodd gwep yr Iraciad a chamodd yn nes at Dylan er mwyn mynegi ei brotest.

'Ond dw i 'di gweld yr olion Rhufeinig. Ma 'na wal yno o gyfnod y Rhufeiniaid ... ti'n gallu gweld hi o'r stryd.'

'Fel yr un yma, ife?' meddai un o'r dynion i gyfeiliant bloedd arall o chwerthin. 'Falle fod y wal yma'n Rhufeinig hefyd. Be ti'n feddwl, Hadi?'

'Olion y *gaer* Rufeinig rwyt ti wedi'u gweld,' meddai Dylan yn anogol mewn ymgais i osgoi rhagor o embaras i'r

Iraciad, 'ond y Normaniaid gododd y castell, dw i bron yn siŵr ... hynny yw, ar yr un safle.'

''Na fe, beth wedes i?' meddai Hadi'n fuddugoliaethus ac anelu ei eiriau at ei gynulleidfa ar y wal. 'O'n i'n iawn. Caer, castell, beth yw'r gwahaniaeth? Pwy o'dd y Norman ... beth o'dd yr enw 'na 'to?'

'Normaniaid.'

'Ie, nhw.'

'Ar y pryd, nhw o'dd y diweddara i feddwl bod nhw'n ca'l pisho ar y Cymry a'n rheoli ni ... ein gwaedu o bopeth. Mae'n digwydd ers cyn cof ac ma 'na ddigon o bobol sy'n meddwl bod nhw'n ca'l neud hynny o hyd.'

Cyn i Dylan orffen siarad, roedd Hadi eisoes wedi dechrau symud yn ôl i'r man lle roedd e gynt o flaen y rhes o ddynion, ei fryd ar adennill ei statws fel arweinydd y grŵp yn hytrach nag ymateb i unrhyw goegni a ddeuai o ben y Cymro. Hanner gwenodd Dylan a siglo'i ben. Pa hawl oedd ganddo i ddisgwyl i ddieithryn wrando pan oedd y rhan fwyaf o'i gyd-Gymry yn hollol fyddar? Fel yn achos Hadi, byw i'r eiliad biau hi bellach mewn byd yn llawn bydoedd bach. Fe'i gwyliodd yn mynd ati i swyno ei gronis drachefn ac ni allai lai na'i edmygu. Roedd gan y dyn hwn ryw allu rhyfeddol i drin a thrafod ei gyd-ddyn, meddyliodd. Yr eiliad honno, doedd dim arlliw o'r anniddigrwydd fu'n ei gorddi ychydig ddyddiau'n ôl pan daranodd allan o'i swyddfa. Roedd ei storom bersonol wedi hen gilio ond roedd y difrod a adawyd yn ei sgil i'w deimlo o hyd. Yn sydyn, gwywodd y wên ar wyneb Dylan. Trodd ac aeth yn ôl i'w swyddfa.

Chwarter awr yn ddiweddarach, roedd e'n croesi'r ffordd brysur wrth dalcen y ganolfan, gan gadw un llygad ar y dyn bach gwyrdd a chan ei herio i beidio â throi'n goch cyn iddo gyrraedd y pafin llydan yr ochr draw. Er iddo gerdded y ffordd hon droeon ers dechrau gweithio gyda'r ffoaduriaid, doedd e erioed wedi mentro i mewn i un o'r tai mawr lle roedd rhai yn cael eu rhoi wrth aros i glywed eu ffawd. Wrth iddo nesáu at y cyntaf mewn rhes o dri y drws nesaf i'w gilydd, clywodd ei galon yn cyflymu. Arafodd ei gamau ac anadlodd yn ddwfn er mwyn clirio'i ben ac adennill ei hyder. Taflodd gip dros ei ysgwydd fel petai ar fin mynd i mewn i sinema a arbenigai mewn dangos ffilmiau amheus ac aeth am y drws gwydr, gan ei ddwrdio ei hun am ymddwyn mor ddiangen o ffôl. Cydiodd yn y bwlyn a'i droi ond, fel arall, ni symudodd y drws. Gwthiodd yn ei erbyn, ond yn ofer. Beth arall a ddisgwyliai, y bastad gwirion? Hwn oedd eu cartref. Roedd e wedi cymryd yn ganiataol y gallai gerdded i mewn o'r stryd yn rhinwedd ei swydd heb roi iot o ystyriaeth i'r sawl oedd yn byw yno. Dechreuodd droi i fynd oddi yno a dod â'i antur hanner-pan i ben, ond wrth iddo wneud gwelodd siâp yn dod tuag ato trwy'r gwydr a chamodd naill ochr ac aros i'r drws agor. Edrychodd ym myw llygad y dyn gwallt gwyn mewn ymgais i guddio'i euogrwydd, ond y cyfan wnaeth hwnnw oedd dala'r drws ar agor iddo a mynd ar ei hynt.

Y peth cyntaf a'i trawodd wrth iddo sefyll yn y pwt o gyntedd oedd yr awyr farwaidd, drom. Roedd yr adeilad heb ei gynllunio i hyrwyddo iechyd da. Crwydrodd ar hyd y coridor cul tuag at gefn yr adeilad nes cyrraedd gofod a weithredai fel cegin o fath lle eisteddai dau ddyn ifanc gyferbyn â'i gilydd wrth fwrdd hir, y naill yn byseddu llaw'r llall. Adwaenai un ohonyn nhw trwy ei waith. Yn sydyn, trodd y ddau eu pennau tuag ato a dechreuodd yr un cyfarwydd godi ar ei draed yn ymddiheurol pan welodd e pwy oedd yn sefyll yn y drws. Nodiodd Dylan a'i annog i eistedd yn ei ôl; roedd gorbarodrwydd rhai o ffyddloniaid y ganolfan i ildio i'r arwydd lleiaf o awdurdod tybiedig wastad wedi'i aflonyddu. Rhaid bod pa greithiau bynnag a yrrodd hwn i ffoi o'i wlad ei hun yn dal yn gignoeth, meddyliodd.

'Haia, ti'n iawn? Whilo am Nabil ydw i,' meddai, gan anelu ei eiriau at yr un cyfarwydd. 'Ti'n nabod Nabil, on'd wyt ti?'

'Y Syriad?'

'Ie, dyna ti. Wyt ti wedi'i weld e'n ddiweddar?'

'Ddim yn ddiweddar iawn.'

Nododd Dylan gyndynrwydd y dyn ifanc i ymhelaethu, ac yn y mudandod dilynol gallai ddirnad newid yn ei osgo. Roedd unrhyw letchwithdod fu'n ei yrru o'r blaen wedi troi'n ddrwgdybiaeth bellach a hynny'n gymysg â syndod. Gallai synhwyro ei fod yn cwestiynu ei hawl i fod yno, yn y byd cyfochrog ond gwahanol hwn. Roedd e'n tresmasu. Am yr eildro ers cyrraedd, roedd e'n difaru iddo ddod.

'Os weli di fe dros y penwythnos wnei di weu'tho fe mod i'n holi amdano a bod plant y ganolfan yn gweld ei eisie fe?' Nodiodd Dylan ei ben fel petai'n ategu ei eiriau ei hun a dechreuodd fynd a'u gadael, ond yna trodd yn ei ôl heb gymryd mwy na dau gam. 'Smo ti'n digwydd gwbod ble ma ei stafell, wyt ti?'

'Ar y llawr cynta, dw i'n credu ... weles i fe'n dod mas o'r stafell ar y pen un tro.'

'Diolch.'

Cerddodd Dylan yn ôl ar hyd yr un coridor â chynt nes

cyrraedd y pwt o gyntedd. Dringodd y grisiau moel i'r llawr cyntaf, agorodd y drws tân mewnol a chamu trwyddo. Yma roedd yr awyr hyd yn oed yn fwy trymaidd nag yn y coridor arall. Wrth iddo basio un o'r drysau ar ei ffordd i'r pen draw, gallai glywed rhywun yn siarad yn uchel ar ei ffôn, y cynnwrf yn ei lais yn awgrymu bod rhywbeth mawr o'i le. Fel arall, roedd hi fel y bedd. Pan gyrhaeddodd e'r drws ar y pen safodd am ychydig eiliadau er mwyn clustfeinio cyn cnoco'n ysgafn, ond doedd dim smic i'w glywed yr ochr arall. Roedd fel petai'r meddyg o Aleppo wedi diflannu o'r tir. Caeodd ei lygaid ac aros. Roedd e am ffoi. Roedd am ei gwadnu hi ar hyd y coridor ac yn ôl i'w fyd bach ei hun, ond cododd ei law unwaith eto, er ei waethaf, a churo ar y drws, ac unwaith eto yr un oedd yr ateb: tawelwch.

'Nabil, fi sy 'ma – Dylan. Wyt ti'n iawn? Ble ti wedi bod ers dyddie? Ma pawb yn gweld dy golli di. Dere'n ôl i'r ganolfan er mwyn i ni ga'l siarad. Bydda i yno tan hanner awr wedi pump.'

Taflodd gip ansicr ar hyd y coridor, gan ddychmygu rhes o bennau cyhuddgar yn edrych arno, ond roedd y lle'n wag. Safai o flaen y drws caeedig yn ymwybodol ei fod wedi croesi ffin. Gwyddai y dylai fynd, ond ni allai symud o'r fan. Daethai yno i gymodi, i roi eli ar y briw, yn rhannol er ei fwyn ei hun, ond bellach roedd e'n poeni. Nabil oedd y mwyaf bregus ohonyn nhw i gyd. Chwiliodd yn ei bocedi am ddarn o bapur er mwyn gadael nodyn iddo ond doedd ganddo ddim byd. Curodd ar y drws drachefn a galw ei enw. Yn y diwedd, pan ddaeth hi'n amlwg nad oedd ateb am ddod, gadawodd e'r coridor drycsawrus, gan ddychmygu'r gwaethaf.

Ni allai gofio gadael y tŷ mawr ond, yn sydyn, safai yno

ar y pafin a thraffig prynhawn Gwener eisoes yn chwydu allan o ganol y ddinas. Cerddodd at y groesfan a gwasgu'r botwm. Arhosodd i'r traffig ddod i stop a chroesodd y ffordd, gan gadw ei lygaid ar y dyn bach gwyrdd heb yn wybod bod llygaid Nabil yn ei ddilyn bob cam o'r tu ôl i lenni tenau ei stafell.

* * *

'Gwed wrtha i ... shwt fyddet ti'n teimlo tase Beca'n dod i fyw fan hyn am sbel?' Safai Dylan gefn wrth gefn â Guto yng nghegin gul ei fflat, eu penelinau'n cyffwrdd bob hyn a hyn, ond ni chododd ei lygaid oddi ar y dasg o'i flaen wrth anelu ei gwestiwn at ei fab.

'Mae hwn yn rhy hallt,' atebodd hwnnw a chynnig y llwy bren yn ei law i'w dad er mwyn iddo yntau gael profi'r saws drosto'i hun.

'Rho ragor o'r *passata* 'na ar ei ben a'i gymysgu fe mewn. Gelli di ychwanegu ychydig mwy o win coch hyd yn oed ond ddim gormod. Wnaiff hynny helpu i ladd naws yr halen. Bydd e'n iawn, paid â becso.'

Trodd Dylan yn ôl at ei dasg o dorri'r tatws lled boeth yn gylchoedd trwchus, yn barod i'w gosod ar ben y diferion olew a daenwyd dros waelod y ddysgl hirsgwar yn ei ymyl. Bu'n paratoi gwahanol fersiynau o'i gwestiwn yn ei ben drwy'r prynhawn, gan geisio chwilio am y ffordd orau o'i ofyn, ond nawr crychodd ei dalcen wrth ystyried trosiad diog yr halen. Roedd gan fanion bob dydd y gallu i gymhlethu hyd yn oed y pethau symlaf, meddyliodd, nid bod y cwestiwn hwnnw'n un syml. Dechreuodd osod haenen o'r tatws yn y ddysgl cyn ychwanegu haenen o wylys ar ben hynny a disgwyl am ateb.

'Wel, be ti'n feddwl?' gofynnodd e a mynnu sylw gan ei fab.

'Mae'n mynd i fod yn iawn, dw i'n meddwl.'

'Ti'n siŵr?'

'Odw, tasta fe.'

'Nid y blydi saws, achan! Gofyn wnes i shwt fyddet ti'n teimlo tase Beca'n dod i aros 'ma am sbel.'

'I *fyw* 'ma wedest ti'n wreiddiol,' meddai Guto, gan graffu ar wyneb ei dad.

'Iawn 'te, i *fyw* 'ma. Aros, byw, beth yw'r gwahaniaeth? Ond beth yw dy farn?'

'Dad, sa i'n gwbod pam ti'n gofyn i fi. Dy fflat *di* yw hwn.'

'Wy'n gofyn achos taw dyma dy gartre dithe hefyd. Rwyt ti'n gwbod hynny. Fan hyn ti'n byw pan nad wyt ti'n aros gyda dy fam. Ti yw fy mab, Guto, ac os nad wyt ti'n hapus i Beca ddod i fyw 'ma fe wnaiff hi ffindo rhwle arall.'

'Pam 'te, oes rhaid iddi fynd o le mae'n byw ar hyn o bryd?'

'Oes, ma perchennog y fflat yn bwriadu gwerthu'r adeilad, ond sdim brys mawr eto. Rhyw feddwl o'n i y galle hi ddod i fyw aton ni, ond yr hyn rwyt *ti'n* moyn sy'n dod gynta.'

'Wyt ti wedi trafod y peth gyda hi?'

'Odw, ac ma hi'n ymwybodol iawn taw symud mewn i gartre'r ddou ohonon ni fydde hi. Ma hi'n mynnu na ddaw hi oni bai dy fod ti'n hollol fodlon â'r syniad. Mae'n gam mawr i'r tri ohonon ni.' Estynnodd Dylan am y sosban a ddaliai'r saws Béchamel a baratowyd eisoes a'i droi â llwy er mwyn torri'r croen oedd wedi ffurfio ar ei ben. 'Gwranda, sdim pwyse o gwbl arnat ti, Guto. Os nad wyt ti'n hapus â'r syniad, dyna'i diwedd hi ... o ddifri, was. Ond dw i ddim moyn i ti dderbyn rhwbeth achos fod ti'n teimlo bod rhaid ac yna difaru a chwpla trwy gadw draw. Yn un peth, sa i 'di cwpla dysgu i ti shwt i goginio eto. Ody'r saws 'na'n barod 'to?'

Camodd Guto o'r neilltu er mwyn gadael i'w dad ddechrau llwyo'r saws briwgig ar ben gweddill y cynhwysion yn y ddysgl a mynd ati i orffen y *moussaka*. Fe'i gwyliodd yn agor drws y ffwrn ac yn gwthio'r ddysgl i mewn ac fe'i gwyliodd yn agor bob o botel o Peroni iddyn nhw heb ddweud dim byd. Yna crwydrodd ar ei ben ei hun i'r lolfa a gorwedd ar y soffa.

Pan gyrhaeddodd Dylan ymhen ychydig aeth i eistedd gyferbyn ag e. Cododd y botel at ei wefusau a chymryd dracht o'i ddiod cyn pwyso'n ôl i glydwch y gadair esmwyth. Ciledrychodd ar Guto dros ymyl y botel wrth i hwnnw orwedd ar ei hyd gan syllu ar y nenfwd uwch ei ben. Ar un olwg, roedd e'n falch bod y cwestiwn wedi'i ofyn er nad oedd damaid yn nes at wybod beth oedd gwir deimladau ei fab. Roedd e wedi dod yn gyfarwydd â'i ymweliadau rheolaidd; yn dawel fach, roedd e wedi dod i ddibynnu arnyn nhw am eu bod yn rhan mor ddigwestiwn o'r hyn oedd e bellach. Wedi'r blynyddoedd anodd, ni allai ddychmygu bywyd heb y dyn ifanc gwych hwn a oedd mor ddoeth ac eto mor anghenus. Gwyrodd ei ben yn ôl a rhythu, fel Guto, ar y nenfwd, gan geisio rhoi trefn ar y cyfan. Guto. Beca. Ei dad. Tan ychydig fisoedd yn ôl roedd e'n hyrddio ar ei ben ei hun trwy ryw lun ar yrfa gyda rhyw lun ar bensiwn ar ei diwedd, yn dad achlysurol a chanddo gariad achlysurol a doedd e erioed wedi clywed am Gerhard ac Inge Neudeck. Ffocysodd ei lygaid ar y nenfwd a gwgodd pan welodd y patrymau Artex hen ffasiwn yn chwyrlïo'n wyllt ar ei thraws. Sawl gwaith roedd e wedi edrych arnyn nhw heb eu gweld yn iawn? Fe'u hetifeddodd pan symudodd i mewn i'r fflat yn fuan ar ôl yr ysgariad, ond roedden nhw'n perthyn i'w cyfnod ac roedd y cyfnod hwnnw wedi dod i ben bellach. Roedd e wedi symud ymlaen. Petai Beca'n dod i fyw atyn nhw efallai y dylai fe ystyried cyflogi rhywun i blastro dros yr hen siapiau hyll er mwyn cydnabod y dechrau newydd.

'Wnes i weu'tho ti fod yr ymchwilydd 'na wedi ffono fi?'

'Pa ymchwilydd?'

'Honna sy 'di bod yn helpu fi i ffindo mas mwy am Ta'-cu ac ... Inge.'

'Inge Neudeck. Wy'n dwlu ar yr enw 'na ... mae mor cŵl.'

'Ti'n meddwl?'

'Odw i! Sawl Inge Neudeck ti'n nabod? Ac ma hon yn ein teulu ni ... ein teulu bach Cwmrâg.' Estynnodd Guto am ei botel o Peroni a'i chodi oddi ar y llawr yn ymyl y soffa. Cymerodd lymaid o'r ddiod oer a throdd ei gorff i wynebu ei dad. 'Felly beth o'dd gyda'r ymchwilydd 'ma i weud 'te? Rhwbeth cyffrous?'

'Wel o'dd.'

'Ble ti 'di bod tan nawr, achan? Dere mla'n, mas ag e. Mae fel tynnu gwa'd o garreg gyda ti weithie.'

Gwenodd Dylan wrth glywed cerydd hen ffasiwn ei fab.

'Jiw, ody'r ysgolion Cymraeg yn dysgu ymadroddion fel 'na i chi y dyddie 'ma?'

'Ha-blydi-ha. O'dd Ta'-cu'n arfer ei weud e.'

'O'dd e?'

'O'dd.'

'Ma gyda ti well cof na fi.'

'Paid â gweud fod ti'n dechrau anghofio dy dad yn barod.'

'Fel 'na fyddi di gyda fi ryw ddiwrnod, pan fydda i wedi mynd odd 'ma.'

'Oes dyddiad arbennig gyda ti mewn golwg 'te er mwyn i fi roi e yn y dyddiadur?'

Chwarddodd Dylan am ben eu hymryson diniwed, ond rhywle yng nghanol y ffraethineb fe'i pigwyd gan gyhuddiad ei fab: roedd e'n iawn, roedd e'n dechrau anghofio'n barod.

'Felly wyt ti'n mynd i weu'tho i beth wedodd y fenyw 'na cyn i'r *moussaka* losgi'n ulw yn y ffwrn?' meddai Guto a chodi ar ei eistedd. 'Ffyc sêcs,' ychwanegodd dan ei wynt.

'Wy'n siŵr fod ti heb glywed *hwnna* gyda Ta'-cu!'

'Naddo, ond *dyna'r* math o ymadroddion maen nhw'n dysgu i ni ym mhob un o'r ysgolion Cymraeg y dyddie hyn. Mae'n rhan orfodol o'r maes llafur, jest o dan y Canu Cerdd Dant!'

Yfodd Dylan ddracht arall o'i ddiod cyn pwyso yn ei flaen a gorffwys ei freichiau ar ei benliniau, y botel yn hongian rhwng ei fynegfys a'i fys canol.

'Un o'r pethe mwya diddorol a mwya annisgwyl wedodd hi o'dd bod yr hen Inge yn dod o rwle o'r enw Danzig.'

Crychodd Guto ei drwyn er mwyn gwahodd esboniad pellach.

'Ocê, mae'n gymhleth. I dorri stori hir yn fyr, ma Danzig yn perthyn i Wlad Pwyl bellach ond cyn yr Ail Ryfel Byd o'dd hi'n ddinas annibynnol. Pobl o dras Almaenig o'dd bron pawb o'dd yn byw yno ac Almaeneg o'dd eu hiaith bob dydd. Peth hawdd felly fydde i Hitler a'i griw fartsio mewn a dod â hi'n rhan o'r Almaen Natsïaidd, a dyna ddigwy–'

'Felly ti'n gweud bod Inge yn Natsi?'

'Nagw! Hynny yw, smo ni'n gwbod y nesa peth i ddim amdani. Mae'n bosib ei bod hi, ond mae'r un mor bosib bod hi ddim a'i bod hi, fel miliyne o bobol eraill, wedi ca'l ei dala yn y man rong ar yr adeg rong.'

'Fel Nabil?'

Gostyngodd Dylan ei lygaid a gadael i'r enw estron hofran rhyngddyn nhw eu dau.

'Ie, fel Nabil,' meddai ac edrych ar ei fab drachefn, 'ond mewn gwirionedd smo ni'n gwbod fawr ddim am Nabil chwaith, dim ond beth ma fe'n moyn i ni wbod.'

'Be ti'n trio'i weud?'

'Dim ond bod bywyd yn gymhleth ac na ddylen ni fod yn rhy barod i gollfarnu.'

'Ond wyt *ti'n* meddwl bod Inge yn Natsi?'

'Wy'n gobitho bod hi ddim ond fyddwn ni byth yn gwbod, mae'n debyg. Pan fydd yr amode'n iawn ti wastad yn mynd i ga'l pobol sy'n fwy na pharod i ga'l eu swyno gan bropaganda arweinwyr carismataidd a llyncu eu gwenwyn. Mae'n digwydd o hyd. Ond o'dd pawb ddim fel 'na. O'dd miliyne'n byw dan sawdl y Natsïaid ac yn gorfod brathu eu tafode ... cadw eu penne i lawr a byw o fewn y system.'

'Neu godi yn ei herbyn.'

'Haws gweud na neud ambell waith, Guto bach. Beth fyddet *ti* wedi neud?'

'Wy'n gobitho y bydde'r hen Inge wedi neud rhwbeth.'

Gwenodd Dylan wrth glywed rhamantu diwerth ei fab: doedd ganddo ddim rheolaeth ar y mater. Eto i gyd, sawl gwaith roedd e wedi bod dros yr un ddadl yn ei ben ers siarad â'r ymchwilydd a sawl gwaith roedd e wedi gofyn yr un cwestiwn amdano fe ei hun? Ni allai gofio'r tro diwethaf, os erioed, iddo orfod codi ei ben uwchlaw unrhyw ffens na gorymdeithio er mwyn herio'r drefn.

'Walle taw dyna pam o'dd Ta'-cu ddim moyn i ni wbod am ei orffennol,' meddai Guto.

'Walle wir, ond sa i'n gwbod faint o'dd e ei hun yn ei wbod am ei fam … hynny yw, faint wedodd ei rieni newydd wrtho … a dyw e ddim 'ma i ateb y cwestiwn hwnnw. Fel wedodd Anti Lyd, o'dd gyda fe ei resyme.'

'Wy newydd feddwl am rwbeth: ma'n cymwystere Ewropeaidd yn gadarn os byth byddwn ni am neud cais am basbort Almaenig a chodi dou fys ar Brexit.'

'Jiawl, ti'n iawn, wnes i ddim meddwl am hynny.'

'Bydden ni fel ffoaduriaid politicaidd o Gymru.'

'Sa i'n credu gallen ni gymharu'n hunain â ffoaduriaid, wyt ti?' meddai Dylan, gan godi ei aeliau.

'Wy'n gweud "ni" ond mae'n bosib taw dim ond ti fydde'n gymwys ta beth fel mab i Almaenwr. Wy'n cymryd taw fan 'na gas e ei eni?'

'Dyna awgrymodd yr ymchwilydd … fod e siŵr o fod wedi cael ei eni yn y gwersyll 'na o'n i'n sôn wrthot ti amdano … yr un yn Lübeck, ti'n cofio? Achos fe gyrhaeddodd Inge ar ei phen ei hun ond gadawodd hi gyda babi.'

'Felly o'dd hi wedi beichiogi tra o'dd hi yn y gwersyll?'

'Siŵr o fod.'

Ar hynny, cododd Dylan a chrwydro draw at y ffenest lydan. Pwysodd ei ddyrnau ar y sìl ac edrych allan dros y stryd ddi-nod fel y gwnaethai gannoedd o weithiau ers iddo symud i fyw yno. Roedd hi'n dechrau nosi a'r golau wedi'i gynnau mewn ambell ffenest yn y fflatiau gyferbyn. Mewn eraill chwydai'r teledu ei ddifyrrwch nosweithiol gerbron cynulleidfa ddifater: pobl gyffredin yn byw bywydau cyffredin a phawb â'i fersiwn ei hun o bethau.

'Peth arall wedodd y fenyw 'na o'dd bod dy *hen* dad-cu yn nabod Inge cyn iddi ddod i Gymru. Hynny yw, o'dd e'n gwbod pwy o'dd hi, o leia.'

'Elwyn?'

'Ie.'

'Sa i'n deall.'

'O'n i ddim yn gwbod hyn ... fel cymaint o bethe eraill ... ond buodd yr hen Elwyn yn gweithio fel rhyw fath o weinyddwr milwrol yn y gwersyll yn Lübeck at ddiwedd y rhyfel achos ei lofnod e o'dd ar y ddogfen pan gas Inge ei derbyn ar gynllun i ddod i weithio draw fan hyn.'

'Fuodd hi'n gweithio yng Nghymru?'

'Do ond yn Lloegr i ddechrau, siŵr o fod, cyn dod fan hyn.'

Nodiodd Guto ei ben yn araf i borthi'r hyn a glywai. Roedd e wedi symud i ymyl y soffa a nawr gwrandawai'n astud ar y datblygiad hwn a ddeuai o enau ei dad.

'Wel yn ôl yr ymchwilydd, buodd hi'n uffernol o lwcus i ga'l ei derbyn ar y cynllun am fod plentyn gyda hi. Wna'th hi ddim gweud hynny mewn cymaint o eirie ... wel do erbyn meddwl, dyna'n gwmws wedodd hi ... bod hi'n edrych yn debyg bod rhywun yn rhwle'n edrych ar ei hôl hi achos wy'n ei chofio'n defnyddio'r geirie "wedi mynd allan o'i ffordd" i helpu Inge.'

'Hynny yw, Elwyn?'

'Pwy a ŵyr?'

'W-hw! Ma *hyn* yn codi pob math o gwestiyne! Pam fydde gyda Elwyn gymaint o ddiddordeb ynddi? Pam Inge pan o'dd cannoedd ar gannoedd o rai eraill yn y gwersyll? Smo ti'n meddwl, wyt ti, taw Elwyn o'dd y tad?'

'Fe wna'th e groesi'm meddwl am hanner eiliad ond fe wnes i sgubo fe naill ochr. Ond nawr fod ti'n meddwl yr un peth ...'

'Yr hen gi!'

'Wow, wow, wow, cwat lawr, smo ni'n gwbod hynny.'

'Ond mae'n edrych felly os taw ei enw fe o'dd ar y ddogfen.'

'Gwranda, bydde ei enw fe ar bapure pawb gas eu derbyn ar y cynllun. Gweinyddwr o'dd e, dyna'i waith. Bydde gofyn iddo lofnodi papure pawb. Ma dy ddychymyg di'n rhemp: ti 'di bod yn darllen gormod o lyfre!'

'Dad, un ar bymtheg ydw i. Ti'n anghofio ... does neb o'n oedran i yn darllen mwy na sy raid.'

Gwenodd Dylan ar ffraethineb ei fab. Roedd ei wyneb yn bictiwr o ddireidi.

'Wel ma eisie i ti hala llai o amser ar y cyfrynge cymdeithasol 'te achos ti'n llawer rhy barod i droi popeth yn sgandal. Sdim gronyn o dystiolaeth gyda ti.'

'Ond mae'n dipyn o gyd-ddigwyddiad, on'd yw e? Milwr ifanc oddi cartre ...'

'Sa i'n meddwl rywsut. O't ti ddim yn nabod yr Elwyn Rees o'n i'n ei nabod: capelwr, dyn teulu ac aelod brwd o'r côr lleol. Wy'n eitha siŵr na fydde fe wedi cymryd mantais o'i safle ... a ta beth, bydde 'na reole i gadw pawb ar wahân.'

'Ti'n gallu bod mor naïf weithie. Walle fod yr hen Inge jest mor frwd a'i bod hi wedi gweld ei chyfle i ga'l tocyn mas o'r lle 'na.'

'Fel wedes i, ma dy ddychymyg yn rhemp, Guto Rhys. Beth bynnag halodd Inge o Danzig yn y lle cynta ac yna draw fan hyn, fyddet ti na fi ddim 'ma heddi tase hi heb ddod. Pwyliaid fydden ni – neu Almaenwyr – a finne'n gweithio mewn rhyw ddocie neu bwll glo, siŵr o fod. Wy'n gwbod pwy ydw i, hyd yn oed os nad ydw i'n gwbod o ble yn gwmws o'dd 'y nhad.' Cododd Dylan ar ei draed a dechrau mynd am y gegin. 'Well i fi ga'l pip ar dy gampwaith gastronomaidd cyn iddo losgi. Cer i roi cyllyll a ffyrc ar y ford.'

Aeth drwodd i'r gegin gul, ei feddwl yn dawel. Er bod parodrwydd ei fab i gredu ei fersiwn ei hun o'r ddrama yn ddifyr, fersiwn llanc oedd e wedi'r cyfan, a'r pellter rhyngddo a'r prif gymeriadau yn caniatáu iddo'i addurno ar ei delerau ei hun. Doedd Guto erioed wedi cwrdd ag Elwyn Rees; prin ei fod yntau'n ei gofio, o ran hynny. Beth bynnag ddigwyddodd, fe ddigwyddodd amser maith yn ôl, mewn oes arall. Dyna'i diwedd hi. Caeodd ddrws y ffwrn drachefn a mynd yn ôl i'r lolfa.

'Pum munud arall,' meddai a chydio yn ei Peroni cyn mynd draw i sefyll wrth y ffenest fel cynt.

'Dad, wy 'di bod yn meddwl,' meddai Guto, 'falle dyle'r tri ohonon ni fynd mas am bryd o fwyd: ti, fi a Beca. Trio dod i nabod ein gilydd yn well.'

'Syniad campus.' Trodd Dylan i wynebu ei fab. 'Ble awn ni?'

'Gwed di.'

'Na, dewis di. Ti awgrymodd e.'

'Ocê, gad i fi feddwl a rhoia i wbod i ti. Ond ti sy'n talu.'

'Neu beth am i ti baratoi pryd i ni? Ti'n gwbod erbyn hyn shwt i neud *moussaka*.' Gwenodd Dylan wrtho'i hun ac yfodd weddill ei lager ar ei ben.

ELWYN

Edrychodd Elwyn Rees ar y calendr du a gwyn a lynwyd wrth ddrws metel y cabinet ffeiliau cyn mynd ati i dynnu llinell â'i bensil drwy ddyddiad newydd arall. Syllodd ar y rhif wyth yn llenwi'r sgwâr a hwnnw wedi cael ei dorri yn ei hanner lle roedd y pensil wedi gwneud ei waith. Yna cymerodd gam yn ôl a chraffu arno fel arlunydd yn edmygu ei gampwaith diweddaraf. Gadawodd i'r wên fach leiaf ymffurfio o gwmpas ei geg. Ynganodd y dyddiad yn ei ben yn breifat: yr wythfed o Ionawr, 1947. Heddiw oedd ei ben-blwydd ond nid unrhyw hen ben-blwydd, meddyliodd. Heddiw roedd e'n dathlu deng mlynedd ar hugain o fod wedi troedio'r ddaear gachlyd hon. Crwydrodd ei lygaid dros weddill y sgwariau nad oedd eto wedi dioddef craith y pensil y mis hwnnw a chododd y ddalen er mwyn archwilio'r mis nesaf a'r un nesaf. Roedd gormod o sgwariau i'w cyfrif cyn y câi fynd adref am byth, ond mynd adref y byddai yn y pen draw, yn ôl at Megan a dyfodol ansicr ac yntau heb addewid o swydd na rôl. Ystyriodd yr asesiad hwn a gwgu'n ddiamynedd. Pa ddyfodol allai fod yn fwy ansicr na'r blynyddoedd diwethaf pan oedd ganddo rôl? Ond daethai trwyddi ac roedd e'n dal yn fyw tra bod miloedd o ddynion a groesodd gyda fe wedi syrthio ar draethau Normandi ac ar gaeau ar hyd gogledd Ffrainc a Gwlad Belg. A phan ddaeth y gwallgofrwydd i ben fe'i hanfonwyd i Lübeck i lanhau'r stecs ac i adfer bywydau drylliedig. Flwyddyn a hanner yn ddiweddarach, roedd e yma o hyd a'i grap ar Almaeneg yn fendith ac yn felltith.

Fe'i siglwyd o'i feddyliau pan ganodd y ffôn a throdd i fynd i'w ateb, ond peidiodd y canu cyn iddo ei gyrraedd. Tynnodd ei gadair yn ôl ac eistedd arni gan bwyso ei benelinau ar ei ddesg a throi'r pensil rhwng ei fys a'i fawd. Trwy ddrws agored y swyddfa nesaf, llenwyd ei glustiau â chlecian di-baid y teipiaduron a hynny'n gymysg ag ambell floedd o chwerthin rhy uchel gan Geordie a Harris. Fel yntau, cawsant ddyddiad pryd y byddai'r ddau yn gadael y lle hwn o'r diwedd, ac ers clywed hynny roedden nhw wedi cyflwyno ymryson-bloeddio-chwerthin rheolaidd i'w patrwm gwaith er mwyn lladd y diflastod a'u cadw rhag colli eu pwyll. Roedd pawb yn dechrau mynd yn od. Sut i ymdoddi'n ôl i'w fywyd cynt oedd yr hyn a chwaraeai ar ei feddwl yn fwy na dim bellach. Achos nid yr un dyn oedd e erbyn hyn. Gwelsai ormod a gwnaethai ormod i aros yr un fath. Roedd e wedi bod i lefydd tywyll ac roedd ganddo ei gyfrinachau, pethau na allai byth eu datgelu, byth. Byddai meddwl am hynny'n ei gadw ar ddi-hun weithiau. Dyna a'i plagiai ar hyd y daith adref ar yr awyren oer, swnllyd yn ôl ym mis Hydref pan gafodd fynd ar ymweliad annisgwyl â'i wraig. Er gwaethaf ei amheuon, diflannodd yr wythnos yn rhyfeddol o sydyn a chyn i'w bryderon gydio a bwrw gwreiddiau rhy ddwfn roedd e'n ôl ar yr awyren oer ac yn ôl wrth ei ddesg.

Roedd ei wythnos gyda Megan wedi'i atgoffa o'r hyn a gollwyd cyhyd, rhyw normalrwydd tybiedig, ond y gwir amdani oedd na wyddai beth oedd normalrwydd. Lai na blwyddyn ar ôl priodi, cyrhaeddodd y llythyr a ofnid gan bob gwraig a mam – y wŷs i'w gŵr neu fab fynd gerbron y panel milwrol – a blwyddyn yn ddiweddarach roedd e at ei ysgwyddau mewn dŵr hallt ac olew ac yn hyrddio ei gorff tuag at y twyni tywod mewn gwlad estron ac yntau'n rhy syfrdan i boeni am fwledi'r gelyn. Ond do, daethai trwyddi ac roedd e'n dal yn fyw, a'r normalrwydd newydd oedd wythnos fach bob hyn a hyn yn eu gwely priodasol a oedd yn fwy diarth o lawer na'r gwely cynfas mewn stafell a rannai gyda phump o ddynion eraill. Roedd yn hen bryd iddo fynd adref. Dechrau'r teulu a ohiriwyd. Diosg y ffycin lifrai yma. Rhedodd ei law ar hyd ei lawes a phoerodd ar y brethyn garw. Âi draw i'r stafell bost yn y funud i weld a oedd llythyr iddo. Roedd e'n ffyddiog y byddai Megan a'i rieni wedi ystyried y post chwit-chwat a hala rhywbeth mewn da bryd i godi ei galon ar ei ddiwrnod mawr. Estynnodd am sigarét a'i chynnau. Tynnodd y mwg yn ddwfn i'w geg a'i ryddhau'n araf. Gwyliodd y cwmwl tenau'n codi i grombil y nenfwd gromennog a staeniwyd yn felyn brwnt gan effaith y smygu. Yfodd weddill ei de ar ei ben ac aeth drwodd at Geordie a Harris yn y swyddfa y drws nesaf.

Pan gamodd i ganol y prysurdeb cododd Geordie ei olygon a rhoi'r gorau i'w deipio'n syth, gan groesawu'r esgus i ymhél ag unrhyw ddifyrrwch, waeth pa mor dila. Pwysodd yn ei flaen, gan orffwys ei freichiau ar y teipiadur a gwenu'n ddireidus.

'Beth sy'n dy goglish *di*?' meddai gan edrych ym myw llygaid Elwyn. 'Ti fel ci â dou goc.'

'Meddwl am fynd adre at y wraig fach ma fe,' meddai Harris o'r ddesg gyferbyn. 'Dim ond tri mis arall, Taff, a byddwn ni mas o'r twll 'ma.'

'Neu'n meddwl am y Bwyles 'na,' meddai Geordie a chodi ei aeliau'n awgrymog.

'Wedest ti taw un o Danzig o'dd hi.'

'Sdim rhyfedd bod hi'n pallu mynd sha thre! Ma mwy o reswm iddi aros man hyn. Be ti'n weud, Taff?'

Crychodd Elwyn ei dalcen yn ddiamynedd. Y rhain oedd ei ddau gyfaill gorau ers iddo ddod i'r gwersyll, gan i'r tri gyrraedd yr un pryd, ond ambell waith roedden nhw'n mynd ar ei nerfau. Ac eithrio'r amlwg, ychydig oedd yn gyffredin rhyngddyn nhw mewn gwirionedd, meddyliodd. Ar ôl mynd adref, roedd e'n amau a fydden nhw'n gweld ei gilydd byth eto. Am yr eildro y bore hwnnw, roedd meddwl am adref wedi llenwi ei ben. Roedd realiti'n cripad yn nes.

'Wel, os y'ch chi'ch dou'n mynnu ymddwyn fel cryts ysgol wy'n mynd odd 'ma.'

'Ma Taff yn moyn cwmni oedolion!'

'Wy'n moyn mynd i gasglu'r post.'

'Pam 'te, wyt ti'n dishgwl rhwbeth arbennig gan y wraig?' meddai Harris a'i lygaid yn gwibio rhwng y ddau arall.

'Otw, i ti ga'l gwpod. Heddi yw mhen-blwydd.'

'Parti! Parti!'

'Cadwest ti 'na'n dawel, Taff,' meddai Geordie a chodi o'i gadair. Cerddodd draw at Elwyn er mwyn ysgwyd ei law. 'Pen-blwydd hapus i ti'r hen fastard. Ble awn ni i ddathlu?'

'Unrhyw le heblaw canol y ddinas. Sa i'n moyn rhwto

trwyna'r bobol leol yn y baw.'

'I'r dim. Gad e gyda ni.'

Trodd Elwyn ar ei sawdl a mynd am ddrws allanol y bloc. Camodd allan i'r bore llwydaidd, gan deimlo'r oerfel yn clatsio'i wyneb. Rhuthrodd ar draws y cwrt coblog, sŵn ei esgidiau hoelion yn adleisio rhwng muriau'r adeiladau a amgylchynai'r sgwâr. Hyd yn oed fan hyn roedd olion rhyfel i'w gweld o hyd: yn y tyllau bwledi a fflangellodd ochr orllewinol y cwrt ac yn y pentyrrau o gerrig a choncrid a gwydr a sgubwyd i'r corneli ar ôl i'r ymladd ddod i ben ac oedd yn dal i fod yn yr un man am fod pethau pwysicach i'w gwneud na symud rwbel. Ond roedd unrhyw bren drylliedig wedi hen ddiflannu a'i ddefnyddio fel coed tân. Taflodd gip, wrth basio'i dalcen, trwy un o ffenestri'r hen blasty a arferai fod yn gartref i'r crachach lleol cyn i'r Gestapo symud i mewn. Gwenodd wrth wylio'r dosbarth brith o blant oedd yno bellach yn gwrando'n astud ar eu hathrawes oedrannus. Roedd y trawsnewidiad yn wyrthiol. Cerddodd yn ei flaen trwy'r porth bwaog ac allan i ben blaen y safle lle roedd y stafell bost. Gwyrth arall oedd bod y clwydi rhodresgar i'r ystad wedi goroesi fandaliaeth y rhyfel heb sôn am yr ysbeilio mwy diweddar; ac eithrio ambell ddarn o rwd roedden nhw'n gyfan. Arafodd ei gamau yn ddiarwybod a sefyll yn ei unfan o flaen y gwaith haearn cain. Yno, ond yr ochr arall i'r clwydi, y gwelodd hi y tro cyntaf.

Dechrau Mehefin 1945 oedd hynny ac yntau ar ei ffordd yn ôl i'r gwersyll i helpu i oruchwylio'r cyrffyw ar ôl bod allan am dro yn y lonydd cyfagos er mwyn clirio'i ben. Roedd y rhyfel newydd orffen ond megis dechrau roedd y gwaith o ddelio â'i effeithiau a miloedd o ffoaduriaid yn bygwth gorlethu Lübeck a'r trefi a phentrefi yn y wlad o'i chwmpas. Cofiodd feddwl ar yr olwg gyntaf mai sachaid o hen ddillad a adawyd wrth y clwydi oedd y twmpyn anniben a orweddai yn y llwch rhwng tywyll a golau. Dim ond pan aeth e'n nes a sefyll drosti y gwelodd taw menyw oedd yno. Menyw ifanc tua'r un oedran ag yntau ond efallai'n iau, ac roedd hi'n cysgu, gan fagu ei hesgidiau yn agos at ei bronnau fel petaen nhw'r pethau mwyaf gwerthfawr yn y byd. Cofiodd syllu ar ei thraed chwyddedig ac ar y briwiau cignoeth lle roedd y lledr wedi rhwto yn erbyn ei chroen. Roedd hon wedi dod o bell. Tynnwyd sgarff yn dynn am ei gwallt a gorffwysai ei phen ar ei sach gefn foliog. Nododd Elwyn fod ei chot frown â'r goler ffwr wedi gweld dyddiau gwell. Aeth yn ei gwrcwd ond cododd ei law at ei geg yn syth wrth i surni ei dillad lenwi ei ffroenau.

Yn sydyn, agorodd y fenyw ei llygaid led y pen fel y gwnâi anifail gwyllt wrth synhwyro perygl: llygaid glas golau a'r rheiny'n treiddio trwy ei lygaid ei hun. Cofiodd nawr sut y rhythodd hi ar ei wyneb am eiliadau hirion cyn edrych ar y dryll a hongiai ar ei ysgwydd, a thrwy gydol y cyfan ni symudodd hi'r un gewyn. Fe oedd y cyntaf i siarad. Dywedodd wrthi yn ei Almaeneg llaprog ar y pryd y dylai hi fynd gydag e i mewn i'r gwersyll, ond arhosodd lle roedd hi fel pe na bai wedi deall. Pwyliaid a Latfiaid yn bennaf oedd yn y gwersyll a thybiodd mai un felly oedd hi, ac amneidiodd arni i'w ddilyn. Cododd hi ar ei heistedd yn araf a phlygodd yntau i godi ei sach gefn, ond hi gyrhaeddodd gyntaf a thynnodd hi'r sach tuag ati a'i dal yn erbyn ei chorff. Cymerodd e gam yn ôl a gwenu'n anogol, ac o dipyn i beth ymsythodd hi a sefyll o'i flaen, gan gadw bwlch o ryw ddwylath rhyngddyn nhw. Cofiodd feddwl bod golwg gomig o hen ffasiwn ar y got â'r goler ffwr wrth iddi sefyll yno'n droednoeth a'i hesgidiau yn ei llaw. Yn un peth, roedd hi'n llawer rhy fawr iddi ac yn gwbl anghydnaws â'r sgarff werinol am ei phen, ond roedd e wedi gweld gwaeth o dipyn; doedd gan dri chwarter y ffoaduriaid a gyrhaeddodd yn y dyddiau cynnar hynny ddim mwy na charpiau. Datglôdd Elwyn y gât fach wrth ochr y clwydi mawr a cherddodd y ddau drwyddi, yntau yn ei esgidiau hoelion trwm a hithau'n droednoeth. Aethon nhw heb yngan gair i'r stafell a weithredai fel ysbyty o fath ac yno fe'i gadawodd hi. Y tro nesaf iddo ei gweld oedd yn ei swyddfa wythnos yn ddiweddarach a dyna pryd y clywodd yr enw Inge Neudeck gyntaf.

Tynnodd Elwyn anadl ddofn a throdd i fynd ar ei union i'r stafell bost. Fräulein Weber, fel arfer, oedd wrthi y tu ôl i'r cownter, ei sbectol ymyl-wifren yn gwneud iddi edrych hyd yn oed yn fwy surbwch nag oedd hi mewn gwirionedd. Ei thomen hi oedd hon a gwae unrhyw un a anghofiai hynny.

'Bore da, Fräulein Weber,' meddai ychydig yn rhy siriol.

'Chi 'di dod i gasglu'ch llythyron o'r diwedd 'te,' meddai honno heb godi ei phen. 'Ma rhyw bedwar neu bump i chi ac maen nhw wedi bod 'ma ers dyddie.'

''Sen i'n gwpod hynny bydden i wedi –'

'Dw i'n llawer rhy brysur i gwrso pobol i roi gwbod fod post 'ma iddyn nhw.'

'Wy'n sylweddoli hynny, Fräulein Weber, ond wy 'ma nawr.'

'Hwrwch,' meddai ac estyn pentwr bach o amlenni iddo. 'Chi'n boblogaidd iawn.'

Bu bron iddo beidio â llyncu'r abwyd. Am eiliad, ystyriodd fynd a'i gadael heb ddiwallu ei chwilfrydedd, ond pan welodd ei bod hi'n edrych arno am y tro cyntaf ers iddo gamu i mewn i'w thiriogaeth newidiodd ei feddwl.

Beth bynnag neu bwy bynnag oedd wedi brifo Ursula Weber mewn bywyd arall a'i throi hi'n destun sbort ymhlith ei gyd-filwyr, nid ei le fe oedd troi'r gyllell.

'Wel, ma 'na reswm dros hynny achos heddi yw mhen-blwydd. Wy'n ddeg ar hucan oed.'

'Druan â chi yn gorfod dathlu eich pen-blwydd mawr yn y twll yma.'

'Ma 'na wa'th llefydd o lawer na hwn, a ta beth, fydda i ddim 'ma'n hir.'

'Wel, pen-blwydd hapus i chi,' meddai'r Almaenes cyn plygu ei phen a bwrw ymlaen â'i gwaith fel cynt.

Caeodd Elwyn ddrws y stafell bost o'i ôl a stwffiodd yr amlenni i boced ddofn ei drowsus. Prysurodd unwaith eto ar draws y cwrt i gyfeiriad ei swyddfa a chododd ei law ar y ddwy Bwyles o'r feithrinfa oedd yn gwthio llond gambo o fabanod i'r cyfeiriad arall, pob un wedi'i lapio'n gynnes rhag yr oerfel. Ffrydiodd ton o falchder drwyddo wrth iddo weld y cynnydd o flaen ei lygaid. Tan yn ddiweddar, roedd y prinder a'r diffyg yn ddiymwad, ac er nad oedd ganddyn nhw lawer o hyd, doedd dim cymhariaeth ag anhrefn llwyr y flwyddyn gyntaf, ofnadwy. Roedd bywyd yn araf wella – i'r rhai oedd yn dal yn y gwersyll, o leiaf. Ni wyddai sut fywyd oedd gan y nifer fawr oedd wedi dychwelyd adref, rhai o'u gwirfodd ond llawer oherwydd pwysau o du'r awdurdodau i fentro i ddyfodol lle byddai cysgod y gorffennol mor drwm. Doedd gan eraill ddim unman i fynd am fod eu byd wedi peidio â bod. Dyna oedd ei hateb parod pan ofynnodd e iddi un tro pam ei bod hi'n gwrthod gadael. Doedd Danzig ddim yn bodoli rhagor, meddai. A phwy oedd e i ddadlau â hynny hyd yn oed os nad dyna'r stori'n llawn? Pwyliaid oedd yn rhedeg y siew bellach. Pa ddyfodol fyddai iddi hi a'i babi wrth geisio cyd-fyw â phobl oedd wedi dioddef yn fwy na bron neb? Yn gam neu'n gymwys, roedd clwyf y dial ymhell o fod wedi ceulo eto. Dihunodd Elwyn o'i feddyliau a chwiliodd yn reddfol am y gambo a'r babanod ond roedden nhw wedi diflannu o'r cwrt heb iddo sylwi.

Roedd yr aer y tu mewn i'r swyddfeydd yn dew gan fwg sigaréts, felly daliodd e'r drws allanol ar agor ychydig yn hirach nag arfer yn y gobaith gwan y gwnâi wahaniaeth. Crychodd ei drwyn cyn sylweddoli ei fod yntau yr un mor euog â phawb arall o gyfrannu i'r drycsawr.

'Hei Taff, os wyt ti eisie gweld dy ben-blwydd nesa, well i ti gau'r blydi drws 'na achos ni'n sythu mewn fan hyn,' galwodd Geordie o ganol y tawch.

Gwenodd Elwyn a gadael i'r drws gau'n glep er mwyn pwysleisio ei brotest cyn cychwyn drwodd i'w swyddfa ei hun.

'Ma popeth wedi'i drefnu,' galwodd Geordie eto. 'Heno am wyth yn yr Ecke. Ti sy'n prynu'r rownd gynta!'

Caeodd e'r drws i'w swyddfa ei hun a chiliodd sŵn y teipiaduron yn y stafell nesaf ar amrantiad. Tynnodd y sypyn o lythyron o'i boced a'u gosod mewn rhes ar ei ddesg, gan adael i'r hiraeth lifo drosto'n ddiymatal wrth weld ysgrifen gyfarwydd ei wraig. Agorodd yr amlen a dechrau darllen. Roedd gallu Megan i wau geiriau gymaint yn well na'i allu ei hun, meddyliodd. Rasiodd trwy'r cyfarchion pen-blwydd a'r clecs teuluol arferol, gan chwerthin am ben stranciau bywiog ei neiaint ar ddydd Nadolig ac ymddygiad gwaradwyddus eu mam-gu yn sgil yfed gwydraid yn ormod o sieri tsiêp. Roedd e'n dal i chwerthin pan gyrhaeddodd y paragraff olaf ond gwywodd ei wên gyda phob gair newydd. Bu'n grediniol y byddai'n wahanol y tro hwn. Doedd dim rheswm iddo feddwl fel arall am fod yr amodau'n berffaith. Onid oedd Dr Edwards wedi dweud wrthyn nhw dro yn ôl, pan oedd yr amheuon yn dechrau tyfu, mai llonydd oedd ei eisiau a dyfalbarhad. Roedden nhw wedi talu arian prin am ei arbenigedd a gwrando ar bob gair, ond yna fe'u rhwygwyd ar wahân cyn cael cyfle gwerth sôn amdano i roi ei gyngor ar waith. Prin iawn fu'r cyfleoedd dros y pedair blynedd ddiwethaf ond bu eu hwythnos gyda'i gilydd ym mis Hydref yn wahanol. Cafwyd cyfle a chafwyd llonydd a Megan yn frwd i'w sicrhau na allen nhw fod wedi dewis amser gwell. A bu'n iawn achos am ddeg wythnos bu'n cario'u babi, gan fentro cynllunio i'r dyfodol. Ac yna mwyaf sydyn roedd hi wedi dechrau gwaedu'n drwm. Darllenodd Elwyn yn ei flaen, gan geisio dychmygu'r eiliad honno. Yr eiliad unig honno a hithau'n gorfod clatsio ymlaen â byw am nad oedd dewis ganddi. A thrwy'r galar, achos dyna oedd e, roedd hi'n gorfod dod o hyd i ffordd o ddweud wrtho a gwau ei geiriau heb dorri ei galon. Fe ddeuai cyfleoedd eraill. Roedd e'n dod adref cyn hir. Ac wedi'r cyfan, roedd hi wedi beichiogi. Roedd hi wedi beichiogi. Darllenodd e'r frawddeg drosodd a throsodd cyn estyn am sigarét a thynnu'r mwg lliniarol yn ddwfn i'w gorff.

***

Cododd Elwyn Rees goler ei got fawr a stwffio'i ddwylo'n ôl i'w phocedi dyfnion. Crynodd wrth sylwi ar ei anadl yn hofran o flaen ei wyneb ac wrth glywed y mwd caled yn crensian dan ei draed. Roedd hyd yn oed y nant wrth ochr y llwybr wedi rhewi'n gorn. Cyflymodd ei gamau ar hyd y lôn fach wledig yn y gobaith y byddai ei gorff yn cynhyrchu mwy o wres iddo wrthsefyll yr oerfel. Beth ddiawl ddaeth drosto i fynd am dro ar ddiwrnod mor rhewllyd? Gwyddai'r ateb yn iawn heb orfod fflangellu ei gydwybod ymhellach. Gwnaethai ddigon o hynny ers meddwi'n gachu dwll yn yr Ecke ar noson ei ben-blwydd ar ôl ildio'n llawer rhy hawdd i berswâd Geordie, Harris a'r lleill. Ond doedden nhw ddim yn gwybod yr hyn roedd e'n ei wybod. Doedden nhw ddim yn gwybod bod 'na Gymraes yn torri ei chalon ar ei phen ei hun yn ôl yn y Cwm ac yn poeni bod ei geiriau, waeth pa mor ofalus, yn rhwygo trwy ei galon yntau. Pan ddihunodd fore trannoeth roedd e'n falch bod ei ben fel bwced, a phob dydd wedi hynny bu'n croesawu'r hunan-gosb ddefodol, ond nawr roedd yn bryd iddo dynnu llinell a symud yn ei flaen. Digon oedd digon. Aeth allan i'r lonydd y bore hwn er mwyn clirio'i ben fel y gwnaethai lawer tro o'r blaen.

Doedd e fawr o ddyn geiriau. Ni allai ei ymdrechion clogyrnaidd mewn llythyr gymharu â'i dawn hi ta beth. Ond fe wnaethai ei orau i ategu ei hoptimistiaeth ac i blannu egin gobaith er bod hynny siŵr o fod wedi swnio fel gwobr gysur, erbyn meddwl. Y pellter oedd waethaf a'r ffaith nad oedd e yno gyda hi yn eu cartref er mwyn ei dala'n dynn, er mwyn mynd ati'n syth i drio eto ac eto. Roedd yn bryd iddo fynd adref am fod ganddo bethau gwell i'w gwneud na charco eraill mewn gwersyll yn Lübeck. Crychodd ei dalcen wrth ystyried ei feddyliau diwethaf. Roedd yn wir bob gair, ond roedd e'r un mor wir nad oedd ei waith ar ben eto. Roedd 'na bethau ar ôl i'w gwneud o hyd.

Fe'i dihunwyd o'i synfyfyrio pan welodd e ddau ddyn ifanc yn dod tuag ato ar hyd y llwybr. Am eiliad, ystyriodd ei ffolineb ac yntau wedi mynd am dro ar ei ben ei hun a heb arf. Gwibiodd ffrwd o bosibiliadau trwy ei ben ond roedd yn rhy hwyr i droi'n ôl a doedd dim unman amlwg i fynd. Er mai prin iawn oedd yr achosion o drais agored bellach, roedd ambell un yn dal digon o ddig o hyd i gyfiawnhau byrbwylledd, meddyliodd. Wrth i'r ddau ddod yn nes, gwelodd Elwyn nad oedden nhw'n hŷn na rhyw ddeunaw mlwydd oed: bechgyn a oedd eisoes wedi byw bywyd dynion os gwir y straeon. Ar eu ffordd i'w gwaith roedden nhw yn ôl eu golwg a'u trywseri a'u siacedi tenau, llwm yn ei atgoffa o faint oedd ar ôl i'w wneud cyn y byddai'r Almaen yn ôl ar ei thraed; roedd y dasg yn ddigon i lorio'r caletaf. Gwenodd a'u cyfarch yn y dafodiaith leol heb adael i'w lygaid grwydro oddi wrth eu llygaid hwythau. Nodiodd y ddau eu pennau wrth gerdded heibio ond ni ddywedodd y naill na'r llall yr un gair. Roedd dicter neu ddadrithiad, blinder, newyn neu gyfuniad o'r cwbl – a llawer mwy – yn eu hatal rhag cynnig mwy nag oedd raid. Cerddodd yn ei flaen, ei ben yn llawn cwestiynau, a phan farnodd ei fod yn ddiogel taflodd gip dros ei ysgwydd mewn pryd i weld dau sbecyn yn ymdoddi i lwydni'r bore yn y pellter draw. Oedd, meddyliodd, roedd yn bryd iddo fynd adref, ond roedd ganddo gyfrifoldebau o hyd.

Un o'r rheiny oedd Inge Neudeck, ond fiw iddo ddweud hynny ar goedd wrth y lleill. Onid oedd digon o sibrydion yn barod? Eto i gyd, roedd yn wir: hi oedd ei gyfrifoldeb gan taw fe ddaeth o hyd iddi a dwyn perswâd arni i'w ddilyn trwy'r gât. Ac ar ôl ei gadael yn yr uned feddygol i gael ei diadd a'i hannog gan y nyrsys i dderbyn y llymeidiau lleiaf o faeth, fe, Elwyn Rees, fu'n gyfrifol am ei chofrestru a gofalu na chafodd gam. Dyna pryd y dysgodd e taw un o Danzig oedd hi a phenderfynu cadw hynny'n gyfrinach rhag gwylltio'r sawl oedd â'u bryd ar dalu'r pwyth yn ôl, hyd yn oed os nad oedd achos. Roedd gan bawb ei gynnen. Ac un diwrnod, pan drodd rhai o'r menywod eraill yn ei herbyn ar ôl amau nad Pwyles mohoni, er ei gallu i siarad eu hiaith, fe oedd yr un ddaeth i'r adwy a chadw ei phlaid. A dyna ddwysáu eu perthynas arbennig.

Pan aned y babi dechreuodd y clecs o'r newydd. Ar un olwg, roedd hynny i'w ddisgwyl am nad oedd fawr ddim gwell i'w wneud mewn lle fel 'na; roedd unrhyw beth annisgwyl yn destun difyrrwch anghyffredin nes y deuai pennawd newydd i sgubo'r hen un o'r ffordd. A doedd dim byd yn fwy annisgwyl na geni'r plentyn hwnnw. Cafodd pawb sioc, ond chafodd neb fwy o sioc nag e. Trodd y sibrydion yn ddamcaniaethu agored o fewn dim, a chyn iddo fedru eu diffodd roedden nhw'n rhemp. Roedd yn rhyfeddol ei bod hi wedi beichiogi o gwbl, meddid, heb sôn am lwyddo i gadw'r babi, wrth ystyried ei chyflwr yn y misoedd cyntaf ar ôl cyrraedd. Ac roedd y babi'n fach. Rhaid ei fod e'n gynnar felly. Roedd yn ffitio'r clecs. A thrwy gydol y siarad, ni ddywedodd hi, Inge, ddim oll. Arhosodd yn dawedog ac arhosodd yn bell fel petai hi mewn man arall. Cofiodd e'r poeni ymhlith y menywod eraill nad oedd hi'n dangos diddordeb yn ei babi. Doedd hi ddim hyd yn oed eisiau ei fwydo. Yna un diwrnod, newidiodd popeth.

Arafodd Elwyn ei gamau a mynd i sefyll ar ymyl y llwybr, gan edrych dros y cae gwastad a oedd yn wyn dan lwydrew'r bore. Ond ni sylwodd ar y gwynder gaeafol na'r colofnau tenau o fwg yn codi o doeau'r clwstwr o fythynnod yr ochr draw. Y cyfan a welodd oedd wyneb y babi wrth i'w fam ei gyflwyno iddo, fel petai hi'n ei wobrwyo, cyn camu'n ôl oddi wrtho er mwyn disgwyl ei ymateb. Fe gofiai Elwyn y diwrnod hwnnw tra byddai. Wrthi'n darllen y memo diweddaraf ynglŷn â chaloriïau a'r angen i blismona'r dogni bwyd yn fwy gofalus oedd e pan ddaeth cnoc ysgafn ar y drws. Gwaeddodd ar draws y swyddfa ar i bwy bynnag oedd yr ochr draw ddod i mewn. Pan welodd e taw hi oedd yno cododd ar ei draed yn reddfol gan adael i'w lygaid grwydro at y bwndel a gariai yn ei breichiau. Safodd hi lle roedd hi ar bwys y drws, ei hwyneb tyn yn bradychu ei blinder, ond y tu hwnt i'r gwelwedd gwelodd Elwyn y disgwyl yn ei llygaid a hynny'n ymylu ar ddychryn. Camodd tuag ati a chymryd y babi oddi arni. Fe'i gosododd i orwedd ar hyd ei fraich a magu ei ben yn ei law gan ei ddala'n sownd â'i law arall. Roedd e'n cysgu a'r croen ar ei amrannau bron yn dryloyw. Craffodd Elwyn ar ei drwyn bach smwt ac ar ei wefusau pinc golau a gwenodd.

'Mae e'n berffeth, Inge.'

Aros yn ddifynegiant wnaeth honno, mor ddifater â dieithryn oedd newydd ddod â pharsel i'r tŷ ac oedd ar fin ymadael, ei neges wedi'i chyflawni. Ond nid dieithryn mohoni. Hi oedd ei fam.

'Inge, mae e'n berffeth,' meddai yr eildro a mynd ati i'w roi e'n ôl iddi, ond cymerodd hithau gam oddi wrtho, gan wrthod codi ei breichiau i dderbyn y bychan.

Roedd yn wir felly. Roedd sail i boeni'r menywod. Trodd Elwyn a mynd i eistedd ar y gadair o flaen ei ddesg gan gwtsio'r babi yn erbyn ei gorff am na wyddai beth arall i'w wneud. Safodd Inge lle roedd hi yn ymyl y drws hyd nes iddo ei hannog i ddod i eistedd ar y gadair gyferbyn. Sylwodd e ar y cylchoedd tywyll o dan ei llygaid glas. Roedd golwg bell arni a'i chroen gwelw mor olau ag alabastr. Gwisgai sgarff yn dynn am ei gwallt fel y tro cyntaf y'i gwelodd, ond ymwthiai ambell gudyn golau dan y defnydd a glynu yn erbyn ei thalcen. Er ei blinder, doedd dim cymhariaeth â'r tro cyntaf hwnnw, meddyliodd, ar yr wyneb beth bynnag.

'Oes gytag e enw eto?'

Nodiodd Inge heb ymhelaethu.

'Wel, dere i fi ga'l clywed beth yw e,' meddai a gwenu'n anogol.

'Gerhard.'

'Gerhard Neudeck. Mae'n enw da.'

'Chi'n meddwl?'

'Otw, mae'n enw da iawn.'

'Odych chi'n siŵr eich bod chi'n lico fe?'

'Yn hollol siŵr.'

'O'n i am i chi fod y cynta i glywed,' meddai a chynnig gwên o fath. Gwên ansicr, sylwodd Elwyn, ond gwên yr un fath.

Yna gwyrodd hi yn ei blaen ac estyn ei breichiau a rhoddodd Elwyn y babi yn ôl i'w fam. Eisteddodd y ddau yn dawel am funudau hirion, y naill mor ymwybodol â'r llall o arwyddocâd y foment. Doedd 'na ddim capel nac eglwys a doedd 'na ddim tystion na neb i weinyddu, ond yn y seremoni ddi-nod honno y daeth Gerhard Neudeck yn gyflawn aelod o'r ddynoliaeth.

Trodd Elwyn ei gefn ar y cae barugog a'i brasgamu hi ar hyd y llwybr yn ôl i'r gwersyll.

*　*　*

Safai Elwyn o flaen y ffenest yn ei swyddfa, gan wrando ar y glaw yn pwnio'n ddidrugaredd yn erbyn to pren y bloc gweinyddol fel petai colofn o danciau'n pasio uwch ei ben. Tynnodd ei law ar draws y gwydr er mwyn clirio sgwaryn bach o'r anwedd a orchuddiai'r gweddill a syllodd ar y dilyw yn chwipio'r cerrig yn y cwrt gwag. Roedd hi bron â bod yn feiblaidd, meddyliodd. Fyddai neb yn ei iawn bwyll yn mentro allan heddiw. Wedi wythnosau o lwydni yn yr awyr a llwydrew dan draed roedd yr oerfel mawr wedi cilio am y tro, ond doedd y gaeaf ddim wedi cwpla dangos ei ddannedd eto, roedd e'n siŵr o hynny. Roedd y tywydd yn y rhan yma o Ewrop mor anwadal bob tamaid â'r tywydd yng Nghymru ac roedd hwnnw mor ddi-ddal â thwll tin babi. Sawl gwaith y clywsai ei dad yn dweud hynny, a gwaeth? Hanner chwarddodd wrth gofio gwep geryddgar ei fam yn ddi-ffael, ond fyddai dim gronyn o ots gan ei dad; roedd iaith y pwll wastad wedi bod yn drech nag iaith parchusrwydd yn ei olwg yntau. Er hynny, doedd hi ddim yn ddigon da i'w throsglwyddo yn ei holl ogoniant i'w fab ifancaf. Yn wahanol i'w frodyr hŷn, cawsai e, Elwyn, siars gan ei dad i beidio byth â mynd ar gyfyl y pwll glo am fod pen ar ei ysgwyddau. Yn hynny o beth doedd e ddim gwahanol i fechgyn eraill ei flwyddyn ysgol, ond bod ganddyn nhw lai o ddewis. Roedd disgwyliadau ei rieni yntau, fodd bynnag, yn fawr. Cododd ei aeliau wrth ystyried yr eironi hwnnw nawr. Petai e wedi dilyn ei frodyr dan ddaear byddai wedi osgoi cael ei alw i fynd i'r rhyfel a byddai ei ben wedi bod dipyn yn fwy diogel ar ei ysgwyddau. Yn sicr, fyddai fe ddim lle roedd e nawr. Yn sydyn, gwibiodd wyneb Megan trwy ei feddwl. A oedd hi wedi sôn wrthyn nhw am y golled? Tybed oedden nhw'n rhannu ei galar? Camodd i ffwrdd o'r ffenest ac yn ôl at ei ddesg. Roedd ganddo waith i'w wneud.

Crwydrodd ei lygaid draw at y darn o bapur ac arno'r neges a sgriblodd yn frysiog â'i law chwith wrth ddala'r ffôn yn ei law arall hanner awr ynghynt. Darllenodd e enw

Sidney Houghton a cheisio penderfynu a oedd ei sillafiad yn gywir. Roedd y sïon yn wir, felly. Roedd y llywodraeth yn bwriadu anfon rhyw stagyn bach pwysig o'r Weinyddiaeth Lafur draw i arolygu pethau, i roi eu cynllun mawreddog ar waith: prosesu pobl oedd ar eu tinau i fynd i weithio ar domen yr ochr fuddugol a'u hala nhw adref pan nad oedd eu hangen rhagor. Cymryd mantais wrth wisgo'r cynnig mewn dillad gwirfoddol a'i stampio ag enw crand. Bu'n digwydd felly erioed. Edrychodd e ar enw Sidney Houghton o'r newydd. Y peth olaf yr oedd arno ei eisiau oedd rhywun fel hwn yn pwyso ar ei war. Cododd y ffôn a deialu rhif yr uned feddygol cyn iddo newid ei feddwl.

'Bore da, oty Nyrs Neudeck yno os gwelwch yn dda? Elwyn Rees sy 'ma.'

'Un eiliad ... Inge, ffôn i ti!'

Teimlodd ei galon yn curo'n rhy gyflym. Gallai glywed ambell floedd o chwerthin yn y cefndir bob hyn a hyn a hynny'n gymysg â ribidirês o Bwyleg na ddeallai'r un gair ohoni. Tapiodd ei fysedd ar y ddesg. Ble roedd hi? Roedd hi'n cymryd oes. Penderfynodd gyfrif i ddeg ac yna roi'r ffôn i lawr ond cyn iddo gyrraedd pedwar clywodd ei llais y pen arall.

'Helô?'

'Inge, maddau i fi am darfu arnat ti ond – '

'Mae'n iawn, o'n i ddim yn ofnadwy o brysur. Shwt alla i helpu?'

Er na fydden nhw'n siarad yn aml iawn, nododd e'r gwahaniaeth yn ei llais. Doedd dim cymhariaeth â blwyddyn yn ôl.

'Os bydd gyta ti hanner awr fach yn nes mla'n ... ar ôl i'r glaw 'ma dawelu ... wyt ti'n folon galw heibio'r swyddfa?'

'Sdim byd yn bod, oes e?'

'Na, dim o gwbl. Ond wy'n moyn trafod rwpath 'da ti ... cynnig syniad.'

'Ma hyn yn swnio'n ... beth yw'r gair ... gyffrous? Odych chi am roi cliw i fi?'

'Ddim fan hyn dros y ffôn. Mae'n rhy gymhleth.' Yn sydyn, daeth Elwyn yn ymwybodol o'r tawelwch ar ben arall y lein. Roedd hyd yn oed y lleisiau yn y cefndir wedi gostegu. Roedd pawb yn y gwersyll wedi hen berffeithio'r ddawn o wynto busnes pawb arall. 'Dere draw pan gei di gyfle.'

Dododd e'r ffôn yn ôl yn ei nyth a phwyso'n erbyn cefn ei gadair. Dechreuodd ddifaru'n syth. Roedd hi'n sicr o fychanu ei syniad hanner call a dwl, ddim yn agored efallai, ond yn nes ymlaen pan fyddai ar ei phen ei hun, ar ôl i realiti oer ei challio. A fyddai dim bai arni. Roedd hi'n fenyw yn ei hoed a'i hamser. Dim ots pa ddillad a lapiwyd am ei gynnig, onid gwedd arall ar gymryd mantais oedd wrth ei wraidd? Doedd e ddim tamaid yn well na'r boi o Lundain ... yr Houghton 'na. Yr un oedd eu cymhellion yn y bôn. Cododd Elwyn ar ei draed a phlethu ei fysedd y tu ôl i'w war. Syllodd yn ddi-weld ar y trugareddau swyddfa o'i gwmpas cyn crwydro'n ôl at y ffenest fel cynt. Sychodd yr anwedd ar y gwydr â chefn ei lawes ac edrychodd ar y glaw di-baid. Aeth e'n ôl dros y ddadl yn ei ben a llwyddo i dawelu ei amheuon o dipyn i beth. Roedd e'n llawer rhy lawdrwm arno fe ei hun. Doedd Inge Neudeck byth yn bell o'i feddwl. Ceisio'r gorau iddi hi a Gerhard roedd e a gorau oll os oedd hynny'n cynnwys Megan ac yntau.

Ochneidiodd yn uchel a pharatôdd yn feddyliol i ailafael yn y mynydd o waith papur a'i hwynebai rhwng nawr a dyfodiad Sidney Houghton. Ar droi oddi wrth y ffenest roedd e pan welodd rywun yn sgrialu drwy'r cwrt gwag dan y cenllif. Menyw oedd hi ac roedd hi'n symud ar garlam, gan gadw'n agos at yr adeiladau er mwyn ceisio cysgodi rhag effaith waethaf y glaw, ond yn methu'n druenus yn ôl yr hyn a welai. Wrth iddi ddod yn nes, daeth hi'n amlwg pwy oedd hi a brasgamodd Elwyn at ddrws allanol y swyddfa a'i ddala ar agor iddi. Hyrddiodd Inge Neudeck drwyddo, ei hwyneb gwlyb yn wên o glust i glust.

'Beth ddiawl ...?' dechreuodd Elwyn a syllu mewn anghrediniaeth arni. 'O'dd dim eisie i ti ddod ar unwaith. Er mwyn tad, Inge, ti'n wlyb diferu. Ti ddim cwarter call.'

'O'n i'n moyn clywed mwy am y syniad mawr 'ma sy gyda chi.'

'Ie, ond ar ôl i'r glaw arafu, wetas i.'

'Ac o'n *i'n* moyn dod yn syth! Prin iawn yw'r cyffro yn y lle 'ma.'

'Gwranda, paid â chynhyrfu gormod, wir i ti. Pan glywi di beth sy 'da fi i weud wy'n siŵr byddi di'n meddwl mod i ddim cwarter call.'

'Chi newydd weud yr un peth amdanaf inne. Dyna ma blwyddyn a hanner yn y lle 'ma'n neud i ni. Mae'n troi ni'n wallgo.'

'Dere drwodd i'r swyddfa a tyn dy got. Ti'n socan.'

Dilynodd hi Elwyn i mewn i'r stafell fyglyd, gan ddatod y cwlwm dan ei gên ar yr un pryd. Tynnodd ei sgarff wlyb a rhyddhau llond pen o wallt golau a hwnnw wedi'i gasglu ynghyd mewn pleth ar ei chorun. Yna tynnodd ei chot wlyb a'i hongian gyda'r sgarff ar fachyn ar gefn y drws cyn eistedd gyferbyn ag Elwyn yr ochr arall i'w ddesg. Bu yntau'n ei gwylio trwy gydol ei pherfformiad, gan ryfeddu at ei rhwyddineb. Roedd y misoedd diwethaf wedi gwneud eu gwaith. Hyd yn oed yn ei ffrog frown, a berthynai'n wreiddiol i rywun arall ac i gyfnod pell yn ôl pan oedd mwy o fri ar ffasiwn, roedd rhyw hyder yn ei chylch, rhyw afiaith.

'Shwt ma Gerhard?'

'Fel y boi, mae e'n ca'l ei sbwylo'n racs gan ferched y feithrinfa. Maen nhw'n ei addoli fe.'

Gwenodd Elwyn.

'Wel?' meddai Inge a phwyso yn ei blaen. 'Y syniad mawr 'ma. Wy'n glustie i gyd.'

'Fel wetas i, sa i'n gwpod shwt fyddi di'n ymateb i beth sy 'da fi i gynnig i ti, ac mewn gwirionedd, nace fi fydd yr un i gynnig e ta beth. Felly mae mhell o fod yn bendant ond o'n i am ei drafod e gyta ti i glywad dy farn fel bod ni'n gwpod ble ni'n sefyll.'

'Iawn, ond beth yw e?'

Gostyngodd Elwyn ei drem, gan adael i'w lygaid ganolbwyntio ar farc glas tywyll ar y ddesg lle roedd inc wedi gollwng ryw dro a staenio'r pren. Er iddo ymarfer y sgwrs hon yn ei ben lawer gwaith y bore hwnnw doedd e ddim tamaid yn nes at wybod sut i ffurfio'r geiriau a hithau'n barod i archwilio pob sill. Roedd ei disgwyliadau'n fawr.

'Rwyt ti wedi bod 'ma ers dros ddeunaw mis bellach, yn hirach na llawer iawn o'r lleill.' Yna cododd ei olygon ac edrych ym myw ei llygaid ond roedd hi eisoes un cam ar y blaen. Wrth iddi wrando ar ei ragymadroddi, roedd hi wedi pwyso'n ôl yn ei chadair er mwyn ei gwarchod ei hun rhag yr ergyd yr oedd hi'n siŵr ei bod ar fin chwalu ei byd. Onid oedd ganddi brofiad o fydoedd yn chwalu? Craffodd hi ar ei wyneb, gan geisio chwilio am unrhyw arwydd cynnar.

O'r holl bethau a aethai trwy ei meddwl wrth iddi straffaglu trwy'r glaw funudau ynghynt, doedd hi ddim wedi disgwyl hyn. Croesodd ei breichiau o flaen ei chorff, yn barod i ddal ei thir. 'Fel ti'n gwpod, ma nifer fawr wedi mynd odd 'ma yn ystod y misoedd diwetha a'r bwriad yw – '

'Dw i ddim yn mynd nôl. Alla i ddim mynd nôl i fan 'na. O'n i'n meddwl mod i wedi neud hynny'n gwbl glir.'

'Inge, does neb yn trio hala ti nôl. Fydden i byth yn neud hynny.'

'A chi'n gwbod pam?'

'Otw, rwyt ti wedi gweud wrtha i sawl gwaith.'

'Fe weda i wrthoch chi pam. Bydden nhw'n ymladd â'i gilydd i fod y cynta i rwygo'r bitsh Almaeneg ei hiaith yn ddarne … hi a'i bastard o fab. Nhw biau Danzig bellach a sdim lle – '

'Inge, does neb moyn hala ti nôl. Wyt ti'n deall?'

Ond doedd hi ddim yn gwrando. Roedd hi eisoes yn anelu am y drws. Cododd Elwyn yntau ar ei draed a rhuthro tuag ati mewn pryd i'w hatal rhag estyn am ei chot.

'Inge, rwyt ti wedi camddeall. Nawr dere i wrando ar beth sy 'da fi i weud.' Rhoddodd ei law ar ei phenelin a'i hannog i fynd yn ôl i eistedd fel cynt. Aeth yn ei gwrcwd o'i blaen, gan wrthsefyll ei awydd i gydio yn ei llaw. 'Does neb yn sôn am anfon ti'n ôl i Danzig. Nawr dealla hynny, iawn?'

Nodiodd hithau ei phen a chododd Elwyn yn araf a dychwelyd i'w gadair yr ochr arall i'r ddesg. Eisteddodd y ddau yn eu bydoedd bach eu hunain am eiliadau hirion gan adael i'w stormydd personol ostegu wrth i'r glaw bwnio'n erbyn y to pren. Fe oedd y cyntaf i siarad, ei lais yn gadarnach na chynt.

'Ymhen rhyw wthnos … deg diwrnod falle … bydd dyn

yn dod i'r gwersyll i whilo am wirfoddolwyr i gymryd rhan mewn cynllun sy'n ca'l ei drefnu gan y llywotrath yn Llunden. Maen nhw'n awyddus i berswado pobol i fynd i witho yn Lloegr am gyfnod. Sa i'n gwpod llawer am y peth ond ma sôn bod cynllun arall – fel yr un yma – wedi derbyn nifer fawr o weithwyr o wahanol ranna o Ewrop yn barod. Os wy wedi'i deall hi'n iawn, maen nhw'n whilo am bobol i labro ac i witho ar ffermydd neu mewn pylla glo, ond hefyd nyrsys fel ti.'

Ei thro hithau oedd hi i ostwng ei threm. Edrychodd hi tua'r llawr, gan osgoi ei lygaid am na wyddai beth i'w ddweud. Roedd ei meddwl ar chwâl. Eiliadau'n ôl, bu'n ymladd am ei dyfodol – ei dyfodol hi a'i mab – ond roedd y dyn hwn, a fu'n gymaint rhan o'i gorffennol diweddar, newydd grybwyll y posibilrwydd o ddyfodol hollol wahanol, ymhell y tu hwnt i'w disgwyliadau mwyaf gwallgof. Doedd ganddi ddim ateb iddo am fod popeth wedi'i droi ar ei ben.

'Pam y'ch chi'n gweud hyn wrtha i? Pam fi?'

'O dere, wy'n cretu fod ti'n gwpod yr ateb i hwnna. Gallen i ofyn yr un peth i titha. Pam ddest ti ata i gynta i fan hyn ... yn gwmws lle y'n ni nawr ... i gyhoeddi enw'r babi?'

Nodiodd hi ei phen a gwenu'n wan ac yn y wên honno roedd cydnabyddiaeth.

'Mae'n gam anferth, Elwyn. Sa i'n gwbod beth i weud.'

'Sdim isha i ti weud dim am y tro, ond o'n i am roi gwpod i ti, o'n i'n moyn dy baratoi. Y peth yw, bydd y lle 'ma'n cau ryw ddiwrnod – ddim am sbel eto, wy i ddim yn gweud llai – ond cau fydd e yn y pen draw.' Cododd Elwyn ar ei draed a cherdded tuag ati. Aeth yn ei gwrcwd o'i blaen fel cynt ond y tro hwn cymerodd ei llaw yn ei law yntau. 'Sa i 'di gweud wrthot ti tan nawr, ond bydda i'n gatal y lle 'ma ymhen ychydig fisoedd. Bydda i'n mynd nôl i Gymru. Ma ngwaith fan hyn yn dod i ben. Helpu'r dyn 'na o Lunden fydd un o'r petha ola bydda i'n neud. Felly, ti'n gweld pam o'n i'n moyn siarad â ti?'

Gwibiodd llygaid Inge rhwng ei wyneb a'i dwylo ac yn ôl i'w wyneb. Ni ddywedodd hi ddim byd wrth iddi brosesu realiti'r hyn roedd Elwyn newydd ei ddatgan. Roedd hi wedi ffoi o'r blaen. Fel pawb arall yn yr un sefyllfa, roedd hi'n deall ei hyd a'i lled hi.

'Ydy Lloegr yn bell o Gymru?' oedd ei hunig sylw pan ddaeth ei geiriau nesaf.

Gwenodd Elwyn ac ymsythu.

'Bydde rhai'n gweud bod Lloegr yn anghyffwrtus o acos i Gymru, ond gwranda, un cam ar y ffordd yw hynny. Bydd angen croesi sawl pont cyn ystyried y cwestiwn hwnnw, ond o leia bydda i yma i helpu a, gobitho, i ddylanwadu.'

'A beth am Gerhard?'

'Fe ofala i am Gerhard, paid ti â becso. Fe wna i bopath yn 'y ngallu i neud yn siŵr nad yw'r mab yn ca'l cam.'

NABIL

Gorweddai Nabil ar wastad ei gefn ar y gwely cul, gan wrando ar y synau gorgyfarwydd yn codi o'r stryd. Prin ei fod wedi symud o'r fan honno ers i'r Cymro ddod a churo ar ei ddrws ddeuddydd ynghynt, gan alw ei enw ac ymbil arno i'w agor. Ond ni allai. A byth ers hynny, bu'n ei ddwrdio ei hun ac yn ei gysuro ei hun am yn ail. Gwyddai ei fod yn ystyfnig. Penstiff fyddai dewis air Amal. A fyddai ei fam ddim yn colli cyfle i ochri gyda'i merch yng nghyfraith parthed y dewis hwnnw, ond gwyddai pawb mai cellwair teuluol oedd wrth ei wraidd: ychydig o hwyl i gadw'r olwynion i droi. Eto, gwyddai Nabil hefyd fod tipyn mwy iddi na phryfocio arwynebol. Unwaith y gwelodd ei fam nad oedd ei rôl geidwadol dan unrhyw fygythiad oherwydd y fenyw annibynnol a oedd wedi troi pen ei mab, buan y tyfodd eu perthynas nes ei bod yr un mor gyfrin â'r cwlwm rhwng mam a mab. A hawdd gweld pam ar un olwg. Ar ôl oes o dendio'r ddau ddyn pwysicaf yn ei bywyd heb unwaith gwestiynu a oedd hi'n gwneud y peth call – iddi hi ac iddyn nhw – roedd dyfodiad menyw arall i'w byd yn sicr o fod wedi agor ei llygaid. Ac er bod môr o wahaniaeth rhwng profiadau'r ddwy, roedd digon yn gyffredin i fod yn sail i chwaeroliaeth o fath, un a allai fod wedi blodeuo. Erthylwyd hynny y diwrnod yr aethon nhw o Aleppo, gan adael i'w fam hiraethu ar ôl merch yn ogystal â mab. Teimlodd Nabil y gwrid yn codi yn ei wyneb. Tan yr eiliad honno, roedd e heb adael iddo'i hun gydnabod hynny. Ddim go iawn.

    Cododd ar ei eistedd ar erchwyn y gwely a thynnu ei law dros ei fochau garw. Estynnodd am ei esgidiau a'u gwisgo cyn crwydro draw at y sinc yng nghornel y stafell. Edrychodd arno'i hun yn y drych a gwgu: roedd golwg y diawl arno. Hwpodd ei ben o dan y tap a gadael i'r dŵr cynnes lifo trwy ei wallt a thros ei war a'i frest. Cydiodd yn ei unig dywel a sychu'r gwlybaniaeth oddi ar ei gorff. Brwsiodd ei ddannedd a chroesawu blas cemegol y mintys yn ei geg. Camodd at y silffoedd dillad ar y wal gyferbyn, dewisodd grys-T glân a'i dynnu amdano. Cododd ei siaced oddi ar y bachyn ar gefn y drws ac yn ei lle dododd y tywel gwlyb i hongian. Roedd eisiau bwyd arno. Ers i Dylan alw, roedd e heb fwyta dim byd o werth oherwydd iddo ddewis aros yn gaeth yn ei stafell a phicio allan dim ond i fynd i'r tŷ bach. Nawr, fodd bynnag, roedd e am fentro trwy strydoedd y ddinas a cheisio rhoi trefn ar ei gam nesaf. Llenwodd wydryn â dŵr o'r tap a'i yfed ar ei ben cyn estyn am ei ffôn o'r bwrdd bach wrth ochr y gwely. Ailagorodd y neges ddiweddaraf oddi wrth ei dad a'i chau yn syth heb ei darllen o'r newydd. Cwestiynau, cwestiynau. Ni allai wynebu rhagor o gwestiynau. Camodd allan i'r coridor caeedig a thynnu'r drws o'i ôl. Stwffiodd ei allwedd a'i ffôn i un o bocedi ei siaced a rhyddhaodd anadl ddiolchgar pan deimlodd ei fysedd yn bwrw'n erbyn afal oedd wedi bod yno ers y tro diwethaf iddo ymweld â'r ganolfan. Gwrthodod y demtasiwn i'w fwyta'n syth, gan benderfynu ei gadw nes bod gwir raid. Rhedodd i lawr y grisiau a arweiniai at ddrws y ffrynt ac ymunodd â'r byd y bu'n ceisio lloches rhagddo ers dyddiau.

Roedd y pafin yn syndod o brysur wrth iddo gerdded ar hyd-ddo i gyfeiriad y siopau y tu hwnt i'r bont reilffordd. Yna cofiodd pa ddiwrnod oedd hi a bod canol y ddinas bob amser yn brysur ar ddydd Sul. Taflodd gip ar y ganolfan gyfarwydd yr ochr arall i'r ffordd lydan wrth basio ac ymlaciodd pan welodd nad oedd golau ymlaen yn yr un o'r ffenestri. Yfory byddai criw bach o ddynion yn sefyllian y tu allan yn ôl eu harfer, ond heddiw doedd dim golwg o neb. Arafodd ei gamau'n reddfol a gadawodd iddo'i hun ddod yn rhan o'r dorf: y dorf anhysbys, fendigedig. Roedd ei fryd ar gerdded. I ble yn union ni wyddai, er bod ganddo ei amheuon, ond roedd e am ddal ati hyd nes iddi nosi os oedd angen. Yr unig beth a wyddai i sicrwydd oedd ei fod e'n gorfod cerdded ei ffordd allan o'r benbleth y bu'n rhannol gyfrifol am ei chreu. Roedd e wedi bod dros y dadleuon yn ei ben nes ei fod yn wan ac, er bod peth bai arno fe, roedd mwy o fai ar eraill. Ochneidiodd yn ddiamynedd, gan chwythu'r fath hunangyfiawnder o'i feddwl. Roedd yn bryd iddo symud yn ei flaen.

Ar ôl pasio dan y bont reilffordd cerddodd at y goleuadau traffig wrth y groesfan fawr a daeth i stop sydyn. Yn syth o'i flaen roedd y siopau ac ar y dde y ffordd a arweiniai at ei hoff ran o'r ddinas a'r amgueddfa a fu'n noddfa iddo ers cyrraedd Caerdydd. Claddodd ei awydd i fynd i'r naill gyfeiriad na'r llall a throdd i'r chwith, gan ddilyn y pafin heibio'r orsaf drenau nes cyrraedd ardal fwy di-nod. Roedd y pafin yn wacach bellach a'r ddinas yn llai sicr o'i swyddogaeth, ond ymlaen yr aeth i gyfeiriad y tyrau mawr gwyn a edrychai'n rhy fawr i ddinas mor fach. Pan gyrhaeddodd groesffordd arall trodd i'r chwith dan bont reilffordd arall. Doedd e erioed wedi bod yn y rhan hon o'r ddinas o'r blaen ond gallai weld ar unwaith fod naws wahanol iddi. Cerddodd wrth ei bwysau nes ymuno â stryd hir, gan basio grwpiau bach o ddynion oedrannus bob hyn a hyn a'r rheiny'n smygu ac yn rhoi'r byd yn ei le. Weithiau deallai ambell air o'r Arabeg, digon i'w hyrddio yn ôl i Aleppo a'r twrw beunyddiol ar strydoedd al-Sha'ar, ond yn amlach na pheidio roedd eu tafodiaith yn rhy dywyll iddo. Beth bynnag oedd eu hanes, doedden nhw ddim yn perthyn i'w ran yntau o'r byd. Yr eiliad honno, teimlodd awydd angerddol i fod yn ei ddinas ei hun gyda'i bobl ei hun. Cawsai lond bol ar ffugio a hunan-dwyll, ar geisio gwneud i'r arbrawf weithio er mwyn bod yn driw i'w wraig. Amal!

Ac yntau'n gaeth yn ei fyd ei hun, sylwodd e ddim nes eu bod o fewn ychydig fetrau i'w gilydd, ac erbyn hynny roedd yn rhy hwyr iddo droi'n ôl. Bron na allai wynto anadl yr Iraciad ar ei wyneb wrth i hwnnw swagro ar ganol y pafin. Ar ei wep roedd yr hen wên honno oedd yn dangos mai fe oedd drechaf. A oedd e'n ei erlid, ei erlyn hyd yn oed? Roedd ganddo'r ddawn ryfeddaf i fod yn hollbresennol. Teimlodd Nabil ei war yn tynhau. Gorfododd ei hun i ddal ei dir a cherdded ymlaen.

'Gyfaill, beth sy'n dod â ti i'r ardal yma ar brynhawn Sul? Ti'n ffansïo coffi bach?'

Gwthiodd Nabil heibio iddo heb drafferthu ymateb.

Doedd dim angen i Dylan fod wedi dweud dim byd: doedd e ddim yn dwp. Clywsai'r sibrydion ymhell cyn i'r Cymro ei alw i'w swyddfa a fe, Hadi, oedd eu pensaer. Daliodd i gerdded, gan ymwrthod â'r demtasiwn i edrych yn ôl. Beth oedd yn bod ar y dyn hwn? Beth oedd ei obsesiwn ag e? Un funud roedd e'n lledaenu clecs amdano a'r funud nesaf roedd e'n ceisio bod yn ffrind. Ai cenfigen oedd wrth ei wraidd ynteu awch i arfer grym, fel y miloedd o ddynion ifanc yn ôl adref a gawsai eu swyno gan ddogma a meddwi ar yr hawl i arddangos pŵer a chario dryll? Ni allai Nabil ond tybio pam ei fod e wedi ffoi o Mosul. Pa ddemoniaid a adawsai ar ei ôl? Beth bynnag oedd y rheswm, doedd ganddo ddim diddordeb. Pan gyrhaeddodd ben draw'r stryd hir stopiodd ac edrych tuag yn ôl. Gwelodd e Hadi yn mynd yn llai ac yn llai bron fel pe na bai'n cyfrif rhagor.

Cerddodd tuag at lecyn agored o flaen adeilad modern, mawr. Ceisiodd ddarllen y geiriau anferth yn y gromen fetelaidd heb ddeall eu hystyr, ond gwyddai eu bod yn eiriau o bwys. Roedd llawer mwy o bobl yn yr ardal hon: unigolion ar gefn beics yn gwibio ar draws y sgwâr ar eu ffordd i rywle arall, cyplau'n tynnu hunlun ar ôl hunlun heb dalu sylw i neb o'u cwmpas ond y nhw eu hunain, teuluoedd yn crwydro'n hamddenol neu'n sipian diodydd wrth y byrddau allanol, gan wneud yn fawr o'r heulwen brin. Cerddodd megis mewn swigen heibio'r rhain i gyd, ei feddwl yn ei dynnu i bob cyfeiriad. Roedd e ar ei ben ei hun. Roedd e'n gyfan gwbl ar ei ben ei hun.

Ymhen ychydig, cyrhaeddodd adeilad modern arall yn llawn gwydr a phileri a phren. Yma hefyd roedd 'na fynd a dod cyson a phobl yn eistedd mewn grwpiau bach ar y grisiau llechi o'i flaen. Darllenodd yr enw dwyieithog ar ochr yr adeilad a synnu pa mor ifanc oedd y lle o gofio bod y wlad yr oedd yn ei gwasanaethu mor hen. Aeth i eistedd ar y grisiau tywyll ymhellach oddi wrth y lleill ac edrych draw ar y badau'n siglo lan a lawr ar y dŵr gyferbyn. Edrychai'r cyfan mor dirion; roedd yn bictiwr o wareiddiad, ond roedd ystryw mewn tonnau, waeth pa mor fach.

Roedd e wedi cadw draw o'r môr yn fwriadol ers iddo fod yng Nghymru, ac er nad y môr go iawn oedd hwn o'i flaen am ei fod wedi cael ei sianelu a'i ddofi a'i droi'n llyn pleser, doedd y môr mawr ddim yn bell. Gallai ei wynto. Gallai flasu'r halen ar ei wefusau. Gwyddai pan adawodd ei stafell y bore hwnnw mai i'r fan honno y byddai'n mynd, mai dyna fyddai pen draw ei siwrnai er iddo geisio ei dwyllo ei hun fel arall bob cam o'r ffordd. Ar ôl digwyddiadau'r dyddiau diwethaf, roedd yn bryd iddo wynebu'r hyn roedd e wedi'i wadu cyhyd.

Cododd ei olygon i wylio'r gwylanod yn hwylio trwy'r awyr ac yn plymio i'r ddaear am yn ail a hwythau ar sgowt am bryd o fwyd hawdd. Glaniodd dwy yn agos ato a dechrau ymladd dros yr un tameidiach o frechdan a daflwyd ar y llawr gan blentyn bach eiliadau ynghynt. Gwyliodd eu symudiadau a oedd yn gomig ac yn gyntefig ar yr un pryd. Yn sydyn, cododd ar ei draed, yn benderfynol o brysuro yn ei flaen a chyrraedd pen ei daith cyn iddo newid ei feddwl a throi'n ôl am y ddinas, heibio'r teuluoedd a'r cariadon, yn ôl i noson arall o ddifaru.

Tynnodd ei afal o'i boced a chymryd hansh. Croesawodd y blas surfelys yn ei geg. Brathodd yn farus a chyn iddo gyrraedd y llwybr a arweiniai at yr argae a wahanai'r llyn rhag y môr roedd e wedi bwyta'r cyfan. Ymlaen yr aeth, gan ochrgamu'r seiclwyr a'r cerddwyr eraill a'u cŵn nes dod i fan dawelach islaw'r llwybr, o olwg y rhes ddiddiwedd o grwydriaid dydd Sul. Eisteddodd ar y bancyn serth ac edrych draw dros y môr llwyd, y tro cyntaf iddo ei weld ers amser maith. Teimlodd ei galon yn cyflymu ac anadlodd yn ddwfn trwy ei drwyn er mwyn ceisio rheoli'r rhuthr oedd yn bygwth ei drechu. Rhythodd ar y llwydni lleidiog yn ymestyn i'r pellter nes i'w feddwl fynd yn un â suo rhythmig y tonnau. O dipyn i beth, gadawodd iddo'i hun gael ei sugno'n ôl i'r noson honno pan newidiodd popeth.

Ar ôl cyrraedd arfordir gogledd Ffrainc, buon nhw'n disgwyl eu tro am wythnosau a'u hamynedd yn troi'n fwyfwy brau. Roedden nhw wedi dod mor bell a nawr roedden nhw mor agos; bron na allen nhw gyffwrdd clogwyni Lloegr. Er mwyn cadw eu gobeithion yn fyw, byddai Amal ac yntau, fel dau gariad adolesent, yn sleifio i lawr at y twyni tywod bob dydd i edrych dros y dŵr ac i feiddio dychmygu bywyd yr ochr draw cyn gorfod dychwelyd i'r goedwig o bebyll a budreddi lle nad oedd perygl byth yn bell, ac aros eto. Er gwaethaf yr amheuon, talon nhw arian mawr i'r dyn â'r dant aur yn fuan ar ôl dod i'r goedwig a chodi eu pabell yn y gwersyll answyddogol. A phob tro yr aen nhw ato i gwyno bod eraill yn gadael o'u blaenau yr un fyddai'r ateb: roedd y tywydd yn rhy arw i fentro ar siwrnai mor beryglus. Gwell aros am ychydig eto … i fod yn siŵr. A bydden nhw'n mynd yn ôl at eu pabell a noson arall o boeni ynghylch y posibilrwydd go iawn na fydden nhw'n tynnu trwyddi. Dyna pryd y dechreuodd e weld ysbryd ei wraig afieithus yn pylu.

Un noson, pan awgrymodd e y dylen nhw ystyried rhoi'r

gorau i'w cynllun gwallgof a bodloni ar geisio caniatâd i aros yn Ffrainc cropiodd Amal ar ei phedwar yn ôl i mewn i'r babell a gorwedd yn belen ar lawr. Arhosodd yntau lle roedd a bodloni ar sŵn lleisiau ei gyd-deithwyr yn murmur rhwng y coed a phawb fel hwythau'n gofyn pam y daethai i hyn. Gwrandawodd ar ymdrechion rhieni i geisio tawelu llefain eu plant bach a gwrandawodd ar ambell floedd o chwerthin yn rhwygo fel bwled strae trwy'r düwch. Pobl yn ceisio byw eu bywydau. Ond roedd e, Nabil, wedi mynd i gwestiynu ers tro ai dyna oedden nhw bellach. Pobl. Roedd mwy i fywyd na hyn. Crwydrodd ei lygaid draw at y tanau bach a oedd yn dal ynghyn a gwyliodd yr wynebau'n mynd a dod yng ngwrid y fflamau: siapiau anifeilaidd yn goleuo am eiliad cyn diflannu i'r cysgodion. Roedd y cyfan yn arallfydol. Trodd ar ei bedwar a mynd i mewn i'r babell at ei wraig.

Ddeuddydd yn ddiweddarach, anfonodd y dyn â'r dant aur ddau o'i gronis i ddweud wrthyn nhw fod yr aros drosodd – bydden nhw'n croesi'r noson honno. Cawsant siars i adael eu pabell a'r rhan fwyaf o'u dillad ac unrhyw beth arall diangen am fod lle ar y bad yn brin. Byddai angen dillad cynnes, er hynny, ac ychydig o fwyd at y daith. Byddai'r bad yn gadael am naw o'r gloch, ar ôl iddi dywyllu, ond roedd disgwyl iddyn nhw fod yno cyn hynny, yn aros yn hollol dawel y tu ôl i'r twyni tywod, gan beidio â gwneud dim i ddenu sylw'r heddlu a oedd yn patrolio'r glannau'n gyson. Petaen nhw'n cael eu dal, collen nhw bopeth, gan gynnwys unrhyw le ar fad yn y dyfodol. Pan ofynnodd Amal sut y byddai'r rhai oedd yn trefnu'r cwbl yn gwybod eu bod wedi talu am eu lle dywedodd un o'r dynion y byddai fe yno i wneud yn siŵr nad oedd neb yn cael cam. Doedd dim angen iddi boeni. Roedd e'n eu hadnabod bellach. Yna cododd y ddau o'r fan lle buon nhw'n cyrcydu o flaen y babell ac ysgwyd llaw Nabil. Eiliad arall ac roedden nhw wedi mynd.

Drwy weddill y prynhawn hwnnw, pendiliai eu sgwrs rhwng gorfoledd ac ofn. Paciodd Amal eu sach gefn a'i dadbacio. Dim ond pethau angenrheidiol: dyna a ddywedodd y dynion. Twriodd hi gydag angerdd drwy'r trugareddau tila ar lawr y babell fel petai pob penderfyniad o dragwyddol bwys. Onid oedden nhw eisoes wedi bod trwy'r un profiad y diwrnod y gadawon nhw Aleppo ac ildio bron y cyfan o'u bywydau i ba drueiniaid bynnag oedd am fentro i'w fflat ar eu holau? Dylai'r eildro fod yn haws, meddyliodd, am nad oedd fawr ddim o bwys i ddewis ohono. Pan ddywedodd hi hynny wrth ei gŵr edrychodd e arni heb ddeall ei hymresymu. Nid trugareddau mohonyn nhw, meddai yntau, ond atgofion newydd a gasglwyd dros y misoedd diwethaf. Pethau i'w dangos i'w plant ryw ddydd. Stopiodd Amal ar ganol ei thasg a chraffu ar ei wyneb a chropiodd Nabil tuag ati a'i dala'n dynn yn erbyn ei gorff. Fe fuon nhw felly ar eu penliniau ym mreichiau ei gilydd am gryn amser, y naill yr un mor ofnus â'r llall i fentro ystyried adeg mor bell o'r byd lle roedden nhw yr eiliad honno. Ymhen hir a hwyr, trodd y ddau yn ôl at y gwaith mewn llaw a stwffion nhw luniau a dogfennau, ambell ddilledyn hoff a'r ychydig arian oedd ganddyn nhw ar ôl i mewn i'r sach a chau'r strapiau. Yna gadawon nhw eu pabell fach yn y coed yn union fel y gadawon nhw eu cartref priodasol cyntaf yng nghanol llwch ac adfeilion al-Sha'ar.

Roedd y siwrnai ar droed o'r goedwig i lawr at y twyni tywod yn gymysg o gyffro ac amheuon. Wrth fynd heibio'r pebyll a'r llochesau mwy truenus o blastig a changhennau, gwyddai Nabil fod llygaid pawb yn eu serio. Roedd y rhai fu'n rhannu'r goedwig â nhw dros yr wythnosau diwethaf ymhell o fod yn wirion. Onid oedden nhw wedi croesi cyfandiroedd i gyrraedd y fan hon? Roedden nhw wedi gweld cronis y dyn â'r dant aur yn siarad â nhw y tu allan i'w pabell y bore hwnnw ac yn deall ei hyd a'i lled hi. Nawr roedden nhw'n gwylio'n ddywedwst ac yn cenfigennu, fel roedd yntau ac Amal wedi cenfigennu wrth eraill fwy nag unwaith. Cydiodd e yn llaw ei wraig a'i gwasgu wrth iddyn nhw fynd yn eu blaenau ar hyd y llwybr tywodlyd i gyfeiriad y twyni a'r môr. Buon nhw'n cerdded y ffordd hon ddegau o weithiau ond hwn fyddai'r tro olaf.

Edrychodd Nabil ar yr awyr lwyd a'r môr yn ymdoddi'n un. Byddai'n nosi cyn hir, meddyliodd, ond ddim eto. Yn sydyn, rhwygodd bollt o ofn trwy ei gorff a'i barlysu. Gollyngodd Amal ei law a throi tuag ato, ei hwyneb yn crefu ac yn annog am yn ail. Gwenodd hi arno heb ddweud dim a gwyddai Nabil yn y fan a'r lle, yno ar y llwybr tywodlyd rhwng y goedwig a'r môr, na fyddai dim troi'n ôl arni.

Yn syth ar ôl cyrraedd y traeth, aethon nhw i guddio yn y twyni, yn falch o gael cysgodi rhag yr awel a oedd yn gryfach bellach a hwythau wrth ymyl y môr mawr. Dewison nhw lecyn i ffwrdd o'r gwynt ond o fewn golwg i'r dŵr er mwyn bod yn barod pan ddeuai'r arwydd i ymuno â'r bad. Agorodd Amal eu sach a thynnu pastai ohoni. Aeth ati i'w thorri yn ei hanner a chynnig darn i'w gŵr. Eisteddodd Nabil wrth ei hochr gan fwynhau blas y llysiau oer yn ei geg, ei feddwl yn gwbl effro. Clywodd e ei wraig yn ceisio mogi peswch wrth i ddarn o'r bwyd fynd yn sownd yn ei llwnc, ond fel arall ni ddywedodd y naill na'r llall yr un gair. Yn y cefndir, roedd sŵn hollbresennol y tonnau'n torri ar y lan. Crwydrodd ei lygaid at siâp a gladdwyd yn rhannol yn y tywod a sylweddolodd mai cewyn babi oedd e. Heb fod ymhell i ffwrdd roedd esgid dyn ac ychydig ymhellach sgarff menyw, hijab efallai: olion bywyd a adawyd ar ôl er mwyn dechrau bywyd newydd ... neu olion a adawyd ar frys. Uwch eu pennau roedd gwylanod yn sgrechain.

Arhoson nhw yno am awr arall, os nad mwy, ond teimlai fel hydoedd. Roedd eu nerfau'n ffradach a'r oerfel yn dechrau treiddio trwy eu dillad. Roedd hi'n tywyllu bellach. Fyddai hi ddim yn hir nawr. Rhoddodd Nabil ei fraich amdani a'i thynnu'n nes mewn ymgais i'w chynhesu a'i gysuro ei hun. Funudau'n ddiweddarach, clywodd e'r lleisiau. Murmuron i ddechrau, sibrydion anghynnil, yna ambell orchymyn mwy cras. Wedyn dim byd. Gollyngodd ei afael yn Amal a chropian at ymyl y twyn. Curai ei galon yn uchel yn ei ben ac ofnai edrych. Ac yna fe'u gwelodd trwy'r gwyll. Megis mewn ffilm, dechreuon nhw ymddangos o'u cuddfannau yn y twyni, un ar ôl y llall: dynion ifanc fel fe, ond menywod hefyd a phlant. Fe'u gwyliodd yn straffaglu yn erbyn y tywod meddal, tadau'n cario plant bach a mamau'n siarsio rhai hŷn i gadw'n ddistaw. Roedd rhywun wedi gweld yr arwydd. Trodd yn ôl at Amal ac amneidio arni i ddod ato. Dringodd y ddau allan o'u cuddfan a dilyn y llif dynol ar draws y traeth, eu hyder yn tyfu gyda phob cam am nad oedden nhw ar eu pen eu hunain mwyach.

Erbyn iddyn nhw gyrraedd ymyl y dŵr roedd grŵp o ryw ugain eisoes wedi ymgasglu yno, gan ddisgwyl eu tro i gael eu galw at y bad. Trawyd Nabil gan ba mor ddigynnwrf oedd y cyfan. Roedd yn olygfa mor ddof. Cydiodd yn llaw Amal ac aethon nhw'n nes. Gwelodd e fod un o'r dynion a ddaethai i siarad â nhw y bore hwnnw yno hefyd. Roedd e wedi cadw at ei air. Ei rôl bellach oedd cadw trefn – nid bod angen gwneud – a chyfeirio pobl at ddyn arall a safai at ei ganol yn y dŵr, un llaw ar raff oedd ynghlwm wrth y bad a'i fraich arall yn eu corlannu ar ei fwrdd. Cyfarfu llygaid Nabil â llygaid y dyn cyntaf a nodiodd hwnnw ei gydnabyddiaeth cyn eu cymell i ymuno â'r llinell anniben. Roedd pethau'n symud yn gyflym nawr a chyrhaeddon nhw ben blaen y rhes o fewn dim. Rhythodd Nabil ar y bad yn siglo lan a lawr fel corcyn yn y dŵr bas ac ni chlywodd lais y dyn yn ei alw yn ei flaen. Amal a'i dihunodd o'i lesmair. Cydiodd hi yn ei fraich a'i dynnu i mewn i'r dŵr. Eiliadau'n ddiweddarach, roedden nhw'n gwasgu yn erbyn ei gilydd ar lawr y cwch agored a hwnnw'n codi ac yn disgyn wrth i fwy a mwy o bobl ddringo ar ei fwrdd. Amal ofynnodd y cwestiwn roedd e'n dyheu am ei ofyn – ac yn methu – am fod sydynrwydd y munudau diwethaf wedi rhewi ei feddwl. Ei wraig ofynnodd i'r dyn yn y dŵr ble roedd eu siacedi achub. Ei hanwybyddu wnaeth hwnnw, felly gofynnodd hi eilwaith. Pan ddaeth ei ateb nad oedd digon o siacedi i bawb cododd rhai o'r dynion eraill ar eu traed i brotestio, ond siglwyd y cwch yn waeth a gwaeddodd rhai o'r lleill arnyn nhw i eistedd yn eu holau. Dechreuodd ambell blentyn lefain a sgrechiodd y dyn yn y dŵr arnyn nhw i dawelu. Eiliadau'n ddiweddarach, boddwyd eu crio gan sŵn yr injan yn tanio ac, eiliadau wedi hynny, roedden nhw ar eu ffordd.

Yr injan oedd yr unig sŵn a glywid am dipyn er bod y cwch yn orlawn. Roedd pawb yn rhy syfrdan i yngan gair. Wrth iddyn nhw ymbellhau oddi wrth y traeth, gallai Nabil weld ehangder y tir mawr yn ymestyn o'r chwith i'r dde. Ceisiodd ddyfalu ble roedd y goedwig a dychmygu pwy a orweddai yn eu pabell erbyn hyn, ond roedd y cwbl yn ddu a'r goleuadau yn y clystyrau o dai y tu ôl i'r twyni yn mynd yn wannach gyda phob ton. Cododd y gwynt po bellaf yr aen nhw ond sgimiodd y cwch dros y dŵr gan atgoffa Nabil o'r cychod bach yn rasio dros y llyn yn y Parc Cyhoeddus a'r plant yn eu rheoli o ddiogelwch y lan. Caeodd ei lygaid a'u hagor yn syth; nid chwarae plant mo'r siwrnai hon. Trodd ei ben ac edrychodd dros ymyl y cwch i gyfeiriad Ffrainc ond doedd dim byd i'w weld mwyach; roedd y goleuadau wedi diflannu.

Ymlaen yr aethon nhw, gan siglo o ochr i ochr wrth i'r tonnau, a oedd yn gryfach nawr, daro yn erbyn ochr y cwch. Ceisiodd Nabil farnu pa mor bell roedden nhw wedi teithio ond doedd ganddo ddim clem. Pwysodd yn ei flaen a magu ei goesau yn ei freichiau, gan syllu ar y düwch yn ymestyn yn ddiddiwedd i bob cyfeiriad. Gwyliodd fenyw tua'r un oed ag Amal yn ceisio tawelu ei merch fach trwy gladdu pen y plentyn yn erbyn ei chorff a symud ei llaw yn ôl ac ymlaen ar hyd ei chefn. Wrth ei hochr eisteddai dyn ifanc, ei gorff cyfan wedi'i rewi gan ofn, euogrwydd yn ymryson â chywilydd ar ei wyneb am iddo arwain ei deulu ar y fath siwrnai i uffern. Wrth ochr hwnnw roedd rhywun yn cyfogi i mewn i gwdyn. Edrychodd Nabil i ffwrdd a chanolbwyntio ar sŵn yr injan rhag iddo yntau hefyd fynd yn sâl. Roedd e'n oer, yn annioddefol o oer, a'i goesau a'i draed yn wlyb diferu. Plethodd ei fraich am fraich Amal a theimlodd ei chryndod trwy ddefnydd trwchus ei chot. Cynigiodd eu sach fach iddi fel haenen arall yn erbyn y gwynt ond fe'i gwrthododd a'i annog i ddal ei afael ynddi. Yn sydyn, ac yn gwbl ddirybudd, hyrddiwyd pawb yn eu blaenau wrth i don anferth daro'n erbyn y cwch a'i godi cyn ei dynnu'n ôl i lawr, gan beri i wal o ddŵr ddryllio ar eu pennau. Rhwygodd sgrech anifeilaidd o un pen i'r llall. Roedd plant yn llefain a dynion a menywod yn gweiddi ac yn codi ar eu traed. Ymlaen yr aeth y cwch a gostegodd yr arswyd, ond cyn i neb gael cyfle i bwyso a mesur yr hyn oedd newydd ddigwydd dyma don arall, uwch na'r llall, yn sgubo drostyn nhw. Pallodd yr injan a siglodd y cwch mor ddireolaeth â deilen ar lyn. Cododd sgrech newydd. Yr eiliad nesaf, roedd pobl yn gweiddi ac yn pwyso dros yr ymyl. Roedden nhw'n pwyntio ac yn galw. Roedd rhywun yn y dŵr a breichiau'n chwifio'n wyllt. Fflachiodd rhywun arall olau i'w gyfeiriad a neidiodd dyn ifanc i mewn i'r dŵr tywyll mewn ymgais i'w gyrraedd. Gwaeddodd pobl gyfarwyddiadau i'w helpu ond roedd hi'n amhosib gweld dim wrth i'r cwch gael ei daflu i fyny ac i lawr gan y tonnau. Yna daeth bloedd o'r pen arall. Roedd plentyn hefyd yn y dŵr. Gwyliodd Nabil y tad yn neidio ar ei ôl. Roedd y fam eisoes wedi colli ei phwyll. Baglodd e ei ffordd trwy'r coesau a'r traed er mwyn gweld yn well ac i fod ar gael petai'r ddau yn llwyddo i gael eu tynnu'n ôl o afael y môr, ond erbyn iddo gyrraedd yr ochr arall doedd dim byd i'w weld. Trodd i fynd yn ôl at Amal ond doedd dim golwg ohoni. Straffaglodd dros y cyrff a'r coesau fel dyn o'i gof a rhuthro at ochr y cwch ond teimlodd ei goesau'n ildio i'r grym oedd yn ei sugno'n ôl. Roedd rhywun yn cydio yn y sach ar ei ysgwyddau ac yn ei rwystro rhag neidio, yn ei dynnu i lawr. Glaniodd ar ei gefn yn erbyn coesau'r bobl o'i gwmpas a rhythodd ar wyneb rhyw ddyn wrth i hwnnw bwyso drosto ac ysgwyd ei ben yn araf.

Ni allai gofio sut na phryd y cyrhaeddodd e'r ochr draw. Ni allai gofio wynebau'r heddlu na chwestiynau'r swyddogion mewnfudo. Beth amser wedyn, dywedwyd wrtho iddo dreulio deufis mewn canolfan gadw i fewnfudwyr anghyfreithlon, ond doedd ganddo ddim cof o hynny. Yr unig beth a gofiai oedd mynd mewn bws ar siwrnai hir i wersyll pell i ffwrdd lle deuai'r gwylanod ato bob dydd i rannu ei alar.

'Wyt ti'n iawn?'
Trodd Nabil ei ben ac edrych ar y dyn a safai wrth ei ochr. Syllodd ar wyneb barfog y dieithryn heb geisio rheoli'r dagrau a lifai ar hyd ei fochau. Roedd y dyn yn penlinio bellach ac yn pwyso yn ei flaen er mwyn cyffwrdd â'i fraich. Yna daeth menyw tua'r un oed ag e i mewn i'r llun a phlygodd hithau yn ei blaen yn yr un modd. Gwenai'r ddau yn garedig a theimlodd Nabil law y dyn yn gafael yn dynnach yn ei fraich, ond yn dyner hefyd. Roedden nhw'n dweud rhywbeth wrtho. Gallai weld eu cegau'n symud, ond ni ddeallai'r hyn a ddywedent. Cododd ei fraich rydd a sychodd y gwlybaniaeth o gwmpas ei lygaid â llawes ei siaced ond ni allai atal llif y dagrau. Teimlodd ei ysgwyddau'n codi ac yn disgyn, gan anfon tonnau o gryndod trwy ei gorff.

'Wyt ti'n iawn, gyfaill?' gofynnodd y dyn eilwaith. 'Beth sy?'

Nodio'i ben wnaeth Nabil a rhedeg ei law trwy ei wallt yr un pryd. Ceisiodd gynnig gwên o fath yn ôl er mwyn cydnabod dyngarwch y ddau yn ei ymyl, ond gwên wan oedd hi yn gymysg â blinder llethol.

'Da ti, dere o fan hyn, was. Dwyt ti ddim eisie bod fan hyn mor agos i'r môr. Beth am fynd nôl lan gyda ni i ishte ar y fainc ar y llwybr? Dere.'

Ar hynny, teimlodd Nabil law'r wraig dan ei gesail yn ei annog i godi ar ei draed, felly dyna a wnaeth. Safodd o flaen y ddau ddieithryn, ei lygaid yn gwibio rhwng y naill a'r llall. Sychodd y llysnafedd o'i drwyn â chefn ei law a brathodd ei wefus. Teimlodd e'r storm yn gostegu o dipyn i beth. Gadawodd iddo'i hun gael ei dywys o ymyl y dŵr a dringodd rhwng y ddau i ben y bancyn serth. Pan gyrhaeddon nhw'r llwybr aeth e ddim i eistedd ar y fainc yn unol â'u hawgrym. Camodd, yn hytrach, i ffwrdd oddi wrth y sedd gan godi ei law ar y dyn a'r fenyw er mwyn dynodi nad oedd eisiau iddyn nhw boeni amdano. Dechreuodd gerdded yn ôl ar hyd y llwybr ar draws yr argae i gyfeiriad y ddinas, ei holl gyneddfau'n aildanio gyda phob cam. Roedd ei goesau'n drwm, er hynny, a phob cam yn bygwth ei fradychu. Yn sydyn, sgubodd ysfa angerddol drosto i orwedd, ond gwyddai na allai. Trawodd gip wysg ei gefn a gweld bod y dyn a'r fenyw'n ei ddilyn, gan gadw pellter parchus rhyngddo fe a nhw eu dau. Roedd hi'n amlwg eu bod yn gofidio amdano er iddo geisio eu darbwyllo nad oedd angen gwneud. Felly cododd ei law arnyn nhw drachefn a nodio'i ben cyn mynd yn ei flaen ac ymdoddi i'r llif o gerddwyr dydd Sul.

Pasiodd yr adeiladau modern, pwysig ond ni stopiodd i eistedd ar y grisiau llechi fel cynt. Cerddodd heibio'r teuluoedd yn llyfu eu hufen iâ ac yn sipian eu coffi wrth y byrddau allanol. Roedd cariadon yn dal i dynnu hunlun ar ôl hunlun yn y sgwâr mawr agored ond rhai gwahanol oedden nhw bellach: pobl gyffredin yn gwneud pethau cyffredin. Cerddodd e heibio'r rhain i gyd a chychwyn ar hyd y ffordd hir yn ôl am ganol y ddinas, y ddinas lle cawsai lonydd dros y misoedd diwethaf i alaru am y bywyd a gollodd ac i ystyried a glywodd Amal gri'r gwylanod yn y diwedd.

HADI

Gwelodd e'r Syriad ymhell cyn i hwnnw ei weld yntau. Fe'i synnwyd am eiliad a bu bron iddo sefyll yn stond ar ganol y pafin i graffu arno tra bod ganddo'r fantais. Roedd pob dim ynghylch ei osgo'n awgrymu blinder – os taw dyna'r gair – wrth iddo nesáu tuag ato yn ei fyd bach ei hun. Fel blaidd unig. Yn hynny o beth, doedden nhw ddim mor annhebyg, meddyliodd: dau alltud yn crwydro'r un ddinas ar drywydd rhywbeth na wyddai'r naill na'r llall i sicrwydd beth oedd e. Crwydro, crwydro heb fyth nesáu at y pen draw. Lledwenodd a chwythodd y fath gymhariaeth o'i ben. Roedd môr o wahaniaeth rhwng meddyg o Aleppo a barbwr bach o Mosul.

Yn sydyn, sylweddolodd fod Nabil wedi'i weld. Sylwodd ar y newid yn ei gerddediad. Doedd e ddim yn amlwg ond newid oedd e, serch hynny. Roedd y Syriad wedi cyflymu ei gamau. Dechreuodd Hadi ei baratoi ei hun, fel y gwnaethai gannoedd o weithiau ar hyd ei oes, nid yn unig gerbron y dyn hwn a oedd yn prysuro tuag ato bellach, ei lygaid yn mynnu syllu i ryw fan y tu hwnt iddo. Ceisiodd orfodi gwên ond gwên ansicr oedd hi.

'Gyfaill, beth sy'n dod â ti i'r ardal yma ar brynhawn Sul? Ti'n ffansïo coffi bach?' meddai ac ildio ei le ar ganol y pafin.

Ond gwthiodd Nabil heibio iddo heb drafferthu cynnig ateb. Gadawodd Hadi iddo fynd ar ei hynt ac aeth yntau'n ôl am ganol y ddinas, gan ymwrthod â'r demtasiwn i edrych wysg ei gefn.

Roedd y Syriad wedi'i wrthod ar ei ben, ond roedd e, Hadi, mab i labrwr achlysurol oedd yn ddi-waith yn amlach na pheidio, yn gyfarwydd â hynny. Bu'n rhan o'i fywyd er pan oedd yn blentyn. Fe'i gwelsai droeon yn nirmyg ei gymdogion tuag at ei deulu tlawd. Roedd yn fwy cynnil na dirmyg agored ond dirmyg oedd e reit i wala, a thros y blynyddoedd dysgodd sut i ymdopi â'i gleisiau a sut i hogi ei gyneddfau. Dysgodd sut i fod yn boblogaidd. Crychodd ei dalcen yn ddiamynedd. Perthynai'r cleisiau hynny i fyd arall, i oes arall, ynghyd â llond gwlad o amheuon eraill. Arafodd ei gamau wrth ddynesu at y ffordd lydan o'i flaen a safodd ar ymyl y pafin er mwyn i ambell gar wibio heibio cyn croesi i'r ochr draw. Ond mynnu ei ddilyn wnaeth yr amheuon, gan dagu ei hyder. Cerddodd draw at glwstwr o feinciau gwag yng nghanol ynys o goncrid a amgylchynwyd yn llwyr gan draffig. Eisteddodd ar yr un bellaf a chaeodd ei lygaid, gan adael i'r synau trefol o'i gwmpas lifo drosto. O dipyn i beth, aeth yn ôl i Ddiwrnod Sero.

Erbyn i'r dynion arfog gyrraedd ar gefn eu tryciau agored, bandanas du am eu gwalltiau a Kalashnikovs am eu hysgwyddau, roedd e wedi hen gladdu bwganod ei ieuenctid hyd yn oed os nad oedd e wedi eu trechu'n llwyr. Roedd bywyd yn dda bellach; roedd ganddo siop ac roedd ganddo barch. Byddai cwsmeriaid ifanc yn tyrru ato o bob rhan o'r gymdogaeth a'r tu hwnt i ofyn iddo berffeithio'i sgiliau ar eu gwalltiau am ei fod e'n fentrus ac yn gelfydd gyda'r siswrn: roedd ganddo lygad am y steiliau diweddaraf. Yn ei hafan wrywaidd, gwyddai Hadi sut i drin ei gleientiaid; roedd ganddo lwyfan ac enw am fod yn ffraeth. Wrthi'n eillio wyneb un o'i ffyddloniaid roedd e, y diwrnod cyntaf hwnnw, pan ruthrodd cwsmer arall trwy'r drws a'i gymell i ddod gydag e i weld. Safodd o flaen ei siop a'u gwylio'n sgrialu heibio fel criw o lanciau anystywallt wedi meddwi ar *arak*. Roedd e'n syfrdan ac yn ochelgar hefyd. Ond wrth iddo sefyll yno gyda'r cwsmeriaid eraill, ni allai wadu nad oedd rhywbeth arall, rhywbeth gwaelodol, yn ystwyrian ynddo o rywle'n ddwfn yn ei gorff, ac roedd yn wefreiddiol. Pan aeth e'n ôl i mewn at ei waith roedd y naws wedi newid a'r hwyl arferol wedi diflannu. Roedd pawb ar bigau'r drain. Wedi iddo gloi drws y siop y noson honno, cerddodd adref ar hyd yr un ffordd lle roedd y tryciau wedi teithio oriau ynghynt, gan ailchwarae'r olygfa yn ei ben. Gwridodd wrth gofio'r cyffro rhyfedd oedd wedi saethu trwyddo wrth eu gwylio'n pasio, un ar ôl y llall. Ychydig eiliadau'n unig barodd e ond roedd yr apêl yn ddiymwad. Erbyn iddo gyrraedd tŷ ei rieni, roedd Hadi wedi penderfynu na fyddai byth yn rhannu ei gyfrinach â neb.

Dros yr wythnosau a'r misoedd nesaf, wnaeth ei fam ddim mentro unwaith o'i chartref a gwaharddwyd ei chwaer rhag mynd i'w gwaith mewn siop ddillad tua chanol y ddinas. Gyda phob diwrnod newydd daeth rheol newydd. Roedd e'n colli adnabod bob yn dipyn ar ei hen ffordd o fyw a buan y collodd y newydd-ddyfodiaid eu swyn. Yn ei le daeth cyfrifoldeb newydd a'r pwysau o wybod taw fe oedd yr unig aelod o'i deulu a chanddo'r modd i ennill arian cyson bellach. Âi i'r siop bob dydd yn ôl ei arfer, ond weithiau go brin y byddai'n werth iddo agor y drws am fod mwy a mwy o'i ffyddloniaid yn cadw draw; roedd hi'n mynd yn fain ar bawb. Roedd arswyd yn troedio'r ddinas.

Yna un prynhawn ac yntau ar fin cau'r siop yn gynnar, dyma'r drws yn cael ei hyrddio ar agor â grym diangen. Cododd Hadi ar ei draed mewn braw a rhythu ar y ddau ddyn arfog yn sefyll ar ganol y llawr. Rhyngddyn nhw safai dyn arall heb fod yn hŷn na rhyw ugain mlwydd oed. Ac roedd e'n crynu fel y byddai ci wrth ddeall bod cosb ar ddod. Yn sydyn, fe'i gwthiwyd yn ei flaen wrth i'r hynaf o'r ddau arfog ei bwnio yn ei gefn â charn ei ddryll a'i orfodi i eistedd yn y sedd o flaen y drych.

'Siafa ei ben!' gorchmynnodd hwnnw.

Edrychodd Hadi arno heb symud yr un gewyn. Roedd ofn yn carlamu trwy ei gorff.

'Glywest ti?' Yr eiliad nesaf, teimlodd Hadi law'r dyn yn clatsio ei wyneb yn galed, gan ei fwrw'n erbyn y sinc. 'Siafa ei ben e, wedes i, a siapa 'i!'

Cydiodd yn ei siswrn a dechrau torri gwallt y dyn yn y sedd, gan osgoi gadael i'w llygaid gwrdd. Gweithiai ei fysedd yn chwim ond heb y gofal arferol; roedd e'n ymwybodol y gallai amynedd y ddau ddyn arall newid ar amrantiad. Ymhen ychydig funudau, gollyngodd e'r siswrn a'i gyfnewid am raser drydan. Plygodd ben y dyn ifanc yn ei flaen a mynd ati i gneifio gweddill ei wallt. Pan orffennodd ei dasg safodd e'r naill ochr, ei galon yn curo'n wyllt, a disgwyl am ymateb y ddau arall ond ei anwybyddu wnaethon nhw. Tynnwyd y dyn ifanc penfoel o'r sedd a'i droi i wynebu Hadi.

'Ife hwn, fan hyn, dorrodd dy wallt yn wreiddiol?' gofynnodd yr hynaf o'r ddau a phwyntio at Hadi.

Nodio'i gadarnhad wnaeth y dyn ifanc heb godi ei lygaid. Yna fe'i gwthiwyd yn ddiseremoni tuag at y drws ac i gefn cerbyd 4x4 a barciwyd y tu allan i'r siop lle roedd trydydd dyn arfog yn sefyll. Yr eiliad nesaf, gwthiwyd Hadi yntau allan i'r pafin a chamodd y dyn wrth y cerbyd 4x4 tuag ato a dechrau ei chwipio ar draws ei gefn â chêbl plastig hir. Ni theimlodd e'r ergydion cyntaf am ei fod mewn sioc ond erbyn y bedwaredd a'r bumed slaes roedd ei gorff ar dân. Caeodd ei lygaid yn dynn er mwyn gorfodi'r dagrau yn eu hôl ond ymlaen yr aeth yr ergydion gan lanio'n gawod ar ei goesau a'i gefn. Pan ddaeth yr ymosodiad i ben bu bron i'w goesau blygu ond pwysodd law yn erbyn wal ei siop er mwyn ei sadio'i hun. Roedd pob gewyn yn brifo a'i groen yn llosgi'n annioddefol.

'Dwyt ti ddim yn ca'l siafo barfe a dwyt ti ddim yn ca'l troi ein dynion yn bwdls gorllewinol,' meddai'r chwipiwr.

'Ife rhain yw dy allweddi?' gofynnodd yr ail ddyn a oedd tan nawr heb ddweud yr un gair.

'Ie.'

Yna trodd oddi wrth Hadi a chloi drws y siop cyn neidio i gefn agored y cerbyd 4x4, yr allweddi yn ei law, ac eistedd wrth ochr ei garcharor ifanc penfoel. Sgrialodd y cerbyd i ffwrdd, gan adael Hadi i ystyried sydynrwydd yr hyn oedd newydd ddigwydd a pha lwybr oedd ar gael iddo o hynny ymlaen. Syllodd ar y drws caeedig ac yna ar y dorf fach oedd wedi ymgynnull i dystio i'w gosb gyhoeddus. Adwaenai fwy na'u hanner nhw ond roedd gormod o ofn ar bawb i ddweud dim wrth iddo eu pasio ar y pafin a cherdded adref i dŷ ei fam a'i dad.

Am fis cyfan, aeth e ddim o olwg y tŷ. Cuddiodd dan do gyda'i fam a'i chwaer a llyfu ei friwiau tra bu ei dad yn chwilio am waith. A'r tu allan, tynhâi'r rheolwyr newydd eu gafael ar fywyd bob dydd. Bob yn eilddydd byddai rhyw newyddion am drais yn eu cyrraedd: y lladd mympwyol, y cosbi creulon a'r erlid. Roedd y trawma i'w deimlo yn straeon ei dylwyth ac yn sibrydion ei gymdogion a ddeuai atyn nhw i rannu eu gofid. Clywyd sôn am rieni ar draws y ddinas yn trefnu i'w merched briodi dynion lleol ar frys hyd yn oed os nad dyna oedd eu dymuniad ond gwell hynny, meddid, na mynd yn wragedd i'r dynion arfog oedd yn tra-arglwyddiaethu ar strydoedd Mosul bellach.

Yna ryw ddiwetydd, yn ystod pumed wythnos ei hunangaethiwed, tarfwyd ar lonyddwch y tŷ gan guro ffyrnig ar y drws allanol. Gwibiodd llygaid Hadi i gyfeiriad ei chwaer ac yna ei fam. Cododd hithau ar ei thraed a thynnu ei sgarff am ei phen cyn siarsio'r ddau i encilio i'w stafelloedd. Clywodd e sŵn esgidiau ei fam yn croesi'r llawr teils. Clywodd e'r drws yn agor a'r sibrydion uchel yn llifo i mewn o'r stryd cyn i'r drws gau drachefn. Arhosodd lle roedd e a gwrando ar y sibrydion heb glywed digon i allu rhoi wyneb i'r lleisiau, ond bob hyn a hyn byddai'r angerdd yn torri trwy'r murmuro a gwyddai Hadi ym mherfedd ei fol fod argyfwng newydd wedi cyrraedd y tŷ. Yn fuan wedyn, ymddangosodd ei fam wrth ddrws ei stafell ac amneidio arno i ymuno â'r lleill.

Fe'i dilynodd drwodd i'r stafell fyw lle cawsai pob trafodaeth o bwys ei chynnal a'i setlo ers cyn cof. Yn eistedd rhwng ei rhieni ar y soffa goch ac aur hen ffasiwn oedd Rania, y ferch a fu'n gymaint rhan o'i blentyndod, unig ferch cyfeillion pennaf ei fam a'i dad. Hyd yn oed yn hanner goleuni'r stafell gallai Hadi weld bod ei hwyneb yn fwy gwelw nag arfer yn erbyn ei sgarff ddu. Roedd ymylon ei llygaid yn goch a sylwodd fod hances yn ei llaw. Gwenodd ei mam a'i thad arno cyn i'r ddau ostwng eu trem yn frysiog. Ond rhyw wên ryfedd oedd hi, yn lletchwith ac yn ymddiheurol. Pa ofid bynnag oedd yn gwasgu ar eu calonnau, roedd yn ddigon i ddod â'r bobl hyn at ddrws ei gartref, ac wrth iddo groesi'r llawr er mwyn ymuno â'i fam ar y soffa gyferbyn, synhwyrodd Hadi eu bod yn disgwyl iddo yntau ei ddatrys.

'Hadi, dw i'n gwbod nad yw dy dad yma eto, ond ma angen i ni siarad â ti ar frys,' meddai'r dyn canol oed a oedd wastad wedi bod fel ewythr iddo ac, ar adegau, yn fwy o dad iddo na'i dad ei hun.

Nodiodd Hadi ei ben a theimlodd law ei fam yn gafael yn ei law yntau, ond ni ddywedodd e'r un gair i annog mwy. Deallai ei hyd a'i lled hi; roedd y ddrama oedd yn ymagor yno yn stafell fyw ei rieni – arena cymaint o rialtwch teuluol, diniwed ar hyd y blynyddoedd – yn prysur droi'n rhywbeth mwy cymhleth o lawer. Crwydrodd ei lygaid at Rania a gwelodd ei bod hi'n dala'r hances at ei cheg mewn ymgais ofer i fygu ei llefain. Pan gyfarfu eu llygaid plygodd Rania ei phen a rhythodd Hadi ar ei hysgwyddau'n crynu. Roedd pob greddf yn ei gorff yn gweiddi arno i ffoi ond gwyddai na allai. Onid oedd anrhydedd eisoes wedi gwthio'i fysedd oesol yn rhy ddwfn i'r plot? Ond roedd plot y ddrama fach hon yn bwdr o'i chraidd. Gwyddai Hadi hynny yn ei galon hyd yn oed os nad oedd ganddo'r galon i ddweud hynny ar goedd. Ai cachgi oedd e felly ynteu mentrwr anghyfrifol? A oedd rhywbeth yn ei natur yn ei ddenu i gymryd risg dro ar ôl tro pan oedd pob dim yn dweud wrtho na ddylai? Yn sydyn, fflachiodd yr olygfa o'r dynion arfog ar gefn eu tryciau trwy ei feddwl a chaeodd ei lygaid yn syth i'w dileu. Pan agorodd nhw o'r newydd roedd tad Rania yn pwyso yn ei flaen a gwelodd Hadi y fath ymbil yn ei wyneb.

'Dod i ofyn ydyn ni a fyddet ti'n fodlon –'

'Na, Baba, paid!' gwaeddodd Rania ar ei draws. 'Alla i ddim!'

Yna rhedodd hi at y drws a arweiniai at y stryd a'i dynnu ar agor. Diflannodd i ganol yr haul tanbaid ac aeth Hadi yn ôl i'w stafell wely i ystyried p'un ai gwrthodiad ynteu dihangfa roedd e newydd ei brofi.

Yr hyn a'i dychrynodd fwyaf oedd ei barodrwydd i ystyried chwarae eu gêm. Pa bryd y byddai wedi rhoi terfyn ar y gwallgofrwydd? Ond Rania a wnaeth cyn i'w thad ffurfio'r gair a fyddai wedi selio'r ddedfryd. A thrwy hynny fe'u hachubodd. Cododd Hadi ei law at ei geg wrth i sioc y sylweddoliad ei daro. Teimlodd y gwaed yn codi yn ei wyneb wrth iddo gyfaddef iddo'i hun taw fe ddylai fod wedi gwneud. Ond digwyddodd popeth mor sydyn. Cawsai Rania fwy o amser i dreulio anferthedd eu cais gan ei bod hi eisoes wedi clywed dadleuon ei rhieni, felly hi ddylai fod wedi rhoi stop ar y cyfan cyn iddyn nhw ddod â'u trafferth at ei ddrws. A beth am ei fam ei hun? A oedd hi mewn difrif calon wedi bod yn barod i adael iddo gydsynio â'u cynllun hanner-pan dim ond er mwyn cadw wyneb ac osgoi argyfwng nad oedd ganddo unrhyw ran yn ei greu, a difaru hyd byth? Roedd e a Rania yn haeddu gwell. Aeth i orwedd ar ei wely a thynnodd y cynfasau dros ei ben mewn ymgais i ddiddymu'r holl bennod. Ond dod yn ôl i'w blagio wnaeth yr hunllef drwy gydol y noson honno nes ei argyhoeddi bod ei gam nesaf yn un iawn: roedd yn bryd iddo ailgydio yn y llyw.

Fore trannoeth, ni thrafodwyd ymweliad Rania a'i rhieni gan nad oedd dim mwy i'w ddweud. Ar ôl brecwast, cusanodd ei fam ar ei boch a chamodd allan i'r ddinas y bu'n cysgodi rhagddi ers mis a mwy. Roedd yr haul mor danbaid ag erioed, gan ei atgoffa nad oedd dim wedi newid, ond gwyddai Hadi o'r gorau nad oedd dim byd wedi aros yr un fath. Roedd ofn yn llygaid pawb a sawr drwgdybiaeth ym mhob man. Cerddodd trwy'r strydoedd cefn cysgodol, gan gadw ei ben i lawr. Pan gyrhaeddodd e ffordd brysurach ymhen hir a hwyr croesodd i'r ochr draw a daeth i stop o flaen ei siop. Syllodd ar yr arwydd coch a gwyn uwchben y drws a theimlodd y balchder y byddai wastad yn ei deimlo yn cronni yn ei frest. Ei le fe oedd hwn, ei deyrnas. Camodd at y drws a gafael yn y bwlyn i'w agor ond roedd e wedi'i gau'n dynn. A oedd e wedi disgwyl iddo fod yn agored? Gwyrodd yn nes a sbecian trwy'r ffenest, gan wasgu ei dalcen yn erbyn y gwydr. Gwibiodd ei lygaid dros y celfi a'r offer cyfarwydd; roedd pob peth yn ei le yn union fel y'i gadawyd ond bod ambell lun a hysbysebai steil gwallt newydd wedi cael ei rwygo oddi ar y welydd a'i daflu ar lawr. Cymerodd gam yn ôl, oedodd ac yna cerddodd yn ei flaen heibio'r siopau eraill yn yr un rhes a nodio ar rai o'i gyd-fasnachwyr wrth basio.

Pan gyrhaeddodd eu pencadlys cyflymodd ei galon wrth weld y bagad o ddynion arfog yn tin-droi mas tu fas. Gwelodd fod 'na fynd a dod parhaus trwy'r drysau llydan, pobl leol fel fe, felly ymwrolodd a brasgamodd tuag at y faner ddu anferth a daenwyd dros flaen yr adeilad. Dringodd y grisiau, rhoddodd ei enw i'r tramorwr a eisteddai yn anwesu ei ddryll y tu ôl i ddesg, ac aeth i ddisgwyl ei dro gyda degau ar ddegau o ddynion eraill mewn stafell swnllyd, boeth. Dros deirawr yn ddiweddarach, disgynnodd yr un grisiau â chynt a chamodd allan i'r haul tanbaid, ei fargen wedi'i tharo. Edrychodd ar ei allweddi'n sgleinio yn ei law a gwenodd. Yn gyfnewid am hanner ei enillion wythnosol ac addewid i gadw at y rheolau llym, cawsai drwydded i ailagor ei siop. Roedd e'n ôl yn geiliog ar ei domen ei hun, ond ar ei ffordd adref ar hyd y strydoedd cefn dechreuodd gwestiynu doethineb ei benderfyniad i fynd atyn nhw a'i barodrwydd i chwarae eu gêm. Erbyn iddo gyrraedd tŷ ei fam a'i dad, roedd yr amheuon cyfarwydd bron â'i lorio.

Eto i gyd, ailagor wnaeth e ac am flwyddyn gron gyfan talodd ei ddyledion wythnosol i'r system yn ddi-ffael. Fiw iddo wneud fel arall. Ond prin oedd ei enillion a phrin oedd y cwsmeriaid a fentrai trwy ddrws ei siop. Aethai'r gair ar led: doedd neb am roi arian ym mhoced bradwr. Wrth i'r misoedd hercian i flwyddyn arall, cynyddodd ei drafferthion pan ddechreuodd y llywodraethwyr newydd gwestiynu'r symiau bychain a dalai am ei hawl i gadw ei fusnes. Gwrthodwyd ei ddadl mai hanner dim oedd dim. Gwelodd Hadi yr ysgrifen ar y mur.

Yr hyn a gnodd ei gydwybod yn fwy na dim, er hynny, oedd gwybod ei fod e wedi dod â gwarth i dŷ ei rieni. Roedd y cymdogion yn siarad. Roedd yn bryd iddo ystyried rhoi ei gynllun ar waith. Yna un prynhawn, ar ôl ildio i'r frwydr fu'n ffyrnigo yn ei ben ers dyddiau, croesodd lawr ei siop, gan symud yn freuddwydiol rhwng y cadeiriau gwag o flaen y drychau, a byseddu'r offer. Daliodd y poteli bach o olew a balm at ei drwyn ac yna eu gosod yn ôl yn eu lle yn ofalus. Cydiodd yn ei allweddi a chamodd at y drws cyn troi'n ôl a mynd i ercyd ei siswrn gorau, yr un fu ganddo o'r dechrau'n deg, a'i stwffio i'w boced. Clodd ddrws ei siop a cherddodd adref yn gynnar trwy gysgodion y strydoedd cefn. Aeth ar ei union i'w stafell a rhoi'r siswrn ac ychydig o bethau eraill mewn bag cyn gwthio'r cyfan o'r golwg o dan ei wely. Pan ailymunodd â'i fam a'i chwaer gwyddai wrth eu distawrwydd eu bod wedi deall ei fwriad yn barod. Mynnodd eu helpu i baratoi'r pryd gyda'r hwyr, gan barablu'n fwriadus a di-baid. Ond anwybyddu ei ffalsedd wnaeth y ddwy nes i'w chwaer weiddi arno i gau ei ben. Y noson honno, ar ôl i'w dad ddod adref o'i waith, eisteddodd Hadi gyda'i deulu a rhannu eu bwyd am y tro olaf. Yn oriau mân y bore, cododd a gadawodd allweddi ei siop ar y bwrdd bach wrth ochr ei wely. Aeth allan i'r nos, gan alltudio wynebau ei deulu o'i feddwl wrth ymresymu mai dyna oedd y pris yr oedd yn rhaid ei dalu. Ac yn anhrefn y ffrwydradau a'r saethu a oedd yn dod yn nes ac yn nes llwyddodd i ddianc i'r wlad ac i wersyll a reolid gan y Cwrdiaid. Yno cafodd waith am gyfnod yn eillio barfau a steilio pennau heb orfod poeni am ennyn llid neb, ond un diwrnod cyrhaeddodd teulu o Mosul a'i adnabod fel y barbwr a gafodd gadw ei siop. A chyn i'r bysedd ddechrau pwyntio tuag ato, cydiodd yn ei bac unwaith eto a mynd.

Cododd Hadi ar ei draed a gadawodd yr ynys goncrid. Cerddodd yn ôl i'w stafell trwy strydoedd cefn Caerdydd, gan hanner amau mai ffoi y byddai weddill ei ddyddiau.

* * *

Fore trannoeth, aeth e ddim i lawr i'r gegin gyda'r lleill ac aeth e ddim draw i'r ganolfan chwaith, yn ôl ei arfer, i chwarae'r ffŵl a llenwi rôl: Hadi ffraeth, Hadi hoffus a oedd wastad ag ateb parod. Yn lle hynny, piciodd i baratoi ei frecwast ar ei ben ei hun pan oedd tawelwch yn diasbedain trwy'r adeilad wedi rhuthr canol y bore, a stwffiodd ddarn o fara jam i'w geg a'i ddilyn â gwydraid o de gwan. Yna tynnodd yn y bar ar draws y drws tân a'i wthio ar agor cyn camu allan i'r pwt o glos yn y cefn a chau'r drws o'i ôl. Dringodd ar ben y wal gerrig, gan ofalu peidio â rhwygo'i ddwylo ar y gwydr toredig a blannwyd yn fwriadol ar hyd-ddi, a gollyngodd ei hun yn araf i'r lôn gul a arweiniai at lôn gul arall ac un arall. Cerddodd yn ei flaen heibio'r sachau o sbwriel a racswyd gan y gwylanod, eu cynnwys drewllyd wedi'i arllwys ar hyd ei lwybr. Cerddodd heibio pâr o deiars a hen foned car oedd yn pwyso yn erbyn drws garej un o'r tai ac a adawyd yn sinigaidd i rywun arall ddod i'w symud. Rhythodd ar yr olygfa od. Roedd rhywbeth diarth yn ei chylch, yno yn y lôn gefn ac o olwg pawb, ond rhywsut doedd hi ddim yn anghydnaws, er hynny. Ystyriodd ei asesiad diweddaraf a chilwenodd wrth ddychmygu'r ddelwedd yn ganolbwynt i arddangosfa o waith ôl-fodernaidd, dinesig mewn rhyw oriel gelf. Pe deuai'n ôl ymhen blwyddyn, roedd e'n grediniol y byddai'r cwbl yn dal yn yr un man yn disgwyl dyrchafiad o hyd i ganol llwyfan mwy cyhoeddus. A beth amdano fe, Hadi? Beth fyddai ei hanes yntau ymhen blwyddyn? A fyddai'n dal i ddisgwyl ateb i'w gais am loches tra bod ton newydd o drueiniaid wedi cyrraedd o rywle a'i wthio'n ôl i waelod y gwt?

Torrwyd ar draws ei feddyliau pan adawodd lonyddwch y lonydd ac ymuno ag ardal drawiadol o brysur. Yma roedd y stryd o'i flaen yn llawn myfyrwyr a masnachwyr a faniau'n dadlwytho bocseidiau o nwyddau a photeli i'r caffis a'r siopau bwyd a wasgarwyd ar hap ar hyd-ddi. Arafodd ei gamau a cherdded wrth ei bwysau gyda'r llif dynol, gogoneddus, yn falch o'r difyrrwch arwynebol. Tramorwyr fel yntau oedd llawer o'i gyd-gerddwyr, fe dybiodd, ond bod croeso i'r rhain yn y wlad hon am fod arian – waeth beth fo'i darddiad – yn agor drysau. A bydden nhw'n dychwelyd adref ryw ddydd wedi blasu ffordd o fyw arall ac yn setlo'n ôl i drefn fwy ceidwadol fel dinasyddion da. Cododd ei aeliau ac ochneidio'n ddiamynedd; roedd yn bryd iddo roi'r gorau i'w hunandosturi.

Hanner ffordd ar hyd y stryd, croesodd i'r ochr draw a cherddodd ar ei union tuag at ddrws coch a gwyn a oedd fel petai'n ei hudo. Ac yntau ond ychydig fetrau i ffwrdd, cyflymodd ei galon. Safodd o flaen y ffenest lydan wrth ochr y drws agored a sbecian trwy'r gwydr. Dawnsiodd ei lygaid dros yr offer sgleiniog a llenwyd ei ffroenau â'r sawr sebonllyd, cyfarwydd a orlifai trwy'r drws ac allan i'r stryd. Un barbwr oedd wrthi a chanolbwyntiai hwnnw'n gyfan gwbl ar ei dasg. Rhythodd Hadi ar ei fysedd chwim wrth i'w siswrn weithio'n gelfydd trwy wallt y cwsmer ifanc a eisteddai'n ufudd wrth ddrych mawr a redai ar hyd y wal. Teimlodd wên yn ymffurfio o gwmpas ei geg. Roedd y boi hwn yn dda, meddyliodd, ond roedd yntau'n well. Yn sydyn, dyma'r barbwr yn rhoi'r gorau i'w dasg ar ei hanner a throi ei gorff cyfan i'w wynebu ond doedd dim gronyn o feirniadaeth ar ei wyneb. Gostyngodd Hadi ei lygaid a dechrau symud oddi yno. Amneidiodd y barbwr arno a'i annog i ddod i mewn, a throdd y cwsmer ifanc ei ben a gweiddi rhywbeth er mwyn ategu'r gwahoddiad, ond sgrialu ar hyd y pafin wnaeth Hadi heb gydnabod y naill na'r llall. Eiliadau'n unig y parodd e, o'r dechrau i'r diwedd, ond bu'n ddigon i gynnau rhywbeth ynddo a'i atgoffa ei fod yn ddyn. Erbyn iddo gyrraedd pen draw'r stryd, roedd y teimlad wedi pylu; ymdoddodd i ganol adfeilion Mosul, fel cymaint o'i atgofion, a daeth Hadi yn un o'r dorf drachefn.

Ymlaen yr aeth trwy'r strydoedd tlawd yr olwg, ei hyder yn tyfu ac yn gwywo gyda phob troad newydd. Yr atgofion: dyna oedd yn ei gymhlethu. Hynny a'r difaru. Y petai a'r petasai. A oedd hynny'n wir am bawb ynteu dim ond fe? Yn sydyn, teimlodd don o flinder llethol yn sgubo drosto. Roedd e am orwedd ac ildio i'w rym, ond gwyddai na allai. Gwyddai mai cerdded fyddai ei ffawd ... yn dragywydd.

Ar ôl crwydro am ryw awr arall – ni wyddai faint yn union – cyrhaeddodd ardal gyfoethog lle roedd y tai yn fawr a gerddi taclus yn ymestyn rhyngddyn nhw a'r ffordd. Gyferbyn â'r tai, roedd parc coediog. Trodd Hadi oddi ar y pafin a mynd i mewn trwy'r clwydi du. Doedd e erioed wedi bod yn y parthau hyn o'r blaen. Cerddodd ling-di-long heibio'r gwelyau blodau trefnus, gan ryfeddu at y lliwiau a'r patrymau, a phasiodd o dan y coed anferth, toreithiog nes dod at ardal chwarae yn llawn offer digon amrywiol i herio hyd yn oed y plant lleiaf mentrus. Yma eisteddai grwpiau bach o fenywod, yn bennaf, ar y meinciau neu mewn cylchoedd ar y gwair tra bod eu plant yn dringo'r fframiau neu'n cicio peli. Bob hyn a hyn, byddai un o'r menywod yn torri'n rhydd o'u sgwrsio er mwyn mynd i achub plentyn oedd yn sownd ar y fframin dringo neu er mwyn gwahanu dau arall oedd yn ffraeo dros ba un ddylai gael mynd nesaf ar y llithren. Ymhellach draw, roedd tad yn gwthio ei ferch fach yn ôl ac ymlaen ar siglen a hithau'n gweiddi arno i'w gwthio'n uwch tra bod ei gymar feichiog iawn yn annog pwyll. Cerddodd Hadi heibio'r rhain i gyd a mynd i eistedd ar fainc segur fel y crwydriaid eraill a oedd, fel yntau, yn eistedd ar eu pen eu hunain yn eu bydoedd bach.

Caeodd ei lygaid a chaeodd ei glustiau i'r chwerthin achlysurol a ddeuai o gyfeiriad y parc chwarae. Llithrodd bob yn dipyn i ryw fan rhwng cwsg ac effro, gan adael i'r amheuon a'r cwestiynau gystadlu am oruchfiaeth yn ei ben. Teimlodd ei frest yn tynhau wrth iddo ddychmygu ei fam yn dod o hyd i'r allweddi wrth ochr ei wely. Y cachgi creulon ag e! A oedd hi wedi maddau iddo fyth? Yn sydyn, gwibiodd wyneb Rania trwy ei feddwl. Ble roedd hi bellach? A lwyddodd hi i osgoi mynd yn hŵr i un o'r dynion arfog yn y diwedd – achos dyna fyddai hi – neu a briododd hi rywun o'i dewis ei hun? Byddai'r naill opsiwn neu'r llall wedi bod yn well na mynd yn wraig iddo fe. Siglodd ei ben yn geryddgar i ddileu'r fath haeriad; roedd e'n crwydro i dir eithafiaeth. Eto i gyd, byddai priodi merch a arferai chwarae wrth ei ochr pan oedd yn blentyn wedi bod yn drychineb. Doedd rhai pethau ddim i fod.

Efallai mai ffoi rhag priodas anhapus wnaeth y Syriad, meddyliodd. Ai dyna pam nad oedd sôn am ei wraig? Yn ôl pob tebyg, ni fyddai byth yn dod i wybod. Pe bai hwnnw'n fwy hynaws dichon y byddai wedi arllwys ei galon iddo a'i ystyried yn ffrind. Lledwenodd Hadi a sgubodd y fath ffantasi o'i feddwl. Onid oedd e wedi dangos yn berffaith glir ddoe nad oedd ganddo'r un iot o ddiddordeb ynddo? Un anghynnes fu'r meddyg o Aleppo – os gwir mai meddyg oedd e – o'r tro cyntaf y croesodd e drothwy'r ganolfan a gweithio'i ffordd i'r brig fel pawb arall o'i siort. A chyn bo hir, âi ar ei ffordd dan wenu wrth gynllunio i'r dyfodol, gan chwifio darn o bapur swyddogol yn ei law yn cadarnhau iddo gael ei dderbyn i ddechrau o'r newydd yn y wlad hon diolch i gefnogaeth y Cymro. Roedd e wedi disgwyl gwell gan hwnnw. Roedd e'n synnu ato am adael i'r Syriad ei dwyllo mor hawdd. Os mêts, mêts. Roedden nhw'n haeddu ei gilydd, felly. Os oedd e wedi teimlo unrhyw lygedyn o euogrwydd o'r blaen am gorddi'r dyfroedd, roedd hynny wedi hen ddarfod bellach. Pawb drosto'i hun biau hi.

Cododd e ar ei draed ac anelu am y clwydi mawr du. Gadawodd y parc a dechrau cerdded yn ôl heibio'r tai crand i ddisgwyl ei dro gyda'i siort ei hun, gan herio'i flinder bob cam o'r ffordd.

Erbyn iddo gyrraedd y strydoedd cyfarwydd ar gyrion canol y ddinas, roedd ei goesau bron â diffygio a'i stumog yn gweiddi. Roedd e heb fwyta nac yfed dim ers amser brecwast. Nawr roedd e'n barod unwaith eto i eistedd yn y gegin gyda'r lleill a rhannu beth bynnag oedd ganddyn nhw ar ôl yn y cwpwrdd, gan wybod y gallen nhw fynd draw i'r ganolfan yfory a llenwi eu boliau am ddim. Cyflymodd ei gamau a throdd i mewn i stryd fach dawel a ddefnyddiodd sawl tro yn y gorffennol i gyrraedd adref yn gynt. Hanner ffordd ar hyd-ddi trodd eto a dilyn y lôn gefn. Roedd e'n agos nawr. Bron na allai flasu'r wledd oedd yn ei ddisgwyl. Gwenodd yn goeglyd a dechreuodd baratoi ei hun i ateb y cwestiynau a fyddai'n sicr o gael eu saethu ato gan y lleill: ble roedd e wedi bod drwy'r dydd? Beth oedd ei henw? Sawl gwaith oedden nhw wedi'i wneud e? A byddai'r chwerthin a'r ensyniadau llencynnaidd yn llifo.

Ni chlywodd sŵn eu traed nes ei bod yn rhy hwyr. O fewn

eiliad, fe'i tynnwyd yn ei ôl gerfydd ei grys a'i lusgo i'r llawr. Clywodd ei ben yn taro'r tarmac craciog a gwelodd droed yn anelu am ei wyneb. Llwyddodd i godi ei ddwylo mewn pryd er mwyn gwarchod ei ddannedd a'i lygaid a theimlodd gic arall yn ei asennau. Trwy ei fysedd gallai weld fod 'na ddau ohonyn nhw wrthi ac roedden nhw'n chwerthin ac yn rhegi, gan weiddi arno i fynd adref i'w wlad ei hun. Cododd ei goesau at ei frest a cheisio rholio'n belen ond ymlaen yr aeth y cicio: yn ei gefn ac ar ochr ei ben. Hanner trodd a llwyddo i gydio yn esgid yr un ifancaf ond siglodd hwnnw ei droed yn rhydd cyn plannu cic arall yn ei geilliau. Sgrechiodd Hadi mewn poen a dechreuodd alw am help. Ciliodd yr un ifancaf, gan annog y llall i'w ddilyn, ond yn lle hynny daliodd hwnnw ei dir. Gwelodd Hadi fod ganddo gyllell yn ei law. Magodd bob gronyn o nerth yn ei gorff drylliedig, digon iddo allu codi ar ei draed. Rhythodd ym myw llygaid ei ymosodwr a'i ewyllysio i gadw draw ond roedd hwnnw eisoes wedi cyrraedd man arall yn ei gasineb. Rhuthrodd e tuag ato, gan chwifio'r gyllell. Daliodd Hadi ei fraich o flaen ei wyneb a theimlodd y llafn yn slaesio trwy'r croen gentimetrau uwchlaw ei arddwrn. Tynnodd ei fraich yn ôl yn reddfol ac eiliad yn ddiweddarach sgrechiodd wrth i'r gyllell wthio i mewn i'w goes. Roedd y boen yn ddirdynnol. Camodd yr ymosodwr oddi wrtho ac ymuno â'i fêt. Rhedodd y ddau i ffwrdd a'i adael ar ganol y lôn gul.

Ni wyddai am faint y bu yno. Eiliadau? Munudau? Ni wyddai chwaith sut y llwyddodd i gyrraedd drws ffrynt y tŷ. Rhythodd nawr mewn anghrediniaeth ar y gwaed oedd yn pistyllio o'r clwyf agored ar ei goes wrth iddo led-orwedd ar y llwybr rhwng y pafin a'r drws, ei afael ar ymwybyddiaeth yn mynd a dod. Ceisiodd godi ar ei draed ond ni allai.

Llwyddodd i bwyso'i gefn yn erbyn wal y tŷ a syllodd ar ei law waedlyd.

'Iesu mawr! Drycha ar ei goes e!'

Trodd Hadi ei ben i gyfeiriad y llais diarth. Roedd rhywun yn sefyll drosto, rhyw fenyw, ac roedd hi'n plygu'n nes. Ac roedd menyw arall gyda hi. Roedden nhw'n dweud rhywbeth wrtho. Nawr penliniai'r ddwy o'i flaen ac roedden nhw'n parablu, ond roedd eu geiriau'n gymysg ac ni allai eu deall. Caeodd ei lygaid a theimlodd ei gorff yn llithro'n ôl i'r llawr ond gafaelodd un ohonyn nhw ynddo a'i sadio. Gwelodd e'r llall yn camu tuag at y drws a churo'n wyllt ar y panel gwydr.

'Ffona am ambiwlans!' gwaeddodd y fenyw yn ei ymyl. 'Mae e'n mynd! Arhoswch gyda ni ... dyna chi. Mae help ar ei ffordd. Trïwch gadw ar ddi-hun, da chi. Mae help yn dod.'

Agorodd Hadi ei lygaid a siglodd ei ben. Yr eiliad nesaf, safai rhywun arall o'i flaen, rhywun cyfarwydd. Penliniodd hwnnw yr ochr arall iddo i helpu'r fenyw i'w godi ar ei eistedd yn iawn, ac roedd e'n siarad ag e, yn dweud rhywbeth wrtho yn ei iaith ei hun. Siglodd Hadi ei ben eilwaith.

'Dim ambiwlans. Stopa nhw. Dim heddlu.'

'Ond Hadi –'

'Cer i ôl y Syriad. Ma Nabil yn ddoctor,' meddai.

'Beth wedodd e?'

Y fenyw arall a siaradai bellach ac roedd hi'n cydio ym mraich y dyn cyfarwydd, ond doedd hwnnw ddim yn gwrando a llwyddodd e i ymryddhau o'i gafael. Rhedodd oddi wrthi a'i gadael i siarad â rhywun ar ei ffôn. Siaradai'n gyflym a gallai Hadi glywed yr ymbil yn ei llais. Caeodd ei lygaid drachefn. Teimlai ei ben mor drwm. Roedd e eisiau cysgu ond ni allai am fod y fenyw wrth ei ochr yn ei gadw ar ddi-hun. Yn sydyn, roedd mwy o weiddi a phrysurdeb o'i gwmpas. Symudodd y fenyw o'r ffordd er mwyn clirio llwybr ato. Nawr penliniai rhywun arall o'i flaen ac roedd e'n rhoi gorchmynion i'r lleill. Roedd ei lais yn ddigyffro a symudai ei gorff ag awdurdod. Roedd e'n clymu rhywbeth am ei goes ac yn ei dynnu'n dynn iawn.

'Tria ymlacio, Hadi,' meddai'r dyn newydd hwn.

Y boen. Roedd y boen yn ei goes yn annioddefol. Gafaelodd rhywun yn gadarn yn ei law. Agorodd ei lygaid a rhythu ym myw llygaid Nabil. Nawr roedd hwnnw'n taenu rhywbeth ar ei fraich ac roedd yn llosgi. Ceisiodd dynnu ei fraich i ffwrdd ond roedd gafael Nabil yn rhy gryf wrth iddo ddala darn o liain dros ei glwyf a'i rwymo. Clywodd Hadi'r seiren yn llenwi'r ffordd o bell ac yna'r ambiwlans yn sgrialu i stop o flaen y tŷ. Eiliadau'n ddiweddarach, rhedodd dau barafeddyg tuag at y grŵp bach ar lawr.

'Hai, fi yw Rob, beth yw'ch enw chi?' gofynnodd yr hynaf o'r ddau.

'Ei enw yw Hadi,' atebodd Nabil. 'Wy'n nabod e.'

'Oes rhywun yn gwbod beth ddigwyddodd?'

'Sdim ots beth ddigwyddodd. Ma eisie mynd â fe i'r ysbyty, glou!' atebodd y fenyw yn ei ymyl cyn i neb arall gael cyfle i ddweud dim. 'Fi a nghymar dda'th o hyd iddo fe'n gorwedd fan hyn. Mae e wedi colli yffach o lot o waed. Ma'r dyn yma 'di bod yn wych,' meddai a phwyntio at Nabil.

'Ocê Hadi, chi'n saff nawr. Ni'n mynd â chi i'r ysbyty,' meddai'r parafeddyg ac anwybyddu geiriau olaf y fenyw.

'Wy 'di neud 'y ngore i atal y gwaed,' meddai Nabil, 'ond heb yr – '

'Ocê, dewch o'r ffordd,' meddai'r parafeddyg arall ar ei

draws.

'Wy'n dod gyda chi yn yr ambiwlans,' meddai Nabil.

'Na chi ddim, chi'n aros fan hyn. Bydd yr heddlu 'ma whap a byddan nhw'n moyn siarad â chi.'

'Pam?'

'Byddan nhw eisie gwbod beth ddigwyddodd.'

'Sdim syniad 'da fi beth ddigwyddodd. Dyw'r ffaith mod i'n nabod e ddim yn golygu mod i'n cadw cwmni iddo fe. Wy'n dod gyda chi yn yr ambiwlans. Does neb arall gyda fe a dw i'n ddoctor. Meddyg ydw i.'

NABIL

Cerddodd Nabil heibio'r ddesg yn nerbynfa'r ward, gan orfodi ei hun i beidio â throi ei ben i gydnabod y ddwy nyrs oedd yn crymu dros gyfrifiadur ac yn dwysystyried yr hyn oedd ar y sgrin o'u blaenau. Digon swta fuon nhw wrtho yn ystod y nos pan fynnodd aros wrth erchwyn gwely Hadi er bod hwnnw'n cysgu'n drwm dan effaith y cyffuriau a roddwyd iddo i leddfu'r boen yn ei goes. Nawr, fodd bynnag, roedd e am fynd i'w wely ei hun ac ildio i'r cwsg oedd yn bygwth ei draflyncu ar ôl oriau o fod ar ddi-hun. Ond fe ddeuai yn ei ôl. Cerddodd yn ei flaen nes cyrraedd diwedd y coridor a gwasgodd y botwm gwyrdd ar y pared er mwyn rhyddhau'r glicied ac agor y drysau dwbl. Ond cyn mynd trwyddyn nhw edrychodd wysg ei gefn er ei waethaf. Rhythodd ar yr olygfa am eiliadau hirion. Yn sydyn, cododd un o'r ddwy nyrs ei phen ac ymsythu fel petai'n ei herio a throdd Nabil ar ei union ac ymuno â'r coridor hir â'r parwydydd pinc yr ochr arall i'r drysau agored.

Wrth iddo ymlwybro ar hyd-ddo teimlai Nabil ei goesau'n drwm. Roedd ganddo boen yn ei gefn a chric yn ei war ar ôl pendwmpian drwy'r nos yn y gadair gefnuchel. Crychodd ei dalcen. Ei ddewis e oedd aros. Wnaeth neb ofyn iddo. Fyddai Hadi byth wedi gwneud, ond roedd yn amlwg iddo fod yr Iraciad yn falch pan agorodd ei lygaid ryw awr yn ôl a gweld ei fod yno wrth ei ochr. Cododd ei ddwylo at ei wddwg a dechrau tylino'r gewynnau â blaenau ei fysedd cyn rholio ei ysgwyddau mewn ymgais i lacio'r cyhyrau. Roedd eisiau bwyd arno ond doedd ganddo ddim clincen yn ei boced. Griddfanodd wrth sylweddoli y byddai'n rhaid iddo gerdded yr holl ffordd adref o'r ysbyty i'w stafell ar gyrion canol y ddinas. Adref: roedd yn air od. Doedd e ddim wedi gadael iddo'i hun ddefnyddio'r term ers dod i fyw i Gaerdydd. Eto, y stafell honno oedd y peth agosaf at adref oedd ganddo bellach. Fiw iddo ddweud hynny wrth ei dad yn ystod un o'i sgyrsiau cynyddol anodd ar y ffôn. Doedd gan hwnnw ddim gronyn o amynedd ar ôl. Ond byddai wedi bod yn browd ohono neithiwr; roedd e'n eithaf sicr y byddai wedi'i ganmol. Lledwenodd Nabil wrtho'i hun cyn chwythu'r fath ysmaldod i ganol yr awyr farwaidd o'i gwmpas. Roedd e'r un mor sicr y byddai ei dad wedi troi'r holl bennod ar ei phen a'i defnyddio i'w atgoffa taw yn ôl yn Aleppo roedd ei briod le, yn cyflawni ei briod waith.

Cyrhaeddodd e ben draw'r coridor pinc a mynd i sefyll o flaen y lifft lliw arian. Wrth ei ochr safai dau feddyg: dyn a menyw tua'r un oedran ag yntau. Roedden nhw'n siarad ac yn chwerthin heb dalu'r gronyn lleiaf o sylw iddo. Ni allai Nabil ddeall yr hyn a ddywedent ond roedd eu goslef yn gyfarwydd ac adnabu ambell air hyd yn oed os na wyddai eu hystyr. Sylweddolodd mai'r un oedd hi â'r iaith y byddai Dylan yn ei defnyddio wrth siarad â'i fab. Roedd e heb ei weld ers dyddiau, ers ei wylio'n croesi'r ffordd yn ôl i'r ganolfan ar ôl iddo ddod i guro ar ei ddrws, ond gwyddai taw mater o amser fyddai hi cyn iddo ddod ar ei drywydd drachefn, unwaith yr âi'r gair ar led am yr ymosodiad ar Hadi. Canodd cloch yng nghrombil y lifft ac agorodd y drysau lliw arian. Amneidiodd y ddau feddyg arno iddo fynd i mewn o'u blaenau a dyna a wnaeth, gan bwyso'i ysgwyddau a'i ben yn erbyn metel oer cefn y cawell. Caeodd y drysau a disgynnodd y lifft a theimlodd ei gorff cyfan yn cael ei sugno i ryw dwll diwaelod. Taflodd gip ar y drych mawr a ffurfiai un o'r ochrau eraill ac edrychodd i ffwrdd yn syth er mwyn dileu'r ddrychiolaeth a'i hwynebai. Rhythodd ar gefnau'r ddau feddyg. Yn sydyn, cyrhaeddodd y lifft y llawr gwaelod ac agorodd y drysau. Diflannodd y meddygon i ganol y llif dynol yn y cyntedd prysur ac wrth iddyn nhw fynd daeth Nabil wyneb yn wyneb â Dylan a oedd yn aros i gamu i mewn i'r gofod lle safai yntau.

Am eiliad, a deimlai fel oes, syllodd e mewn anghrediniaeth ar y Cymro a hwnnw arno yntau – yr argyfwng yn rhewi'r ddau.

'Nabil.'

Nodiodd Nabil ei ben y mymryn lleiaf i gydnabod y dyn o'i flaen.

'Nabil,' meddai eilwaith, 'ble ddiawl ti 'di bod?'

'Bydd e'n iawn os taw dyna rwyt ti'n feddwl. Mae Hadi 'di ca'l anaf drwg yn ei goes ond bydd e'n iawn.'

'Diolch byth am hynny, ond ... holi amdanat ti o'n i. Wyt ti'n iawn?'

Gwelodd Nabil y pryder yn ei lygaid a bu bron iddo gael ei lorio.

'Ydw,' meddai.

Camodd Dylan tuag ato a lapio'i freichiau amdano, ac yn y weithred syml honno ildiodd Nabil i'r dyngarwch oedd wedi'i achub unwaith o'r blaen.

'Wy 'di bod yn poeni amdanat ti. Ma Rhiannon a'r plant ... ma pawb yn gweld dy eisie di. Gwranda, Nabil, wy'n difaru'n enaid mod i wedi – '

'Sdim eisie i ti,' meddai hwnnw ar ei draws. 'Os rhwbeth, rwyt ti wedi fy helpu i weld pethe'n gliriach, i dderbyn y realiti newydd.'

'Sa i'n deall. Be ti'n trio'i weud?'

'Ddim nawr, ddim fan hyn.'

'Dere i ga'l coffi bach. Wy'n moyn i ti weud wrtha i ... i egluro.'

'Rhywbryd eto ... fory falle ... ond ddim nawr. Wy wedi blino shwt gymaint, Dylan.'

'Wy ddim yn synnu, ar ôl beth ddigwyddodd neithiwr. Oni bai amdanat ti – '

'Nid sôn am neithiwr ydw i. Wy 'di gweld gwa'th o lawer na beth ddigwyddodd neithiwr. Chwarae plant o'dd hwnna.'

'Diolch am beth wnest ti ac am fynd gyda fe yn yr ambiwlans, yn enwedig ar ôl ... wel ti'n gwbod. Wy'n siŵr fod e ddim yn hawdd i ti.'

Nodio'i ben wnaeth Nabil er mwyn cydnabod ei eiriau.

'Wy wedi neud pethe anoddach.'

'Shwt ma fe bore 'ma? Ydy'r anaf yn ddrwg iawn?'

'Buodd e'n lwcus. Maen nhw'n mynd i gadw fe mewn am sbel fach ond fe ddaw e drwyddi. Gymeriff hi fwy na rhwbeth fel cyllell rhyw gachwr hiliol i stopo bachan fel Hadi.'

Gwenodd Dylan yn wan.

'Ody'r heddlu wedi bod i weld e eto?'

'Dy'n nhw ddim yn gwbod. O'dd Hadi'n hollol bendant neithiwr nad o'dd e am i'r heddlu wbod a dyw e ddim wedi newid ei feddwl. Wnei di ddim newid ei feddwl.'

'Alla i ddeall pam dyw e ddim am dynnu'r heddlu i ganol pethe. Mae e siŵr o fod yn becso y gwnaiff hynny effeithio ar ei gais am loches, ond sdim angen iddo fe boeni am hynny. Da'th hwn iddo fe bore 'ma.' Ar hynny, tynnodd Dylan lythyr o'i boced a'i estyn i Nabil. Edrychodd hwnnw ar y stamp swyddogol a chodi ei aeliau cyn rhoi'r amlen yn ôl. 'Dyna'n rhannol pam dw i yma ... i roi'r newyddion da iddo. Mae ei gais wedi bod yn llwyddiannus.'

'Shwt wyt ti'n gwbod?'

'Wy 'di gweld digon o lythyron tebyg yn ystod y tair blynedd ddiwetha. Sylwest ti ar ei drwch e? Dyna yw e, saff i ti.'

'Trwch blewyn felly o gyflawni'r eironi perffaith.'

'Be ti'n feddwl?'

'Neithiwr, tase'r gyllell wedi neud mwy o niwed byddai 'di bod yn stori wahanol iawn. A'r llythyr hollbwysig mae pob ymgeisydd lloches mor barod i symud tir a môr i'w dderbyn yn cyrraedd yn rhy hwyr i Hadi. Meddyla amdano, mae bron â bod yn chwerthinllyd.'

'Mae'n debyg bod bywyd ... a marwolaeth ... yn llawn eiliade tyngedfennol fel 'na. Ry'n ni'n byw ar eu trugaredd, ond yn bersonol wy wastad wedi bod â ffydd mewn nano-eiliade. Maen nhw'n tueddu i weithio o mhlaid. Ti'n siŵr na ddoi di am goffi bach?'

'Odw, well i fi ei throi hi.'

'Ond paid â chadw'n ddiarth, Nabil. Ma gormod o bobol yn dibynnu arnat ti.'

Gwasgodd Dylan y botwm i alw'r lifft o'r newydd ac anelodd Nabil am yr allanfa.

* * *

Safai Nabil a'i ysgwydd yn pwyso'n erbyn polyn lamp yn y stryd fach anniben, gan edrych dros ben toeau'r ceir a barciwyd ar hyd-ddi. Seriwyd ei lygaid ar y ganolfan yn y pen pellaf. Bob hyn a hyn byddai arogl sur pisho'r cŵn lleol yn codi at ei ffroenau a'i demtio i adael ei guddfan, ond bob tro cyn iddo wneud byddai angen cryfach i aros o'r golwg yn ei gadw lle roedd e.

Pan ddihunodd y bore hwnnw, ar ôl cysgu am bron i ddeuddeg awr, roedd ei benderfyniad wedi'i wneud a'i feddwl yn glir. Aeth am gawod a safodd dan y dŵr poeth am lawer rhy hir, gan ildio i'r ffantasi o fod yn brif gymeriad mewn rhyw ddefod grefyddol, adnewyddol. A phan flinodd ar ei wamalu tynnodd ei dywel dros ei gorff a rhuthro'n ôl ar hyd y coridor i ddechrau rhoi ei benderfyniad ar waith. Eilliodd ei farf dridiau, gwisgodd ddillad glân ac aeth i baratoi brecwast iddo'i hun yn y gegin dawel. Ond buan y ciliodd ei hyder pan fynnodd wyneb Dylan lenwi ei feddwl, yn union fel y gwnaethai'r holl ffordd adref o'r ysbyty y diwrnod cynt. Yn ystod yr awr a mwy a gymerodd i gyrraedd ei stafell, a dim ond adrenalin yn ei annog i roi un droed o flaen y llall, bu'n ail-fyw eu cyfarfod siawns a'r hanner addewid a roddodd i'r Cymro. Roedd hwnnw'n disgwyl cyfarfod arall, fe wyddai hynny'n iawn: roedd e eisiau'r gwir. Gwyddai hefyd nad oedd modd ei osgoi. Felly, gyda phob cam, bu'n paratoi'r geiriau nad oedd e hyd yn oed wedi gadael iddo'i hun eu llefaru gan y byddai hynny'n gyfystyr â gollwng ei afael. Byddai'n derfynol. Eto i gyd, eu ffurfio wnaeth e am ei bod yn bryd iddo ddringo o'i gors. Ond erbyn iddo sefyll o flaen drysau'r ganolfan, prin hanner awr yn ôl, roedd y geiriau hynny wedi troi'n bŵl a suddo i waelodion ei feddwl. A bu bron iddo ei gwân hi cyn i Dylan neu un o'r lleill ddod a'i weld e'n crynu o flaen y drysau ond, yn lle ffoi, crwydrodd i ben arall y stryd a mynd i chwilio am y geiriau hynny unwaith eto.

Yn sydyn, camodd o'r tu ôl i'r polyn lamp a dechrau cerdded yn ôl ar hyd y pafin anwastad tuag at y ganolfan. Pan gyrhaeddodd y drysau am yr eildro y bore hwnnw doedd e ddim yn siŵr a oedd y geiriau wedi dod gydag e, ond wrth iddo droi'r bwlyn crwn gwyddai nad oedd ganddo ddewis ond mynd i mewn.

Pasiodd trwy stafell y plant ac ymlaen i'r cwtsh lle cedwid y rhoddion dillad, gan weddïo na fyddai neb yn dod ato i dynnu sgwrs. Gwelodd trwy'r drws agored fod Mrs Campbell-Jones yn eistedd ar gadair a'i chefn ato, gan blygu i ddidoli cynnwys un o'r sachau du o'i blaen. Llwyddodd e i fynd heibio iddi heb ddenu ei sylw ac aeth drwodd i'r neuadd fawr ac eistedd ar un o'r cadeiriau oren gyferbyn â swyddfa Dylan. Yn sydyn, cododd bonllef o gymeradwyaeth o ben arall y stafell fawr ac edrychodd Nabil i gyfeiriad y sŵn. Dechreuodd rhai o gronis Hadi frasgamu tuag ato ond cyn iddyn nhw ei gyrraedd ymddangosodd Dylan wrth ddrws ei swyddfa ac ymuno yn y curo dwylo. Cododd Nabil ar ei draed yn ansicr a'r eiliad nesaf gafaelodd un o'r cronis yn ei law a'i hysgwyd yn egnïol, gan ddweud rhywbeth wrtho yn ei iaith ei hun, ond diflannodd y geiriau yn yr un modd ag y diflannodd y geiriau gynnau. Nodiodd ei ben i gydnabod brwdfrydedd y dyn o'i flaen cyn i rywun arall ysgwyd ei law ac yna un arall. Ac ymhobman roedd geiriau. Gormod o lawer o eiriau. Edrychodd draw tuag at Dylan a gweld bod hwnnw ar fin dod i'r adwy. A dyna a wnaeth, gan roi ei fraich am ei ysgwydd a'i dywys trwy ddrws ei swyddfa lle byddai disgwyl iddo ddod o hyd i'w eiriau ei hun.

'Paid edrych mor syn, achan. Beth arall o't ti'n ddishgwl?' Tynnodd Dylan ei gadair allan o'r tu ôl i'w ddesg a'i symud i ganol y swyddfa flêr. Eisteddodd gyferbyn â Nabil a phwyso ei ên ar ei law. Roedd e'n gwenu. Cododd Nabil ei ysgwyddau a thynnu gwep ddibrisiol. 'Gwranda, smo nhw'n ca'l llawer o reswm i brofi balchder ond rwyt ti newydd roi esgus iddyn nhw deimlo'n dda. Ti'n dipyn o arwr yn eu golwg ... paid â gwarafun hynny iddyn nhw.'

'Arwr wedest ti? Go brin.'

Gwibiodd llygaid Nabil rhwng wyneb Dylan a'r llawr cyn setlo ar boster ar y pared gyferbyn. Ni chynigiodd hwnnw unrhyw ymateb a rhoddodd y ddau rwydd hynt i'r distawrwydd siarad dros yr hyn nas dywedwyd. Nabil, er hynny, oedd y cyntaf i fentro gair, gan farnu mai dyna a ddisgwylid ganddo.

'Beth wyt ti eisie'i wbod?'

'Wy eisie gwbod beth sy'n dy ddifa di.'

Rhythodd Nabil arno ond ni welodd e'r cyhyrau bach o gwmpas ei geg yn plycio na'r ymbil yn ei lygaid. Roedd Dylan wedi pwyso yn ei flaen yn y gadair gan gau'r bwlch rhyngddyn nhw, ond ni welodd Nabil yr un o'r arwyddion bach hyn. Tynnodd ei lawes dros ymylon ei lygaid a sychu'r gwlybaniaeth oedd yn bygwth gorlifo, ac yna llefarodd y geiriau y bu'n chwilio amdanynt drwy'r bore.

'Ma hi wedi mynd. Ma Amal wedi mynd.'

Deallodd Dylan ystyr y gosodiad syml ond gofynnodd ei

gwestiwn, er hynny.

'Ble ma hi nawr?'

Ysgydwodd Nabil ei ben.

'Wyt ti'n gwbod ble ma dy wraig?'

'Cafodd ei thraflyncu gan y môr.'

Ymsythodd e yn ei gadair a gadawodd i'r geiriau lifo, gan olchi ymaith y misoedd o alaru. Dechreuodd yn y dechrau. Soniodd am ei fywyd yn Aleppo a sut y cawsai ei swyno gan y ferch afieithus o ochr draw'r afon. Soniodd am eu hamser gyda'i gilydd cyn i'r bomio beunyddiol ac yna'r dienyddio mympwyol yrru miloedd o bobl fel Amal ac yntau o'u dinas am eu bod eisiau byw. Soniodd am eu siwrnai ar draws Ewrop a'u penderfyniad i ddal ati am nad oedd ystyried troi'n ôl yn ddewis oedd ar gael i rai fel y nhw. Disgrifiodd y daith hunllefus yn y cwch agored a'r cip olaf a gafodd ar ei wraig cyn iddi ddiflannu dan y dŵr du. A phan orffennodd siarad anadlodd yn ddwfn trwy ei drwyn ac allan trwy ei geg mewn ymgais i reoli curiad gwyllt ei galon. Ond ni lefodd.

'A nawr ti'n gwbod. Ti yw'r unig un sy'n gwbod y stori gyfan.'

Syllodd Dylan ar y dyn o'i flaen heb fedru tynnu ei lygaid oddi arno. Ymchwyddodd gwerth dyddiau o gywilydd ynddo a chymysgu â'r galar llethol oedd yn prysur gymryd ei le. Galar am fenyw na chafodd ei hadnabod, galar am golled mor greulon. Bu'n chwarae ers dyddiau â damcaniaethau hawdd, â syniadau ffuantus er mwyn llunio darlun cyfleus, ond wnaeth e erioed adael iddo'i hun ddychmygu'r hyn roedd e newydd ei glywed. Ddaeth e ddim yn agos. Doedd ganddo ddim dirnadaeth. A nawr doedd ganddo ddim ateb i'r dyn hwn. Caeodd ei lygaid, gan adael i'r cyfan droi'n gerddorfa aflafar yn ei ben. Eisteddodd felly am funudau lawer a phan agorodd ei lygaid o'r newydd roedd ei fyd wedi newid.

'Gyfaill, beth alla i weud?'

Cododd Dylan ar ei draed a chymryd yr ychydig gamau tuag at Nabil. Yna penliniodd o'i flaen a dal ei freichiau ar led. Pwysodd Nabil yn ei flaen nes bod ei ben yn cyffwrdd ag ysgwydd y Cymro a dyna pryd y llefodd. Llefodd ddagrau hallt o rywle dwfn, dwfn.

Dewisodd Nabil ford wrth y ffenest – yr un ford ag o'r blaen, fe gofiodd – ac eisteddodd a'i gefn yn erbyn y wal, gan wylio Dylan yn sgwrsio â'r dyn ifanc tatŵog y tu ôl i'r cownter wrth i hwnnw baratoi eu coffi. Doedd e ddim wedi bod yn ôl i'r caffi hwn ers y tro cyntaf hwnnw pan ildiodd i berswâd y Cymro a rhuthro yno gydag e trwy'r strydoedd glawog mewn oes arall. O'r braidd bod y ddau yn adnabod ei gilydd bryd hynny ond derbyn ei wahoddiad wnaeth e am i'r Cymro fod mor daer ac am ei fod yntau mor awyddus i beidio â'i ddigio. Ond ei ddigio wnaeth e, er hynny. Roedd e'n siŵr o hynny. Yn sydyn, trodd ei ben oddi wrth y ddau wrth y cownter a syllu'n ddi-weld ar y mynd a dod trwy'r ffenest. Sawl gwaith roedd e wedi ailchwarae eu sgwrs yn ei ben ers y diwrnod hwnnw a'r tir rhyngddyn nhw'n symud yn ôl ac ymlaen fel platiau tectonig? Roedd eu dieithrwch, neu eu gwrywdod, yn bygwth tagu unrhyw lun ar gyfeillgarwch cyn iddo gael cyfle i flaguro. Eto i gyd, tyfu wnaeth e – am ryw hyd – nes iddo adael i'w amheuon, ei amheuon cyfarwydd, droi'r cyfan yn gachu hwch. Yn ystod y sgwrs honno y soniodd gyntaf am Amal: y tro cyntaf i neb yng Nghymru glywed bod ganddo wraig. Ond ni ddywedodd fwy nag oedd raid am fod ffurfio'r geiriau'n ormod o beth. Nawr gwyddai Dylan y cyfan. Roedd yn gam ymlaen o fath.

'Diolch,' meddai a thynnu'r cwpan a'r soser tuag ato ar draws y lliain plastig, blodeuog. Arllwysodd lwyaid o siwgr ar ben yr hylif brown tywyll a'i droi'n araf heb godi ei lygaid oddi ar ei ddiod. Tynnodd Dylan gadair yn ôl ac eistedd gyferbyn ag e, gan bwyso ei benelinau ar y ford fach gul.

'Pam 'set ti wedi gweud wrth yr awdurdode am Amal? Pam 'set ti wedi sôn wrthyn nhw beth ddigwyddodd iddi?'

'Am nad o'n i'n gallu siarad. O'n i'n ffilu agor 'y ngheg i weud dim. Am fisoedd lawer ffiles i weud dim byd am nad o'n i'n gallu ei brosesu fe.'

'Ma 'na bobol all dy helpu, ti'n gwbod. Pobol broffesiynol. Sdim dishgwl i ti fynd trwy hyn ar dy ben dy hun.'

'Wnaiff hynny ddim dod â hi nôl.'

'Ond walle gwnaiff e helpu i ddod â ti nôl.'

Ysgwyd ei ben wnaeth Nabil heb godi ei olygon.

'Nôl i beth?'

Tro Dylan oedd hi i ostwng ei lygaid. Syllodd ar ei gwpan, ar y crema lliw caramel yn eistedd yn drwch ar ben ei goffi. Pwy oedd yntau i geisio cynnig ateb, i herio hawl y dyn hwn i ofyn y fath gwestiwn? Cododd y cwpan at ei wefusau a chymryd llymaid o'i ddiod ond rhywsut roedd y coffi wedi colli ei flas.

'Beth wedodd Hadi pan agorodd e'r llythyr?' gofynnodd Nabil ymhen hir a hwyr.

'Mmm?'

'Hadi ... o'dd e'n gyffrous pan roiest ti'r newyddion da iddo?'

'O'dd, o'dd e'n ffilu credu'r peth. Cofia, nage dyna'r peth

pwysica ar ei feddwl ar y pryd ac yntau'n gorwedd ar wastad ei gefn mewn ysbyty, ond o'dd, o'dd e wrth ei fodd. Mae e'n mynd i whilo am job fel barbwr unwaith mae e nôl ar ei dra'd, medde fe.'

'Barbwr?'

'Ie, dyna o'dd ei waith cyn iddo ddod i Gymru. Mae'n debyg bod gydag e ei siop ei hun nôl ym Mosul.'

'Ma hynny'n esbonio pam bod ei wallt wastad yn edrych fel rhwbeth welet ti mewn cylchgrawn ... wastad y steil ddiweddara a phob blewyn yn ei le.' Gwenodd Nabil. 'Wy'n dymuno pob hwyl iddo.'

'A beth amdanat ti, Nabil? Beth wyt ti'n mynd i neud?'

'Fi? O'n i'n arfer gwbod yr ateb i hwnna. Hynny yw, o'n i'n gwbod beth o'dd yr uchelgais ta beth. Hyd yn oed pan o'dd popeth i weld yn ein herbyn bydde llygedyn o'r freuddwyd yn dal ynghyn ... digon i'n gyrru ni ar y cam nesa, i'n stopo rhag troi'n ôl. A tase un ohonon ni'n simsanu bydde'r llall yn neud yn siŵr na fydde'r meddylie tywyll yn para'n hir.' Trwy gydol ei ragymadrodd bu Nabil yn chwarae â'r llwy fach rhwng ei fysedd ond yn sydyn fe'i rhoddodd yn ôl ar y soser a phwyso ei gefn yn erbyn y pared y tu ôl iddo. 'Amal o'dd y cynta i lefaru'r hyn oedd yn amlwg ... ei bod hi'n rhy beryglus i aros yn Aleppo. Ac o'dd hi'n hollol iawn. Ti'n dechrau ymlacio, yn gwmws fel wnes i pan beidiodd y bomio. Ond fel wedodd Amal, dyna pryd ma'r perygl ar ei fwya bygythiol. Mae'n taro pan mae'n synhwyro y gallai achosi'r difrod gwaetha. O'dd y rhan o'r ddinas lle o'n ni'n byw wedi ca'l ei throi'n llwch a dynion ifanc gwyllt yn chwifio'u gynne wrth grwydro hynny o'dd yn weddill o'r strydoedd tra'n whilo am esgus i ddial, hyd yn oed os nad o'n nhw'n deall pam. Dwyt ti ddim yn dadlau 'da dyn â gwn yn ei law, yn enwedig un sy'n gwbod bod ganddo rwydd hynt i ladd. Felly gadawon ni yn y gobaith o ga'l ail gyfle, heb feddwl y bydde pethe'n gorffen fel y gwnaethon nhw. O'dd hynny ddim yn rhan o'r cynllun mawr. A nawr wy'n gaeth rhwng dau fyd heb y gallu i fynd nôl na'r gallu i fynd mla'n.'

'Ti ddim yn gwbod hynny. Ma Hadi'n ca'l aros ac ma dy achos di'n gryfach o dipyn, weden i. Does wbod beth ddigwyddiff.'

'Nid dyna o'n i'n feddwl. A bod yn gwbl onest, Dylan, wy ddim yn siŵr ydw i am aros, ond os af i nôl bydda i'n sathru ar freuddwyd 'y ngwraig. Bydda i'n ei bradychu, ac ma hynny'n dipyn o gyfrifoldeb.'

'Ma gyda ti gyfrifoldeb i ti dy hunan hefyd. Bydd raid i ti adel tir neb maes o law – ddim eto, sa i'n gweud llai – ond ryw ddydd bydd raid i ti wireddu dy freuddwyd dy hun a chipio'r ail gyfle 'na.'

'Ti'n meddwl?'

'Wy'n gwbod, Nabil, achos mod i'n siarad o brofiad.'

Cyfarfu llygaid y ddau a brwydrodd Nabil yn erbyn y demtasiwn i edrych i ffwrdd. Os bosib bod y dyn hwn o'i flaen yn honni bod eu profiadau'n debyg.

Ychydig a wyddai amdano mewn gwirionedd er iddo ddyfalu digon yn ystod yr wythnosau a'r misoedd ers iddo ddod yn rhan o'i fyd. Chwaraeodd ei eiriau yn ei ben drachefn; doedd ganddo ddim rheswm i amau nad oedd e'n dweud y gwir. Roedd taith pawb yn wahanol.

'Wrth edrych nôl, o'n ni mor naïf. Bydde rhai yn gweud bod ni'n rhyfygus. Y peth yw, pan ti'n goresgyn rhwystr ar ben rhwystr ac yn cyflawni'r amhosib yn ddyddiol ti'n gadel i ti dy hun gredu fod popeth yn mynd i fod yn iawn. Ti'n mentro sôn am ail gyfle, am orffen dy hyfforddiant meddygol, am ga'l plant hyd yn oed. O'n ni bron â gwireddu'r freuddwyd, ti'n gwbod. Daethon ni o fewn trwch blewyn, ond erbyn hyn wy'n ca'l trafferth credu y bydde pethe wedi bod yn wa'th tasen ni heb gychwyn ar ein Hantur Fawr.'

Gwenodd Dylan am na wyddai beth arall i'w wneud, ond gwên wan oedd hi.

'Ife dechrau paratoi dy hun ar gyfer mynd nôl i Syria wyt ti?'

'Fydde dim byd yn plesio nhad yn fwy na hynny.'

'O ddifri?'

'O ddifri. Yr un yw ei gân bob tro ry'n ni'n siarad ar y ffôn. "Dere nôl i Aleppo i orffen dy hyfforddiant. Dere nôl i neud dy briod waith. Fan hyn ma dy le." Ma pob sgwrs yn troi'n ffradach ar ôl dwy funud.'

'Beth rwyt ti eisie sy'n bwysig.'

'Wy'n hanu o linach anrhydeddus sy bob amser yn rhoi pwys mawr ar wasanaeth. Meddyg yw nhad hefyd ... a'i frawd, a meddyg o'dd eu tad hwythe. Mae e'n ffilu deall pam bo' fi mor awyddus i dorri'r gadwyn honno.'

'Ond dwyt ti ddim. Syria dorrodd y gadwyn ... neu'n hytrach y dynon hynny sy wedi'i rhwygo'n ddarne er mwyn parhau â'u ffantasi a dal eu gafael ar eu grym.'

'Ma Syria wedi mynd i'r diawl. Gwlad fy nhadau ac mae'n ffycd.'

'Mae hen wlad fy nhadau yn annwyl i mi.'

'Beth?' gofynnodd Nabil a chrychu ei dalcen. 'Sa i'n deall.'

'Dim byd, fi sy'n gwamalu.'

Cododd Nabil ei gwpan at ei geg ac yfed gweddill ei goffi ar ei ben.

'Mae'n mynd i gymryd cenedlaethe i ddod â'r wlad nôl o ble mae nawr, a bob dydd ma miliyne'n diodde oherwydd y tlodi affwysol a'r trais. Mae 'na brinder o bopeth. Mae'n apocalyptaidd, Dylan, ac i feddwl bod ni'n arfer bod mor waraidd. Wy'n clywed sôn bod rhai o'r bobol adawodd Syria pan o'dd y rhyfel ar ei waetha yn dechrau mynd nôl ond dyw hi ddim yn saff. Ma'r straeon am ddial yn rhemp.' Ar hynny, hanner chwarddodd Nabil wrtho'i hun cyn sleifio'i gorff ar hyd y fainc ledr ffug, yn barod i godi ar ei draed. 'Dyna'r ddadl bydda i'n ei defnyddio i gau pen 'y nhad pan fydd e'n trio mherswadio i fynd adre. Bydda i'n gweud: "Baba, dyw e ddim yn saff." Ond ti'n gwbod beth, nid dyna sy'n codi ofn arna i. Ti eisie gwbod beth sy'n hala arswyd trwydda i'n fwy na dim byd arall? Bod nôl yn Aleppo heb Amal. Byw o ddydd i ddydd a'i chysgod dros bob man. Ofni wynebu ei rhieni a'm rhieni fy hun. Gweld eu tristwch. Maen nhw'n gwbod na ddaw hi byth nôl ond dy'n nhw ddim yn gwbod yr amgylchiade. A shwt alla i weud hynny wrthyn nhw? Ma eu byd eisoes yn deilchion.'

Cododd Nabil a mynd am y drws. Edrychodd draw i gyfeiriad y dyn ifanc tatŵog i ddiolch iddo am baned dda, ond roedd hwnnw a'i gefn ato yn paratoi coffi i gwsmer arall. Daliodd e'r drws ar agor i Dylan a chamodd y ddau allan i'r pafin prysur cyn cerdded mewn tawelwch yn ôl i'r ganolfan. Wrthi'n troi i mewn i'r stryd fach anniben oedden nhw pan stopiodd Nabil yn ei unfan ac edrych ym myw llygaid ei ffrind.

'Does dim un diwrnod yn mynd heibio na fydda i'n meddwl am fynd adre. Dyna dynged y ffoadur ym mhobman, mae'n debyg.'

DYLAN

Plethodd Dylan ei fysedd y tu ôl i'w war a phwyso'n ôl i feddalwch y soffa, gan adael i'r wên oedd wedi dechrau ymffurfio o gwmpas ei lygaid ymledu ar draws ei wyneb. Yr eiliad honno, roedd e ar ben ei ddigon, yn gwbl fodlon ei fyd. Edrychodd o'r newydd ar Beca a eisteddai gyferbyn ag e ar yr unig gadair esmwyth arall yn y lolfa. Magai hithau ei phenliniau yn erbyn ei brest wrth graffu ar sgrin ei ffôn yn ei llaw. Bob hyn a hyn deuai sŵn prysurdeb o'r gegin lle roedd Guto wrthi'n paratoi ei *pièce de résistance* gastronomaidd, hirddisgwyliedig. Dyna a gytunwyd yn y diwedd yn hytrach na'u bod yn mynd allan i fwyty, ac roedd Dylan yn falch. Pan awgrymodd Guto gyntaf eu bod yn dod ynghyd am bryd o fwyd bu'n frwd ei gymeradwyaeth iddo, yn rhannol am nad oedd e eisiau torri ei grib ac yn rhannol am ei fod yn gydnabyddiaeth o aeddfedrwydd ei fab. Roedd yn amser symud ymlaen. Ys dywedodd Guto ar y pryd, byddai'n gyfle i'r tri ohonyn nhw geisio dod i adnabod ei gilydd yn well. Roedd bron i dair wythnos ers hynny ac roedd y ddau berson pwysicaf yn ei fywyd eisoes wedi torri'r garw ac ymhell ar eu ffordd i fod yn ffrindiau pennaf. Hoffai feddwl bod a wnelo yntau rywbeth â hynny. Fe oedd y ddolen gyswllt, y bont. Ond gwyddai hefyd ei fod yn lwcus. Roedd e'n uffernol o lwcus. Go brin bod angen eu pryd arbennig bellach; roedd y tri ohonyn nhw'n prysur ddysgu sut i gyd-fyw.

Mor wahanol oedd ei fywyd bum mis yn ôl, meddyliodd, cyn y daranfollt a siglodd ei fyd hyd at ei seiliau. Ai dyna ddechrau'r siwrnai neu a fyddai'r llwybr roedd e arno bellach wedi dod ag e i fan hyn beth bynnag? Roedd cymaint wedi digwydd iddo yn ystod yr wythnosau a'r misoedd diwethaf ond faint ohono oedd yn rhan o ryw gynllun mawr, rhagordeiniedig? Os oedd ganddo'r gallu i ddylanwadu ar y da roedd ganddo'r gallu i ddylanwadu ar y drwg. Ysgydwodd ei ben y mymryn lleiaf wrth feddwl am ei dad, am Nabil, Hadi a'r miliynau oedd yn byw bob dydd ar drugaredd rhywbeth mor chwit-chwat â ffawd. Ochneidiodd. Doedd ganddo ddim atebion.

Yn sydyn, cododd Beca ei phen ac edrych arno.

'Be sy'n bod?' gofynnodd hi.

'Dim byd.'

'Pam wnest ti ochneidio?'

'Wnes i ddim.'

'Do, fe wnest ti. Fe glywes i ti'n ochneidio.'

'Fi o'dd yn meddwl, dyna i gyd.'

'Meddwl?'

'Ie.'

'Jiawl, paid â'i gor-wneud hi. Gall gormod o feddwl fod yn beryglus i rywun o dy oedran di.'

'Gwed di.'

'Wyt ti'n mynd i rannu dy feddylie gyda fi 'te?'

'Sa i'n credu bod nhw'n werth eu rhannu.'

'O dere, ble ma'r Dylan newydd? O'n i'n meddwl dy fod ti wedi rhoi'r gore i fod yn hunanddibrisiol.'

'Yffach, beth lyncest ti i frecwast? Well i fi rybuddio Guto i beidio â rhoi gormod ar dy blât!'

'Wel os nag wyt ti'n mynd i weud wrtha i …'

Ar hynny, trodd yn ôl at ei ffôn yn ei llaw a dechrau sgrolio o'r newydd.

'Dwy funud!' galwodd Guto o'r gegin. 'Dad, elli di ofalu am y gwin? Wy'n cymryd bod ni'n ca'l gwin, odyn ni?'

'Wy'n dod.'

Cododd Dylan ar ei draed a chroesi'r gofod rhyngddo a Beca. Eisteddodd ar fraich ei chadair a phlygodd i'w chusanu ar ei cheg. Aeth drwodd i'r gegin a dewisodd botel o Malbec o blith y poteli eraill ar y silff gul uwch ei ben cyn tynnu'r corcyn a sefyll yn ei ôl i edmygu ei gamp.

'Ma'r bwyd yn gwynto'n ffein,' meddai wrth Guto.

'Paid â dishgwl gormod.'

'Wy'n dishgwl pethe mawr.'

'Bydd yn barod am siom 'te.'

'O leia bydd y gwin yn dda. Af i ag e drwodd.'

Erbyn iddo fynd yn ôl i'r lolfa roedd Beca eisoes yn eistedd wrth y bwrdd bach. Prin bod digon o le i'r tri ohonyn nhw ond roedd Guto wedi gwneud sioe fawr o osod lle i bawb gyda napcyn yr un a blodyn plastig oren mewn pot jam ar ganol y ford. Aeth Dylan ati i arllwys gwin i'r gwydrau cyn hawlio'i sedd yn anghysurus o agos ati.

'Mae e wedi mynd i drafferth ofnadw,' sibrydodd Beca. 'Whare teg iddo.'

Cyn i Dylan fedru ymateb cyrhaeddodd Guto a gosod plât yr un o'u blaenau.

'*Bruschetta à la* Gwlad Groeg,' cyhoeddodd yn fuddugoliaethus cyn plannu ei ben ôl ar stôl simsan wrth ochr ei dad. 'Elli di symud lan damed bach? Sdim digon o le i forgrugyn wrth y ford 'ma.'

''Co hwn. Proffesiynol neu beth? Be sy ar ben y bara gyda ti?'

'Tomatos, winwns, ciwcymbr, caws *feta* a *hummus*.'

'Guto, lle ddiawl gest ti'r ysbrydoliaeth?' gofynnodd Beca, ei hwyneb yn llawn syndod.

'Es i ar y we, teipes i gwpwl o eiriau allweddol i mewn a dyma dda'th mas.'

'Ti'n wych!'

'Paid â'i gor-wneud hi,' meddai Dylan, gan bwysleisio'i eiriau, 'sdim digon o le yn y fflat 'ma i ti, fi, fe ... a'i blydi ego!'

'Os taw trio gweud wyt ti fod ti'n moyn i fi fynd ...'

'Paid di â mentro. Dim ond yn rhan amser rwyt ti yma fel mae, ond ma hynny'n well na beth o'dd gyda ni o'r bla'n. Gyda llaw, ma hwn yn dda,' meddai Dylan a stwffio rhagor o'r *bruschetta* i'w geg.

'Wyt ti 'di sylwi, Becs? Ti byth yn gwbod ble rwyt ti gyda nhad. Un funud mae e'n dy dynnu di lawr ac yna'n dy dynnu di nôl lan.'

'Sa i'n gweud dim byd. Walle fod e'n rhwbeth i neud â rhyw berthynas gyfrin rhwng tad a mab. Chi'n gystadleuol ac yn ymosodol, ond chi'n driw i'ch gilydd hefyd, yn gwarchod eich gilydd. Ma dynon yn greaduriaid od.'

'Od? Pa fath o air yw hwnna?' gofynnodd Dylan a gosod ei gyllell a fforc ar ei blât, yn barod am ddadl.

'Croendene 'te. Sensitif.'

'Wel ma hynny'n well na gweud bod ni'n od. Wyt ti'n meddwl bod dynon yn od?' gofynnodd e a chyfeirio ei gwestiwn at Guto.

'Ma rhai dynon yn od, sbo. Rwyt ti'n gallu bod yn ddigon rhyfedd weithie.'

'Wel diolch yn dwlp–'

'Ti'n gweld, mae Guto'n cytuno â fi!'

'Elen i ddim mor bell â gweud 'na, Becs.'

Gwenodd Dylan; roedd e'n mwynhau'r tenis geiriol.

'Wy'n credu bod ni'n dou yn deall ein gilydd yn iawn. Ma'r tri ohonon ni, o ran hynny, wedi dod yn bell, smo chi'n meddwl? Pwy fydde wedi dychmygu ni'n ishta rownd yr un bwrdd fel hyn ychydig fisoedd yn ôl?'

'O'n i ddim hyd yn oed yn gwbod am dy fodolaeth di bum mis yn ôl,' meddai Guto wrth Beca, 'er, o'n i'n amau bod rhywun gyda fe.'

'O't ti nawr? A shwt hynny, fy mab?'

'Dad achan, sa i'n dwp. Ti'n meddwl fod ti'n llawn dirgelwch ond wnest ti ddim jobyn rhy dda o gadw dy gyfrinach i ti dy hun.'

'Mae'n amlwg wnes i ddim cystal job â dy dad-cu, ma hynny'n sicr. Gerallt o'dd meistr y cyfrinache yn ein teulu ni.' Cododd Dylan ei wydryn at ei geg a chymryd llymaid o'r gwin. 'Fe brynwn i'r gwin 'ma 'to,' meddai a chymryd llymaid arall. 'Wy'n gwbod mod i wedi ca'l misoedd i ddod i delere ag e bellach, ond wy dal methu credu bod 'y nhad wedi gallu cadw rhwbeth mor fawr iddo fe ei hun. Y peth yw, o'dd y ddou ohonon ni'n agos. O'dd e wastad yn trin Gethin a fi yr un peth – o'dd e'n boenus o deg fel 'na – ond os dw i'n onest, o'n i bob amser yn teimlo bod rhwbeth arall, rhwbeth arbennig, rhwng Gerallt a fi.'

'Mae'n hawdd twyllo dy hunan taw ti yw'r brawd arbennig,' meddai Beca yn lled bryfoclyd.

'Nage dyna wedes i a ti'n gwbod hynny'n iawn. Ond pan ti'n meddwl fod ti'n nabod rhywun ac yna'n ffindo mas fod ti ddim yn ei nabod e o gwbl mewn gwirionedd, wel ma hynny'n dipyn o ergyd.'

'Dad, ma hwnna braidd yn eithafol, smo ti'n meddwl?'

'Ond mae'n wir, Guto, yn enwedig pan ti'n ystyried bod yr hyn o'dd e'n ei gadw nôl yn beth mor sylfaenol i bwy o'dd e. O'dd e fel 'se fe'n gwadu pwy o'dd e ... ei hunaniaeth.'

'Neu'n gwbl gyfforddus gyda'i hunaniaeth newydd. Cymro o'dd e. O'dd e'n gwbod fawr ddim am ei gefndir gwreiddiol neu ddim yn teimlo ei fod e mor bwysig fel bod rhaid iddo fynd ar ei ôl e. Weithie, gadel llonydd i bethe sy ore. Dyna'i hawl.'

'Wy'n gobeithio fod ti ddim yn meddwl mod i'n cadw pethe oddi wrthot tithe, wyt ti?'

'Dyw e'n ddim o musnes i pa gyfrinache sy gyda ti. Ma gyda ti hawl iddyn nhw, yr un peth â Ta'-cu. Aros funud, ife trio mharatoi i ar gyfer rhyw gyfaddefiad mawr wyt ti? Ife trio gweud wyt ti nage ti yw nhad?'

Gwenodd Guto a chodi ar ei draed mewn pryd i osgoi llaw Dylan a oedd yn prysur anelu am ei ben.

'Sa i'n credu fod unrhyw amheuaeth pwy yw dy dad,' meddai Beca, 'edrych ar liw dy wallt ac yna ar wallt dy dad!'

'Bydd gwallt hwnnw'n wyn cyn bo hir. 'Co'r blewiach bach yn pipo mas dros dop ei grys. Ma'r rheina'n dechrau troi'n barod!'

'Digon! Cer â'r plate hyn odd 'ma cyn i fi neud rhwbeth a difaru.'

'Y peth yw, Dad, dwyt ti ddim yn mynd i ga'l atebion i

bopeth. Mae'n rhaid i ti dderbyn hynny. Ond ti'n gwbod eitha tipyn a ti wedi bod ar siwrne gyffrous. Ry'n ni'n tri wedi bod ar siwrne. Fel maen nhw'n gweud ar y rhaglenni realiti gore, nid y darganfyddiad sy bwysica bob tro ond y siwrne ei hun.'

Casglodd Guto'r platiau a mynd drwodd i'r gegin. Edrychodd Dylan ar Beca a chyfarfu eu llygaid mewn eiliad o gyd-ddealltwriaeth.

'Wyt ti eisie help?' galwodd Beca.

'Nagw, siaradwch ymysg eich gilydd, fydda i fawr o dro. Ac os y'ch chi'n ca'l trafferth ffindo rhwbeth i weud wrth eich gilydd tynnwch eich ffôn mas nes bof i'n dod nôl. Dyna beth ma pob pâr priod arall yn neud mewn llefydd byta fel arfer.'

'Diolch am dy gyngor, fy mab, ond ti'n anghofio un peth pwysig fan 'na,' meddai Dylan a chydio yn llaw Beca.

Eisteddodd y ddau felly am funudau lawer a'r trwst o'r gegin yn atalnodi eu meddyliau. Beca siaradodd gyntaf.

'Wy 'di bod yn meddwl gofyn i ti,' meddai, 'shwt ma'r bachan 'na gafodd ei drywanu?'

'Hadi?'

'Ie ... fe. Ody e'n well?'

'Bydd e'n iawn, dw i'n meddwl. Da'th e mas o'r ysbyty ar ôl ychydig ddyddie. Yr un wy'n poeni amdano yw Nabil.'

'Pam Nabil?'

'Sa i'n gwbod, ond wy'n ffilu stopo meddwl am y cyfarfod 'na geson ni pan wedodd e wrtha i am ei wraig.'

'Paid, Dylan, ma hynny mor drist.'

'Mae'n dorcalonnus. O'dd gyda fe a'i wraig gymaint i gynnig ac ma'r cyfan wedi troi'n ffradach. Sa i'n gwbod beth sy'n mynd i ddigwydd iddo.'

'Ody e wedi clywed rhwbeth mwy ... hynny yw, wyt ti'n meddwl gaiff e aros 'ma?'

'Ma fe'n dal i aros i glywed. Ma Hadi'n ca'l aros. Yn eironig, da'th y llythyr hollbwysig tua'r un diwrnod â'r ymosodiad arno. Ond sa i'n gwbod beth sy'n mynd i ddod o Nabil. Ma fe'n sôn am fynd nôl i Aleppo hyd yn oed. Wy'n credu bod lot o bwyse'n dod oddi wrth ei dad.'

'Blydi tadau eto.'

Gwenodd Dylan a gwasgu ei llaw.

'Ma dyletswydd yn beth mawr iddo, ond dyw hi ddim yn saff iddo fynd nôl ... ac yna ma busnes ei hyfforddiant meddygol. Dyw e ddim wedi cwpla hynny eto oherwydd da'th y rhyfel a strywo popeth. Wy'n teimlo mor analluog i helpu fe rywsut. Wy'n siŵr bydde nhad wedi meddwl am rwbeth ... neu nhad-cu.'

'Pwy? Elwyn?'

'Ie.'

'Wyt ti?'

'Wyt ti beth?'

'Wyt ti'n siŵr?'

'Wel ... nagw ... ffordd o siarad o'dd hynny. Ti'n gwbod beth wy'n feddwl. Ond wy'n credu bod rôl dynon slawer dydd yn gliriach na beth yw hi heddi. O'n nhw'n gwbod beth i neud ac yn ei neud e.'

'Sdim byd yn stopo ti rhag bod yr un peth. Ma gofyn bod pawb yn addasu ac yn symud gyda'r oes. Herio'r statws cwo. Dere gyda fi a Guto ar yr orymdaith annib–'

'Ta-daaa! Dyma fe o'r diwedd ... y *moussaka* gore gewch chi rhwng nawr a'r Dolig. All rhywun symud y blodyn 'na o'r ffordd i neud lle i hwn?'

Ar hynny, dododd Guto'r ddysgl hirsgwar ar ganol y ford

a rhuthro'n ôl i'r gegin i ôl y platiau glân a bowlaid o salad.

'Dewch mla'n, helpwch eich hunain.'

'Guto, wy'n gegrwth,' meddai Beca. 'Fydde dim clem 'da fi shwt i ddechrau neud hwn.'

'Os nag yw e'n iawn, arno fe ma'r bai,' atebodd Guto a phwyntio at ei dad. 'Fe yw f'athro.'

'Ma rhwbeth yn gweu'tho i mod i ddim yn mynd i ennill beth bynnag yw'r dyfarniad,' meddai Dylan a rhofio llwyaid o'r *moussaka* ar ei blât.

'Pam oeddech chi'n siarad am Elwyn gynne?' gofynnodd Guto.

'Dim rheswm. Fi o'dd yn malu awyr.'

'O'n i jest yn meddwl pan o'n i yn y gegin, beth o'dd lliw ei wallt e?'

'Beth?'

'Elwyn ... beth o'dd lliw ei wallt e?'

'Pa fath o gwestiwn yw hwnna?'

'Wel, os o'dd gyda fe wallt golau fel sy gyda fi a ti a Ta'-cu, walle bydde hynny'n rhoi cliw i ni am bwy o'dd tad Gerallt. Walle taw dyna pam yn rhannol y cadwodd e bopeth yn gyfrinach.'

'Ti'n gallu malu cachu weithie.'

'Finne'n malu cachu, tithe'n malu awyr ... ry'n ni mor debyg, Dad!'

* * *

Arafodd y car a daeth i stop o flaen y berth anniben a redai ar hyd un ochr i'r maes parcio bach. Tynnodd Beca yn y brêc llaw a diffodd yr injan.

'Wyt ti'n siŵr bod ni yn y lle iawn?' gofynnodd hi i Dylan

a eisteddai yn sedd y teithiwr wrth ei hochr.

'Nagw, dw i ddim yn siŵr o gwbl. Ti'n gwbod cymaint â fi, ond fan hyn wedodd Anti Lyd. Fe glywest ti hi'n gweud yn eitha pendant lai na hanner awr yn ôl.'

'Ond sneb arall 'ma.'

'Wel be ti'n ddishgwl? Mynwent yw hi nage blydi Maes B.'

'Wy'n dwlu ar dy fodryb, ma hi mor annwyl,' meddai Beca ac anwybyddu ei goegni.

'Ma pawb yn dwlu ar Anti Lyd. Wy'n credu bod hi'n joio'i statws fel matriarch y teulu.'

'Ma hynny'n amlwg.'

'Cofia, ma hi wedi dechrau torri. O'dd hi'n arfer bod yn llond ei chot.'

'Ond sdim byd yn bod ar ei meddwl, ma hwnnw fel siswrn.'

'O na, sdim byd o gwbl yn bod ar hwnnw! Ma hi 'na i gyd ... fel 'y nhad. Pan ddes i lan i gweld hi, yn fuan ar ôl i Dad farw, hi o'dd wrth y llyw. Peidied neb â meddwl fel arall. Wy'n dechrau gweld y genhedlaeth honno mewn goleuni newydd. Nhw sy'n rheoli'r siew, fel cyfarwyddwyr teledu. Fel 'na fyddi di ryw ddiwrnod,' meddai Dylan a datgysylltu ei wregys diogelwch.

'Does gyda fi ddim bwriad mynd yn gyfarwyddwr. Eisie troi at gynhyrchu ydw i os na fydd lle i fi ar y cwrs golygu.'

'Cynhyrchu? Dere, well i ni roi tra'd yn tir.'

'Diolch am fynd â fi i gweld hi,' meddai Beca wrth iddyn nhw gerdded am y gât fach rydlyd yng nghornel y maes parcio.

'Croeso, o'n i'n moyn i ti gwrdd â hi ar ôl popeth ti wedi'i glywed amdani gan Guto a fi.'

'Celwyddgi. Eisie lifft yn 'y nghar o't ti! Shwt fyddet ti

wedi dod 'ma fel arall?'

'Dyw hynny ddim yn wir ... nac yn deg,' meddai Dylan a phlethu ei fraich am ei braich hithau. 'O'n i ddim yn gwbod tan hanner awr yn ôl mod i'n dod 'ma.'

'Beth wna'th i ti ofyn iddi?'

'O'n i ddim wedi bwriadu gofyn. Y peth yw, wy wedi dod i dderbyn yn ddiweddar mod i wedi cyrraedd diwedd y daith gyda'r holl fusnes am Gerallt. Sa i'n dishgwl dysgu dim byd arall achos bod hi'n rhy hwyr. Does dim un o brif gymeriade'r blydi seicodrama deuluol ar ôl i'w holi. Fe welest ti ymateb Anti Lyd; clywed pethe'n ail law wna'th hi. O'dd hi ddim yn nabod hi.'

'Pam codi'r peth gyda hi, felly?'

'Becs, sa i'n gwbod. Da'th e mas cyn i fi ... cyn i fi feddwl. Ond pan ti'n ystyried y peth, mae'n naturiol mod i eisie gwbod beth ddigwyddodd iddi. Inge o'dd 'yn fam-gu wedi'r cwbl.'

Cerddodd y ddau mewn tawelwch ar hyd y llwybr bach anwastad, gan wthio'r mieri ac ambell gangen i ffwrdd oddi wrth eu hwynebau nes cyrraedd gât arall yn y pen draw. Gwgodd Dylan yn feirniadol ar y cancr browngoch a frithai'r metel du; roedd yr holl le wedi gweld dyddiau gwell. Am eiliad, ystyriodd anfon llythyr at y cyngor lleol i gwyno am yr esgeulustod amlwg ond gollyngodd y syniad yr un mor gyflym ag y daethai i'w ben; roedd achosion mwy haeddiannol yn hawlio arian cyhoeddus y dyddiau hyn. Go brin bod yr un enaid byw yn dod i dendio beddau anwyliaid yn y fynwent ddiarffordd hon bellach, meddyliodd. Fel cymaint o bethau eraill, perthynai'r lle i oes arall. Hyd nes i'w fodryb gynnig y posibilrwydd y gallai fod yma rywbeth o arwyddocâd iddo doedd e erioed wedi clywed am Fynwent y Graig. Er i'r hen fenyw bwysleisio na wyddai ddim byd i sicrwydd, bu'r awgrym, waeth pa mor dila, yn ddigon i'w anfon ar sgowt fel heliwr yn gwynto gwaed.

Camodd Dylan trwy'r gât a'i dal ar agor er mwyn i Beca ei ddilyn. Safodd y ddau ar ymyl pwt o gae yn ymestyn i fyny'r llethr o'u blaenau. Digon anniben oedd y cae, fel y llwybr a arweiniai ato a'r maes parcio cyn hynny. Ailystyriodd Dylan ei benderfyniad blaenorol: byddai'n sicr o gwyno wrth y cyngor lleol ar ôl mynd adref er nad oedd e erioed wedi gwneud y fath beth yn ei fyw. Gallai weld nad oedd y fynwent yn un fawr ac mai rhyw dri chwarter yn unig o'r safle a ddefnyddiwyd, bron fel petai'r gymuned leol wedi cefnu ar y lle ar frys a mynd am rywle mwy ffasiynol, gan ei amddifadu o'i bwrpas penodedig cyn pryd. Ac eithrio rhyw hanner dwsin o feddau mwy diweddar mewn clwstwr yn y pen pellaf, edrychai pob un arall fel petaen nhw'n perthyn i'r un cyfnod oherwydd tebygrwydd y cerrig llwydaidd, difywyd yr olwg. Taflodd gip ar hyd un o'r rhesi. Gwyrai rhai o'r cerrig fel dannedd cam.

'Dyw hi fawr o olygfa, be ti'n feddwl?' meddai wrth Beca a oedd yn darllen yr arysgrif ar y bedd agosaf.

'Ma'r holl le'n edrych yn anghofiedig braidd. Tybed pwy o'dd y rhai diwetha i ddod ffor hyn?'

'Neb yn ei iawn bwyll. Sa i'n gwbod am beth ry'n ni'n whilo, wyt ti? Achos ma'r rhain i gyd fel 'sen nhw'n perthyn i'r un cyfnod,' meddai Dylan gan ategu ei asesiad gwreiddiol. 'Drycha ar y dyddiade: 1892, 1894 ...'

'Plentyn dwyflwydd oed sy fan hyn ... 1919.'

'Ac un arall fan hyn ... 1919.'

'Medi 1918, menyw oedrannus ... mae'n beth od bod cymaint o gwmpas yr un flwyddyn, smo ti'n meddwl?'

'Cymraeg yw wyth deg y cant ohonyn nhw. Rhyfedd bod dim cyfeiriad at achos eu marwolaeth. 'Co ni eto ... 1919.'

'Rhaid bod rhwbeth uffernol o fawr wedi digwydd y flwyddyn honno, fel y pla. Oni bai am y dyddiade byddet ti'n tyngu bod rhyw aflwydd canoloesol wedi taro'r ardal.'

'Ond pam eu dodi nhw i gyd gyda'i gilydd yn yr un fynwent?'

'Ofergoeliaeth efalle.'

'Neu gywilydd. Rhoi'r annymunol rai i orwedd gyda'i gilydd yn barod i gwrdd â'u Creawdwr.'

'Dylan! Ma hwnna'n ddi-chwaeth.'

'Jest syniad.'

Symudodd y ddau ar hyd y cerrig beddau nes cyrraedd y clwstwr o rai mwy diweddar yn y gornel bellaf. Yma roedd gwenithfaen a llythrennau euraidd wedi disodli diflastod y rhai hŷn, ond er gwaethaf eu rhodres cymharol nid oedd yr un dyddiad yn mynd i mewn i'r ganrif bresennol nac yn ôl ymhellach na saithdegau'r ganrif o'r blaen. Ochneidiodd Dylan a phwysodd ei benelin yn erbyn yr un pellaf.

'Sdim byd fan hyn i ni, Becs, ry'n ni'n gwastraffu'n amser,' meddai ac edrych draw dros y rhes ar ôl rhes o lwydni marwaidd yn ymestyn i lawr ochr y bryn. Yn y pellter, ar fryn arall, roedd olion adeilad diwydiannol yn dal i fwrw ei gysgod dros y cwm ond perthynai hwnnw, fel y fynwent, i oes arall.

'Nag oes, mae'n debyg, ond beth rhyfedd bod dy fodryb wedi awgrymu bod ni'n dod 'ma.'

'Walle ei bod hi'n fwy ffwndrus nag o'n ni'n feddwl.'

'Wy'n amau hynny, rywsut.'

'Neu bod hi'n whare gyda ni.'

'Wy'n amau hynny hefyd. Pam bydde hi'n neud y fath beth?'

'Gwranda, fydde dim byd yn synnu fi rhagor gyda'r set 'na.'

'Dere weld. Os yw hi yma, rhaid taw bedd syml sy gyda hi ... gad i ni whilo am groes fach neu rwbeth felly. Cofia, os taw croes bren sy gyda hi mae'n ddigon posib bod honno wedi diflannu erbyn hyn, 'co golwg y lle yn gyffredinol. Est ti i ben pella pob rhes?'

'Do.'

'Reit i'r pen pella?'

'Do ... wel nid i ben pella pob un achos o'dd dim pwynt.'

'Blydi hel, Dyl!'

'Wel maen nhw i gyd yn edrych yr un peth ac yn perthyn i'r un cyfnod.'

'Dyw hwnna draw fan 'na ddim.'

'Nag yw, ond nage croes bren yw hi chwaith. Mae'n rhy ddiweddar. Mae'n debycach i'r rhain fan hyn.'

Trodd Beca oddi wrtho cyn iddo orffen ei brotest. Crychodd Dylan ei dalcen yn ddiamynedd a'i gwylio'n camu dros y tyfiant gwyllt yn y stribedi o dir a wahanai bob bedd. Ond tyfodd ei wg yn wên wrth ei gweld hi'n gwneud ei gorau i gadw at y llwybr cul o flaen pob carreg a pheidio â damshil ar y beddau eu hunain. Ymsythodd e a dechrau ei dilyn er ei waethaf, ond stopiodd cyn iddo ei chyrraedd am ei bod hi'n rhythu arno ac yn dal ei llaw o flaen ei cheg. Ac roedd ei phen yn ysgwyd y mymryn lleiaf a'i llygaid yn ei ddenu. Teimlodd ei goesau'n diffygio a chlywodd ei galon yn curo'n wyllt yn ei ben, gan lenwi ei glustiau. Ac edrychodd arni heb fedru symud ei draed. Er iddo ddod yma, i'r fynwent ddi-ddim hon, ar hanner anogaeth ei fodryb, roedd e heb adael iddo'i hun lwyr gredu y gallai ei geiriau fod yn fwy na geiriau. A nawr doedd e ddim yn barod. Doedd e ddim yn siŵr a allai wynebu eu harwyddocâd.

Dechreuodd symud o'r newydd. Cerddodd yn ei flaen tuag at ddiwedd y rhes heb fedru tynnu ei lygaid oddi ar y garreg sgleiniog, ddu yn ymyl Beca. Wrth iddo ddod yn nes, craffodd ar gefn y garreg, ar y crisialau bach pefriog a'r patrymau rhydd a redai trwy'r gwenithfaen. Doedd hi ddim yn garreg fawr ond roedd ôl gwario arni. Roedd rhywun wedi gweld yn glir i godi rhywbeth o sylwedd, rhywbeth o werth. Daeth o fewn cam iddi a rhoddodd ei law arni ac anwesu'r arwyneb llyfn. A'r eiliad nesaf darllenodd enw ei fam-gu. Darllenodd ei henw drosodd a throsodd nes bod y llythrennau'n troi'n bŵl. Ac o dan ei henw roedd enw ei dad, yr enw roddodd hi iddo. Yna aeth yn ei gwrcwd ac ailddarllenodd y geiriau estron oedd wedi dod mor gyfarwydd dros y misoedd diwethaf: Inge Neudeck – annwyl fam – Gerhard. Siglodd Dylan ei ben yn araf a chwythodd ei anadl trwy ei geg o rywle'n ddwfn yn ei gorff. Pan godododd e'n ôl ar ei draed trodd i wynebu Beca a'i dal hi'n dynn yn ei erbyn. Safodd y ddau felly am funudau lawer wrth i'r realiti newydd fwrw gwreiddiau.

'Wyt ti'n iawn?' gofynnodd hi a thynnu cefn ei llaw dros ei foch.

Nodio'i gadarnhad wnaeth Dylan a chodi ei aeliau.

'Wel, wnes i ddim gweld hyn yn dod,' meddai.

'Mae'n rhaid i fi weud, o'dd dy dad yn dipyn o ddyn.'

'Tipyn o ddyn wedest ti? Ac i feddwl ei fod e wedi cadw hyn, fel cymaint o bethe eraill, iddo fe'i hun. Un arall o'i blydi gyfrinache.'

'Yr un gyfrinach yw hi ond mae'n digwydd bod yn un go fawr, mae'n rhaid gweud.'

'Sdim diwedd arnyn nhw.'

'Ti'n siŵr taw fe sy'n gyfrifol? Ife dy dad gododd y garreg?'

'Wrth gwrs taw fe wna'th. Pwy arall? Drycha arni, dyw hi ddim wedi bod 'ma'n hir iawn ac mae mewn gwell cyflwr na'r rhai diweddar eraill hwnt man 'na. Bendant, Gerallt... neu Gerhard... dalodd am hon,' meddai a phwyntio at yr enw arall o dan enw ei fam-gu.

Aeth yn ei gwrcwd drachefn. Darllenodd yr Almaeneg syml a rhedodd flaenau ei fysedd dros yr enwau. Edrychai'r cyfan mor anghydnaws, yn ecsotig bron, mewn mynwent Gymraeg oedd wedi hen golli ei rôl. Gallai ddychmygu academyddion ymhen blynyddoedd yn trefnu teithiau o bell ac agos i'r fan hon i dynnu sylw at yr hynodrwydd cymdeithasegol o'i flaen, a bydden nhw'n llunio straeon a damcaniaethau rhyfeddol i geisio gwneud sens o'r cwbl, i gynnig fersiwn o'r gwir. Lledwenodd. Siawns na chaen nhw well hwyl ar ddod o hyd i'r gwir nag a gafodd yntau. Dawnsiodd ei lygaid ar hyd y llythrennau euraidd nes cyrraedd dyddiad ar y gwaelod un: 1920 – 1949. Roedd hi'n sarhaus o ifanc yn marw. Sut y gwyddai ei dad? Gwibiodd dyddiadau eraill trwy ei feddwl, dyddiadau a berthynai i fyd arall, ond ni allai ddygymod â'r holl rifau a fynnai droi'n un cawlach yn ei ben. Nid nawr oedd yr amser i roi trefn ar ddyddiadau ac yntau'n swatio ar lan bedd na wyddai i sicrwydd ei fod yno tan ychydig funudau'n ôl. Ond o hynny ymlaen, byddai'n rhaid iddo dderbyn ei fodolaeth, yn union fel petai'n croesawu aelod coll yn ôl i'r teulu.

'O'dd e'n gwbod trwy'r adeg, felly, a ninne'n gwbod dim oll. A drycha ar hwn.' Tynnodd e goesyn crin o'r pot blodau wrth droed y garreg. 'O, mae'n drewi,' meddai cyn ei stwffio'n ôl gyda'r gweddillion brown eraill yn y pot. 'Ma rhywun 'di bod 'ma'n ddiweddar.'

'Ddim yn ddiweddar iawn. Ma'r rheina 'di bod 'ma ers

misoedd lawer wrth eu golwg.'

'Ti'n meddwl taw Dad adawodd nhw?'

'Pwy arall?'

'Rhaid ei fod e'n parhau i ddod 'ma tan y diwedd un. Dychmyga'r peth, Becs. A neb yn gwbod dim, neb ond y fe.'

'Y pethe bach tawel sy'n ca'l yr effaith fwya weithie. Wna'th e ddim tynnu sylw ato fe'i hun ond fe wna'th e wahaniaeth.'

'Do, fe wna'th e wahaniaeth.' Plygodd Dylan a defnyddio'i ewin i ryddhau'r baw oedd wedi mynd yn sownd yn y rhif dau ar y dyddiad. Yna chwythodd arno, gan wasgaru'r gronynnau bach o lwch oedd ar ôl. 'O'dd hi mor ifanc ... ddim hyd yn oed wedi cyrraedd deg ar hugain mlwydd oed ... ac wedi gweld mwy nag ma'r rhan fwya ohonon ni'n debygol o weld ar ôl deg a thrigain.'

'Paid, Dylan,' meddai Beca a phwyso'i phen yn erbyn ei ysgwydd.

'A nawr dyma'r cyfan sydd ar ôl i ddangos ei bod hi wedi troedio'r hen ddaear 'ma ... a'r llun bach du a gwyn ohoni hi a'i mab.'

'A ti a Guto. Chi yw'r ceidwaid newydd bellach ... y parhad.'

'Yffach, am gyfrifoldeb!'

'Ma dy sgwydde'n ddigon llydan, Dylan Rhys.'

'Ti'n meddwl?'

'Wy'n gwbod.'

'Mewn angladd o'n i pan ddechreuodd hyn oll a dyma fi nawr mewn angladd arall ... o fath.' Trodd Dylan i'w hwynebu cyn gafael yn ei llaw. 'Ma'r misoedd diwetha 'di bod yn wallgo, ond digon yw digon. Os oes 'na ryw ddirgelwch ar ôl heb ei ddatrys – ac wy'n siŵr bod 'na – wel dyna fe. Mae'n rhaid iddo aros felly. Mae'n bryd cau'r cylch.'

GERALLT

'Paid â gatel i'r ddou 'na aros yn gwely drwy'r dydd, maen nhw ishws wedi colli brecwast fel mae. Smo'r Almaenwyr mor barod i – '

'Cer, wnei di!' meddai Eileen Rees ar draws ei gŵr a'i gorlannu tuag at ddrws agored eu stafell anhynod. 'Af i atyn nhw nawr, ar ôl i ti fynd, i roi cic mas iddyn nhw.'

'Grinda, sa i'n cretu bydda i'n hir iawn ... dylen i fod nôl cyn pedwar. Sa i'n gwpod beth ddiawl ti'n mynd i neud â nhw am orie ar dy ben dy hun. Sdim llawer mwy 'da Lübeck i gynnig i ddou arddegyn. O'dd Gethin ni jest â hala colled arna i ar ôl pum munud ddoe; o'dd ei wep e at ei dra'd drwy'r dydd.'

'Sdim eisie i ti fecso amdanon ni, byddwn ni'n iawn. Nawr cer a rho dy feddwl ar beth ti'n mynd i ofyn i Frau beti'n-galw. Dyma dy gyfle mawr ... ti sy'n bwysig heddi.'

Ar hynny, plygodd Gerallt Rees yn ei flaen a phlannu cusan ar wefusau ei wraig, ond cyn iddi dorri'n rhydd fe'i tynnodd hi tuag ato a'i dal yn erbyn ei gorff. Safai'r ddau ym mreichiau ei gilydd yng nghoridor heulog y gwesty, y naill mor ymwybodol â'r llall o anferthedd y cyfarfod y bu cymaint o baratoi ar ei gyfer ers wythnosau.

'Oes papur 'da ti a rwpath i sgrifennu?'

Tapiodd Gerallt boced frest ei siaced a gwenu'n ansicr ar ei wraig.

'Bydda i'n meddwl amdanat ti,' ychwanegodd hi.

'A bydda i'n meddwl amdanat tithe!'

Yna trodd a chychwyn ar hyd y coridor, gan guro'n galed ar ddrws ei feibion yn y stafell nesaf wrth fynd heibio cyn brasgamu am y grisiau a'r allanfa.

Yr un fenyw ifanc oedd y tu ôl i'r ddesg yn y dderbynfa eto heddiw, yn union fel ddoe ac echdoe. Cododd ei law arni a'i chyfarch yn ei Almaeneg prin, gan gywilyddio na fedrai fwy o eiriau yn iaith ei fam, yn ei iaith gyntaf. Achos dyna oedd hi mewn gwirionedd a doedd ganddo mo'r gallu i ddweud llawer mwy na 'bore da' ynddi. Camodd allan i'r cwrt coblog a'r meddyliau hynny'n mynnu hofran uwch ei ben, gan sgrechain eu dirmyg a'u gwawd am yn ail. Ond hyd nes i'w dad ailagor clwyf a oedd wedi hen geulo, doedd ganddo ddim amgyffred. Ni wyddai ddim oll am Inge Neudeck am fod ganddo fam yn barod ac roedd ganddo famiaith arall. Ac roedd e, Gerallt Rees, yn ŵr priod canol oed ac yn dad i ddau o feibion. Ac roedd trefn ar ei fyd. Ond y bore hwn, roedd e ar ei ffordd i gwrdd â menyw oedd yn debyg o godi mwy o gwestiynau nag atebion. Yn sydyn, fe'i llenwyd â dychryn a hwnnw'n gymysg â chyffro. Roedd e'n hyrddio wysg ei ben tuag at fyd o gysgodion a berthynai i oes arall. Sawl gwaith yn ystod y misoedd diwethaf roedd e wedi cwestiynu doethineb agor cyfrinachau'r gorffennol?

Tynnodd anadl ddofn. Bu ond y dim iddo droi'n ôl.

Prysurodd yn ei flaen, er ei waethaf, ar draws y coblau anwastad a heibio i dalcen yr hen blasty a ffurfiai ran wreiddiol y gwesty ond a safai bellach yng nghysgod y bloc unffurf, modern a adeiladwyd yn union y tu ôl iddo. Cerddodd trwy'r porth bwaog ac ymlaen tuag at y clwydi rhodresgar a ddynodai gyrion safle'r gwesty. Arafodd ei gamau yn ddiarwybod a safodd yn stond i edmygu'r gwaith haearn cain. Roedd e'n siŵr, pe bai'r clwydi'n gallu siarad, y gallen nhw adrodd cyfrolau. Trodd i gael golwg arall ar yr hen blasty a gwgodd. Ni allai lai na meddwl y byddai'r olygfa'n well heb yr horwth o beth concrid y tu ôl iddo lle roedd e a'i deulu'n aros. Gwnaeth nodyn meddyliol i holi'r ferch yn y dderbynfa am hanes y lle pan ddeuai yn ei ôl. Ond digon i'r diwrnod … Brasgamodd trwy'r clwydi a dilynodd y pafin bob cam o'r ffordd i'r orsaf drenau.

Roedd y trên yn syndod o wag o gofio ei fod yn mynd i Hambwrg. Roedd Gerallt wedi disgwyl y byddai dan ei sang, yn enwedig gan fod y swyddog a werthodd ei docyn iddo yng ngorsaf Lübeck wedi gwneud môr a mynydd o egluro bod ei sedd wedi'i rhifo a fiw iddo eistedd yn unman arall. Yr ochr arall i'r eil, eisteddai gŵr a gwraig oedrannus a'u cefnau at gyfeiriad y teithio ac yn syth o'i flaen, mewn rhes arall, canolbwyntiai mam ifanc ar ddifyrru plentyn bach. Fel arall doedd 'na neb yn y rhan honno o'r goetsh. Edrychodd e trwy'r ffenest ar y tirlun gwastad yn ymestyn i'r pellter. Bob hyn a hyn byddai bryn neu gadwyn o fryniau isel yn torri ar yr undonedd cyn i'r gwastadedd amaethyddol ailymddangos. Ymhen ychydig, blinodd ar yr olygfa a throdd ei ben i ffwrdd o'r ffenest. Ystyriodd a ddylai fod yn teimlo rhyw gysylltiad ysbrydol â'r fro y tu draw i'r gwydr, ac yntau'n un o'i meibion wedi'r cyfan, ond doedd dim byd yn ystwyrian ynddo. Edrychodd trwy gil ei lygad ar y pâr oedrannus yr ochr arall i'r eil heb droi ei gorff tuag atynt fel y gallai eu hastudio'n ddi-rwystr. Gwisgai'r hen ŵr siwt frown a thei llydan gwyrdd a sgubwyd ei wallt gwyn tenau yn ôl oddi ar ei dalcen uchel. Sylwodd Gerallt fod ganddo fodrwy briodas a bod honno'n llac ar ei fys achos byddai'r dyn yn ei chyffwrdd â'i law arall weithiau a'i throi rownd a rownd. Eisteddai ei wraig ar bwys y ffenest, ei dwylo wedi'u plethu ar ei bag llaw a orffwysai ar ei harffed. Gwisgai gostiwm las tywyll a broetsh hirgrwn o liw arian ar labed ei siaced ac roedd ei gwallt llwyd mewn torch gymen ar ei chorun. Yn sydyn, trodd y fenyw ei phen tuag ato a gwenu'n gwrtais, gan ei orfodi i roi'r gorau i'w graffu agored. Gwenodd Gerallt yn ôl arni cyn gostwng ei drem. Ceisiodd ddyfalu ei hoedran, fel y gwnaethai wrth basio pawb arall dros eu trigain ar strydoedd Lübeck ers iddo gyrraedd yr Almaen, gan lunio stori i bob un a dychmygu eu rôl mewn hanes na wyddai'r nesaf peth i ddim amdano. Byddai hon tua'r un oedran â hi, meddyliodd. Byddai Inge Neudeck hithau tua deg a thrigain mlwydd oed pe bai hi'n dal yn fyw.

    Trodd ei sylw yn ôl at y wlad y tu hwnt i'r ffenest a syllodd ar y tirlun cyffredin yn gwibio heibio. Pam sôn amdani o gwbl? Sawl gwaith roedd e wedi gofyn yr un cwestiwn iddo'i hun? Doedd dim byd i'w ennill trwy ddatgelu ei henw. Gwyddai er pan oedd yn blentyn ei fod e wedi cael ei fabwysiadu a bodlonodd ar hynny, gan ymwrthod â gwybod mwy gan taw plentyn oedd e. Ac ar ôl i'w fam a'i dad egluro ei fod e wedi dod atyn nhw am ei fod yn arbennig a'u bod nhw wedi'i ddewis, derbyniodd eu gair cyn rhuthro mas i'r ardd, ei bêl-droed newydd a gawsai'n anrheg ganddynt yn ei law, a dechrau ei chicio'n erbyn wal y sied nes iddi nosi. Ac ni feddyliodd ryw lawer am ei statws arbennig wedi hynny hyd nes i'w dad roi'r llun bach du a gwyn yn ei law ryw brynhawn Sul glawog ddechrau'r flwyddyn ac yntau wedi galw ar hap. Os oedd e am ailagor y gorffennol dylai fod wedi gwneud hynny amser maith yn ôl, nid pan oedd ganddo ei blant ei hun.

Stwffiodd ei law i'w boced a theimlo'r amlen frau rhwng ei fysedd. Rhedodd ei fynegfys yn ôl ac ymlaen drosti ond gwrthododd y demtasiwn i'w thynnu allan. Onid oedd e wedi craffu ar y ddelwedd gannoedd o weithiau'n barod ers y diwrnod hwnnw? Cofiodd y gofid ar wyneb ei fam a'i dad pan gymerodd e'r llun ganddyn nhw yn eu parlwr magnolia a brown, ond ni ddywedodd y naill na'r llall yr un gair i esbonio'r weithred. Doedd dim angen esboniad achos fe wyddai ar unwaith. Pan welodd e'r fenyw ifanc a'r babi â llond pen o wallt golau'n eistedd ar ei harffed doedd ganddo ddim amheuaeth. Rhythodd ar y llun heb fedru tynnu ei lygaid oddi arno. Roedd e am ddweud wrth ei fam a'i dad fod popeth yn iawn a'i fod yn deall. Roedd e am eu cysuro fel y gwnaethai droeon gyda'i blant ei hun. Ond ni allai am fod y fenyw yn y llun yn ei swyno â'i gwên. Cofiodd weld ei fam yn sychu ei llygaid â neisied cyn gollwng llaw ei dad a mynd am y drws. Clywodd ei chamau ar y grisiau a drws eu stafell wely'n cau. Yna trodd e'r llun drosodd a darllen y geiriau ar y cefn heb ddeall eu hystyr am eu bod mewn iaith arall ac am fod yr enwau'n ddiarth. A phan edrychodd o'r newydd ar ei dad gwelodd y braw yn ei lygaid fel petai hwnnw'n disgwyl clywed euogfarn am drosedd a gyflawnwyd amser maith yn ôl. Wedyn y geiriau. Cannoedd ar gannoedd o eiriau: gwersyll, Lübeck, rhyfel, nyrs, Gerhard, marw. Buon nhw'n troelli yn ei ben fel carwsél byddarol oedd wedi colli rheolaeth arno'i hun. Pan ddaeth yr esboniad i ben cofiodd estyn ei law i roi'r llun yn ôl i'w dad a hwnnw'n gwrthod ei dderbyn. Nid gwrthod mewn ffordd gas, ond ei annog i'w gadw. Fe oedd biau'r llun bellach ac yn sgil hynny roedd ganddo hefyd hanes hollol newydd.

Erbyn iddo adael tŷ ei rieni, roedd hi wedi nosi a'r glaw'n fflangellu ffenest flaen ei gar wrth iddo yrru ar hyd yr M4. Pan gyrhaeddodd adref roedd y bechgyn eisoes wedi mynd i'r gwely am fod ysgol yn y bore. Gorweddai Eileen ar y soffa yn gwylio'r teledu, ond y funud y cerddodd e i mewn i'r lolfa diffoddodd hi'r sain ac yna'r llun achos gallai weld bod ganddo newyddion mawr iddi. Roedd hi wedi hen droi hanner nos erbyn iddo orffen siarad. Eisteddai'r ddau yn wynebu ei gilydd wrth ford y gegin gan sipian eu te wrth geisio dod i delerau â'r realiti newydd. Eileen ofynnodd. Hi ofynnodd y cwestiwn yr oedd yntau wedi methu ei ofyn.

'Os taw Inge yw dy fam naturiol, pwy yw dy dad?'

Drannoeth, aeth e ddim i'w waith. Yn hytrach, neidiodd i mewn i'r car a gyrru'n rhy gyflym yn ôl ar hyd yr M4 i geisio ateb. Trodd oddi ar y drafffordd ac ymuno â'r ffordd gyfarwydd lan y cwm, ei feddwl ar garlam. Wrth basio'r arwydd i'r pentref lle treuliodd ei blentyndod a'i lencyndod, ni theimlodd y wefr dawel, arferol. Roedd e wastad wedi'i ystyried fel ei bentref genedigol am iddo ddod i fyw yno'n ifanc iawn, yn rhy ifanc i hollti blew ynghylch cywirdeb a semanteg. Yn y gymuned glòs hon roedd cenedlaethau o'i deulu wedi'u gwreiddio ac roedd e wastad wedi teimlo'n rhan o'r parhad, ond roedd y llinyn hwnnw wedi breuo bellach a gwlad arall y tu hwnt i Gymru'n ei hawlio.

Pan agorodd e ddrws ffrynt y tŷ teras a cherdded i mewn daeth llais ei dad i gwrdd ag e o'r gegin gefn ac yntau'n meddwl taw ei wraig oedd yno, wedi dod yn ôl o'r siop yn gynnar. Wedi pennod arteithiol y diwrnod cynt, roedd hi'n syndod i Gerallt fod patrwm yr hen ddyn eisoes wedi dychwelyd i'w drefn arferol. Roedd Elwyn Rees wedi cyflawni ei ddyletswydd dadol. Yr un olaf roedd e'n disgwyl ei weld y bore hwnnw felly oedd ei fab.

'Gerallt, ti sy 'na! Sdim byd yn bod, oes e?' gofynnodd a chodi o'i gadair esmwyth wrth y lle tân. 'Pam ti 'di dod nôl mor glou?'

'I gwpla beth ddechreuoch chi ddoe,' meddai a difaru ei eiriau ar unwaith.

'Well i ti dynnu dy got 'te a dod i ishta.'

Ni allai Gerallt benderfynu p'un ai her ynteu cerydd oedd ynghlwm yn ei ymateb. A oedd ei dad yn ei gymhennu am ei dôn sarrug neu'n ildio i'r anochel, bod 'na un cwestiwn mawr ar ôl? Eisteddodd e yn y gadair arall ar bwys y lle tân ond ni thynnodd ei got.

'Ble ma Mam?'

'Bydd hi nôl nawr. Mae 'di slipo lan i siop Wil y Bara.'

'Shwt o'dd hi bore 'ma? O'dd hi'n oréit?'

Nodiodd Elwyn Rees ei ben a gwenu'n wan cyn troi i syllu i berfeddion y tân glo a losgai yn y grât wrth ei ymyl.

'A chi?'

'O'dd ddoe'n ddiwrnod mawr i ni i gyd, Gerallt bach. Ond fe dynnwn ni drwyddi, gei di weld.'

Ar hynny, pwysodd e'n ôl yn ei gadair a chaeodd ei lygaid. Craffodd Gerallt ar ei wyneb rhychiog ac ar ei dagell yn rhwto'n erbyn coler ei grys, ac am y tro cyntaf sylweddolodd fod ei dad wedi heneiddio. Roedd y ddau wedi heneiddio: y fe a hi. Ac yn y funud, byddai hi'n ôl yn ei chartref yn ffwdanu ac yn becso. Ac yna byddai'n fwy anodd fyth iddo ofyn ei gwestiwn ac i'w dad ei ateb.

'Dad, o'ch chi 'na. O'ch chi yn Lübeck pan geso i ngeni, felly dylech chi wpod.'

'Ddylen i?' Edrychodd Elwyn Rees ym myw ei lygaid a chlirio'i lwnc. 'Gofyn dy gwestiwn, 'y machgan i.'

Ac fe wnaeth.

'Os taw Inge Neudeck o'dd 'yn fam, pwy yw nhad?'

Siglodd Elwyn Rees ei ben i ategu ei eiriau nesaf.

'Sa i'n gwpod, Gerallt, a dyna'r gwir.'

Yn sydyn, teimlodd Gerallt y trên yn arafu ac edrychodd yn syn ar y prysurdeb o'i gwmpas. Roedd y dyn oedrannus wedi codi o'i sedd a safai bellach yn yr eil a ches bach yn ei law. Chwiliai ei wraig trwy ei bag a'r eiliad nesaf tynnodd ddrych bach ohono a mynd ati i archwilio'i hwyneb a'i gwallt llwyd cyn gwthio cudyn strae yn ôl i'w le. Roedd y fam ifanc wrthi'n cau botymau cot y plentyn tra ei fod yn sefyll ar y sedd yn ei hymyl. A chwarddai'r ddau wrth i symudiad y trên beri i'r bachgen simsanu. Trwy'r ffenest, roedd y caeau gwastad wedi ildio'u lle i res ar ôl rhes o adeiladau dinesig. Roedd e wedi cyrraedd pen y daith heb sylwi ei fod yn agos. Arhosodd i'r trên ddod i stop cyn codi ar ei draed. Nodiodd ei ben i gydnabod y pâr oedrannus a gadawodd e'r goetsh, ei galon yn rasio.

Roedd Astrid Lehmann yn iau nag roedd ei llais wedi'i awgrymu dros y ffôn. Cyn ei gweld hi yn y cnawd, roedd e wedi disgwyl y byddai hi tua'r un oedran ag yntau ond wrth iddi groesi llawr y caffi mawreddog i'w gyfarch ar bwys y drws troi trwm gallai weld ei bod hi yn ei thridegau, ei thridegau hwyr efallai. Gwisgai drowsus du, tyn a'r rheiny'n gorffen uwch ei phigyrnau gan amlygu ei chroen golau a'i hesgidiau gwastad, di-sawdl. Roedd ei siaced denau, werdd yn gwta dros ei chrys-T gwyn ond yr hyn a nodweddai Astrid Lehmann yn fwy na dim oedd ei gwallt pinc, pigog a hwnnw wedi'i dorri'n fyr. Edrychai fel pe byddai'n fwy cartrefol mewn sgwat yn un o faestrefi bohemaidd y ddinas nag yn un o'i chaffis crand, meddyliodd Gerallt.

'Croeso i Hambwrg,' meddai'n wresog ac estyn ei llaw iddo.

'Diolch yn fawr am drefnu'r cyfarfod ac am awgrymu lle mor ysblennydd,' meddai Gerallt ac edrych o'i gwmpas yn llawn edmygedd.

'Ydy, mae'n braf, on'd yw e? Sdim llawer o lefydd fel hyn ar ôl. Dywedwch wrtha i, sut yn hollol mae ynganu eich enw? Dw i wedi bod yn poeni drwy'r bore am sut i ddweud e'n iawn,' ychwanegodd hi dan wenu.

'Gerallt.'

'Geracht?'

'Na, Ger-allt ... enw Cymraeg yw e, ond fydda i ddim yn gweld whith os bydd yn well 'da chi ngalw i'n Gerhard. Dyna, wedi'r cyfan, o'dd yr enw roiodd Inge Neudeck arna i.'

'Inge Neudeck ... roedd hi'n dipyn o fenyw, on'd oedd hi?' meddai Astrid Lehmann a'i arwain at y bwrdd lle roedd hi'n eistedd pan gyrhaeddodd e.

'Ma hynny'n awgrymu eich bod chi'n gwpod mwy na fi,'

meddai Gerallt ac eistedd ar gadair gyferbyn â'r Almaenes hynaws.

'Te, coffi, neu rywbeth cryfach?' gofynnodd honno ac amneidio am sylw un o'r gweinyddion trwsiadus.

'Bydde coffi'n wych, diolch.'

'Dau goffi os gwelwch yn dda,' meddai wrth y dyn ifanc yn ei grys gwyn a'i frat hir at ei draed. 'Wel, rydych chi'n gwbod eitha tipyn eich hun, wrth gwrs, gan fod eich tad wedi sôn wrthoch chi, ac roedd e'n ei nabod hi gan ei fod e yno yn y gwersyll yn Lübeck. Cof un dyn a fersiwn un dyn gawsoch chi, dw i ddim yn dweud llai, ond does dim lle i gredu ei fod e'n dweud celwydd.'

Wrth lefaru ei geiriau diwethaf craffodd Astrid Lehmann ar wyneb Gerallt fel petai hi'n chwilio am ymateb a fyddai'n herio ei hasesiad.

'Sa i'n siŵr beth i feddwl mwyach,' oedd ei unig sylw.

'Wel, gadewch i fi ddweud wrthoch chi beth ddysges i ar ôl chwilio trwy'r archife cenedlaethol yn y pencadlys yn Koblenz. Gyda llaw, dw i mor falch eich bod chi wedi penderfynu dod i'r Almaen i glywed hyn. Mae cwrdd wyneb yn wyneb yn well o lawer na dweud pethe pwysig dros y ffôn.'

Nodiodd Gerallt a gwenu'n ansicr.

'O'n i'n bownd o ddod, ond nawr mod i yma ...'

'Beth?'

'Ma ofan arna i bo chi'n mynd i gyflwyno taranfollt arall i droi 'y myd ar ei ben unwaith eto.'

'Does dim digon o ffeithie caled i fod mor ddramatig â hynny. Mae'n rhaid i chi gofio bod anhrefn heb ei thebyg yn y wlad hon ar ddiwedd y rhyfel a bod bwydo pobol a dod o hyd i gartrefi iddyn nhw yn bwysicach na chadw cofnodion. Wedi dweud hynny, dw i wedi dysgu eitha tipyn.'

Ar hynny, trodd Astrid Lehmann at y ffolder llwyd a eisteddai ar y bwrdd rhyngddyn nhw eu dau a thynnodd sawl tudalen allan. Yna symudodd ei chorff fymryn yn ei chadair a gwthiodd y tudalennau yn nes ato fel ei bod hi a Gerallt yn gallu eu darllen yr un pryd.

'Fe gafodd Inge Neudeck ei geni yn 1920 yn Danzig, yn ferch i Otto a Frieda Neudeck. Ac roedd ganddi chwaer iau o'r enw Ilse.' Yn sydyn, stopiodd hi er mwyn gadael i'r Cymro dreulio'r hyn roedd hi newydd ei ddweud. Pan godod ei phen i edrych ar ei ymateb gwelodd ei fod e'n rhythu heibio iddi. 'Ydych chi eisie i fi gario mlaen?' gofynnodd hi'n anogol.

Nodio'i ben fel cynt wnaeth hwnnw a chwythu ei anadl o rywle'n ddwfn y tu mewn iddo.

'Yr holl enwa newydd 'ma. Mae fel clywad hanes teulu rhywun arall,' meddai a phwyso'n ôl yn erbyn cefn ei gadair. 'O'n i'n gwpod dim am y bobol 'ma ... dim yw dim. Wy'n gweud y gwir wrthoch chi, bydd angen i fi weld seicolegydd ar ôl hyn.'

Gostyngodd Astrid Lehmann ei llygaid a chrafodd gornel un o'r dalennau â'i bys cyn ailafael yn ei hadroddiad.

'Pan ddechreuodd y rhyfel roedd Inge'n hyfforddi i fod yn nyrs dan adain y Groes Goch Almaenig. I chi gael deall, mudiad dyngarol oedd y Groes Goch ond fel cymaint o fudiade ar y pryd, gan gynnwys y rhai nyrsio eraill, daeth hi fwyfwy dan ddylanwad y Blaid Natsïaidd. Erbyn dechrau'r rhyfel bydde unrhyw ddelfryde dyngarol wedi cael eu glastwreiddio a bydde hi wedi bod yn amhosib i neb osgoi dylanwad y wladwriaeth. Hynny yw, roedd pobol yn gorfod claddu eu credoau personol er mwyn hunanbarhad.'

'Wy'n ca'l y teimlad eich bod chi'n 'y mharatoi'n dawel i weud –'

'Bod Inge'n Natsi?' meddai hi ar ei draws.

'O'dd hi?'

'Dw i ddim yn gwbod. Bydde llawer wedi heidio atyn nhw o'u gwirfodd ond bydde eraill wedi cael eu gorfodi. Yr unig wybodaeth sy gen i yn achos Inge yw beth sy o mlaen i fan hyn. Ry'n ni'n gwbod ei bod hi'n nyrsio yn Danzig a'r cyffinie ar ddechrau'r rhyfel a'i bod hi'n gweithio mewn ysbyty maes yng Ngwlad Pwyl yn fuan wedyn. Yn 1942 fe'i symudwyd i ysbyty maes arall yn Smolensk yn Rwsia ond ar ôl dal difftheria yn fan 'na cafodd ei symud eto, y tro yma nôl i Danzig lle buodd hi tan ddiwedd y rhyfel, am wn i, achos y tro nesa ry'n ni'n dod ar ei thraws mae wedi cyrraedd y gwersyll yn Lübeck.'

'A beth am Ilse? Beth ddigwyddodd iddi hi? Ydy hi dal yn fyw?'

'Cafodd Ilse ei lladd mewn cyrch awyr ar Dresden ychydig wythnose cyn i'r rhyfel ddod i ben. Nyrs oedd hithe hefyd.'

Cododd Gerallt ei gwpan at ei wefusau a chymryd dracht o'r coffi oedd yn dechrau oeri. Roedd ei ben yn troi yn sgil yr holl enwau: pobl nad oedd e wedi clywed am eu bodolaeth tan ychydig funudau'n ôl a llefydd nad oedd ganddo ddim syniad ble roedden nhw ac eithrio Dresden. Ceisiodd ddychmygu Inge Neudeck yn cael ei hanfon i drin milwyr ar y ffrynt ond ni allai weld heibio'r wyneb yn y llun bach du a gwyn ac yntau'n eistedd ar ei harffed. Pwy oedd y fenyw hon? A aeth hi'n llawen i wasanaethu neu fynd am fod rhaid wnaeth hi? Ai hi oedd yr unig un o'i theulu i ddod drwy'r erchylltra? Eisteddodd e mewn tawelwch, yn ymwybodol bod yr Almaenes hynaws yn ei ymyl yn rhoi amser iddo ddod i delerau â'r hyn roedd hi newydd ei ddweud wrtho.

Crwydrodd ei lygaid draw at y ffenestri lliw tal a'r pileri marmor a'r siandelïers cain yn crogi o'r nenfwd uchel. Perthynai'r cyfan i ryw Ewrop a fu, ond roedd y lle'n dal i sefyll ac yn dal i groesawu cwsmeriaid yn yr oes fodern hon. Daethai trwy'r blynyddoedd tywyll a rhai fel Astrid Lehmann oedd yn ei fynychu bellach.

'Peidiwch â bod yn rhy barod i bwyntio bys at Inge,' meddai honno'n sydyn fel petai wedi darllen ei feddwl. 'Yn un peth, ychydig iawn ry'n ni'n ei wbod amdani, ond fe welodd hi bethe mawr. Peidiwch â gadel i amheuon di-sail gymhlethu eich perthynas â hi. Chi'n rhan o'i stori.'

'Otw ... erbyn hyn.'

'Chi wedi bod yn rhan o'i stori ers y diwrnod y cawsoch chi'ch geni.'

Gwenodd Gerallt ond diflannodd y wên ar amrantiad bron cyn iddi orffen ffurfio.

'Ma 'na un enw'n absennol o blith y rhai chi wedi sôn amdanyn nhw,' meddai.

Edrychodd Gerallt ym myw ei llygaid wrth lefaru'r geiriau, geiriau a swniai'n debycach i gyhuddiad. Gallai deimlo ei galon yn curo'n rhy gyflym. Crychodd Astrid Lehmann ei thalcen.

'Pwy felly?'

''Y nhad. Dy'ch chi ddim wedi crybwyll enw 'y nhad.'

'Achos dw i ddim yn gwbod pwy yw e, Gerhard. Does gen i ddim enw i chi.'

'A chi'n siŵr nad o'dd sôn amdano yn yr archif?'

'Dw i'n berffaith siŵr.'

Ar hynny, gwyrodd hi yn ei blaen a chymryd ei law yn ei llaw hithau. Ni pharodd y weithred fwy nag eiliad ond bu'n ddigon i Gerallt farnu bod y fenyw ddiarth hon yn deall.

Roedd hi'n cydymdeimlo ac yn ei annog i ddweud mwy.

'Hen betha rhyfedd yw pobol, smo chi'n meddwl? Cyn i fi ddysgu am fodolaeth yr hen Inge o'n i heb roi rhyw lawer o sylw i bwy o'dd 'yn rhieni gwreiddiol. O'n i'n gwbl hapus â'r ddou o'dd 'da fi. Ond ers clywad amdani hi, dyna i gyd sy ar 'yn feddwl. Fy ngwraig ... hi ofynnws y cwestiwn. Os taw Inge o'dd 'yn fam, meddai, pwy o'dd 'y nhad?'

'Pwy ydych chi'n meddwl yw e ... hynny yw, eich tad naturiol?'

'Ma'r holl ddirgelwch yn neud i fi amau taw'r un dyn yw e â hwnnw sy wedi rhoi popeth i fi ar hyd y blynydda. Achos o'dd e yno yr un pryd â hi. O'dd e yn y gwersyll yn Lübeck.'

'Ond dyw'r dyddiade ddim yn cyd-fynd. Eich enw chi yw'r unig enw arall sy gen i o'r archif ac mae hwnnw'n dangos cofnod o'ch genedigaeth. Roedd Inge Neudeck eisoes yn feichiog gyda chi pan gyrhaeddodd hi Lübeck.'

Ymsythodd Gerallt yn ei gadair a rhythu arni. Teimlodd y gwaed yn codi yn ei wyneb fel petai hi wedi ei glatsio â'i geiriau. Roedd e heb ystyried unrhyw wyriad rhag ei fersiwn taclus ei hun gan mai dyna roedd e eisiau ei gredu, ond nawr roedd Astrid Lehmann fel petai'n cynnig fersiwn llawer llai cysurus. Yr eiliad honno, roedd e am fynd oddi yno. Roedd e am godi ar ei draed a diolch iddi am ei holl waith. Roedd yn bryd iddo roi'r gorau i gorddi'r gorffennol. Ond arhosodd lle roedd e am nad oedd gwneud fel arall yn opsiwn bellach. Roedd e wedi dod yn rhy bell.

'Dw i wedi bod yn gwneud y gwaith yma ers peth amser erbyn hyn, a dros y blynyddoedd dw i wedi cwrdd â sawl un yn eich sefyllfa chi neu mewn sefyllfa debyg. Dw i'n mynd i ddweud wrthoch chi nawr be dw i wedi'i ddweud wrthyn nhw achos byddai gwneud fel arall yn gwadu un o erchylltere mwya'r rhyfel.' Roedd Astrid Lehmann wedi cau'r ffolder o'i blaen a siaradai bellach heb gymorth ei nodiadau. I bwy bynnag a'u gwyliai, gallen nhw fod yn bâr priod neu'n gyfeillion oedd wedi picio i mewn i'r caffi crand i sipian coffi ac erlid clecs, ond gwyddai Gerallt fod yr hyn roedd yr Almaenes ar fin ei gyhoeddi'n fwy o lawer na rhyw dipyn clecs.

'Yn ystod wythnose ola'r rhyfel, roedd miliyne o bobol – Almaenwyr, Pwyliaid, Iddewon, cyn-garcharorion rhyfel – yn cris-croesi eu ffordd ar draws Ewrop am wahanol resyme. Roedd breuddwyd wallgo Hitler a'i gronis yn deilchion a byddinoedd y gelyn yn agosáu o bob cyfeiriad. Yn achos Inge, os oedd hi'n dal i fod yn Danzig ar y pryd bydde hi wedi bod ymhlith y cynta i ddod i gysylltiad â'r fyddin Sofietaidd oedd yn sgubo ar draws y tiroedd oedd gynt yn nwylo'r Almaen. Cafodd cannoedd o filoedd o fenywod o bob oed eu treisio. Mae rhai'n rhoi'r ffigwr yn nes at ddwy filiwn; fyddwn ni byth yn gwbod yn iawn oherwydd y cywilydd sy'n gysylltiedig o hyd â'r hyn ddigwyddodd. Hyd y dydd heddi mae'n well gan lawer iawn o'r menywod hyn beidio â siarad amdano. Mae'n ormod o beth. Fel y gwyddoch chi, roedd y Natsïaid yn gyfrifol am drosedde annisgrifiadwy a nawr daeth y dydd o brysur bwyso ... o dalu'r pwyth yn ôl, ac roedd menywod yn darged hawdd. Mae rhyfel yn esgusodi ymddygiad erchyll.' Cododd ei chwpan rhwng bys a bawd a chwyrlïo'r coffi yn ei waelod cyn ei ddodi'n ôl ar y soser heb yfed rhagor o'i gynnwys. Syllodd ar y cwpan am eiliadau hirion, yn ymwybodol bod y dyn yn ei hymyl yn ymbaratoi. Waeth pa mor ofalus y bu ei rhagymadroddi, gwyddai fod gan ei geiriau nesaf y gallu i'w ddedfrydu i rywbeth am weddill ei oes. Un ai hynny neu ei ryddhau. Pan gododd ei golygon eto gwelodd ei fod e'n canolbwyntio ei holl sylw arni. Roedd e'n disgwyl. Roedd e'n rhoi ei ganiatâd iddi ddweud mwy. 'Mae'n debyg bod dau gan mil o blant wedi'u geni i fenywod o dras Almaenig ar ôl cael eu treisio gan filwyr Sofietaidd. Fedra i ddim dweud yn bendant, wrth gwrs, ond o ystyried pryd y cawsoch chi'ch geni ... ar ddiwedd 1945 ... dw i bron yn sicr eich bod chi'n un o'r plant hynny.'

Gwyrodd Astrid Lehmann yn ei blaen fel cynt a rhoi ei llaw dros ei law yntau, ond tynnodd e ei fraich yn ôl. Ailchwaraeodd ei geiriau yn ei ben gan wrthod gadael iddyn nhw gydio gan taw geiriau diarth oedden nhw; geiriau un fenyw. Eto, cydio wnaethon nhw am iddi eu saernïo mor garcus i sôn amdano fe. Roedd hi wedi'i gysylltu â darn o hanes na wyddai ddim oll amdano. Gwthiodd ei gadair yn ôl oddi wrthi, yn barod i godi ar ei draed, ond dechreuodd hi siarad eto ac er na chlywodd ei geiriau newydd, roedd popeth ynghylch ei hystumiau'n gysurlon. Yn sydyn, llenwyd ei glustiau â'r synau o'i gwmpas a daeth e'n rhan o'r caffi drachefn.

'Mae'n beth anferth i dreulio ...' cychwynnodd hi.

'Y trais ... dyna alla i ddim ei dderbyn. Alla i ddim derbyn mod i'n ganlyniad y fath drais anhysbys.'

'Ond Gerhard, chi yw chi.'

'Ie, ond beth ydw i? Pwy ydw i?'

'Rydych chi'n ddyn sydd wedi goroesi – dyna ydych chi.'

Hanner chwarddodd Gerallt a siglo'i ben. Pwysodd yr Almaenes yn ôl yn ei sedd.

'Ac i Inge mae llawer o'r diolch am hynny,' meddai, 'a'r ddau wnaeth eich magu chi.'

'Mae'n beth od, ond cyn dod yma heddi a chlywad y

bennod ddiweddara 'ma, o'n i'n grediniol eich bod chi'n mynd i gadarnhau'r amheuon sy 'di llenwi mhen ers misoedd. Byth ers i enw Inge Neudeck ddod yn rhan o mywyd, a busnes y gwersyll yn Lübeck a rôl 'y nhad yno, o'dd hi'n hawdd rhoi dou a dou ynghyd a chreu rhyw fersiwn gwneud, am ei fod e'n llai cymhleth yn un peth. O'n i'n barod i dderbyn taw fi o'dd canlyniad noson o nwyd rhwng milwr o Gymro ac Almaenes. Elen i mor bell â gweud taw dyna o'n i'n moyn ei glywad. Ond pan ofynnas i'r cwestiwn mawr i nhad o'dd e ddim yn gwpod yr ateb ... medda fe. A cheso i shwt siom. Ac o'n i'n siŵr nad oedd e'n gweud y gwir ... ei fod e'n cwato rwpath.'

'Pam bydde fe'n gwneud hynny, Gerhard?'

'Cywilydd falle. Awydd i warchod 'yn fam. Er hynny, o'n i'n barod i faddau iddo. Ond yn lle hynny dechreuas ei ddirmygu achos o'n i'n sicr bod 'yn fam wedi gorfod derbyn sefyllfa nad o'dd hi'n rhan ohoni trwy fagu plentyn menyw arall. Plentyn ei gŵr a menyw arall. Dychmygwch shwt beth. Wy'n sylweddoli nawr mod i'n anghywir a mod i wedi neud cam mawr ag e.'

'Ond dyw eich tad ddim yn gwbod hynny.'

'Nag yw, ond wy'n gwpod. A bydda i'n gorfod byw gyda hynny yn yr un modd ag y bydda i'n gorfod byw gyda'r hyn y'ch chi newydd ei weud wrtha i.'

'Beth bynnag ddigwyddodd, fe ddigwyddodd amser maith yn ôl a doedd dim gronyn o fai arnoch chi. Yr un dyn ydych chi nawr ag oeddech chi awr yn ôl. Chi yw chi, a chi biau'ch hanes. Does neb yn gallu dwyn hynny oddi arnoch chi a rhyw ddiwrnod byddwch chi eisiau sôn amdano wrth eich teulu.'

Craffodd Gerallt ar ei hwyneb nes i'w geiriau fynd

yn un â'r prysurdeb gwâr o'u cwmpas. Heb fod ymhell i ffwrdd, roedd dyn a menyw ifanc yn cofleidio'i gilydd, eu hwynebau'n wên o glust i glust, a rhyw ddau fwrdd ymhellach draw, eisteddai gwragedd oedrannus ar goll yn eu sgwrs breifat, gan wrando'n astud a chan borthi am yn ail.

'Ydych chi'n mynd i fod yn iawn? Hynny yw, oes 'na rwbeth alla i wneud? Dywedwch, Gerhard. Dw i yma.'

'Bydda i'n iawn. Wy 'di ca'l yffach o ysgytwad ... ond bydda i'n iawn. Diolch am bopeth a diolch am fod mor onest.'

Ar hynny, casglodd Astrid Lehmann ei phethau ynghyd a chodi ar ei thraed. Cododd Gerallt yntau heb dynnu ei lygaid oddi arni. Gwenodd yr Almaenes a nodio'i phen y mymryn lleiaf.

'Mae fy rhif ffôn gennych chi. Da chi, cysylltwch os byddwch chi angen siarad eto. Dy'ch chi ddim ar eich pen eich hun.'

Yna estynnodd ei llaw iddo cyn croesi llawr teils du a gwyn y caffi mawreddog a diflannu trwy'r drysau troi.

Eisteddodd Gerallt yn ôl yn ei gadair ac ystyried ei phroffwydoliaeth. Yn y funud, âi'n ôl ar y trên i Lübeck at ei wraig a'i ddau fab, ac âi bywyd yn ei flaen fel cynt. Roedd yn wir, yr hyn a ddywedodd hi: fe oedd perchennog ei hanes bellach, ond roedd e'n benderfynol na chlywai neb am ei ddirgelion. Fe gadwai'r rheiny iddo'i hun.

*Ffoadur yw rhywun sydd
wedi goroesi, rhywun
a all greu'r dyfodol.*
Amela Koluder